YOU KILL ME *girl*

SAISON 2

Image de couverture : Shutterstock ©InnervisionArt
Couverture : Marion Rosière

34-36, rue La Pérouse
75116 Paris
www.hugoetcie.fr

Collection dirigée par Hugues de Saint Vincent
Ouvrage dirigé par Marine Flour

ISBN : 9782755637632
Dépôt légal : mai 2018
Imprimé en France par CPI Brodard et Taupin - N° d'impression : 3027720

NEW ROMANCE®

TINA AYME

YOU KILL ME girl

SAISON 2

Hugo Roman

« À ma grand-mère V.[2],
dont j'aurais apparemment hérité le caractère.
Tu resteras dans mon cœur à jamais. »

PROLOGUE
Alexandra

Un vent glacé me saisit et me fait frissonner. Lentement, je tâtonne à la recherche de ma couverture, mais je ne la trouve pas. Elle a dû glisser du lit. Je ne sens que mon carnet et mon stylo. Je les pousse pour les faire tomber par terre et finis par ouvrir les yeux. Des pupilles sombres me regardent avec intensité dans le noir.

Je crie en me relevant brusquement, mais une main se plaque sur ma bouche pour étouffer le son.

Mon cœur tambourine follement dans ma poitrine. Il va lâcher.

– Lexie, c'est moi.

Je reconnais sa voix avant même que mon cerveau reconnaisse son visage dans la pénombre de ma chambre. Austin.

Ma veilleuse est éteinte et la baie vitrée entrouverte laisse passer un vent froid.

Il retire ses doigts de ma bouche et s'assied sur le bord de mon lit.

– Putain, j'ai failli avoir une crise cardiaque !

Son regard s'arrête sur ma poitrine sans soutien-gorge sous mon haut de pyjama.

– Tu devrais fermer à clef, un cinglé pourrait entrer quand tu dors.

Je soupire en me passant la main dans les cheveux.

– Ouais… la preuve, lâché-je, finalement peu surprise de le trouver là.

Il ne répond pas et m'étudie, les mains jointes devant lui. Comme à son habitude, il est tout de noir vêtu.

Je le trouve anormalement calme après tout ce qui s'est passé entre nous.

– Qu'est-ce que tu fais là ?

– Il fallait que je te voie.

– Et il fallait que tu me voies à trois heures du mat ?

– Oui… Il faut tout le temps que je te voie, que je te rcgarde…

Ses yeux sont trop brillants et il arbore une moue boudeuse.

Je soupire encore. Je passe mon temps à soupirer avec lui, si bien que je manque d'air, le plus souvent.

Ses doigts se promènent doucement sur mon abdomen et je frémis à ce contact. Mais collée à la tête de lit, je ne peux aller nulle part. Il regarde mon ventre et je vois des larmes poindre à ses yeux.

– Tu… tu…

Ses mots s'étranglent dans sa gorge sous l'émotion. Je sais ce qu'il veut dire. Il est trop sensible. Trop vulnérable. Je n'arrive pas à lui en vouloir quand il est comme ça.

– Tu es partie…

Il relève ses yeux vers moi. Des yeux d'une infinie tristesse.

– Tu m'as fait du mal, Austin…

Une larme roule sur sa joue.

– Tu n'as pas le droit de me laisser.

Soudain, il se penche vivement et enfouit sa tête dans ma poitrine. J'en ai le souffle coupé.

Il me tient par les hanches et écoute battre mon cœur, l'oreille posée contre mon t-shirt. Son corps est glacé contre le mien tout chaud.

– Pardon… Pardon… Pardon… égrène-t-il.

Je ferme les yeux.

Le sentir contre moi et comme ça, c'est plus que je ne peux supporter. Quand il me touche, je ne raisonne pas correctement. Je ne suis pas objective. J'oublie tout le mal qu'il me fait. Je l'aime tellement que je suis prête à tout pour lui. Même à lui pardonner l'impardonnable.

– Tu ne peux pas me faire tout ça… et revenir comme une fleur pour me demander pardon.

– Je sais… J'ai déconné…

Austin me tient toujours et je me force à ne pas bouger, mes mains agrippent mes draps pour m'empêcher de les passer dans ses cheveux.

Il met longtemps à se relever, mais quand il le fait, il m'attrape les jambes et me tire pour m'allonger.

– Non, mais, qu'est-ce que tu…

Je me retrouve allongée et en un rien de temps, il a enlevé ses chaussures et monte sur le lit pour me plaquer au matelas, sa tête sur ma poitrine et ses bras autour de moi.

– Austin ! Il faut que tu partes ! Tu ne peux pas dormir là.

Mais ses yeux sont déjà fermés.

– Austin…

Ma voix n'est plus aussi ferme et sévère qu'elle le devrait.

– Lexie…

Sa voix n'est qu'un souffle et j'ai l'impression qu'il soupire avant de s'endormir.

J'ai envie de pleurer, mais je ravale mes larmes. Aimer, c'est dur.

✦✦✦

C'est la chaleur d'une caresse sur ma joue qui me réveille.

Austin n'est pas là. Je suis clouée à mon matelas par des sangles qui m'entravent les bras et les jambes. Il n'y a pas de verdure par la baie vitrée de ma chambre, il n'y a même pas de baie vitrée. Pas de fenêtre, dans cette pièce immaculée et stérile. Juste une énorme lampe centrale qui m'éblouit. Et cette odeur de désinfectant qui me fait oublier la sienne, définitivement.

– Mademoiselle Montgomery ? Je suis Anna, l'infirmière. Vous vous souvenez ? Vous avez fait une crise de panique. C'est fini, maintenant. Nous allons vous ramener dans votre chambre où vous pourrez vous reposer tranquillement. Ça ira, ne vous en faites pas.

Il me faut un moment pour me souvenir. De tout. De l'endroit où je me trouve. De ce que j'y fais. Du pourquoi j'y suis. De la douleur qui reprend place dans ma poitrine et me fait suffoquer.

C'était un terrible rêve. Jamais je ne pourrai lui pardonner sa trahison. Jamais.

1
Alexandra

– Tu crois que tu seras de nouveau heureuse un jour ?

Baile me regarde en coin en me posant cette question, ses yeux noisette dépassent à peine de son magazine *La Vie en mauve.*

Je pousse du pied le rideau saumon qui s'envole constamment sous l'effet du vent et qui m'empêche d'admirer le ciel azur. Pour une fois qu'il n'y a pas un nuage qui couvre les montagnes de Wicklow, je compte bien le croquer jusqu'au soir. Je tire une dernière fois sur ma cigarette puis envoie valser le mégot par la fenêtre d'une pichenette. Il est interdit de fumer dans l'enceinte du bâtiment, mais je n'ai jamais respecté cette règle. De mon cahier à dessin, j'essaie de chasser l'odeur du tabac le plus loin possible du détecteur de fumée.

Voici mes deux nouveaux passe-temps : dessiner et fumer.

– Oui. Je ne suis pas malheureuse, tu sais. Je suis juste… moins heureuse qu'avant.

Baile ne répond pas et retourne à son journal. Il est le seul ami que je me suis fait en quatre mois d'internement au Newcastle Hospital, à Greystones, dans le comté de Wicklow, en Irlande.

La seule condition que j'ai posée à mon père pour être internée était d'être envoyée loin de Boston, loin de la côte Est. Loin de lui, Austin. Impossible pour moi d'imaginer vivre dans cette ville alors que je savais qu'il y était sans doute. Même New York, à quatre heures de route, était trop près. Il fallait vraiment que je m'éloigne de lui et qu'il ne puisse pas me retrouver. La ville natale de Lauren, Greystones, me semblait être la meilleure idée qu'on m'ait proposée depuis longtemps.

Je ne pensais pas que j'y resterais suffisamment longtemps pour me faire un ami, mais apparemment, si. Les mois se sont succédé et cela fait maintenant plus d'un trimestre que je suis coincée ici, entre les montagnes menaçantes et la mer d'Irlande.

Les cartes de Zara, ma meilleure amie, Travis, un copain de Mary Island, et celles de ma grand-mère couvrent le pan de mur qui surplombe le petit bureau en plastique de ma chambre. Travis m'a envoyé des nouvelles depuis l'Angleterre, où il est allé dans sa famille maternelle pendant la pause estivale. Zara m'a raconté toutes ses vacances d'été dans de grandes lettres. J'ai eu le droit aux moindres détails : de ce qu'elle a mangé au nouveau restaurant japonais du centre de Palmera Beach, à son entrée à la fac de New York, où j'étais censée aller avec elle. Et enfin, ma grand-mère m'a envoyé des mots magnifiques. Elle s'inquiète toujours pour moi alors que c'est elle qui a un cancer de l'œsophage et qui va mourir.

Je lève la tête pour les observer. Ces cartes sont la seule touche de couleur dans la chambre stérile et immaculée.

– Ils te manquent ?

Baile me regarde de nouveau et pose cette fois son magazine sur le couvre-lit blanc.

– Oui.

– Tu vas bientôt les retrouver.

Demain après-midi, je serai partie d'ici. Et lundi, je ferai mon entrée à la faculté de New York avec deux mois et demi de retard. Mon emploi du temps ne sera pas surchargé puisque je ne peux plus m'inscrire dans aucun cours de mon véritable choix, mais au moins, je pourrai me mettre dans le bain avant de commencer vraiment les cours au second semestre.

– Tu vas me manquer.

Baile grimace. Ses joues se colorent de m'avoir dit cela. Il est tellement pâle de peau que quand il rougit, cela se voit immédiatement.

– Toi aussi.

J'arrête de dessiner pour m'intéresser à ce qu'il lit.

– Qu'est-ce que tu découvres d'intéressant, là-dedans ?

Il pointe un doigt sur la page de son magazine de psychologie.

– Un article qui explique que les gens les plus heureux vivent au Québec. Ils sont à 8,25 sur une échelle de 1 à 10. Quand je n'aurai plus ma mère sur le dos, j'irai m'installer là-bas !

Il me sourit et je le lui rends tristement.

Baile est un garçon chétif, et même s'il est plutôt grand, il n'en impose pas du tout. Avec une mère militaire taillée comme un ours, et étant le seul garçon de la famille, il n'a pas été gâté par la vie. Ce sentiment de ne pas être à sa place a fini par lui créer des troubles de la personnalité qui se rapprochent un peu des miens.

Le fait qu'il soit le seul qui ait, à un an près, le même âge que moi ici a aidé à ce qu'on se rapproche. Lorsque je lui ai adressé la parole pour la première fois, pour savoir si on avait le droit de sortir dans le jardin de la propriété, il m'a regardée comme si j'étais folle. Ce qui est totalement approprié dans un asile, certes, mais je n'avais pas eu ce sentiment de rabaissement depuis longtemps.

– Bien sûr qu'on a le droit de sortir ! Tu t'es crue en prison ou quoi ? s'était-il écrié.

Je n'ai pas répondu et je crois qu'il s'en est voulu. Pour se rattraper, il a commencé à sortir des blagues pourries et à vouloir me faire faire le tour du domaine.

– Baile, en irlandais, ça signifie folie, tu sais… Alors ne fais pas trop attention à moi…

C'est lui qui m'a proposé ma première véritable cigarette. J'avais déjà fumé avant pour déconner, mais cette fois-là, je ne me suis plus arrêtée. J'ai fumé son paquet avec lui, et le lendemain, nous en avons racheté un, puis d'autres ont suivi. Je suis devenue fumeuse aussi bêtement que cela.

Depuis, nous sommes devenus inséparables.

– Montgomery et O'Conner !

Eleonor, l'infirmière qui s'occupe de nous, passe sa tête blonde par l'embrasure de la porte restée ouverte. Elle fronce le nez en sentant l'odeur du tabac et nous lance un regard noir. Mais comme d'habitude, elle ne dit rien.

Baile et moi nous levons d'un même mouvement pour attraper le gobelet à notre nom qu'elle nous tend ainsi que les cachets qui nous sont destinés. Baile ne se sent jamais bien s'il n'a pas ses cachets, et moi, même si j'étais réfractaire au début, je me suis aussi rendu compte qu'ils m'aidaient à mieux me concentrer, dormir et rester calme. Les prendre me fait tout de même peur. Je crains toujours de finir comme ma mère : schizophrène, droguée et suicidée très jeune.

J'ai vu la même angoisse dans le regard de mon père il y a quelques mois. C'est elle qui m'a décidée à venir ici. Quelques jours après mon retour de Mary Island, à Boston, je me regardais dans la glace, assise devant ma coiffeuse, quand j'ai pris la décision soudaine de me couper les cheveux. Je ne supportais plus le reflet de cette fille pathétique qui me faisait face. Je voulais effacer celle qui pleurait pour un garçon qui s'était joué d'elle. J'ai donc pris les énormes ciseaux à couture de Lauren pour trancher d'un coup sec dans la masse de mes cheveux bruns. Ma belle-mère m'a prise sur le fait et s'est mise à hurler comme une démente. Ainsi donc, après l'épisode de la brosse en cuivre avec laquelle j'aurais soi-disant essayé de me trancher les veines – alors qu'il s'agissait surtout d'enlever le tatouage qui orne mon poignet gauche – dans la baignoire de ma grand-mère, j'ai été envoyée illico chez un psychiatre. Et le verdict n'a pas tardé à tomber.

Mon père tenait impérativement à être présent pour l'entendre. Je revois le médecin retirer ses affreuses lunettes arrondies en écaille et se caresser le crâne avant de lâcher :

– Alexandra souffre d'un trouble de la personnalité borderline.

Comme dans un mauvais film, j'avais entendu Lauren souffler doucement :

– C'est grave, docteur ?

– Ça peut l'être si ce n'est pas pris en charge comme il faut. Sinon on vit très bien avec. Il s'agit de donner les bons éléments à Alexandra pour qu'elle sache gérer ce trouble au quotidien. Pour les gens souffrant de TPB, chaque geste et chaque comportement est perçu de manière très intense et est surinterprété. Ils ressentent les émotions plus profondément et plus longtemps que la normale.

Mon père avait passé ses mains sur son visage, de lassitude et de tristesse. Il avait continué de poser de nombreuses questions au médecin pour comprendre d'où pouvait venir le problème mais je n'écoutais déjà plus qu'à moitié, trop triste et trop lasse de tout cela. Et une semaine plus tard, je m'envolais pour l'Irlande.

Quatre mois plus tard, je suis prête à repartir sur le continent pour essayer de faire de nouveau face à ma vie. Je vais retrouver ma meilleure amie qui m'attend pour partager un petit appartement et certains cours à l'université.

Je vais tenter d'aller combler le vide dans mon cœur. Ce vide qu'il a laissé. Un vide tellement grand que j'ai toujours l'impression d'avoir un trou béant dans la poitrine. Un vide qui s'appelle Austin Reed. Un vide avec de beaux yeux sombres. Un vide avec des cheveux aile de corbeau et de longues mèches. Un vide immense, musclé, et tatoué. Un vide qui m'a fait croire aux deuxièmes chances, à l'amour, à l'absolution, à l'abandon de soi… Un vide qui m'a menti et menée en bateau.

– Tu m'écriras ? me demande Baile alors qu'Eleonor s'éloigne et que je commence à décoller les cartes postales sur le mur.

Je lui souris.

– Je te le promets. Mais tu es fort. Tu vas vite sortir d'ici.

Il me sourit de ses dents trop longues et m'aide à décoller mes cartes. Il n'en a aucune dans sa chambre. Pas une de sa mère, ni de ses sœurs, ni de quiconque d'autre. J'ai de la peine pour lui. Alors je me promets que je lui écrirai. Jusqu'à ce qu'il sorte d'ici, il pourra couvrir son mur de mes mots.

2
Austin

Des stylos qui dansent sur les feuilles, des soupirs de lassitude et même quelques ronflements ingrats en guise de bruit de fond, voilà à quoi ressemble la fac, et surtout les cours en amphithéâtre, qui durent quatre heures et qui se terminent à vingt heures trente.

J'ai été obligé d'aménager mon emploi du temps pour pouvoir m'occuper de Sacha. Il est en effet plus facile de trouver une baby-sitter qui accepte d'aller le chercher à l'école et de le garder que de le faire prendre en charge très tôt le matin. Je me suis donc inscrit aux cours de la fin d'après-midi pour ne plus laisser la charge de mon fils à ma mère.

J'ignorais que c'était autant de travail de s'occuper d'un enfant, même si je suis persuadé que le mien est facile à vivre, comparé à beaucoup d'autres. Sacha est d'une nature calme et réservée. Bien plus que la plupart des enfants de son âge. Cela m'inquiète, d'ailleurs. Il a grandi trop vite.

– Ce n'est pas joyeux, joyeux, ce que tu écris !

Je me tourne vivement vers la fille assise à côté de moi. Une petite blonde très mignonne, avec des taches de rousseur sur le nez et sous les yeux. Elle a de magnifiques yeux noisette et une moue d'enfant timide. Je l'ai déjà vue sur le campus avec ses copines et, à certains de ses regards dans ma direction, je suis sûr qu'elle m'a déjà remarqué elle aussi. Elle désigne d'un coup d'œil la feuille que je griffonne depuis quelques minutes, en ayant totalement décroché du discours du professeur, et notamment la phrase qui est à portée de vue : « *Jusqu'où faut-il s'enfuir pour guérir une absence ? Jusqu'où faut-il s'enfuir pour échapper à sa douleur, à son ombre, à sa vie ?*[1] »

– Ouais, je ne suis pas de très bonne humeur, ces temps-ci.

Elle esquisse un sourire et je le lui rends avant de repartir dans mes pensées sans prêter attention au conférencier qui fait défiler les diaporamas sur la vie des poètes du xixe siècle. Je préfère m'adonner à mon activité préférée, à savoir recopier les phrases et les citations qui me font penser à elle. La seule. L'unique. Celle que je n'oublierai jamais, celle dont le simple souvenir éclipse facilement la jolie blonde assise à mes côtés et ses regards enjôleurs. Alexandra.

J'ai repris l'activité préférée de Lexie. C'est elle qui aimait faire ça, noircir des pages entières, mais depuis qu'elle m'a quitté, je ne cesse de reproduire cette manie.

– Elle sait que tu l'attends, au moins ? Peut-être que tu devrais lui en parler...

C'est la blonde qui me parle de nouveau. Je soupire d'agacement. Je n'ai pas envie de parler de ça. Pas avec elle. Avec personne, d'ailleurs. Personne ne peut comprendre que je n'étais rien avant Lexie. Que je suis tombé amoureux et que je ne me suis mis à vivre qu'à partir de ce moment-là, et qu'en la perdant je suis redevenu ce que j'étais avant de la connaître. C'est-à-dire, rien. Une coquille vide et sans intérêt.

Les premières semaines sans elle ont été horribles. Un vrai purgatoire. J'ai cru devenir fou. La brûlure de cette plaie toujours béante s'est un peu apaisée, mais pourtant rien n'a changé. À l'intérieur de moi règne un trou noir qui aspire tous mes sentiments, les jetant dans les limbes, le néant. Le feu qui consume chaque pensée, chaque souvenir me dévore un peu plus tous les jours.

Je griffonne encore avant de lui répondre.

« *C'est drôlement dangereux de s'attacher à quelqu'un, c'est incroyable ce que cela peut faire mal. Rien que la peur de perdre l'autre*

---

1. Citation extraite de *Je reviens te chercher* (Guillaume Musso).

est douloureuse. Sans nouvelles d'elle, tout s'écroulait autour de moi. C'est moche de guetter un signe de quelqu'un pour se sentir heureux. [2] »

– Je ne sais même pas où elle est… Comment je pourrais lui parler ?

Zara refuse de me dire quoi que ce soit. Elle ne m'a pas donné de nouvelles de Lexie depuis son départ de Mary Island, il y a des mois. Elle respecte soi-disant une promesse.

Penser à la souffrance énorme qui l'habitait quand elle a découvert ma trahison me donne envie de me foutre des baffes. La douleur que j'ai dans la poitrine en pensant au mal que je lui ai fait avec tous mes mensonges ne s'estompe pas malgré les jours qui passent et le néant de mon existence. J'aimerais la revoir. Juste pour lui dire cela, que je regrette tellement.

Mon interlocutrice se tourne carrément sur sa chaise pour me faire face.

– Tu étais si amoureux d'elle que ça ?

Je ne réponds pas. Elle ne saura jamais. Elle n'imagine même pas à quel point j'aimais Alexandra.

J'ai appris à penser au passé quand il s'agit de nous, depuis peu.

– Eh bien, je ne sais pas ce qu'il s'est passé entre vous, mais il n'existe pas de relation éternelle… Tu es jeune et…

– Ferme-la, tu ne me connais pas et tu ne la connais pas.

J'ai parlé d'un ton sec, mais la blonde ne semble pas s'en offusquer.

– Tu en connais, toi, des gens qui se sont aimés toute leur vie sans jamais aller voir ailleurs ? Il suffit d'un rien pour mettre un terme à une relation…

Je soupire encore et très bruyamment pour lui faire comprendre qu'elle me saoule, mais elle reprend :

– Je ne sais pas pourquoi vous vous êtes séparés, mais je peux t'assurer que si ça n'avait pas été pour cette raison, il y en aurait eu une autre, ou encore une autre, tout aussi futile que la première…

Tout à coup, elle tire vivement mon cahier vers elle et se met à écrire dessus. Je suis tenté de le lui arracher des mains, mais je finis par la laisser faire.

---

2. Citation extraite du *Voleur d'ombres* (Marc Levy).

Elle me le rend au moment où la fin du cours sonne. Les élèves se lèvent en s'étirant, elle attrape ses notes et sa veste pour partir. Elle me lance un clin d'œil en s'éloignant dans les escaliers, son petit cul rebondi dansant dans son jean trop serré.

À une autre époque, je lui aurais proposé de venir faire un tour chez moi. On aurait baisé et je l'aurais mise sur ma liste de plans cul de secours. Mais elle parle beaucoup trop. Et elle n'est pas Lexie. Je ne suis pas prêt à passer à autre chose.

Je triture mon nouveau piercing à la lèvre – celui qui a fait hurler ma mère pendant deux semaines – entre mes dents et regarde ce qu'elle a écrit.

« *On croit toujours que certaines relations sont si fortes qu'elles pourront résister à tout, mais ce n'est pas vrai. La confiance qui s'étiole, la lassitude, les mauvais choix, les soleils trompeurs de la séduction, la voix chaude des sales cons, les longues jambes des sales connes, les injustices du destin : tout concourt à tuer l'amour. Dans ce genre de combat inégal, les chances de victoire sont minces et tiennent plus de l'exception que de la règle.* [3] »

En dessous de cette tirade, elle a marqué le nom de l'auteur, puis le sien. Laura. Suivi de son numéro de téléphone et de son numéro de chambre à la cité universitaire.

Je souris. Les filles ici sont tellement faciles. C'est pire qu'au lycée. J'ai un tiroir à chaussettes plein de numéros et de petits mots que je retrouve souvent glissés dans mes cours ou dans mes poches quand je rentre chez moi.

Je n'en ai jamais appelé aucune. La seule fois où j'ai essayé de sortir avec une fille, c'était pour faire plaisir à Dean, mon plus vieux pote de Boston, qui a beaucoup changé aussi. Alors qu'il se tapait toutes les nanas qu'il pouvait quand il était plus jeune, depuis qu'il a réussi à rentrer à Boston University et qu'il fréquente une petite étudiante modèle en médecine, il s'est assagi. Il m'a presque obligé à sortir avec lui, sa nana et une amie à elle. Je me suis laissé entraîner pour lui faire plaisir et on est allés au cinéma puis au restaurant. Quand la fameuse copine m'a embrassé à la fin de la soirée, je l'ai laissée faire. Ce n'était pas désagréable, au contraire. Je l'ai raccompagnée chez elle et, à grand renfort de

3. Citation de Guillaume Musso (*Que serais-je sans toi ?*).

supplications, elle a réussi à me faire monter dans sa chambre. J'ai même commencé à la déshabiller. Mais quand elle a voulu me tailler une pipe, tout est parti de travers. Impossible d'ignorer la nausée qui s'est emparée de moi. Impossible de penser à autre chose qu'à ce dégoût profond de ce que j'étais en train de faire, et de moi-même par la même occasion. Alors je suis parti en courant, sans un mot, et l'ai laissée plantée là. De toute façon, j'avais passé la soirée à la comparer à Lexie. Elle n'aimait pas les gâteaux au citron, contrairement à Lexie. Elle ne lisait pas, à l'inverse de Lexie. Elle avait un rire perçant et agaçant, pas comme celui de Lexie si frais et enfantin. Elle ne portait que des jupes trop courtes et des talons hauts, pas des jeans et des tennis... Elle n'était pas Lexie et ne le serait jamais. Je ne me souviens même plus du nom de cette fille.

Aucune d'entre elles ne m'intéresse vraiment. Et de toute façon, je n'ai pas le temps. Contrairement à tous ces étudiants qui rentrent chez eux pour profiter de leur soirée, sortir, draguer, faire la fête... je retourne au plus vite chez moi pour retrouver mon fils. Un petit garçon de cinq ans qui s'habitue à peine au fait que son dégénéré de père soit bien là tous les soirs.

Quand j'ouvre la porte du minuscule appartement que j'arrive à payer en bossant comme journaliste free-lance pour un petit journal local, une bonne odeur de viande grillée vient effleurer mes narines. Je hausse les sourcils, surpris. Emily, la nounou, n'est pas censée faire à manger. J'ai rapporté des plats chinois exprès.

– Ah, enfin !

C'est la voix de ma mère qui m'accueille. *Mais qu'est-ce qu'elle fout là ?*

Je me dirige directement vers la cuisine. Tory, ma mère, pose un verre sur la table, à côté de Sacha, attablé devant son assiette.

– Maman ? Qu'est-ce que tu fais là ?

Ma mère me fusille d'un regard aussi noir que je suis capable d'en adresser lorsque je suis poussé à bout.

– Bonjour, Austin, moi aussi je suis contente de te voir. Surtout que tu n'as pas voulu venir à la maison ce week-end ni celui d'avant. Tu crois que c'est bon pour Sacha de rester aussi longtemps éloigné de moi alors que je l'ai élevé jusqu'à maintenant ?

Je lève les yeux au ciel et fais le tour de la table pour embrasser mon fils sur le haut de la tête parce qu'il ne réagit pas à mon approche. Il ne parle pas et mange consciencieusement ses pâtes et sa viande en faisant attention de ne rien renverser.

– Qu'est-ce que tu fais là, maman ? Où est Emily ?

– Chez elle, certainement ! J'ai dû aller chercher Sacha à l'école dans le courant de l'après-midi parce qu'il s'est battu et a poussé un autre enfant du haut de l'escalier ! Le petit s'est cassé le bras et ton fils n'a pas le droit de retourner à l'école de la semaine. Il va être sévèrement puni par la maîtresse ! Et par toi aussi, j'espère bien. Qu'est-ce que tu lui as mis dans la tête, Austin ? Quand il vivait avec moi, il n'avait pas ce genre de comportement !

Je pose mes nouilles et mon poulet *chop suey* sur la table pour serrer les poings. Elle me gonfle. *Comme si j'avais envoyé Sacha se battre sciemment.*

Je dévisage mon fils qui mange comme si la conversation ne l'intéressait pas le moins du monde alors qu'il sait très bien qu'on parle de lui. Je suis surpris, Sacha est d'un tempérament tellement calme que pas une minute je ne l'imagine en train de se battre à l'école.

– Pourquoi c'est toi qu'on a appelée, et pas moi ?

Ma mère met déjà son sac sur ses épaules et prend sa veste.

– Parce que je leur ai demandé. Ils savent que tu es jeune, étudiant et que tu ne sais pas gérer ce genre de situation…

Je m'énerve :

– Comment veux-tu que j'apprenne à le faire si on ne m'en laisse pas l'occasion ? C'est moi qu'ils auraient dû appeler, je serais venu !

Tory soupire et se penche pour embrasser Sacha.

– Arrête de faire l'enfant, Austin. Je ne comprends même pas pourquoi tu as voulu vivre tout seul. Bref… Il faut que j'y aille, maintenant. On se voit dimanche à la maison, et cette fois-ci, tu viens, pas de fausse excuse qui tienne !

Elle sort de la cuisine et tandis que je m'assois en face de Sacha, la porte d'entrée claque. J'observe mon fils qui ne me jette même pas un regard et je croise mes mains devant moi.

– Pourquoi tu t'es battu ?

Il avale encore une bouchée avant de répondre.

– Parce que.

C'est sa réponse préférée.

– Parce que quoi ?

– Il a dit que je n'ai pas de maman. Et pas de papa aussi.

Je soupire. Il daigne enfin lever ses prunelles foncées sur moi. La seule chose qu'il ait héritée de sa mère, Brittany, sont ses cheveux blonds comme les blés.

– Oui, mais c'est faux, je suis là, moi. Ce n'était pas une raison pour te battre.

Les enfants peuvent être très cruels entre eux.

– Tu vas repartir bientôt ?

Une culpabilité énorme m'étreint le cœur. Sa petite voix est plaintive et ses yeux embués. Je l'ai laissé tellement de fois qu'il ne comprend pas que je ne le ferai plus.

– Non, je t'ai déjà dit que non. Je ne vais plus nulle part. Et si je pars, je t'emmène avec moi.

– Tu promets ?

– Oui, je te le promets.

Il hoche la tête et se remet à manger. Je l'examine les mains croisées sous le menton.

– Pardon. Je ne recommencerai pas...

Sa petite moue boudeuse me fait sourire.

Après le dîner, je l'installe devant la télé le temps de prendre une douche rapide. Je mange pendant qu'il regarde ses dessins animés et une fois que j'ai fini de faire la vaisselle, je l'emmène au lit.

Je ne lui ai toujours pas acheté de livres. Je me promets toujours de le faire pour pouvoir lui lire des histoires le soir, mais j'oublie systématiquement. Je le borde et mets sa veilleuse. Lui non plus ne dort pas dans le noir. Comme une certaine Alexandra. Je suppose que tous les enfants qui ont subi des traumatismes sont comme cela.

Ensuite, je retourne au salon où j'essaie de bosser un peu mes cours, mais j'abandonne très vite. Toutes mes pensées sont concentrées sur la télé. Il y passe un reportage sur les relations de couple conflictuelles. Décidément, aujourd'hui, l'univers tout entier a décidé de me faire passer un message.

Je finis par éteindre quand mes yeux sont lourds de sommeil, et je me traîne jusqu'à ma chambre.

Mais comme tous les soirs, je rêve d'elle.

– Austin…

Je tourne vivement la tête. Sacha est debout dans l'embrasure de la porte, sa couverture et son doudou dans les bras.

– Sacha ! Qu'est-ce que tu fais là ? Pourquoi tu ne dors pas ?

– J'ai fait un cauchemar.

Il a peur et je vois à ses yeux qu'il se retient de pleurer. Je me pousse et lui fais de la place.

– Viens.

Il grimpe sur le lit et s'allonge à côté de moi. Chaque fois que je l'entends m'appeler Austin et non papa, mon cœur se serre. Cela me rappelle tous mes manquements.

Il murmure dans le noir, son visage à quelques centimètres du mien.

– Toi aussi, tu as fait un cauchemar ?

– Oui.

Et le mien s'est déjà réalisé.

– Tu as peur ?

– Oui.

– Je peux dormir avec toi ?

– Bien sûr, mon grand.

Il s'enroule dans sa couverture et je fais de même. Une chose est sûre : il nous manque à tous les deux une femme dans notre vie !

3
Alexandra

Il fait froid, mais cela ne m'empêche pas de courir. C'est une habitude que j'ai prise depuis que je vis à New York. J'ai pu m'inscrire à quelques cours pour le premier semestre à la fac, mais trop peu pour combler tout mon temps. Alors je fais du sport.

Heureusement, grâce à mon père, j'ai pu décrocher un emploi deux jours par semaine en tant qu'hôtesse d'accueil dans un groupe d'édition réputé sur la 6th Avenue, Hyperion Book Group. Sachant que mon père paie la moitié du loyer que je partage avec Zara non loin du campus de NYU, les trois cents dollars que je touche par semaine me permettent de vivre correctement.

Le soleil orangé se lève à peine derrière les immenses gratte-ciel, illuminant la ville de bon matin, tandis que mes foulées me font faire le tour du campus. De nombreuses voitures circulent déjà, les travailleurs pressés sont dehors et filent partout en courant. À New York, tout le monde est pressé, personne ne marche, et souvent, Zara et moi nous laissons porter par le mouvement. Les avenues sont tellement larges que j'ai constamment le regard tourné vers le haut. Et j'adore cela. J'ai l'impression de pouvoir respirer librement. Enfin, si on excepte les rues bondées et pleines de cris, de monde, de voitures et d'embouteillages, où il vaut mieux retenir son souffle.

Essoufflée et ma queue-de-cheval se balançant dans mon dos, je trottine encore jusqu'à la porte de notre immeuble. Il est situé dans le quartier de Greenwich Village, à cinq minutes à pied du campus et à vingt minutes en bus de mon boulot. Comble de l'ironie, nous habitons dans la rue St Jones. Le même nom que mon ancienne école à Mary Island. Le destin peut être très cruel. Mais c'était le seul appartement peu cher que Zara et mon père aient trouvé à New York. Avec baignoire et chacune sa chambre, nous avons eu beaucoup de chance qu'il ne soit pas déjà pris.

Je m'appuie sur mes genoux un instant pour reprendre mon souffle, en nage dans mon sweat violet à l'effigie de NYU.

– Salut.

Notre voisin du second sort au moment où je me redresse pour entrer. Il est plutôt sexy, comme dit Zara. Grand, avec une barbe brune bien dessinée et une tignasse de la même couleur. Pas mal, mais banal.

Je lui fais mon plus beau sourire et il me rend la pareille. Je dois avoir les joues et le nez rouges d'avoir autant couru dans le froid.

– Salut.

En véritable gentleman, il me tient la porte et sort avec son spitz en laisse qui remue sa queue touffue vers moi. Je lui caresse la tête avant de monter les escaliers pour mon dernier échauffement.

Quand je pousse la porte de l'appartement, l'air chaud de l'intérieur me saisit. Il fait un froid mordant à l'extérieur.

– Joyeux anniversaire… Joyeux anniversaire, mon lapin !

Zara, attablée dans le salon-salle à manger, chante devant la webcam pour sa petite nièce Chelsy qui a six ans aujourd'hui. Elle lui fait plein de bisous par le biais de la caméra et je les entends piailler pendant que je retire mes chaussures et traverse la pièce en me dirigeant vers le frigo pour y prendre une bouteille d'eau.

Ma meilleure amie coupe *Skype* et ferme l'écran de son ordinateur en essuyant ses yeux. C'est dur pour elle d'être loin des seuls membres de sa famille qui lui restent, à savoir sa sœur et ses trois nièces et neveux.

– C'est l'anniversaire de Chelsy, hoquète-t-elle. Je ne l'ai jamais manqué, c'est la première fois…

– Je sais, poulette. Mais elle sait que tu travailles dur ici, Rachel lui aura expliqué, ne t'inquiète pas.

Elle essuie encore ses magnifiques yeux bleus en amande pleins de larmes.

– Tu es encore sortie aussi tôt pour aller courir ?

– Ouais.

– T'es complètement folle. Entre la natation que tu as reprise, les cours et ton boulot, tu trouves encore le temps d'aller courir le matin ! Ton cœur va lâcher…

J'ai envie de lui répondre que mon cœur est sur off depuis un moment, mais je m'abstiens.

Mon regard tombe sur l'horloge murale et j'en lâche presque ma bouteille d'eau. Sept heures.

– Bordel, je suis déjà à la bourre !

En courant, je file à la salle de bain pour me laver rapidement.

– Mais tu ne commences qu'à huit heures ! crie Zara depuis le salon.

Je l'entends qui met la télé. Elle va encore passer sa matinée dans le canapé, j'en suis sûre. Elle a choisi, pour la plupart, des cours qui ne sont donnés que l'après-midi.

Je ne réponds pas et m'habille rapidement après ma douche. Je passe une jupe crayon grise sur des collants noirs et un chemisier, noir également, des petites bottines à talons et un blazer long, effet smoking. Je relève mes cheveux en chignon et laisse ma frange sur le devant. Je ne suis plus tout à fait la même, physiquement. Après le pétage de plombs au cours duquel je me suis coupé les cheveux moi-même, il y a quelques mois, Lauren m'a emmenée chez le coiffeur. J'ai désormais un dégradé et une frange. Mais le changement le plus radical, c'est la couleur. J'ai encore les racines foncées, mais sinon je suis devenue blonde. Comme ma belle-mère. Finalement, je m'aime bien comme cela. Ça éclaircit mon visage.

Mais Zara et mon père ont eu beau sourire, je sais qu'ils n'ont pas aimé du tout.

– Ce n'est pas vraiment toi, a dit Zara.

Tant pis. Gabrielle Chanel alias Coco a dit un jour qu'une femme qui se coupe les cheveux est une femme qui s'apprête à changer de vie. Elle a raison. Je suis désormais Alexandra Montgomery, dix-neuf ans, blonde, étudiante à NYU [4], hôtesse d'accueil chez HBG.

Un coup de mascara et de blush et je prends mon sac et mon téléphone pour sortir.

– Canon, me fait Zara en levant le pouce du canapé sur lequel elle est avachie.

Depuis un mois que je bosse chez HBG, je porte des talons deux fois par semaine. En tant qu'hôtesse d'accueil, il faut toujours être bien sur soi et j'ai appris à m'y faire. Même si rien ne vaudra jamais mes Converse ou mes tennis.

– Merci ! Ne m'attends pas pour manger ce soir, je rentrerai tard !

Je file et prends le bus. Je travaille chez Hyperion les jeudis et vendredis. C'est mon premier boulot. Je ne me suis jamais sentie aussi adulte. Même si c'est encore mon père qui paye mes factures.

J'adore New York. L'image que j'avais en tête de cette ville est celle que je vis tous les jours. J'ai encore du mal à me dire que je touche mon rêve du doigt. C'est une ville vivante, pleine d'étudiants, de coins à visiter, de soirées, de restaurants sympas et de parcs magnifiques. Il y a beaucoup de verdure malgré les immenses avenues. Et plein de beaux magasins.

Samedi dernier, Zara et moi avons passé la journée au Rockefeller Center, puis nous sommes allées au grand M&M's World [5], où j'ai pu acheter des bonbons aux couleurs des Yankees de New York. Et dimanche, en bonnes touristes, nous sommes allées visiter la statue de la Liberté sur Liberty Island.

Pour l'heure, je file en bus sur l'immense et imposante 6th Avenue.

J'arrive vingt minutes plus tard devant le 1290 Avenue of the Americas. C'est dans un gratte-ciel impressionnant que je travaille. Il y a du bon d'avoir un père chirurgien qui a sauvé la vie de l'enfant du PDG de l'ancienne maison d'édition Hyperion, devenue Hyperion Book Group avec son développement.

4. NYU : New York University.
5. Magasin de bonbons M&M's.

Je pousse les portes imposantes et me rends directement au vestiaire des employés. Je dépose mes affaires et prends mon badge. Puis je retourne derrière le comptoir où Maddy, l'autre hôtesse d'accueil qui bosse avec moi, me salue en tendant le téléphone d'où j'entends quelqu'un crier loin de son oreille.

– Depuis ce matin, il ne me lâche pas les pompes, celui-là, me dit-elle en étudiant distraitement ses ongles parfaitement manucurés alors que son interlocuteur hurle encore dans le combiné.

Je ris et allume mon poste. Je passe les emplois du temps des membres dirigeants en revue car c'est à nous de diriger les arrivants ou au contraire de les filtrer, puis je vérifie mes mails et les fais suivre aux différents services.

Tout au long de la journée, je salue les différents employés que je reconnais, du PDG à la femme de ménage. Je passe aussi quelques heures à trier et envoyer les courriers aux différents services. C'est comme cela que je sais que le groupe publie de nombreux grands auteurs comme Nicky Sparkes, Jossia Ford, Elinor Duchester.

– Bonjour, j'ai une livraison pour madame Jamie Raab.

J'ai l'habitude des livreurs, maintenant, et je ne relève même plus la tête. Concentrée sur le calendrier des rendez-vous qui changent encore et encore, je réponds automatiquement :

– Service Grand Central Publishing, 87e étage, l'ascenseur sur votre droite.

Je pointe la direction du doigt et j'entends les pas de l'homme qui s'éloigne.

– Ça, c'est expéditif comme réponse, Blondie !

C'est la voix d'un mec. Plus jeune, je dirais. Mais je n'ai pas le temps pour la drague. L'emploi du temps de monsieur Smith, à la direction des éditions Ormeau, vient encore de changer et je dois remettre un badge et un descriptif complet de l'entreprise et de son service à un stagiaire qu'il accueille dans moins d'une heure.

– C'est pourquoi ? je demande, distraite, en pianotant sur mon clavier.

– Pour t'inviter à prendre un verre, si ça te tente…

Excédée, je ne réponds pas. Un autre livreur vient poser son paquet sur mon comptoir.

– J'ai un paquet avec signature pour madame Reagan…

– Service Little, Brown and Company, 70e étage au fond du couloir, suivez le marquage, l'ascenseur est à votre droite.

Le livreur file à son tour.

– Bordel ! Tu connais tous les services par cœur ou quoi ?

Le mec collant est toujours accoudé à mon comptoir. Je daigne enfin lever les yeux sur lui pour répliquer.

– Oui ! C'est pour quoi ?

Je me retrouve face au sosie de Josh Holloway. Les cheveux châtain clair, tombant sur la nuque, et une barbe de quelques jours. Tout de cuir vêtu et avec un sourire à faire se damner les filles. Bien plus mignon que notre voisin du deuxième. Même Maddy a levé les yeux de son écran et a remis ses seins à leur place dans son chemisier.

– Salut, me dit-il de sa voix grave et enjôleuse.

Je ne peux m'empêcher de rougir et de répondre.

– Salut.

– Le hasard fait bien les choses, on dirait… Alors comme ça, c'est ici que l'accro à la course à pied bosse…

– Pardon ?

– Je t'ai encore vue faire le tour du campus, ce matin ! ajoute-t-il avec un clin d'œil.

– Ne m'appelle pas comme ça. Et puis t'es qui, d'abord ? T'es à NYU ?

– Ouaip, moi, c'est Adam. Adam Daniels. Des violets de NYU.

Les violets sont l'équipe de foot universitaire.

Je hausse les sourcils.

– Et ?

– Et je cours aussi autour du campus le matin. Tu as un sacré rythme !

– Et ?

Il rit.

– Rien. Je ne pensais pas te trouver là, c'est tout. Sinon, ça te dit d'aller boire un verre ?

Avec un reniflement dédaigneux, malgré son évidente beauté, je baisse à nouveau les yeux sur mon écran. Pas besoin d'un dragueur lourdaud aujourd'hui, ni jamais.

– Je bosse, là, au cas où tu ne l'aurais pas remarqué.

– J'ai vu. Plus tard, alors. Il y a une soirée dans ma fraternité, ce soir, si ça te dit.

– Non, merci. Mais sinon tu es là pour quoi ? Je peux t'aider à trouver ton chemin, peut-être ?

Il soupire.

– J'ai rendez-vous avec un certain Hauffman.

– À la bonne heure, dis-je d'un ton excédé, en recherchant sur mon écran. Adam Daniels... Tu es en retard et monsieur Hauffman déteste les retardataires.

– Je lui dirai que tu m'as dragué. Cela l'incitera peut-être à accepter mon manuscrit.

Ce type est auteur ? Et en passe de signer dans le groupe ? Je pointe un doigt sur l'ascenseur à gauche sans relever.

– Tu suivras les panneaux, c'est au 90e étage.

Il tapote sur le comptoir.

– Très bien, Blondie, mais on se reverra...

Il s'en va et je lève les yeux pour le regarder s'éloigner. Il passe les mains dans ses cheveux et sa démarche souple le rend encore plus beau à regarder. Je me tourne vers Maddy qui sourit et hoche la tête doucement.

Quelques heures après, je débauche. Il fait déjà nuit, mais avec les luminaires, les enseignes qui clignotent et les écrans de publicité géants, la ville est illuminée.

Je me rends au petit café en face de mon boulot et m'assoit à la table la plus proche de la vitre. Je commande un grand café latté et j'attends jusqu'à ce que la chaise en face de moi racle le sol et qu'un homme s'assoit.

– Mademoiselle Montgomery.

– Monsieur Jackson.

Il ferait peur à n'importe qui. Une carrure de rugbyman, Afro-Américain et habillé d'un costard gris tiré sur son imposante carrure. Pourtant, moi, il ne m'effraie pas, je le connais.

– Vous avez trouvé ?

– Je crois.

– Vous croyez ?

– Vous aviez dit vouloir vérifier par vous-même. Alors j'ai des adresses pour vous, mais je ne suis pas allé voir.

– Seattle, ça va faire loin pour moi… Je ne vais pas pouvoir y aller maintenant…

– Pas la peine d'aller jusque-là. Il est ici.

– Comment ça « ici » ?

Mon cœur s'est mis à battre très fort.

– À New York.

Le Black pose une grande enveloppe marron sur la table et je la tire vers moi.

– Voilà tout ce que j'ai trouvé. Cependant, je vous conseille de bien lire le tout avant de vous lancer dans quoi que ce soit. Ça n'a pas l'air d'être quelqu'un de très fréquentable, ce Leo.

Je hoche la tête et fourre l'enveloppe dans mon sac. Je verrai cela plus tard.

Je lui tends une enveloppe à mon tour.

Le reste de l'argent que je lui devais. J'ai l'impression de dealer. Payer un détective privé au noir se fait rarement. J'ai vendu ma Mustang de 95 pour cela.

Il la prend et la fourre dans sa poche sans vérifier.

– Si vous avez besoin de précisions, vous avez mon numéro.

– Merci.

Le malabar se lève et pose un billet sur la table et un généreux pourboire.

– Je vous offre votre café.

Il sort et moi je termine ma tasse avec le cœur qui bat fort quand je pense à l'enveloppe dans mon sac.

J'ai peut-être retrouvé mon frère.

Avec une excitation que je m'efforce de contenir, je rentre chez moi.

Mais je n'ai pas le temps pour cela ce soir, car il faut que je prenne le bus de nuit qui va jusqu'à Boston. Demain, c'est l'anniversaire de mon père et je ne suis pas rentrée chez moi depuis longtemps.

4
Austin

– Est-ce que j'ai le droit de venir ?

– J'ai dit non, Sacha. Arrête d'insister.

C'est la même chose depuis ce matin, il veut assister à mon combat de boxe au gala de ce soir et je refuse. Ce n'est pas un endroit pour les enfants. De plus, je ne peux pas le garder et aller combattre en même temps.

Je file dans les allées du supermarché, mon panier à la main et Sacha sur mes talons. Nous faisons des courses pour réapprovisionner les placards vides de l'appartement.

– Pourquoi ?

– Emily te garde à la maison et tu as intérêt à être sage avec elle.

– Non.

Je me tourne vivement vers lui.

– Comment ça "non", p'tit con ?

Il croise les bras sur sa poitrine et baisse la tête, énervé. *Foutu gamin !*

– J'suis pas con, d'abord !

– Alors arrête de faire comme si. T'as intérêt à faire ce qu'elle te dit, tu m'as bien compris ?

– Je veux venir avec toi.

– Ce n'est pas pour les petits, ce genre d'endroit.

– Pourquoi ?

Il relève ses yeux sombres et presque embués de larmes pour me fixer. Si j'ai les mêmes, je dois vraiment faire peur quand je suis en colère.

– Parce que !

Sacha a un petit rire dédaigneux.

– Ce n'est pas une réponse « parce que » ! crie-t-il en me retournant ce que je lui dis tout le temps.

– Putain, mais c'est comme ça, point ! je m'énerve. C'est fait pour les adultes, c'est tout !

– Eh ben moi, je veux être grand, d'abord !

Je me penche vers lui pour le regarder droit dans les yeux.

– C'est que des emmerdes d'être grand, comme tu dis, alors estime-toi heureux d'avoir cinq ans ! Puis t'es sûr que t'as que cinq ans, toi ?

– Oui. J'ai soufflé mes bougies la dernière fois et grand-mère en avait mis cinq. T'étais pas là.

Je soupire. *Merci de me le rappeler.*

– Bon, maintenant, t'arrêtes tes conneries ! Et arrête de me répondre quand je dis quelque chose. T'es malpoli.

– Non, c'est toi qui es malpoli.

– Va chercher tes foutues céréales, maintenant !

– Austin ?

Je sursaute et me retourne vivement.

Monsieur Montgomery. *Putain de bordel de merde.* Il fallait que je tombe sur lui dans une ville aussi grande que Boston.

Le père de Lexie se tient devant moi, une bouteille d'eau dans une main et un journal dans l'autre.

Son regard surpris s'arrête longtemps sur Sacha.

– Heu… bonjour… monsieur Montgomery.

– Lexie ne m'avait pas dit que tu avais un petit frère…

Je sens mon pouls battre plus vite à mes tempes. *Donc, Lexie ne leur a pas tout expliqué…*

– Euh… non, c'est…

Je pèse le pour et le contre d'avouer la vérité au père de Lexie. Derrière moi, il y a un étalage de fruits et légumes. Si je lui dis, ma tête risque de finir entre les courgettes et les concombres. Mais Sacha est avec moi et je dois l'assumer.

Je respire longuement avant de lâcher :

– Monsieur Montgomery, je vous présente Sacha. Mon fils.

– Enchant... Pardon ?

Ses yeux s'écarquillent tout à coup.

– C'est une longue histoire, je pensais que Lexie vous en avait parlé...

– Alexandra est au courant ? Oh mon Dieu, mais... tu... tu es grand ! souffle-t-il en regardant Sacha.

– Ah, tu vois que je suis grand ! me fait ce dernier avec une pointe de défi dans la voix.

Je ferme les yeux un instant. *Bordel, ce gosse va me rendre fou !* Finalement, je préfère quand il ne parle pas trop.

Monsieur Montgomery reprend :

– C'est pour ça qu'elle a... qu'elle était si...

J'ouvre grand les oreilles. Voilà quelqu'un qui va enfin me donner des nouvelles de Lexie.

Mais il ne finit pas sa phrase et referme la bouche.

En le voyant serrer les poings, je recule et tire Sacha avec moi par l'épaule.

– Je vois, murmure-t-il en tournant aussi sec les talons pour repartir en sens inverse.

Je fais un pas dans sa direction.

– Non, attendez ! Monsieur Montgomery !

Mais il ne s'arrête pas, pose brutalement la bouteille d'eau sur une étagère à gâteaux et passe la caisse sans rien acheter.

Je le regarde s'éloigner.

– Évidemment, pauvre con, tu t'attendais à quoi ? me fustigé-je moi-même.

– C'était qui ? demande Sacha.

– Un papa très en colère, comme moi. Alors maintenant, tu bouges ou je te plante là !

Je pars dans le rayon condiments avec Sacha à mes basques. Je n'aurais pas dû dire ça. Il a toujours peur que je l'abandonne quelque part.

Quarante minutes plus tard, nous sommes à la maison. Je dois être parti à vingt heures, ce soir, alors je m'active. Il faut que je range l'appartement, que je porte le linge à la laverie en bas et que je fasse à manger pour le soir.

À dix-neuf heures trente, la baby-sitter n'est toujours pas là. Je commence à m'inquiéter. Ma mère est partie en week-end dans les Hamptons, donc si elle ne vient pas, je suis dans la merde. J'essaie de la rappeler pour la troisième fois.

Elle finit par décrocher.

– Austin ! Désolée, je ne peux pas venir, ce soir ! J'ai un méga problème de fuite d'eau dans la maison à régler et mes parents sont absents. J'aurais dû prévenir plus tôt, mais…

– Putain ! Et je fais comment, moi, maintenant ?

Elle s'excuse encore et raccroche.

– Bon sang…

Je n'ai pas trente-six solutions. Je ne peux pas annuler. Je suis payé une petite fortune pour participer à ce gala.

– Sacha ! Viens ici ! crié-je depuis ma chambre.

Quelques secondes plus tard, il apparaît sur le seuil, son train dans la main.

– Va te changer, tu viens avec moi.

Il en lâche son jouet de surprise.

– J'ai le droit ?

– Ouais… Grouille-toi avant que je change d'avis, je suis en retard…

Il me fait un énorme sourire avant de courir à sa chambre. Je le vois tellement rarement sourire que je ne peux m'empêcher de faire pareil.

Nous partons rapidement en emmenant un sandwich et une bouteille d'eau. Le gala se déroule dans l'immense gymnase du centre de South End. C'est le plus grand événement sportif de la saison. Presque six mille spectateurs sont attendus.

Quand nous arrivons, c'est déjà l'euphorie. Les parkings sont pleins à craquer et la foule se bouscule à l'entrée.

J'emprunte l'accès nord réservé aux participants et au staff. À l'intérieur, je cherche le vestiaire qui m'est destiné. Les combats ne commencent pas avant une heure, mais je dois m'échauffer d'abord.

J'aperçois la petite rousse qui s'occupe du matériel sportif.

– Lindsey !

Elle se retourne et me fait son plus beau sourire.

– Madeon.

Ici, tout le monde m'appelle par mon nom de combattant.

– Salut. Dis, j'ai un immense service à te demander... Est-ce que tu pourrais me garder Sacha, ce soir ? Juste le temps que je m'échauffe, et pour mes combats, aussi.

Elle hausse les sourcils en apercevant Sacha, qui, lui, regarde les boxeurs aller et venir avec des étoiles plein les yeux.

– Je ne savais pas qu'on avait le droit d'emmener des gamins aussi petits ici, dit-elle.

Sacha se retourne vers elle pour lui jeter un regard noir.

– Je ne suis pas petit.

Elle rit et va pour lui frotter le haut du crâne, mais il se recule.

– Sacha va être sage et fera tout ce que tu lui diras, dis-je à Lindsey.

Puis je me retourne vers mon fils et prends une voix menaçante :

– C'est clair ?

Il hoche la tête et Lindsey soupire.

– Très bien, mais s'il me vomit ou me pisse dessus, t'as intérêt à me payer !

– Merci Carotte, dis-je avant de laisser Sacha avec elle.

– Tu vas voir où je vais te la foutre la carotte...

Je donne le sandwich et la bouteille d'eau à Sacha et lui ébouriffe les cheveux.

– À plus tard !

Sauf qu'en voulant passer la porte du vestiaire, j'aperçois une fille en sweat noir, jeans et tennis blanches. Je n'ai pas vu son visage, mais dans sa démarche j'ai cru reconnaître quelqu'un.

Je laisse mes affaires pour sortir vers la foule qui s'amasse dans les gradins et autour du ring. Il y a un énorme brouhaha général. Sans compter la musique dans les haut-parleurs et les gars de l'animation qui hurlent dans les micros.

J'essaie de me frayer un chemin à travers la foule quand, au loin, je vois de nouveau les tennis blanches. Je sais, c'est banal des tennis blanches, mais celles-là, on dirait vraiment...

– Lexie ?

Mon cœur s'est mis à battre plus fort. Elle a tourné la tête et ma vie s'est mise sur pause. C'est elle. Enfin, je crois. C'était tellement rapide. Elle a une capuche sur la tête et je n'aperçois plus son visage.

– Lexie !

Je pousse les gens pour passer, mais elle s'évanouit dans la foule. Alors je me mets presque à courir. J'ai le cœur qui va exploser, les mains moites, le pouls qui bat sourdement à mes tempes.

– Lexie !

Je cherche du regard en tournant sur moi-même dans la foule, où des gens me regardent comme si j'étais cinglé.

J'aperçois de nouveau la capuche noire sur ma droite et je bouscule du monde pour me faufiler sans écouter les protestations.

Je pose une main tremblante sur son épaule lorsque j'arrive à sa hauteur. Mais la fille à la capuche qui se retourne n'est pas Lexie. Elle est jolie, mais quelconque. Elle n'a pas de grands yeux verts comme je l'avais imaginé.

La petite brune me lance un regard mauvais.

– Oh, désolé… Je vous ai prise pour quelqu'un d'autre.

Je retire ma main et elle s'éloigne avec sa bande d'amis. *Fait chier ! Je commence sérieusement à perdre la tête.*

Je prends un instant pour respirer en me passant les mains dans les cheveux que j'ai récemment coupés plus court.

Complètement abattu, je retourne au vestiaire. *Il faut vraiment que j'arrête, je commence à la voir partout, maintenant* !

5
Alexandra

– Chérie, tu veux un gâteau au citron ?

Je hoche la tête et Lauren me tend un muffin tout droit sorti du four. Je me passerais bien de son « Chérie » affectueux, mais elle a pris de la confiance depuis quelques mois. Il faut dire que j'ai fait beaucoup d'efforts à son égard. Il m'aura fallu presque dix ans pour commencer à apprécier ma belle-mère.

Je mords dans le gâteau en grimpant sur le tabouret de bar de la cuisine et, d'un coup de torchon, Lauren fait disparaître les miettes que j'ai laissées sur le marbre. Son côté maniaque n'a pas disparu.

Elle tend le plateau à Ruarc, le fils de sa cousine, qui a pris sa petite sœur Sedna sur ses genoux. Cette dernière refuse les gâteaux de la tête et joue avec sa Barbie sur le comptoir alors que son grand frère avale un muffin en deux ou trois bouchées.

– Non, mais quel vorace ! m'écrié-je faussement outrée.

Ruarc me fait un doigt d'honneur derrière le dos de sa sœur pour que Lauren ne le voie pas et je ris.

– Bon, les loulous, on y va ! J'ai le coffre de la voiture plein de courses à décharger et papa nous attend, lance Davan, leur mère.

Sedna lui tend les bras et elle la prend sur ses hanches arrondies. Ils ont passé la journée ici et je n'ai pu m'empêcher de repenser au mariage de Lauren et de mon père, et au moment où Austin a porté Sedna dans ses bras. Inévitablement, le fait d'être à Boston où je ne suis pas revenue depuis longtemps me fait penser à lui. Il n'est pas loin. Où exactement, je ne sais pas. Mais pas loin quand même.

– Oh *mamaí* ! Je reste encore un peu avec Lexie ! s'exclame Ruarc.

Son accent et ses mots en gaélique me font rire. *Ces Irlandais...*

– Ruarc, si tu veux passer la journée avec Lexie, tu nous ramènes à la maison d'abord, parce que tu devras prendre le bus pour rentrer, sinon. Je ne reviendrai pas te chercher.

Ruarc soupire, mais il se lève.

– D'accord, je vous raccompagne.

Mon père passe la porte de la cuisine et lâche son journal sur le comptoir. Ruarc, Sedna et Davan nous lancent un *Slán agat* [6] et s'en vont.

Mon père porte un regard pensif sur moi puis se sert une tasse de café avec sa machine à expresso à mille balles.

– Quoi ? je ronchonne. J'ai nettoyé ton tapis de course !

J'ai fait du sport dans sa salle ce matin et je sais qu'il déteste quand on ne nettoie pas le matériel.

– Il a un enfant. Austin. À son âge... C'est pour ça que vous vous êtes disputés ?

Mon sang se glace instantanément dans mes veines. Entendre ce nom sortir de la bouche de mon père aussi naturellement me tétanise.

– Que... Quoi ?

– Je l'ai vu au supermarché.

Ma tête bourdonne. *Il a vu Austin ?*

Lauren ouvre de grands yeux.

– Il a un enfant ?

Je dépose le gâteau au citron et descends de mon tabouret. Lauren fait le va-et-vient du regard entre mon père et moi. Mon paternel me fixe de ses yeux perçants, attendant que je réponde. Je suis devenue rouge comme une tomate. Je ne leur avais rien dit.

– Oui. Il a un enfant.

---

6. *Au revoir*, en gaélique irlandais.

– Pourquoi tu ne nous as rien dit ?

Je ne réponds pas. Mon père avale une gorgée de son café et repose sa tasse brusquement.

– Tu n'étais pas au courant, c'est ça ? Non, mais quel petit merdeux, celui-là...

J'ouvre de grands yeux. Mon père ne jure pas, en principe. Jamais.

Il continue et je vois les veines de son front saillir sous la colère.

– Dire que je l'appréciais bien et que je lui ai fait une lettre de recommandation pour Boston University ! Je me suis retenu de l'envoyer bouler dans l'étalage des légumes uniquement parce qu'il y avait ce petit garçon avec lui...

Lauren s'est couvert la bouche de la main, horrifiée par ces révélations. Moi, je ne pense qu'à Austin et à ce « petit garçon ». *Comment est-il ? Ressemble-t-il à Austin ou à sa mère ? Comment sont-ils, tous les deux ?*

– Il ne remettra plus jamais les pieds ici, je le jure ! hurle mon père en levant un doigt en l'air.

– On ne jure pas dans cette maison, lui fait Lauren en chassant son geste de son torchon.

– Papa, arrête...

– Non ! Tu es passée par bien trop de choses pour en arriver là. Il ne gâchera pas tout. Et il croyait quoi, en sortant avec toi, hein ? Que tu élèverais le gosse d'une autre ? Non mais et puis quoi encore ? Tu vaux bien mieux que ça !

Lauren plante ses poings sur ses hanches en fusillant mon père des yeux.

– Qui y a-t-il de si mal à élever l'enfant d'une autre, Christian ? Tu peux me le dire, hein ?

Je l'observe en me mordant la lèvre. Ce que vient de dire mon père l'a vexée. Elle m'a élevée alors que je ne suis pas sa fille et cela n'a pas été simple. Mais elle n'a jamais baissé les bras.

Mon père chasse ses répliques de la main.

– Tu sais bien que ça n'a rien à voir, chérie ! Je vais de ce pas appeler le doyen de l'université pour lui dire quel genre d'élève il...

Je m'écrie vivement, complètement paniquée.

– Non ! Je t'interdis de faire ça ! On a déjà réglé nos comptes, Austin et moi. Et ce depuis plusieurs mois. Promets-moi que tu ne feras rien !

– Alexandra, il est hors de…

Lauren l'interrompt et lève une main comme pour clore la discussion.

– Il ne fera rien, ma belle. Je peux te le promettre. Austin et toi êtes adultes et vous réglez vos problèmes entre vous.

Elle a dit ça vertement en fixant mon père durement.

– Maintenant tu veux bien nous laisser ? J'ai à discuter avec Christian Robert Montgomery.

Quand elle prononce son nom de cette façon, c'est très mauvais signe. Alors je m'éclipse en soupirant. Mon père risque de passer un mauvais quart d'heure et il l'aura bien mérité.

Je monte à l'étage et referme la porte de ma chambre en entendant Lauren crier sur mon père.

– Non mais tu te rends compte de ce que tu dis ? Ça ne va pas…

Je l'imagine très bien agiter son torchon sous le nez de mon père qui ira lui acheter des fleurs demain matin à la première heure.

J'ouvre mon ordi et sors mon casque. Je mets de la musique à fond pour ne pas entendre leurs cris. Je laisse la musique m'emplir les oreilles et la tête.

I could stay awake just to hear you breathing
Watch you smile while you are sleeping
While you're far away and dreaming

I could spend my life in this sweet surrender
I could stay lost in this moment forever
Every moment spent with you is a moment I treasure

Don't wanna close my eyes
Don't wanna fall asleep
Cause I'd miss you, baby
And I don't want to miss a thing
Cause even when I dream of you
The sweetest dream will never do
I'd still miss you, baby

And I don't wanna miss a thing[7]

Je pleure en écoutant cette chanson. Je pleure en me souvenant que, pour le mariage de Lauren et de mon père, j'avais dansé sur cette musique avec lui. Austin. Lui, toujours lui. Encore lui. Tout me le rappelle. Même une chanson débile.

Je finis par m'endormir en pleurant sur mon oreiller.

Je rêve que je marche dans les rues de Palmera Beach, à Mary Island. En tenant fermement la main d'Austin qui me sourit d'un côté, et une autre main plus petite, de l'autre.

– Lexie !

Je sursaute et relève la tête de mon oreiller à l'effigie de Mickey. Je l'ai depuis mes dix ans, celui-là. Après un passage à Disney World avec Lauren et mon père pour mon anniversaire. Ils avaient sorti le grand jeu, cette année-là, pour me faire oublier la mort de maman.

– Tu as pleuré ?

– Quelle perspicacité, Ruarc ! lâché-je railleusement à mon cousin par alliance.

Il s'assoit sur mon lit et ne répond pas.

– Excuse-moi, je soupire.

– Pas grave, marmonne-t-il en tirant mon ordi vers lui.

Nous passons l'après-midi à écouter de la musique. Ruarc me fait écouter beaucoup de musique gaélique et j'adore ça.

– Ça te dit de sortir, ce soir ? Je serai avec des amis.

– Ça dépend. Pour aller où ?

---

7. Je pourrais rester éveillé juste pour t'entendre respirer
Te regarder sourire pendant que tu dors
Alors que tu es loin et que tu rêves.
Je pourrais passer ma vie dans ce doux abandon.
Je pourrais me perdre à jamais dans ce moment.
Chaque moment que je passe avec toi est un moment que je chéris.

Je ne veux pas fermer mes yeux, je ne veux pas m'endormir
Parce que tu me manquerais, bébé, et je ne veux rien manquer
Car même quand je rêve de toi, le rêve le plus doux que je ferai jamais
Tu me manques toujours, bébé, et je ne veux rien manquer.

Il tire un flyer de sa poche et le déplie.

– Il y a un gala de boxe au…

– Oh putain, non ! S'il te plaît, pas ça !

Je lève la main et repousse son flyer. *De la boxe ? Juste pour me rappeler Austin un peu plus ? Hors de question.*

– Mais allez, insiste Ruarc, ce sera sympa. On ira boire un coup après. Et puis il va y avoir des combats impressionnants, ce soir. Tu vas voir, c'est cool, comme ambiance. Ce n'est pas comme t'imagines.

J'ai envie de lui dire que j'ai déjà assisté à des combats de boxe, mais cela reviendrait à prononcer le nom d'Austin, alors non.

– Non, Ruarc. Catégoriquement non ! De toute façon, c'est l'anniversaire de papa et je suis rentrée pour ça…

Il boude un instant puis reprend la parole :

– Eh bien, moi, je dis que tu voudras venir !

Il me tend son flyer tout en disant ça et je lui jette un regard noir. Il semble s'en moquer et me fourre son papier sous le nez.

– Regarde !

Avec énervement, je le lui arrache des mains et le déplie. Mon cœur fait un bond dans ma poitrine.

– Oh mon Dieu…

Les têtes de plusieurs boxeurs conviés au gala s'affichent sur le papier dans des positions de combat. Dont celle d'Austin Reed. Sous le nom de Madeon. Je savais que c'était son pseudo pour les combats. Madeon est l'anagramme de Deamon. C'est Zara qui lui avait choisi ce surnom quand ils se sont connus.

Sur le papier, il prend une pose de combat, les poings serrés et la mâchoire déformée par la rage. Je n'avais pas revu son visage depuis que, dans un accès de rage, j'ai noyé mon téléphone – et les photos qu'il contenait – dans les toilettes.

Il sera là ce soir. À Boston. Pour un gala de boxe.

– Alors tu viens ? me demande Ruarc avec empressement.

J'inspire longuement.

Je ne veux pas lui parler. Je n'ai rien à lui dire. Cela me ferait mal de l'entendre parler. D'un autre côté, à cette soirée, il sera sur le ring et combattra. Il y aura sûrement beaucoup de monde, alors peut-être qu'il ne me verra même pas. Il n'y a pas de raison qu'on se parle. Je le regarderai. C'est tout.

– Il y aura du monde ? demandé-je l'air de rien à Ruarc.

Il s'écrie, surexcité :

– Tu plaisantes ? Il va y avoir foule ! Tout le monde attend cette soirée depuis des mois ! Il y aura le grand MXX 8, puis Kaléo, et…

Je stoppe ses ardeurs en levant la main, comme Lauren le fait avec mon père.

– Ok, ok, l'Irlandais, calme-toi. Je viens. Mais seulement quand j'aurai partagé le repas avec Lauren et mon père parce que, sinon, ils vont me faire une scène d'enfer.

Ruarc sourit, fier de lui, et tape dans ma main levée alors que je lève les yeux au ciel en soupirant.

6
Alexandra

– Joyeux anniversaire, papa.

Mon père souffle ses bougies et prend le paquet que je lui tends. Notre relation s'est considérablement améliorée depuis quelques mois. Il découvre le portefeuille en cuir que je lui ai offert.

– C'est exactement ce qu'il me fallait, chérie ! Merci beaucoup.

Il sourit et tend la main pour me presser le bras. Je vois à son air qu'il hésite à venir m'embrasser. En refoulant mes sentiments contradictoires, je me penche vers lui et dépose un baiser sur sa joue. Je ne me souviens même plus quand j'ai eu ce geste pour la dernière fois. Peut-être même ne l'avais-je jamais fait.

Lauren sourit en coupant des parts du gâteau au chocolat qu'elle a préparé. J'en redemande une fois que j'ai mangé la première part. Je crois qu'ils sont contents que j'aie retrouvé l'appétit.

Quand le téléphone sonne, Lauren se précipite pour répondre en essuyant ses mains sur son tablier aussi immaculé que le reste de la cuisine. Il n'y a qu'elle pour cuisiner et ne pas mettre de saletés partout.

– C'est pour toi, Lexie.

Je me lève pour répondre.

– Ma chérie !

Je sursaute et sourit en entendant la voix de ma grand-mère à l'autre bout du combiné.

– Mamina ! Comment ça va ?

– Bien. Et toi ? Tu es à Boston ? J'appelais pour souhaiter son anniversaire à ton père, mais je préfère te parler à toi.

Je ris. Sa relation avec papa ne changera jamais. Et j'ai fini par comprendre. Je crois que, comme moi à l'époque, mon père lui a reproché son attitude avec maman et que c'est pour cela qu'ils se sont fâchés.

– Je suis contente de t'entendre. Tu me manques…

Et c'est vrai, je n'ai qu'une hâte : être aux vacances de Noël pour aller la voir à Mary Island. Je compte lui faire la surprise.

– Tu me manques aussi, chérie. Mais il faut que tu te concentres sur toi, tes études et ton boulot. Je suis fière de toi.

– Merci, Mamina. Mais dis-moi, ça va vraiment, toi ?

– Arrête de t'inquiéter pour moi, Lexie. Je vais bien. Je me suis habituée au stent qu'ils m'ont posé.

Elle fait référence à la prothèse que les médecins lui ont posée il y a un peu plus d'un mois, parce qu'elle ne pouvait plus avaler normalement.

Je ne pourrai jamais arrêter de m'inquiéter pour elle. Les mauvaises nouvelles ne préviennent pas.

– Charlie a appelé le charpentier pour s'occuper de la fuite du toit ? je demande.

Mamina étouffe un cri de surprise.

– Oh, j'avais complètement oublié !

Je lève les yeux au ciel. Cela ne m'étonne pas d'elle. Je suis sûre que la maison ne doit pas être en état. Mamina est complètement irresponsable. Et cela n'a rien à voir avec son cancer, non, c'est dans son caractère. Heureusement que Rachel, la sœur de Zara, et Charlie, mon oncle, s'occupent d'elle quand je ne suis pas là.

– Eh bien, quand il pleuvra dans ta chambre, tu t'en souviendras, je raille.

– Je l'appelle demain, c'est promis, me fait-elle. C'est comment… Boston ?

Je tressaille. Sa question n'est pas innocente. Ce qu'elle demande en réalité c'est « As-tu vu Austin ? »

– Boston est tranquille… Je ne reste que deux jours et je repars.

J'espère que ma réponse lui laisse comprendre que je n'ai pas l'intention d'aller le voir, ni de lui parler.

Mamina soupire, déçue, sans doute. Elle aime Austin, elle aussi.

– Bon, chérie, je ne te retarde pas plus, mais tu me rappelles quand tu seras chez toi, hein ?

– Mais oui, Mamina.

– Tu souhaiteras son anniversaire à ton père pour moi.

– Je n'y manquerai pas. Je t'aime. Bisous. Et appelle le charpentier pour qu'il vienne jeter un œil à cette toiture.

– Mais oui… je t'aime aussi. Bisous.

Nous raccrochons et je passe le message à mon père qui grogne un vague merci.

Après avoir englouti ma deuxième part de gâteau, je monte dans ma chambre et passe mon sweat noir sur mon t-shirt avec mon jean et mes tennis. Après tout, on va à un match de boxe, pas à la soirée du siècle.

Je dois avouer que je suis nerveuse. Cela fait cinq mois que je n'ai pas vu Austin et à la perspective d'être si proche de lui, je sens mon cœur défaillir. J'espère juste qu'on ne se croisera pas.

Je regarde l'heure toutes les cinq minutes. À force de tourner en rond, je sors de ma chambre et parcours la maison. Je vais dans le bureau de mon père pour accéder à sa bibliothèque. Je vais lire en attendant que Ruarc arrive.

Je m'assois sur le fauteuil en cuir avec une soudaine envie de pleurer. Alors je sors le petit flacon qui ne quitte jamais ma poche et laisse un cachet fondre sous ma langue. Je ferme les yeux et apprécie la sensation chimique du neuroleptique qui se diffuse dans mon corps.

Je reste là, accoudée au bureau un moment, avant d'apercevoir le stéthoscope de mon père par terre qui dépasse de sa mallette. Une idée me vient. Je faisais cela quand j'étais petite et que mon père ne me voyait pas. Je sors l'appareil et le place dans mes oreilles avant d'écouter les pulsations de mon cœur au travers de mon pull. Il bat sourdement et régulièrement. C'est bête, mais quand la limace de la dépression vous tord les entrailles, vous vous demandez souvent si votre cœur fonctionne toujours correctement.

– Alexandra ! Ruarc est là ! me crie Lauren du bas de l'escalier.

Je repose les affaires de mon père à leur place et passe mon sac en cuir en bandoulière avant de descendre rejoindre celui que je considère comme un cousin.

– Faites attention, nous dit Lauren quand nous sortons.

Je lui souris mais ne réponds pas. Ruarc fait bien un mètre quatre-vingt-dix et est tout en muscles. Je ne vois pas qui oserait m'embêter quand je suis avec lui.

En bas, dans sa voiture, il me présente Sharon et Max, ses deux meilleurs amis. Sharon est gothique. Tout de noir vêtue, avec des tatouages et des piercings partout. Les lèvres colorées de noir et les cheveux rouges, elle ne passe pas inaperçue. Ce n'est pas elle qui va aider à me fondre dans la masse. Max est plus normal. Ils sont tous à Boston University.

Je sens ma nervosité grandir à mesure que nous approchons de South End. Je n'aurais pas dû venir. C'était une erreur. Je ne saurai pas comment me conduire si je tombe sur Austin.

– Ça va ?

Ruarc s'enquiert de mon état une énième fois. Je triture nerveusement la petite croix autour de mon cou. La croix de baptême que ma mère a laissée pour Leo.

– Ça va.

Nous entrons et suivons la foule. C'est sûr qu'il y a du monde. Beaucoup plus que lors des galas de boxe à Mary Island. Nous sommes transportés par le mouvement.

Je mets ma capuche sur ma tête, il fait froid. Ruarc salue plusieurs gars de son université qu'il reconnaît et me présente. Ils sont tous très sympas. Je me colle à eux pour ne pas les perdre de vue.

Parfois, je me demande si le destin est plus cruel avec d'autres gens qu'avec moi, car pour rejoindre nos places nous passons devant des vestiaires et une voix arrive à mes oreilles. Je la reconnaîtrais entre mille. Elle est grave et chaude. Elle m'a murmuré des mots d'amour tant de fois. Je n'ose même pas me retourner de peur de le voir. Alors j'avance un peu en retrait du mur pour écouter.

– Sacha va être sage et fera tout ce que tu lui diras… C'est clair ?

En entendant ce prénom, je décide de me retourner un peu pour voir. Mes yeux se posent sur Austin, debout devant une rousse qui porte un t-shirt indiquant qu'elle fait partie du staff pour le gala.

Mon cœur s'est arrêté de battre, j'en suis sûre. Il est là, à moins de six mètres de moi. Le garçon que j'ai aimé de tout mon être. Il est toujours pareil, habillé de noir avec sa veste en cuir et ses Converse usées. Ses cheveux sont plus courts, il a dû les faire couper. Je détaille chaque trait de son visage. J'écarquille les yeux quand je vois l'anneau sur le coin de sa bouche. Il s'est fait percer la lèvre inférieure. Je dois faire un effort surhumain pour détourner les yeux et regarder le petit garçon à qui il tend une bouteille d'eau. Il est grand, pour un petit de cinq ans. Il a la tête baissée alors je ne vois pas tous ses traits, mais je vois bien qu'il a les cheveux blonds, loin de la tignasse noire d'Austin. Sa mère devait donc être blonde.

– À plus tard, leur dit-il en passant sa main dans les cheveux de son fils.

Je me détourne juste à temps pour qu'il ne me voie pas.

– Eh, ne te perds pas ! me sermonne Ruarc, que j'avais oublié et qui vient me tirer par le bras.

Nous nous enfonçons dans la foule.

Un moment, je crois entendre mon prénom, mais quand je me retourne, il n'y a personne.

Avec les autres, nous prenons nos places en haut des gradins sur la droite. Je suis contente parce que nous sommes éloignés du ring et qu'il y a tellement de gens que je me dis qu'il ne peut pas me voir parmi tout ce monde.

Je discute avec les autres en attendant que cela commence. Puis les cris se font de plus en plus pressants et les premiers combats débutent. Ruarc et Max sont surexcités.

Je finis par me prendre au jeu et encourage chaque fois le boxeur que je préfère. Même si je ne comprends toujours rien à la notation.

– Oh putain, le balayage qu'il s'est pris ! s'écrie Sharon en se couvrant la bouche des mains quand un boxeur s'effondre sous les huées des uns et les applaudissements des autres.

– Ce n'est pas un balayage, mais un *round house kick*, je lui dis. C'est un combiné du *low*, du *middle* et du *high kick*. Ça permet d'atteindre toutes les parties des membres inférieurs.

Max et Ruarc se penchent d'un même mouvement vers moi.

– Tu t'y connais en boxe ?

– Seulement en kick boxing, je réponds distraite.

Ruarc secoue la tête avec une moue énigmatique.

Austin ne monte sur le ring qu'une heure et demie plus tard, acclamé et applaudi par la foule. Moi, je ne vois que les mots gravés sur son dos dénudé. Mon cœur palpite furieusement dans ma cage thoracique. Tous les gens qui sont là voient un boxeur de haut niveau. Moi, je vois l'homme que j'ai aimé. Que j'aimerai toujours… Mais ce n'est pas parce qu'on aime les gens qu'on leur pardonne, ni que l'on vit heureux avec eux. Au contraire. Il paraît que l'on ne fait du mal qu'à ceux qu'on aime profondément. C'est sûrement vrai.

Les coups les plus violents me font fermer les yeux. Je ne veux pas le voir blessé et son adversaire est coriace. J'ai l'impression que son combat est plus long que ceux des autres.

Lorsque son adversaire lui administre un uppercut frontal, je porte ma main à ma bouche. J'ai crié son prénom sans m'en rendre compte. Ruarc me lance un regard en coin.

– Il s'appelle Madeon, me dit Sharon.

Je hoche la tête. *Je sais…*

Le coup qui l'a envoyé dans les filets rend Austin plus enragé que jamais. Il finit par mettre son adversaire à bas.

Quand le commentateur lève son poing pour le sacrer vainqueur et que la foule hurle son nom de boxeur, je rabats encore plus ma capuche et baisse la tête. Je ne veux surtout pas qu'il me voie.

Il y a encore un combat après le sien et c'est la fin.

– Tu m'accompagnes aux toilettes ? me demande Sharon.

Je la suis alors que la foule excitée se presse autour des quelques boxeurs qui sont venus saluer les spectateurs. Les sanitaires sont à côté des vestiaires, je m'adosse donc au mur dans le couloir pour attendre Sharon.

– Tu ne bouges pas, tu m'attends là !

La petite rousse du début de soirée parle à Sacha. Il lui fait oui de la tête et elle l'assoit contre le mur en face de moi avant de s'engouffrer dans les toilettes à son tour.

Il tient un cahier dans une main et un crayon dans l'autre. Il dessine. J'en profite pour l'observer à la dérobée. Il est mignon. Blond, avec des yeux très foncés, comme Austin. Ses joues sont rouges et il a défait la fermeture de sa veste. Il doit avoir chaud. Ce n'est pas un endroit pour les enfants. Il dessine en plissant les yeux, très concentré. Il a la manie de pencher la tête sur le côté, comme Austin.

Je le vois qui s'acharne sur son crayon.

– Il n'écrit plus ?

Les mots sont sortis de ma bouche tout seuls. Je me mords la lèvre. Il relève les yeux sur moi.

– Non ! Pourtant il est neuf…

Je fouille dans mon sac en bandoulière. J'en ai un de crayon. Bon, il est rose avec des cristaux, mais ça reste un crayon. C'est celui que mon père et Lauren m'ont offert à Noël dernier. Le stylo Swarovski.

Je m'approche et m'accroupis devant lui.

– Tiens.

Il enroule sa petite main autour du bien que je lui tends et sourit.

– Merci.

– Tu dessines ?

– Oui. Je suis venu voir la boxe, mais c'est fini…

Sa façon de s'exprimer me fait rire.

– Comment tu t'appelles ?

– Sacha.

— C'est beau, ça, comme prénom.

Il hausse les épaules.

– Tu es venu voir ton papa ?

– Oui. Il a gagné !

On sent toute la fierté dans sa voix. Austin a de la chance de l'avoir.

– Sacha !

La voix retentissante dans mon dos me fait sursauter. Austin. *Bon Dieu…* Je tire sur ma capuche et me lève vivement. Sacha me suit des yeux, mais je le contourne et m'éloigne rapidement, les mains dans les poches.

Je retrouve les gars à l'entrée sud. Sharon nous rejoint quelques minutes plus tard.

– Hey ! Je te cherchais !

– Désolée, je ne me sentais pas bien, j'avais besoin de prendre l'air.

– On va boire un coup ? propose Max, et tout le monde approuve.

Nous quittons le parking et, dans le rétroviseur, je regarde le bâtiment s'éloigner de nous.

7
Austin

L'inconnue aux cheveux blonds s'éloigne si rapidement que je n'ai pas le temps de voir son visage dissimulé sous sa capuche. *Qu'est-ce qu'elle voulait à Sacha, celle-là ?*

Je regarde mon fils se dandiner vers moi doucement.

– Elle est où, Lindsey ? Et à qui tu parlais ?

Sacha hausse les épaules.

– Une fille.

– Je t'ai dit mille fois de ne pas parler aux inconnus ! Je ne veux pas que tu...

– Sacha !

Lindsey arrive en courant. Je la fusille du regard et elle grimace, contrite.

– Je croyais que tu devais le surveiller, putain ?

– Gros mot... murmure Sacha en triturant son cahier, les yeux baissés sur la couverture.

Lindsey pose ses deux mains sur ses épaules et secoue la tête.

– Je suis désolée, mais j'avais très envie d'aller aux toilettes et j'ai fait aussi vite que possible...

Je ne réponds pas, j'enroule ma serviette autour de mon cou et réajuste mon sac sur mes épaules. Je la fusille encore du regard et pousse Sacha pour le retourner et filer vers la sortie. Lindsey soupire.

– Ne me dis pas merci, surtout !

Elle m'a gâché mon enthousiasme d'avoir écrasé cet abruti sur le ring et fait rugir la foule.

✦✦✦

Sacha et moi rentrons chez nous. Nous sommes à un feu rouge. Je jette des coups d'œil fréquents dans le rétroviseur, mais il ne me regarde pas. Il griffonne sur son carnet et sourit tout seul. C'est tellement rare que je reste un instant à le regarder jusqu'à ce que la voiture derrière nous klaxonne.

Je repars.

– Qu'est-ce qui te fait sourire, Sacha ?

Son expression disparaît instantanément, mais il ne lève pas la tête vers moi.

– Rien.

Je n'insiste pas. Il n'est pas bavard. Sauf quand il veut vraiment quelque chose, comme m'accompagner à la boxe.

Arrivé à la maison, je lui fais mettre son pyjama. Je le borde et il se retourne dans son lit avant que j'aie le temps de l'embrasser, comme tous les soirs.

Je soupire.

– Bonne nuit. Dors bien, p'tit monstre.

Il ne répond pas. Je mets sa veilleuse et entrebâille la porte.

Dans ma chambre, je m'allonge en travers du lit et tire un carnet de sous l'oreiller, à ma droite. Un carnet vert et noir en cuir. Celui que j'avais offert à Lexie à Noël dernier. Celui qu'elle a déchiré après que j'ai fait de même avec son carnet rose quand j'ai appris l'existence de Nate. Voilà tout ce qui me reste d'elle. C'est mon livre du soir, celui que je préfère largement aux bouquins imposés de certains de mes cours à la fac.

En triturant mon piercing à la lèvre, je l'ouvre et feuillette les pages scotchées et recollées tant bien que mal. En quatre mois, je le connais presque par cœur. À force de rechercher sur Internet les morceaux de citation manquants – parce que les fragments trop petits qu'elle a laissés dans ma chambre il y a plusieurs mois ont été perdus –, j'ai fini par les reconstruire, en les réécrivant moi-même. Mais son écriture tout en courbes et en boucles couvre encore chaque page.

« *Il arrive que deux âmes se rencontrent pour n'en former plus qu'une. Elles dépendent alors à jamais l'une de l'autre. Elles sont indissociables et n'auront de cesse de se retrouver, de vie en vie. Si au cours d'une de ces existences terrestres, une moitié venait à se dissocier de l'autre, à rompre le serment qui les lie, les deux âmes s'*éteindraient aussitôt. *L'une ne peut continuer son voyage sans l'autre.* [8] »

Je lis et relis cette citation. Je dois être un putain de masochiste, au fond. Je ne peux pas continuer mon voyage sans elle. Je ne veux pas.

Je lis sa lettre encore et encore, même si elle n'est pas entière. Il n'y a plus que des bribes de phrases.

« ... *de tout mon être...* » « ... écouter ton souffle... » « ... *marcher en te tenant la main et surprendre ton regard derrière tes cahiers. Je veux boire dans ton verre et te voir...* » « ... *plus que tu ne le sauras jamais* ».

En fait, il n'y a quasiment plus rien de compréhensible. Mais elle l'a écrite pour moi. C'est pour cela que ce sont les mots les plus importants. Mais ceux-là, je ne peux pas les chercher sur Internet. Il n'y a qu'elle qui peut les réécrire.

Je m'endors la tête dans le carnet, l'odeur des pages me la rappelle. Et je rêve d'elle. Encore et encore.

– Lexie !

J'ouvre les yeux brusquement en sentant une main se poser sur ma joue. Elle est glacée et je suis brûlant. Sacha me fixe de son regard perçant. Il est assis au bord de mon lit.

Je tente de prendre une respiration normale et pose ma main sur la sienne. Il ne la retire pas. On se fixe longtemps.

– Qui c'est, Lexie ?

Il chuchote comme pour dire un secret, de sa petite voix. *Que dois-je répondre ?* C'est juste l'amour de ma vie.

– C'est une fille.

– Elle est belle ?

Sa question me fait sourire.

– Très belle.

---

8. Citation extraite de *La Prochaine Fois* (Marc Levy).

– Elle est où ?

– Je ne sais pas.

Il hoche la tête.

Nous restons comme cela un moment, puis il se lève et pointe la fenêtre du doigt.

– Il neige, Austin.

Je suis son doigt du regard. C'est vrai, il neige et il fait jour. Bon sang, de la neige pour le premier jour de décembre, c'est inhabituel, par ici.

Je regarde l'heure sur mon portable. Sept heures. *Déjà ? J'ai l'impression que je viens à peine de m'endormir.*

En soupirant, je me lève.

– Tu as faim ?

– Oui.

Je file dans la cuisine, Sacha sur mes talons. Il s'attable en jouant avec son train mécanique. Je lui sers ses céréales dans son bol avec du lait et me verse un café.

– Arrête de jouer et mange, p'tit con. Tu me réveilles à sept heures un dimanche, alors tu manges, maintenant.

– J't'ai pas réveillé, d'abord…

– Si.

– Non. C'est toi qui as crié dans le lit.

– Et j'ai crié quoi ?

Il tente de m'imiter.

– Lexie !

Je soupire.

– Mange, Sacha.

– Et d'abord, j'suis pas un p'tit con…

Je souris.

– Si tu l'es.

– Toi t'es malpoli. C'est grand-mère qui l'a dit…

Je bois mon café et grogne. Il faudra que je dise deux mots à ma mère. *Putain, me réveiller aussi tôt un dimanche…*

Quand, plus tard, j'entame la vaisselle que je n'ai aucune envie de faire, Sacha gribouille encore dans son cahier. Je l'observe en coin. Ses mèches blondes se balancent au-dessus de son carnet.

Parfois, il me rappelle vraiment Brittany. Puis je remarque quelque chose.

– C'est un nouveau stylo que tu as ?

– Oui.

Il est rose avec des cristaux brillants. Je ne l'ai jamais vu, celui-là. Je coupe l'eau et m'essuie les mains.

– Où est-ce que tu l'as trouvé ?

– Elle me l'a donné.

– Qui ça, « elle » ?

– La jolie fille.

Il relève les yeux vers moi et je m'approche.

– La fille avec qui tu parlais hier soir ?

Il fait oui de la tête et je tends la main.

– Tu me le montres ?

Il me le tend. C'est un stylo à cristaux de Swarovski. Un stylo rose. Je connais quelqu'un qui avait le même. Les mots dans le carnet vert et noir ont été écrits avec. Je le retourne entre mes doigts. Mon cœur manque un battement quand je vois qu'il est mâchouillé sur le haut. Je revois clairement Lexie assise au milieu de ma chambre, sur la moquette, son carnet entre les mains et son stylo rose coincé entre les dents, la mine rêveuse.

– Elle était comment, cette fille ?

– Belle.

– Oui, mais encore ?

Il hausse les épaules et tend la main pour le reprendre. Je le lui rends. *Est-ce qu'il se pourrait...*

– Elle t'a dit comment elle s'appelait ?

Il secoue la tête négativement et recommence à gribouiller. *Bon sang* !

– Va t'habiller, Sacha. On sort.

Il relève la tête, surpris.

– Où ça ?

– Tu verras. Grouille-toi !

Il file et je fais de même. Je passe un jean, mes chaussures, un pull et ma veste, puis je me brosse les dents rapidement. J'aide Sacha à enfiler ses baskets, un t-shirt et un gilet. Je lui enfonce son bonnet sur la tête avant de sortir.

– Je peux emmener mon train ?
– Oui, mais dépêche-toi !

Dehors, la neige a déjà tout recouvert. Il y a bien cinq centimètres car ça a commencé dans la nuit. Je gratte le pare-brise et attends que le moteur se réchauffe avant de démarrer.

En moins d'un quart d'heure, je suis garé à deux pas de chez les Montgomery, dans le quartier de Beacon Hill. Je ne coupe pas le moteur, pour profiter du chauffage, et j'attends. Je ne sais pas quoi. Je dois être fou. Quel intérêt d'être là ? Je m'imagine quoi ? Qu'elle est revenue ? Et même si c'était le cas, elle ne voudrait pas me voir.

Sur le siège arrière, Sacha joue tranquillement avec son train. J'ai les yeux fixés sur l'entrée de l'hôtel particulier de son père et de sa belle-mère.

Un quart d'heure. Une demi-heure. Une heure… Au bout de deux heures, je finis par perdre espoir. Sacha somnole à moitié dans son siège.

Je m'apprête à repartir quand un éclair bleu attire mon attention. Deux personnes franchissent la porte de l'hôtel particulier. Je retiens mon souffle.

Une blonde se tient de dos avec un gars plutôt grand. Ils discutent. Je me penche en avant pour mieux les observer à travers mon pare-brise. C'est peut-être quelqu'un de la famille de Lauren. Ils sont tous blonds, chez eux. Elle est élancée, belle, de dos en tout cas. Elle allume une cigarette, je le vois à la fumée qui s'envole et à ses gestes. Elle porte une robe manteau cintrée bleu roi sur des collants opaques noirs et des talons, noirs également. Ses cheveux sont attachés en un chignon très strict. Cela ne peut qu'être quelqu'un de la famille de Lauren pour être aussi stricte et tirée à quatre épingles.

Ils s'avancent. Elle se retourne et glisse une main gantée de cuir noir autour du bras de son ami. Mon cœur s'arrête de battre.

Lexie. Alexandra…

Putain, c'est elle ! J'écarquille de grands yeux.

Elle rit à quelque chose que l'autre lui dit. Et maintenant, je le reconnais, lui aussi. Ruarc. Son cousin irlandais par alliance.

La fille qui hante mes jours et mes nuits est là, à moins de cinquante mètres de moi. Je ne veux même pas battre des cils de peur que cette image s'évanouisse. J'ai les yeux qui me brûlent à force de la fixer comme ça. Elle n'est plus aussi mince qu'avant, elle a pris des formes. Ses cheveux sont bruns aux racines et blonds aux pointes et elle a une frange. Elle fait très femme fatale dans cette robe et avec ses talons. Elle est encore plus belle que dans mon souvenir. Et elle donne l'impression d'être heureuse.

– Austin...

Sacha me fait sursauter. Il a parlé dans mon oreille et referme ses petits doigts sur mon cou.

– C'est elle, ta Lexie ? demande-t-il en suivant mon regard.

Je hoche la tête, incapable de prononcer le moindre mot. Hors de question que je pleure devant lui, même si mes yeux ont rougi violemment.

– C'est elle la belle fille qui m'a donné son stylo, tu sais...

J'ai la voix rauque quand je lui réponds enfin.

– Je sais...

Sacha accentue la pression de ses mains dans mon cou.

– Tu vas lui parler ?

Il chuchote et sa voix me gonfle le cœur.

– Non.

– Pourquoi ?

– Elle ne voudra pas.

– Pourquoi ?

– C'est compliqué, Sacha...

Il se renfonce dans son siège et me lâche.

– C'est tout le temps compliqué...

– Oui, ça l'est.

– C'est quoi, le désir, Austin ?

À sa question, je sursaute tellement fort que je suis à deux doigts d'appuyer sur le klaxon sans le faire exprès. Ce serait le pire moyen de me faire remarquer. Je quitte Lexie et son cousin irlandais des yeux pour me retourner vers Sacha en fronçant les sourcils.

– Quoi ? Où t'as entendu ça ?

– C'est grand-mère qui dit ça...

– Et qu'est-ce qu'elle dit, grand-mère, exactement ?

– Elle dit que tu désires la fille et que tu es fou… Elle dit… elle dit que tu l'aimes trop.

Va vraiment falloir que je dise à ma mère de la fermer ! Elle doit parler de moi devant Sacha à longueur de temps pour qu'il retienne ça.

Je me retourne pour observer Lexie de nouveau. Elle rit avec Ruarc et laisse des traces de ses chaussures dans la neige exprès. Un jour, elle m'a confié que la seule chose qui manquait à Mary Island pour être l'endroit parfait, c'est la neige. Elle adore la neige. Je crois que cela lui rappelle son enfance.

La voix de Sacha se fait pressante de nouveau.

– Alors, c'est quoi, le désir ?

Comment expliquer ça ?

– C'est quand on est amoureux de quelqu'un, qu'on a très envie de l'embrasser, mais qu'on attend. Cette attente, c'est le désir. C'est quand on ne l'a pas encore embrassé, ni touché mais qu'on en rêve en s'endormant. C'est quand on l'imagine et qu'on tremble en l'imaginant. On se dit que peut-être on va le faire, mais on n'est pas sûr d'y arriver…

– Alors on est triste ?

Sa question n'est pas celle d'un enfant. C'est un extra-terrestre, ce gamin.

– Non, ce n'est pas ça. Le cœur se remplit de cette attente… Et le jour où la personne t'embrasse, alors là, c'est un feu d'artifice dans ton cœur. Tu as envie de chanter, de danser et tu deviens amoureux.

Je jette un œil à Sacha dans le rétroviseur et le vois qui a le regard perdu par la vitre. Je me demande ce qu'il a dans la tête et s'il a tout compris.

– Et toi, tu es amoureux ?

Je ne réponds pas.

Je suis amoureux. Indéniablement. Et ça fait foutrement mal.

Lexie… J'aimerais l'appeler, crier son nom. Mais je suis cloué à mon siège. Je la regarde rire et parler avec Ruarc en fumant sur le trottoir enneigé. *Lexie fume ?* J'ai l'impression d'assister à une scène d'un vieux film avec Humphrey Bogart. Un millier de questions me traversent l'esprit.

Depuis quand est-elle à Boston ? Pourquoi elle est aussi bien habillée ? Depuis quand fume-t-elle ? Son père le sait-il ? Pourquoi Zara ne m'a rien dit ? Pourquoi cette couleur de cheveux ? Qu'est-ce qu'elle fait maintenant ? A-t-elle commencé les études à la fac ? Si oui, pourquoi est-elle à Boston et pas à New York ? De quoi parle-t-elle avec ce merdeux ? Est-ce qu'elle a vu mon combat, hier soir ? Certainement oui. Pourquoi a-t-elle parlé avec Sacha et pas avec moi ?

Je la regarde s'engouffrer dans une berline noire avec Ruarc. Ils s'éloignent rapidement. Et moi je suis là, paralysé, incapable de sortir les images de cette femme fatale de mon esprit. Lexie a changé. Plus de jeans et de tennis. Plus de cascade de cheveux bruns. Cette fille-là n'est pas la même. Pas exactement.

Quand la voiture tourne l'angle de la rue, je reprends ma respiration. Elle va bien. Au moins, elle va bien. Même si je ne sais pas si j'en suis réellement heureux.

8
Alexandra

La semaine qui a suivi ma rencontre avec Sacha, je n'ai pas dormi une nuit entière sans faire de rêve ou de cauchemar. Je n'ai jamais cessé de penser à Austin et à Sacha depuis mon départ de Mary Island, mais les voir a réveillé des sentiments indomptables au fond de moi. De la tristesse, de la colère, de la jalousie, de l'envie… J'apprends encore à contrôler mes émotions. Je ne veux plus jamais retourner en hôpital psychiatrique.

– Tu es sûre qu'il ne t'a pas vue ? Parce que…

Zara pose son café dans l'herbe, à côté de moi. Nous sommes à Washington Square, non loin de l'arche, sur le campus de NYU. Il fait frais malgré le soleil éclatant et elle resserre son chandail autour d'elle.

– Oui, je te dis, j'avais ma capuche. En plus, Austin ne m'a jamais vue avec les cheveux blonds.

Je pose également mon café et sors mes Gitanes pour en allumer une.

– Tu ne devrais pas fumer…

– Ferme-la. Je n'ai pas besoin de leçon de morale.

Zara secoue la tête, dépitée.

– Je dis ça pour toi.

– Arrête de t'inquiéter pour moi.

– T'as été faire un tour chez les dingues, comment veux-tu que je ne m'inquiète pas pour toi ?

Zara est la délicatesse incarnée. Elle a toujours les bons mots !

La nicotine parcourt mes veines et je me sens délassée, tout à coup.

– Pourquoi tu ne lui parles pas ?

– Zara…

– Oui, je sais… Mais il…

– Non ! Tais-toi ! Je sais que tu as gardé contact avec lui. Je sais que vous vous parlez tout le temps. Mais moi je n'y arriverai pas, d'accord ?

Zara soupire et reprend sa tasse en carton pour la porter à ses lèvres. Je l'imite tout en recrachant de la fumée.

– C'est mon meilleur ami, Lexie, finit-elle par dire. Il n'a jamais été un garçon normal avant de te rencontrer. C'était un petit merdeux. Mais je l'aime quand même. Je sais qu'il t'a fait du mal, mais je ne crois pas qu'il aille bien non plus.

Elle me fatigue…

J'écrase ma cigarette et me lève en tirant mon sac en cuir.

– Hey ! Mais où est-ce que tu vas ?

– Tu me saoules. Je me casse. Je n'ai plus cours aujourd'hui. Je vais à la bibliothèque.

– Ça ne sert à rien de fuir ta propre vie ! crie Zara dans mon dos.

Je m'éloigne sans la regarder en lui montrant mon majeur.

À la bibliothèque, je m'installe dans l'une des salles de lecture.

Cette fois, je ne suis pas venue pour bouquiner. Je sors l'enveloppe marron de mon sac et j'inspire longuement avant de l'ouvrir.

Il y a beaucoup de documents, un rapport de monsieur Jackson, des coupures de presse et un extrait de naissance qui date du 17 juin 1994. Pour un certain Lionel Grant. Mais si je comprends bien le rapport de monsieur Jackson, il s'est fait adopter officiellement quelques mois plus tard. Par les Allen de Seattle. Il est alors devenu Lionel Allen.

Il a grandi dans un quartier pavillonnaire avec ses deux parents adoptifs et une petite sœur. Mais rien n'indique qu'il a été mis au courant de son adoption. Il est fait état d'un enfant vif et plein d'esprit, selon les dossiers scolaires de son école primaire et de sa période à l'école secondaire.

Je découvre ensuite une coupure de presse d'un journal local.

« Tragique accident de voiture à Seattle !
Mardi matin, un carambolage d'une envergure impressionnante a causé la mort de huit personnes, en plein de cœur de Seattle, non loin de la tour futuriste Space Needle, symbole de la ville. Cinq sont décédées sur le coup et trois autres, gravement blessées, dont une petite fille de neuf ans, ont été transportées d'urgence à l'hôpital avant de succomber à leurs blessures quelques heures plus tard. Un jeune garçon de douze ans, Lionel Allen, également impliqué dans l'accident, mais sorti indemne, a perdu sa famille au complet… »

Oh mon Dieu… Nos vies semblent tellement similaires !

Je parcours ensuite le dossier scolaire d'une école de Phoenix, en Arizona. Il a sûrement été envoyé là-bas après la mort de ses parents. On voit ses notes dégringoler avec les mois qui passent. Les profs parlent d'un enfant au potentiel inexploité, impulsif et colérique.

Il y a une autre coupure de presse.

« Arrestation lors des manifestations contre les violences policières »

Elle parle d'un policier blanc qui aurait tué une personne noire dans la ville de Phoenix et des manifestations qui se sont ensuivies. Beaucoup de monde aurait été arrêté, dont des jeunes qui auraient vandalisé des devantures. Son nom n'est pas mentionné, mais si monsieur Jackson a mis cette coupure de presse dans le dossier, je doute que ce soit innocent.

Après ses dix-huit ans, on perd sa trace pendant deux ans et demi. Jusqu'à il y a huit mois, moment où il est fiché par la police de l'État de New York. Il a été arrêté pour trafic de drogue et pour diverses infractions : vol à l'étalage, braquage à main armée dans une épicerie, détention d'arme blanche, arrestation pour excès de vitesse avec un deux roues, ivresse sur la voie publique. En gros, mon frère est un délinquant.

Mais ce qui m'inquiète le plus, c'est le rapport sur les gangs de Harlem.

« Coup de filet historique au cœur des gangs new-yorkais !
Tôt mercredi matin, 500 policiers appuyés de plusieurs hélicoptères ont investi le quartier de Harlem et procédé à l'interpellation de plus de 100 personnes. Des adolescents et de jeunes adultes, soupçonnés d'être membres des "3Staccs", "Make It Happen Boys" et "Money Avenue", du nom des trois gangs qui se livrent depuis plusieurs années une violente guerre de territoire.
Ils sont accusés de deux homicides, 19 fusillades non mortelles, et 50 incidents impliquant des armes, a détaillé le procureur de Manhattan, Cyrus Vance.
Depuis 2010, l'ouest de Harlem était devenu leur terrain de jeu. Parmi les victimes, Tayshana Murphy, une jeune star montante du basket américain. »

Est-ce que mon frère fait partie de ces jeunes qui ont été arrêtés ? Est-ce qu'il est dans l'un de ces gangs ?

Quand je tourne la dernière page du rapport, une photo s'échappe pour tomber sur la table de lecture. C'est un portrait de lui, fiché à la police de l'État New York avec un matricule. Il est beau. Avec une tête de délinquant, mais beau garçon quand même. Il a des traits légèrement latinos. Des cheveux très noirs en bataille sur la tête, un menton fier, un nez aquilin, des traits durs et une mâchoire bien dessinée. Mais il n'a pas les yeux verts de ma mère et de ma grand-mère, comme moi. Les siens sont noisette.

Il porte un t-shirt à l'effigie de Wiz Khalifa. Nous avons apparemment pris des directions totalement opposées tous les deux.

Je retourne la photo. Une adresse est inscrite dans son dos : 241 W 132nd St, New York, NY 10027.

Voilà, je sais où le trouver. Même si je ne sais pas si j'aurai le courage d'aller là-bas toute seule, surtout après tout ce que je viens de lire.

En fait, j'ai vraiment la trouille. Je ne sais plus si c'est une bonne idée.

Quand je décide de sortir de la bibliothèque, une heure et demie plus tard, mon téléphone portable vibre dans la poche de ma veste. Je souris quand je vois le numéro de Mamina s'afficher. Je ne sais pas ce qu'elle va penser du fait que j'aie retrouvé Leo, mais j'ai hâte de lui dire.

– Allô ? Mamina ?

– Lexie… Non, c'est Charlie…

Mon sourire disparaît instantanément. Je crois que de toutes les fois où mon cœur a manqué un battement, celle-là est la pire. Il y a un moment de silence où ni mon oncle ni moi ne disons rien. Je me suis figée sur les marches de la bibliothèque.

Avec la plus grande peine du monde, je finis par reprendre la parole.

– Quand ? demandé-je.

– Il y a deux heures, répond-il. Elle a fait un arrêt cardiaque.

Je hoche la tête comme une automate.

– Je prends le premier avion pour Mary Island.

– Très bien. J'appelle ton père.

Charlie aussi parle de façon quasi clinique.

Je raccroche et je reste là un instant à observer les gens qui se pressent autour de moi dans le soleil resplendissant de l'après-midi. J'attends ce moment où je vais me mettre à pleurer comme une gamine. Mais rien ne vient. J'ai beau cligner des yeux, pas une larme n'arrive. Je me mords l'intérieur de la joue. Je connais bien le goût qui arrive à ma bouche. C'est un goût de sang, un goût de mort. Ma grand-mère vient de mourir. Et il y a des chagrins si forts que toutes les larmes du monde ne suffiraient pas à les exprimer.

9
Alexandra

Je suis anesthésiée. Durant les vingt-quatre heures qui ont suivi l'annonce de la mort de Mamina, je n'ai pas versé une larme. Je ne sais pas pourquoi. Je suis anéantie, mais je ne pleure pas. Zara a pleuré toute la soirée, par contre. Nous n'avons pas dormi.

Mon père m'a appelée, bouleversé et inquiet de mon état. Lauren et lui ont pris le premier avion qu'ils ont trouvé. De notre côté, nous avons dû attendre le lendemain matin pour décoller de l'aéroport international JFK. Je n'ai pas pu fermer l'œil des quinze heures de vol.

En passant les portiques de sécurité, le premier visage que je vois est celui de Charlie. Il ne pleure pas derrière ses lunettes argentées, lui non plus, mais il a l'air d'un homme dévasté. Il est anéanti d'avoir perdu sa mère après son père et sa sœur. Il est beau, mon oncle, d'habitude. Pas aujourd'hui.

Je me jette dans ses bras. Ce n'est pas dans mes habitudes de faire des câlins, mais je sais qu'il en a besoin. Et moi aussi.

– Il ne faut pas être triste, Lexie. Elle est partie en paix. Elle a passé la meilleure année de sa vie avec toi après avoir tout raté avec Lily.

Je me contente de hocher la tête.

Dès que nous avons posé les pieds à Mary Island, j'ai eu le sentiment d'être de retour chez moi. Sauf que ce soir je ne rentrerai pas dormir dans ma chambre avec la belle baie vitrée donnant sur le jardin. Je dors à l'hôtel, car la maison que Charlie partage avec Nick, son copain, est bien trop petite pour nous accueillir, et Lauren pense que ce serait une mauvaise idée de retourner dans la maison de Mamina, ce soir.

Tandis que Zara se rend chez sa sœur, je vais directement à l'hôtel avec ma belle-mère alors que mon père part avec Charlie pour s'occuper de l'enterrement et de tout le reste. Lauren reste avec moi et tente de me changer les idées. Après mes pétages de plombs, il y a quelques mois, je pense qu'elle a peur que je recommence.

✦✦✦

Il fait nuit très vite. Je prends une douche et me change. Pour ne pas affoler Lauren, je me force à manger un peu de salade de poulet et du pain.

J'ai l'impression d'avoir le cerveau vide et amorphe. Je n'arrive pas à penser à des choses sérieuses. Je n'arrive même pas à penser à Mamina plus de cinq secondes.

– Tu as le droit de pleurer, chérie, me dit Lauren en venant s'asseoir à côté de moi sur le lit de la chambre d'hôtel.

– Je n'en ai pas envie.

– Alors il ne faut pas te forcer non plus.

Elle me caresse les cheveux.

– Qu'est-ce que tu veux faire ? Dormir ?

– Non...

J'ai envie d'une chose, mais c'est absurde. Et impossible. Je voudrais parler à Austin. Mais je me raisonne intérieurement. Les gens qui font des choses sous l'effet de la tristesse le regrettent ensuite.

– Je voudrais sortir.

Cela fait presque cinq mois que je n'ai pas vu les rues de Mary Island et cela m'a manqué.

Lauren secoue la tête.

– Je ne vais pas te laisser sortir toute seule, Lexie.

– Alors viens avec moi !

Ma proposition semble la laisser perplexe. Nous n'avons pas toujours été très proches, mais ce soir j'ai besoin d'être entourée et Lauren a toujours veillé sur moi du mieux qu'elle pouvait.

– Très bien. Où va-t-on ?

– Tu verras.

Nous enfilons nos vestes et nos chaussures. Mon père n'est toujours pas rentré alors qu'il est vingt heures. Nous louons donc une voiture à l'accueil de l'hôtel et je conduis dans les rues de Palmera comme si je n'en étais jamais partie.

Ce n'est pas du tout sur ma route, mais je fais un détour et passe lentement devant la maison de Joshua, le frère d'Austin. Il n'y a plus l'Aston Martin Rapide garé devant. Par contre, la voiture de sport de Joshua est là. La maison est illuminée par des lumières de Noël. J'avais oublié que les fêtes approchaient déjà.

– C'est là que vivait Austin ? me demande Lauren en me voyant regarder longuement la maison.

Je hoche la tête.

– Oui, c'est là que j'ai dormi avec lui la première fois.

Nous repartons et je roule vers Texera Bay. C'est une ville que j'aime beaucoup. Elle a un charme atypique avec ses petites maisons de toutes les couleurs au bord des plages.

Mais je ne reste pas sur la côte, je file vers les hauteurs de l'île.

Moins d'un quart d'heure plus tard, nous arrivons dans une zone industrielle, un endroit glauque et un peu paumé.

– Tu es certaine que nous sommes au bon endroit ? me demande Lauren, pas rassurée.

– Oui. Ne t'inquiète pas.

Je me suis souvenue de la route du premier coup.

Je me gare devant un grand entrepôt désaffecté et sors de la voiture en éclairant avec mon téléphone. Lauren ne me lâche pas d'une semelle. Je m'avance au fond de la cour et je trouve l'énorme prise avec le câble électrique.

– Tu es sûre que ce n'est pas dangereux, Alexandra ?

– Nan, j'suis pas sûre. Mais on va voir.

Elle crie, mais je branche la prise sans écouter et nous sommes tellement aveuglées un instant que nous devons fermer les yeux, avant de les rouvrir doucement pour nous habituer à la lumière de l'énorme spot que je viens de mettre en marche.

Lauren se recule pour regarder le panneau géant qui s'affiche sous la lumière et je vais la rejoindre.

Le dessin fait au pochoir est bien là. Quoique un peu défraîchi par les pluies diluviennes qui s'abattent souvent ici. C'est une représentation de moi, endormie, avec les cheveux qui s'étalent sur un oreiller. Une phrase est marquée sous l'œuvre.

– « Je t'aimerai toujours jusqu'à toucher les étoiles » ? demande Lauren pensive. Ce n'est pas ce qui est marqué sur ton poignet ?

Je tire sur mon pull pour cacher mon tatouage et je hoche la tête.

– Austin ?

Je hoche encore la tête et m'assois sur le béton glacé. Lauren vient me rejoindre.

– Il te manque ?

Je ne réponds pas. Pas la peine de nier.

– C'est compliqué, l'amour, soupire-t-elle en venant me caresser les cheveux.

J'hésite avant de venir poser ma tête sur son épaule et de fermer les yeux. Je sens qu'elle se fige un instant avant de reprendre ses caresses dans mes cheveux.

– Non. C'est juste lui qui est compliqué.

– Faux. Tu dis ça parce que tu as le cœur brisé. Mais même si les gens ne vivent pas la même histoire que toi, chacun a ses propres problèmes de cœur.

Nous restons là un moment avant que je me sente engourdie et propose à Lauren de rentrer.

✦✦✦

– Alexandra, tu es prête ? On va y aller.

Mon père passe la tête par la porte de ma chambre. La nuit m'a laissé peu de répit pour dormir, j'ai donc écouté de la musique en boucle pour m'apaiser.

Je me regarde une dernière fois dans le miroir. La crème anticerne de Lauren a fait des miracles. J'ai mis une robe fourreau noire toute simple. Lauren l'a ramenée de mon dressing à Boston.

Elle s'approche pour arranger encore le ruban noir qu'elle a mis dans mes cheveux défaits et noué en un nœud sur le haut de ma tête.

– Ça va aller, me rassure-t-elle.

Je la suis en silence et nous rejoignons mon père à la réception.

Non, ça n'ira pas. Le dernier enterrement auquel j'ai assisté est celui de ma mère. Nate a été enterré alors que j'étais encore à l'hôpital. Et maintenant, c'est celui de ma grand-mère. Combien de personnes encore vais-je voir mourir ?

✦✦✦

Quand je passe les lourdes portes de l'église de Palmera, je reconnais la plupart des visages. Rachel, la sœur de Zara, ses enfants, et ma meilleure amie qui m'adresse un sourire compatissant teinté de tristesse. Joshua et Taylor qui viennent immédiatement me prendre dans leurs bras. Charlie qui est avec Nick au premier rang. Une tante éloignée et un cousin de mon grand-père. Des voisins du quartier. Il y a même la boulangère préférée de Mamina, le plombier qui venait toujours à la maison, le facteur et bien d'autres.

Beaucoup pleurent, dont Lauren, alors qu'elle ne connaissait presque pas Mamina. Mais pas Charlie et moi.

Je vais m'installer au premier rang à côté de Charlie et de Nick, avec papa et Lauren.

Le cercueil est fermé, je ne peux donc pas la voir une dernière fois. Peut-être que c'est mieux comme cela. La voir allongée là me tuerait. Il y a une photo d'elle avec plein de fleurs. Un portrait sur lequel elle sourit comme elle souriait naturellement, espiègle.

Le pasteur commence son sermon. J'ai les yeux rivés au portrait de Mamina quand une main vient se glisser dans la mienne. Elle est dure et calleuse, mais douce.

Mon cœur menace d'exploser dans ma poitrine.

Je fixe nos mains liées. La mienne, petite et immaculée dans la sienne, grande et tatouée. Et tout à coup, les larmes qui me fuyaient me montent aux yeux.

– Non, Christian, tu arrêtes ça ! Tu les laisses tranquilles… marmonne Lauren tout bas à mon père qui jette des regards assassins vers nous.

Mon cœur bat sourdement quand je relève la tête vers lui et je me mets à pleurer doucement. Un torrent de larmes qui ne s'arrête plus. Je pleure pour nous, pour Mamina, pour lui… Parce que j'ai le cœur en morceaux.

Austin resserre l'étreinte de ses doigts autour des miens, mais il ne me regarde pas. Il fixe le portrait de ma grand-mère sur l'autel. Ses yeux ont rougi aussi et sont cernés. Il a l'air de ne pas avoir dormi depuis longtemps.

Je ne l'ai pas vu d'aussi près depuis si longtemps que je ne peux m'empêcher d'essuyer mes yeux brouillés par mes larmes pour le regarder encore. Il renifle mais ne laisse pas échapper de larmes.

Je me demande qui l'a appelé, jusqu'à ce que je voie Charlie me faire un sourire triste. Alors je me rapproche et pose ma tête contre son bras, sur sa veste qui sent bon le cuir, qui sent bon son odeur.

Il retire sa main de la mienne et enroule un bras autour de mes épaules pour m'attirer contre lui et passer sa main dans mes cheveux. Je m'enfonce contre son corps chaud en pleurant tout mon saoul et lui ne dit rien, mais il pose ses lèvres sur mon front. De toute façon, il n'y a rien à dire.

Je frissonne à son contact. Mais c'est décidément ce qu'il me manquait. Et sur l'autel, le portrait de Mamina sourit comme si elle était contente qu'Austin et moi soyons réunis pour elle.

10
Alexandra

Je déteste les enterrements. Et celui-là ne fait pas exception.

À la fin de la messe, le corps de ma grand-mère est mis en terre derrière l'église. Je ne peux plus m'arrêter de pleurer. Lauren finit par m'emmener aux toilettes pour me redonner figure humaine, en m'arrachant aux bras d'Austin.

Un pot est ensuite proposé à ceux qui le souhaitent. Lauren, en bonne maîtresse de maison, s'assure qu'il y ait à boire dans les verres de chacun et des petits-fours pour tout le monde. Je serre la main des gens et fais des sourires contraints encore et encore. J'ai envie de vomir. Mais je ne peux m'arrêter de regarder dans la direction d'Austin.

Il est à l'autre bout de la pièce, Taylor a ses deux mains autour de son visage et lui parle. Jo lui tape sur l'épaule. Je crois qu'ils essaient de le réconforter. Il est là, mais tellement loin à la fois.

J'attrape mon père par sa manche quand il passe près de moi.

– Papa, passe-moi tes clefs de voiture, s'il te plaît.

Christian fronce les sourcils.

– Pourquoi ? Je ne veux pas que tu conduises alors que tu vas si mal… Et tu ne vas nulle part avec lui, Lexie…

– Je vais bien. Je serai prudente et revenue dans peu de temps, je te le promets. Je veux juste faire un tour et Austin reste là. Je vais faire un tour toute seule. Je ne vais pas loin, promis.

Mon père ne semble pas convaincu, mais je crois que le fait qu'Austin reste là alors que moi je pars le rassure un peu. Je lui souris et il soupire.

– Si tu n'es pas revenue dans une heure et demie au plus tard, je viens te chercher. Tu as ton portable avec toi ?

– Oui.

Il me tend les clefs de sa voiture de location. Je me faufile avant que l'on ne me voie. Tout ce que je veux, c'est retourner chez moi.

En moins d'un quart d'heure, je suis arrivée dans l'allée bordée de platanes devant la maison de Mamina. J'ai des frissons quand je sors de la voiture et grimpe les marches du porche. Je ne peux m'empêcher de jeter un œil affligé à la balancelle en bois où Mamina s'asseyait pour boire son café en m'attendant à la sortie des cours, le soir. Elle ne m'attendra plus jamais.

Je me penche et soulève le pot de gerbera sous lequel est caché le double des clefs et j'entre dans la maison. Ce qui me saisit, c'est l'odeur. La même que dans mon souvenir, une odeur de fleurs séchées et de vieux livres. Une odeur de gâteaux au citron. Comme si elle venait tout juste d'en sortir du four.

Je fais le tour du salon. Il y a des fleurs qui n'ont pas été changées dans un vase, des piles de magazines de déco et de jardinage qui s'étalent, la vieille couverture de Mamina qui traîne sur le fauteuil et des piles de lettres non ouvertes sur la console de l'entrée.

Je monte au premier dans sa chambre et m'assois sur son lit. Son odeur de jasmin flotte dans l'air. Je prends son oreiller et le respire à plein nez. J'y enfouis mon visage. *Mamina...*

Les larmes reviennent de plus belle.

Au bout d'un moment, je finis par me lever et redescendre. J'ouvre les placards de la cuisine.

Dans celui en haut, à droite, je trouve une vieille bouteille de vodka. Je la prends, l'ouvre et me sers une grande rasade dans un verre. J'avale d'une traite et je tousse. L'alcool me brûle la trachée. Les larmes me piquent de nouveau les yeux. Je me ressers une autre lampée et je soupire d'accablement, en buvant plus doucement, cette fois.

Je m'essuie le nez, et quand je baisse la tête, je vois cette tache de graisse dans le coin de la tapisserie, à côté du panier à légumes.

Putain de graisse qui s'incruste partout ! Quand je vivais là, j'avais beau essayer de faire disparaître ces taches, elles finissaient toujours par revenir.

Je repose mon verre et prends une brosse, une éponge, du produit et un bol d'eau pour nettoyer. Je m'accroupis et je commence à frotter. Je mets tant de force dans mes gestes que j'en ai déjà mal. Mais une fois lancée, je ne m'arrête plus. Je pleure aussi. Mes larmes au goût salé s'écrasent sur mes lèvres. Cette tache, c'est comme un cancer. Si tu ne l'enlèves pas, ça se propage, ça s'étale partout, ça prend toute la place. Jusqu'à ce que tu ne puisses plus l'enlever.

– Lexie…

Je sursaute quand une main se pose sur mon épaule.

– C'est moi.

Austin recule, aussi surpris que moi. Je ne l'ai même pas entendu arriver. Je fixe un instant ses Converse en cuir usées avant de retourner à ma tâche.

– Qu'est-ce que tu fais ?

Sa voix me transperce le cœur. Elle est brisée.

– Je nettoie… Mamina n'est plus là pour le faire…

Austin s'accroupit pour se mettre à ma hauteur.

– Tu crois vraiment que c'est le moment pour faire ça ?

Je ne réponds pas et continue de frotter vivement.

– Arrête, Alexandra… Ça ne sert à rien…

Il pose une main sur la mienne, mais je le repousse si vivement qu'il retombe sur les fesses contre le mur.

– Laisse-moi !

Il écarquille les yeux, mais je ne le regarde toujours pas. Je n'ai pas soutenu une seule fois son regard depuis qu'il est là.

– Putain, mais pourquoi tu fais ça ? Tu crois vraiment que c'est le jour de faire du ménage, là ?

– Mais casse-toi, si c'est pour me faire chier ! Je fais ce que je veux ! Tu ne peux pas comprendre. Il y a de la graisse partout ici, ça pourrit la cuisine !

Austin se relève alors que moi je pleure de plus belle.

– Mais on s'en fout, Lexie…

Il s'est arrêté de crier et parle doucement, maintenant. Moi je hurle à travers mes larmes.

– Non, on ne s'en fout pas ! Cette graisse, elle s'installe, elle s'incruste et pourrit le mur ! Et tu sais ce qui se passe quand le mur est pourri ? La maison s'effondre ! Tout est gangréné ! Et moi je n'en peux plus ! Je suis fatiguée de toujours tout rattraper !

Il secoue la tête doucement.

– T'es complètement folle…

– Casse-toi. Laisse-moi tranquille.

– Il n'y a pas que toi qui es malheureuse aujourd'hui, Lexie. Moi aussi je l'aimais.

Je ne réponds pas.

Plusieurs secondes s'écoulent avant que j'entende ses pas qui s'éloignent. Je serre les dents et continue à frotter.

C'est en entendant la porte d'entrée claquer que je m'arrête. *Mais qu'est-ce que je fais ?* Il a raison. Je suis folle. Je perds la tête.

– Putaaaiiiinnn !

Avec rage, je jette la brosse contre le mur. Mon cri résonne dans la maison vide. Seul le silence me répond.

Austin… Je sais que lui aussi l'aimait. Et tout cela n'a rien à voir avec nos histoires. Je me lève vivement et cours presque à la porte d'entrée en trébuchant sur mes talons. J'ouvre brusquement en criant.

– Austin ! Excu…

Je m'arrête net en le voyant assis sur la plus haute marche du perron. Il me tourne le dos et est penché en avant, la tête dans les mains, les coudes appuyés sur ses genoux.

– Excuse-moi.

Il ne répond pas. Je m'essuie les yeux et m'approche de lui. Le voir fait palpiter mon pouls à une vitesse affolante.

– Austin…

Ses épaules se haussent et s'abaissent. Je perçois un reniflement presque indistinct. *Il pleure ?*

Je m'avance et descends les marches pour aller me placer devant lui. *Oui, il pleure.*

– Austin…

Ses épaules sont secouées de gros tremblements.

Je l'ai presque vu verser des larmes quand je lui ai dit de sortir de ma vie, mais c'est la première fois qu'il pleure comme cela devant moi. Et je déteste ça.

Je peux encore supporter la douleur qui m'entrave, mais je ne supporterai pas la sienne. Oui, même après tout ce qu'il m'a fait. Quand on aime vraiment, c'est comme ça. Malgré le mal que l'autre vous fait, vous ne pouvez supporter qu'on lui fasse du mal à lui.

Je m'accroupis et lui écarte les mains, mais il ne se laisse pas faire.

– Je sais que tu l'aimais aussi…

Les sanglots qu'il laisse échapper sont insoutenables.

– Regarde-moi…

Avec force, je réussis à lui écarter les mains. Ses yeux sont injectés de sang.

– Ne pleure plus… S'il te plaît…

Il ferme les yeux. Et moi je l'observe. Son visage à quelques centimètres du mien. Son anneau à sa lèvre lui donne un air plus rebelle.

En dehors de Charlie, je suis intimement persuadée que les personnes qui aimaient le plus Mamina sont Austin et moi.

– Je n'y arrive pas, Lexie… Je n'y arrive pas…

Sa voix est presque un gémissement.

Je tends la main et la passe sur son front en relevant les mèches de ses cheveux. Son t-shirt est maculé de ses larmes.

– Tu n'arrives pas à quoi ?

– Sans toi… je n'y arrive pas…

Je recule un peu, mais il m'attrape par le poignet.

– On ne doit pas parler de nous…

– S'il te plaît…

– Non, ce n'est pas le jour.

Je me lève, mais il me tient fermement.

– Arrête, Austin. Ne fais pas ça. Je ne suis pas en état de te parler…

Il se lève aussi et essuie ses yeux dans son t-shirt.

– Je sais, mais…

– Non ! Arrête ! Il vaut mieux… que tu t'en ailles…

– Je ne veux pas partir…

Je fais mine de rentrer de nouveau dans la maison. Mais il me rattrape et m'attire vers lui si vivement que je trébuche et me raccroche à lui. Je m'appuie contre son torse pour ne pas tomber.

– Tu me manques…

– Tais-toi !

– Non ! Tu me manques, putain !

– Mais toi aussi, putain !

Il écarquille les yeux et moi je me plaque une main sur la bouche. *Quoi ? Non, mais quelle conne ! Je ne viens pas de dire ça tout haut ?*

– Enfin, non… Ce que je veux dire…

Tout à coup, Austin me pousse et écrase ses lèvres sur les miennes.

11
Alexandra

Cette sensation si familière et si lointaine à la fois me coupe les jambes. Presque malgré moi, je cherche sa bouche de la mienne. *Non, mais qu'est-ce qui ne tourne pas rond chez moi ?*

Il me pousse encore et m'appuie contre la porte d'entrée. Ses lèvres sont plus douces que dans mon souvenir, à la différence que je sens son piercing frotter contre ma peau, maintenant. Son haleine mentholée m'enivre et quand il ouvre la bouche, je fais de même.

– Lexie…

Sa voix tremble quand il murmure contre ma bouche. Il presse son corps contre le mien en venant chercher ma langue de la sienne.

– Austin… Non. C'est mal…

– Non, bébé… C'est bon…

Mon cœur brisé vient de se mettre à brûler de nouveau dans ma poitrine. Ma langue s'enroule autour de la sienne. Pourtant, j'ai bien conscience au fond de moi que cela ne va faire qu'empirer les choses.

Je recule un peu. Alors il ouvre la porte et je trébuche en arrière. Austin me pousse et entre aussi. Il vient vers moi en deux enjambées et me prend dans ses bras pour m'embrasser de nouveau.

Je le repousse des deux mains et détourne la tête.

– Non… S'il te plaît, non…

Je ne dois pas… je ne dois pas… je ne dois pas… je ne dois pas…

Mais Austin a bien plus de force que moi. D'une main, il m'enserre la mâchoire et me force à tourner la tête vers lui.

– Ne lutte pas… Jamais tu n'as eu aussi besoin que moi de ça, Alexandra…

La façon sensuelle qu'il a de dire mon prénom me fait rougir. Où peut-être est-ce ce qu'il a dit, tout simplement.

Il se presse contre moi et son corps chaud me fait perdre le peu de pensées logiques qui m'habitaient encore.

C'est mal. Mais c'est si bon… Non, c'est mal. Mais bon…

– Austin…

Il se penche et enroule ses bras autour de moi pour me tirer vers lui. Alors, j'enroule les miens autour de son cou et passe mes doigts dans ses cheveux. Cela m'a tellement manqué, de passer mes doigts dans sa tignasse brune.

En m'embrassant la bouche, le nez, la joue, les tempes, la mâchoire, il vient caresser mes fesses et me presser contre lui.

Je me hisse et il me soulève par les fesses pour me porter. Je me laisse aller au plaisir d'être dans ses bras alors que je ne pensais plus jamais l'être.

Qu'est-ce que je fais ?

La langue humide et chaude d'Austin vient se glisser dans mon cou. Je ferme les yeux et laisse ma tête partir en arrière.

C'est mal…

Il me pose doucement et je sens le froid du granit de l'îlot central de la cuisine sous mes fesses à travers mon collant.

C'est bon…

Austin a les yeux lourds, maintenant. Il se passe la langue sur les lèvres et tire sur son anneau entre ses dents, en faisant glisser les bretelles de ma robe sur mes épaules. Il vient lécher et caresser mes seins. Je me consume de l'intérieur.

Je n'ai plus le temps de réfléchir à ce que nous faisons. Avec une urgence démesurée, Austin remonte ma robe sur mes hanches et fait glisser mes collants et ma culotte par la même occasion.

Je ferme les yeux quand ses doigts se glissent en moi. Il fait des va-et-vient rapides qui me laissent pantelante et finit par se retirer dans un bruit de succion.

La palpitation entre mes jambes est douloureuse.

– Capote !

Un éclair de lucidité me traverse l'esprit. J'ouvre les yeux sur Austin qui s'est figé alors qu'il défaisait son jean.

– Quoi ? Je n'ai jamais été avec une autre que toi, je te le jure…

– Capote ou rien, dis-je fermement.

Je ne le croirai plus aveuglément, maintenant.

Il se mord la lèvre inférieure, retire son portefeuille de sa poche arrière et l'ouvre pour prendre le petit paquet en aluminium.

– Tu es cruelle. Je veux te sentir vraiment…

– Capote, je répète machinalement en la lui prenant des mains et en déchirant son emballage.

Austin l'enfile et revient poser ses lèvres sur la veine qui palpite dans mon cou, puis sur la plume tatouée sur mon épaule.

Je referme mes jambes autour de ses hanches et il me pénètre doucement, en forçant un petit peu au début.

Je hume son odeur et respire le parfum qui est le sien. Il entre et sort doucement en moi, ses doigts appuyant sur mes hanches, pour me tenir contre lui. Je me cambre et il s'enfonce plus profondément. Je halète contre lui et il enfouit son nez dans mes cheveux en grimaçant. Je le sens tellement, et putain ce que c'est bon !

Je presse ses fesses dans mes mains pour le pousser à aller plus profondément encore et il ne se fait pas prier.

– Putain, c'est…

– Chuuuuuttt…

Je pose ma bouche sur la sienne alors qu'il me pilonne encore et encore.

C'est un tout qui me fait jouir. Sa main sur mon sein qui tire sur un téton, l'autre qui s'est glissée sous ma cuisse pour me soulever vers lui, son gémissement de plaisir grave et la peau de son ventre découvert qui me laisse voir ses tatouages et un rai de duvet qui court de son bas-ventre à sous son nombril. *Bordel…* L'orgasme me transporte et je tremble en me tendant.

Quand je lève les yeux pour le regarder, il me rejoint dans mon plaisir en grognant sourdement. Il se répand et pose sa tête en sueur dans le creux de mon cou.

Un instant, j'essaie de retrouver mon souffle. Il se retire et noue la capote avant de la jeter à la poubelle. Je remonte mes collants et ma culotte.

Après quelques secondes, je recommence à réfléchir normalement. *Je n'aurais jamais dû faire ça* !

Austin s'est rhabillé et revient vers moi. Je saute de l'îlot central et m'éloigne un peu.

– Je n'aurais jamais dû faire ça...

Austin fronce les sourcils.

– Ne dis pas ça. Toi et moi...

– Il n'y a plus de toi et moi.

Je tourne les talons pour sortir par la porte d'entrée et Austin me court après, me rattrapant par le bras sous le porche.

– Pourquoi tu ne me parles pas ? Si tu me détestes, dis-le-moi ! Mais parle-moi, s'il te plaît !

Je me dégage de son geste et vais m'asseoir sur la première marche du perron.

– Je ne te déteste pas.

Il vient s'asseoir à côté de moi en me regardant et moi je détourne les yeux.

– Tu m'aimes ?

Je ne réponds pas. Et lui me fixe longtemps.

– Pourquoi tu as fait ça à tes cheveux ?

Je hausse les épaules.

– Quoi, tu n'aimes pas ? Tu as toujours préféré les blondes, pourtant.

Je regrette aussitôt ma question et ce que je viens de dire. *Comme si j'en avais quelque chose à foutre de ce qu'il peut penser !*

– Même si tu pesais vingt kilos de plus, même avec les cheveux rouges, même avec la boule à zéro, même avec tout et n'importe quoi, je t'aimerais. Alors... C'est juste... c'est bizarre, tu vois. Mais ça te va bien.

À mon tour de poser une question :

– Pourquoi tu t'es fait percer la lèvre ?

– Je ne sais pas. J'y pensais depuis longtemps.

– Tu ne m'en avais jamais parlé…

– Non, je n'ai pas eu le temps. Il y a tellement de choses que je n'ai…

Il ne finit pas sa phrase, car il est interrompu par son téléphone qui sonne dans sa poche. Avec un froncement de sourcils, il répond.

– Ouais… Ok j'arrive. Non, laissez-le… Je viens, je te dis… Oui, tout de suite…

Quand il raccroche, il soupire et se passe la main dans les cheveux. En le voyant faire ce geste, j'ai une brusque envie de me remettre à pleurer.

Bon sang, je n'ai pas une seule cigarette à fumer sur moi…

– Il faut que j'y aille…

Il y a une telle tristesse dans sa voix !

– Sacha ? demandé-je.

Il hoche la tête.

– Alors vas-y.

Il se lève et je me fais violence pour ne pas le supplier de rester avec moi.

– Tu retournes à l'église ?

J'acquiesce.

– Alors je te vois tout à l'heure.

Il s'éloigne dans l'allée, les mains dans les poches, avant de se retourner vers moi.

– Tu as parlé à Sacha ?

J'inspire un grand coup.

– Oui.

– Et alors ? Tu en penses quoi ?

– Il te ressemble.

Qu'est-ce que je pourrais dire de plus ?

Il sourit tristement avant de se retourner et de s'éloigner de nouveau.

12
Alexandra

Je n'ai pas revu Austin. Il n'est jamais revenu à la petite salle de l'église. Le soir, dans ma chambre d'hôtel, je me suis même demandé s'il avait jamais été là. Si j'avais vraiment fait l'amour avec lui dans la cuisine de Mamina et si je n'avais pas rêvé.

Aujourd'hui, avec Zara, nous avons donné rendez-vous à Savannah dans un petit café de Texera Bay. Elle me manque, depuis mon départ de Mary Island, et passer du temps avec elle apaisera peut-être pour un moment le vide de mon cœur.

Quand elle arrive, je découvre qu'elle n'est pas seule. Evan, Seth, et même Zach, l'accompagnent.

– Savannah ! Evan ! s'écrie Zara toute joyeuse, oubliant un instant les circonstances de nos retrouvailles.

– Oui, merci, on sait comment on s'appelle, fait Evan moqueur en passant une main dans ses cheveux l'air de dire « je suis beau gosse et je le sais ».

Je me précipite et saute dans les bras de Seth qui me soulève de terre en riant.

– Salut, la belle, murmure-t-il.

Je ne savais pas qu'ils m'avaient tant manqué. Mais je suis si heureuse de les voir que les larmes me montent aux yeux.

Evan m'ébouriffe les cheveux en riant.

– T'es blonde, toi, maintenant ? J'ai un sacré panel de blagues sur les blondes.

Je lui pince le bout du nez en riant aussi.

– Et toi, t'es toujours aussi bête !

Zara embrasse Seth avec réserve et je perçois son trouble, mais celui-ci ne semble pas s'en rendre compte et la prend carrément dans ses bras en lui disant qu'elle lui a manqué. J'aperçois des petites larmes se former aux coins des yeux de mon amie et ne peux que compatir.

Nous entrons dans le café et commandons des milk-shakes, des cafés glacés et des gaufres, après nous être installés sur des banquettes.

Savannah profite de l'excitation des retrouvailles pour m'attraper les mains et me les serrer en me lançant un regard chargé de connivence.

– Nous sommes avec toi, nous serons toujours là, murmure-t-elle.

Subtile façon de me dire qu'elle sait pour ma grand-mère et qu'elle compatit. Je la remercie d'un sourire.

Seth, Zach, Evan et Savannah sont restés à Mary Island pour aller à la fac de St Raphael. Zach nous informe qu'Hailey est partie vivre à Phoenix avec ses parents. Aucun de nous ne mentionne Austin.

Evan commence à nous raconter ce qu'ils vivent :

– Les profs sont cool, les cours sont top et on y va quand on en a envie…

– Non, l'interrompt Savannah, *tu* vas en cours quand tu en as envie. Moi, j'y vais tout le temps.

Evan chasse ses remarques de la main.

– Bref. Ah oui… et on s'est mariés.

Zara s'étrangle dans son café et en renverse un peu. Je sursaute, ne m'attendant pas à une nouvelle comme celle-là.

Quoi ?

– Vous avez fait quoi ? demandé-je.

Seth rit doucement.

– Je vous avais dit qu'ils n'en reviendraient pas.

Savannah tend sa main vers nous pour nous montrer une bague bien trop grosse pour ses doigts trop fins.

– On s'est mariés, il y a deux mois...

Zara et moi, nous nous écrions en même temps :

– Félicitations !

Savannah nous raconte son mariage sur la plage plus en détail. La demande d'Evan sur le ponton de Texera Bay, leur décision de faire ça au plus vite et en secret, leur « lune de miel » tardive à Rio offerte par les parents d'Evan... Elle a l'air tellement heureux que je ne peux qu'être jalouse de son bonheur. *Pourquoi ce genre de chose ne m'arrive pas ?*

Ça me fait tellement de bien d'être au milieu d'eux, même s'il manque Austin, que j'oublie un instant ce qui m'a fait revenir à Mary Island. J'ai l'impression de me retrouver. De retrouver la Lexie d'avant. Celle qui n'avait pas connu l'internement. Rien n'a changé. Evan est toujours aussi bavard et cinglé. Il fait autant de blagues de mauvais goût qu'avant, si ce n'est plus. Savannah est restée la même, simple et mignonne comme tout. Seth toujours aussi sombre et beau, presque le jumeau d'Austin.

Les voir me permet de respirer un peu mieux. Mais en fin d'après-midi, quand ils s'en vont, je ne peux m'empêcher d'être un peu triste. Je ne les reverrai pas avant longtemps...

Savannah me serre dans ses bras et me caresse les cheveux.

– Vivement que tu reviennes à Mary Island !

Je l'étreins à mon tour et hoche la tête en contenant mes larmes.

Zara m'indique d'un mouvement de tête qu'elle ne rentre pas avec moi, puis elle se retourne vers Seth :

– Dis, Seth, est-ce qu'on peut discuter un instant ?

Il sourit et elle lui indique de la suivre vers la plage en contre-bas.

Je sais ce qu'elle s'apprête à faire. J'en suis sûre. Le temps des grandes révélations est venu. Mon amie ne trouvera jamais la paix si elle ne lui parle pas de sa grossesse brusquement interrompue. Elle doit s'en défaire.

✦✦✦

Si cela m'a fait du bien de voir mes amis, hier, aujourd'hui nous allons à la maison de Mamina avec Charlie, Lauren et mon père. Nous passons la journée à trier et ranger les affaires de grand-mère. Je découvre qu'elle a été miss Palmera dans son jeune âge et qu'elle a gagné trois fois les « jeux des îles » dans la catégorie 100 mètres nage libre.

Dans le placard de sa chambre, je vole son peignoir, qui sent encore son odeur. Et au fond, je découvre une boîte avec des photos de famille. Il y a des clichés de mon grand-père et elle quand ils étaient plus jeunes ainsi que certains de maman quand elle était petite, puis adolescente, avec Charlie, et enfin enceinte de moi, à moins que ce ne soit de Leo. Charlie s'amuse à les regarder avec moi. Il sourit ou rit aux différents souvenirs. Mais son rire reste teinté de tristesse.

Dans l'après-midi, nous nous rendons chez l'avocat pour l'ouverture du testament. Mamina m'a légué sa maison. À l'annonce de cette nouvelle, je reste sans voix. Ses bijoux également, sauf une bague et une médaille de baptême, qu'elle a laissées pour Leo. Enfin, pour sa future femme. Cela m'étonne qu'elle ait laissé des choses pour lui. Elle ne savait pas que je prévoyais de le rechercher, enfin je crois. Elle lui a laissé son plan épargne également, qui représente une jolie somme, puisqu'elle y a ajouté les gains de la vente de sa boutique d'antiquités. Mais il ne pourra prétendre à aucun de ses droits tant qu'il n'aura pas signé les papiers devant l'avocat.

Quant à Charlie, Mamina lui a laissé tous ses meubles, sa Jeep Wrangler rouge et sa maison de vacances dans le sud de l'île.

Mon père a signé pour la prise en charge de la maison. Moi, je n'ai pas le courage de m'occuper de tout cela. Je ne veux même pas savoir ce qu'il va en faire, car la voir vidée de tous ses meubles et de tout ce qui faisait Mamina me tuerait littéralement.

Quand nous redescendons de chez l'avocat, Charlie me stoppe.

– Tu as oublié ça, quand tu es partie la dernière fois, Lexie…

Il a sorti Teddy de sa voiture, l'énorme ours en peluche qu'Austin avait gagné à la fête foraine pour moi. Je dois ouvrir grand les bras pour le porter tellement il est énorme.

– Merci. Je ne sais pas s'il rentrera dans un sac pour prendre l'avion…

En fait, je ne l'avais pas oublié. Je l'avais enfermé dans un placard chez Mamina, car je ne voulais plus le voir.

Charlie me serre contre lui avant de nous laisser rentrer à l'hôtel.

Nous y passons la nuit, jusqu'à ce que Lauren, Zara et moi reprenions l'avion pour le continent. Mon père, quant à lui, reste encore sur place une semaine pour finir de tout régler et pour aider Charlie.

À Los Angeles, Lauren reprend l'avion pour Boston et ma meilleure amie et moi pour New York. J'ai transporté Teddy dans un énorme sac en plastique transparent et j'ai vu le regard des gens interloqués de me voir me trimballer avec ma peluche géante.

– Austin m'a demandé ton numéro, m'informe Zara lorsque nous sommes arrivées et qu'elle s'habille pour aller travailler.

– J'espère que tu ne lui as pas donné !

Je n'ai pas besoin de me faire harceler ni qu'il s'imagine que ce qui s'est passé change quoi que ce soit entre nous.

– Bien sûr que non, fait Zara en fronçant les sourcils. Mais c'est limite s'il ne me harcèle pas.

– Eh bien laisse-le faire.

– Ah ben tiens ! C'est facile à dire, pour toi, ce n'est pas toi qu'il réveille au milieu de la nuit parce qu'il veut te parler.

Je ne réponds pas et allume la télé alors qu'elle part en claquant la porte.

Donc, Austin pense à moi au milieu de la nuit ? Au point de réveiller Zara ? Je me demande s'il fait encore des cauchemars, comme avant. En fait, je me demande trop de choses à son sujet. Je n'arrête pas de l'imaginer avec ce petit garçon aux cheveux blonds. Je me demande comment il s'en occupe, comment il lui parle, ce qu'ils font le soir, les week-ends, s'il va le chercher à l'école…

✦✦✦

– Putain, c'était hard aujourd'hui l'entraînement, me dit Sheyenne en me tirant par le bras pour m'aider à sortir de l'eau.

J'ai repris la natation synchronisée, en refoulant tous mes sentiments et mon mal-être dû à la cicatrice qui court sur ma jambe gauche.

Sheyenne, une de mes partenaires, est la seule et la première à m'avoir posé la question. J'ai vaguement parlé de l'accident de voiture et depuis personne ne m'a plus fait de réflexion. Je suis une nageuse comme une autre, ma cicatrice n'a pas l'air d'exister à leurs yeux. Et c'est tant mieux.

– Ouais, j'en peux plus, là...

Je respire fortement en sortant de l'eau.

J'ai recommencé les entraînements depuis un mois et demi à raison de cinq heures par semaine. C'est bien trop peu pour refaire mes muscles, ma respiration, mon aptitude à l'apnée prolongée. Je suis encore en rodage.

– T'as une touche, je crois, me fait-elle en montrant de la tête le côté du complexe sportif.

Je suis son regard et je vois ce garçon qui m'avait draguée chez HBG il y a deux semaines, assis dans les gradins, avec des amis, sans doute. Il porte un maillot de l'équipe de foot sur un jean brut et un teddy de NYU par-dessus. Ses cheveux châtains sont attachés en une queue-de-cheval minuscule et il arbore une barbe de quelques jours.

– Pas mal, me fait Sheyenne. Mais il devrait se raser quand même. Je n'aime pas quand ça pique.

– Moi j'aime bien, dis-je en essayant de me rappeler son prénom.

Adrien ? Non, Aïdan ?

Sheyenne éclate de rire.

– Adam Daniels est un petit con, je te préviens. Il est dans mon cours de Management et Relations internationales. Il aime se faire voir et s'afficher. Remarque, il en jette, avec sa carrure et son air « je suis beau gosse et je le sais », mais bon...

Adam... voilà c'est ça, Adam Daniels.

De l'autre côté, le garçon me sourit avec un air moqueur et laisse délibérément glisser son regard sur mon corps. Je me sens nue, tout à coup.

Sheyenne m'attrape par le bras et me tire vers les vestiaires avec elle.

– Il y a une fête à sa fraternité, ce soir, ça te dit d'aller y faire un tour ?

– Mais on est mardi ! Ils font la fête au milieu de la semaine ?

Sheyenne hausse les épaules.

– Dans les fraternités, c'est comme ça, poupée, ils s'en foutent que ce soit un jour de semaine ou pas. On est à la fac, putain !

J'aime bien Sheyenne. Je ne connais aucune fille qui jure autant. Elle est afro-américaine, grande, très mince, avec une peau de Black métissée, très dorée et une tonne de frisettes sur le crâne. Elle est gracieuse et fine. Lors du premier entraînement de natation, c'est sa grâce et son agilité alors qu'elle effectuait des figures complexes qui m'ont sauté aux yeux.

Physiquement, c'est un peu Kerry Washington. Avec des lèvres pleines, mais un visage gracile et fin. Un putain de mannequin. Pourtant, elle est très naturelle et ne se fait pas trop voir.

– Tu vis dans le Village, non ? demande-t-elle alors que nous entrons dans les vestiaires.

– Oui, réponds-je. Avec ma meilleure amie.

– Elle voudra peut-être venir avec nous !

– Non, Zara bosse, ce soir…

– Bah tant pis pour elle. Mais toi, tu viens ! J'y vais avec quelques sœurs.

Je hausse les sourcils en attrapant ma serviette et mon gel douche dans mon casier.

– Des sœurs ?

– Ouais, je suis dans une sororité, la Delta Phi Epsilon.

Les sororités sont la version féminine des fraternités américaines. C'est bizarre, je ne la voyais pas du tout dans une sororité.

– Mais j'ai cours, demain matin ! Si je vais en soirée ce soir, je ne vais pas réussir à me lever pour mon cours d'écriture de scénario…

Sheyenne retire son bonnet de bain en laissant apparaître les milliers de frisottis qui font sa chevelure.

– Mais on est à la fac, Alexandra ! Personne ne va en cours !

– Ouais, si on ne veut pas avoir son diplôme, c'est sûr que c'est le meilleur moyen…

Elle secoue la tête et s'éloigne vers l'une des douches.

– Ça va être mortel, tu vas voir…

Je soupire. Cela fait longtemps que je ne suis pas allée à une soirée, ça va me changer les idées. *Après tout, pourquoi pas…*

Je vais prendre ma douche et me change après.

Sheyenne passe un bras autour de mes épaules quand on sort du complexe sportif. Je ne m'étais pas fait de nouvelle amie depuis Zara.

– De toute façon, t'es forcément célibataire, je ne t'ai jamais vue avec un gars… me fait-elle.

Je dois prendre du temps avant de répondre, car elle insiste.

– Alors ?

– Ouais, je le suis.

C'est vrai, non ?

– Tant mieux, parce que ça va être chaud, ce soir…

Je ne lui demande pas ce qu'elle entend par là.

– Bon, faut que j'y aille, moi, fait-elle en regardant sa montre. Ma grand-mère m'attend et Harlem, ce n'est pas la porte à côté.

Je fronce les sourcils. L'entendre mentionner sa grand-mère m'égratigne le cœur. Mais elle ne le fait pas exprès et ne peut pas savoir.

– Ta grand-mère vit à Harlem ?

Mon frère aussi vit là-bas, apparemment. Dans les quartiers noirs et hispano.

– Ouais, fait-elle en resserrant sa veste et son écharpe autour d'elle. J'ai vécu là-bas toute mon enfance. Mais contrairement à beaucoup d'autres, j'ai réussi à m'en sortir. J'ai eu la bourse au mérite du *New York Times*, c'est pour ça que je peux me permettre d'étudier ici et de vivre dans une sororité. Mais j'ai laissé mes frères et ma grand-mère là-bas et je vais les voir de temps en temps.

Je hoche la tête avant de demander :

– Tu ne connaîtrais pas un certain Lionel Allen ? Il vit dans ce quartier, apparemment.

Elle secoue la tête.

– Non. Mais peut-être qu'un de mes frères le connaît. Tu veux venir avec moi chez ma grand-mère ?

Je regarde ma montre.

– Non, je ne peux pas, j'ai cours, là.

– Cours de quoi ?

– Étude de la place des femmes dans la littérature, réponds-je.

Elle a un sifflement d'admiration.

J'ai pris pas mal de cours facultatifs en attendant mes cours du second semestre. Les cours à NYU sont incroyables. Dix-sept départements et plus de cent vingt domaines d'études ! Alors je me suis fait plaisir en choisissant des cours comme « Écriture de nouvelles », « Création de personnages », « Critique cinématographique », « Écriture du voyage pour magazine spécialisé », « Journalisme de mode »...

– Bon, bah en tout cas je poserai la question à mes frères. Lionel comment, t'as dit ?

– Lionel Allen. Ou Leo. Je ne sais pas comment on l'appelle. Il a les cheveux noirs, des yeux noisette, il fait une tête de plus que moi, il a un léger air latino...

– Et c'est qui ?

– Euh... une vieille connaissance. On est originaires de la même île.

Je ne veux pas lui dire la vérité au cas où elle, ou ses frères, le connaîtraient vraiment.

– Quelle île ?

Elle sort son paquet de clopes de son sac, m'en tend une et allume la sienne.

– Mary Island, dans le Pacifique

Je sors mon briquet et allume la mienne.

– Ouah, putain, t'es une vraie Sudiste, toi, alors. Je croyais que tu venais d'Atlanta ?

– Ouais, c'est compliqué...

– Je vois ça. Bon, j'y vais. On se voit ce soir, alors. Envoie-moi ton adresse par texto. Tu as mon numéro, de toute façon.

– Ok...

Elle tourne les talons et s'éloigne en direction du métro en roulant des hanches dans son jean moulant et en secouant sa tignasse frisée. De dos, elle me fait au revoir de la main en l'agitant en l'air sans me regarder.

Je souris toute seule et file vers mon cours de l'autre côté du campus, en fumant malgré mes mains gelées par le froid de décembre et mes lèvres qui ont bleui. Comme je suis en avance et que les élèves arrivent encore au compte-goutte dans l'amphithéâtre, j'en profite pour sortir la carte postale que j'ai achetée ce matin au coin d'une rue et qui représente Central Park pour me mettre à écrire à Baile. J'ai besoin de parler d'Austin et de Mamina à quelqu'un. Et mon ami me manque tellement.

13
Alexandra

– C'est qui cette fille ? me murmure Zara à l'oreille.

Mon amie détaille Sheyenne par la porte de la chambre. Cette dernière est assise sur mon lit et fixe les posters de Natalia Ishchenko [9] et Esther Williams [10] accrochés aux murs.

– Une amie. Elle est dans l'équipe de natation. Je t'en ai parlé, elle s'appelle Sheyenne.

– Elle est bizarre et elle a un prénom bizarre. Sa tête ne me revient pas.

Arrête, Zara, elle est hyper sympa.

– Non, je te dis que je ne la sens pas...

– La première fois que je t'ai vue, je ne t'ai pas vraiment appréciée non plus...

Zara grimace et prend son sac.

– Fais ce que tu veux, mais tu ne viendras pas te plaindre après !

Elle sort en claquant la porte.

Je soupire en allant rejoindre Sheyenne dans ma chambre.

– Ton amie n'a pas l'air de m'apprécier beaucoup...

---

9. Championne russe de natation synchronisée.

10. Actrice américaine (1921-2013), célèbre pour ses films comportant des scènes de natation.

– C'est parce qu'elle ne te connaît pas, dis-je en la contournant pour accéder à ma coiffeuse.

Un trait de liner, de mascara, un peu de blush et je suis prête à sortir.

– Tu aurais pu mettre une robe ou une jupe, au moins, grimace-t-elle.

J'ai mis un jean stone et un top fluide blanc avec de fines bretelles dorées qui découvre mes épaules, et mes talons dorés.

– Non, je me sens mieux en pantalon.

– À cause de ta cicatrice ?

– En partie…

Sheyenne hoche la tête avant de se relever sur les coudes.

– Danny, un de mes frères, connaît ton fameux Leo.

Mon cœur s'accélère.

– Ah ouais ?

– Ouais. Mais d'après ce que j'ai compris, ce n'est pas un gars très fréquentable. Il traîne avec des gars pas recommandables du tout, si tu vois ce que je veux dire… Et il fait de la musique. Danny m'a dit qu'il l'a vu sur une affiche. Il jouera à l'Apollo demain soir, tu sais, pour « La nuit des amateurs »…

Mon air perplexe lui laisse comprendre que je ne vois pas de quoi elle parle.

– Tu ne connais pas l'Apollo ? C'est le berceau de la musique new-yorkaise ! Diana Ross & The Supremes, Marvin Gaye, Stevie Wonder, Aretha Franklin, Lauryn Hill, Mariah Carey, The Jackson Five, et même James Brown, ils sont tous passés par là ! Il faut revoir ton éducation musicale de toute urgence, ma petite Alexandra.

– Arrête de m'appeler comme ça. Je préfère Lexie…

– Eh bien Le-xie, tu es irrécupérable ! Ton copain doit participer à un concours musical demain soir. « La nuit des amateurs » a lieu tous les mercredis soir et le public vote pour les artistes qu'il préfère. Tu devrais aller voir ton pote jouer. Il sera sûrement content que tu lui fasses la surprise !

– Euh… Ouais, je ne sais pas. On verra…

– Je t'aurais bien accompagnée, mais j'ai un rencard avec le plus sexy des étudiants en médecine de cette fac…

Elle sourit et fait une moue charmeuse et un clin d'œil devant mon miroir.

– Hmm…

Elle se lève et tire sur sa jupe en jean ultra-courte qui révèle ses longues jambes fines.

– Tu vas avoir froid, comme ça. On est en décembre, je te rappelle.

– Et on est des filles, je te rappelle, me répond-elle sarcastique. Il faut souffrir pour être belle.

Cependant, dès que nous sortons dans l'air froid de la nuit pour courir jusqu'à l'arrêt de bus, je vois Sheyenne grimacer et je me retiens de lui envoyer une remarque cinglante. À la place, je resserre mon manteau et mon écharpe autour de moi.

– Elles sont où, tes sœurs ?

– Déjà là-bas. Je te présenterai.

Une demi-heure plus tard, nous arrivons devant un bâtiment imposant et à l'architecture complexe. C'est la maison Delta Kappa Epsilon.

Nous avons à peine grimpé les marches que la lourde porte s'ouvre d'elle-même. La musique assourdissante me prend aux oreilles et je me retrouve propulsée dans une salle faiblement éclairée par des luminaires en forme de chandelle. J'ai l'impression d'être dans *La Grande Salle* dans *Harry Potter*. La pièce est immense et composée de colonnes de pierre et de marbre brut. Il y a des voûtes en arcades comme dans les églises baroques, des portes en bois rehaussées de vitraux. Et, sur un des murs en pierre, trône un drapeau bleu roi, doré et grenat sur lequel un lion se dresse sur ses pattes arrière et rugit. Si on excepte l'électricité et le mobilier récent en cuir, on pourrait se croire dans un château médiéval. Sauf que les filles dénudées, la quantité d'alcool impressionnante et la musique à fond nous ramènent au XXIe siècle, qu'on le veuille ou non.

Sheyenne nous dirige immédiatement vers un groupe de filles qui rient comme des folles.

– Les filles, je vous présente Lexie ! Lexie, voici mes sœurs : Lola, Debby, Irina, Joyce et Alison…

Je les salue un peu gênée et sans avoir retenu leur prénom, mais elles ont l'air sympa.

– Donne, je vais te débarrasser, me fait une petite brune.

Je retire mon manteau et elle disparaît en l'emportant.

Une des filles me tend un verre de bière, je bois pour me donner contenance. L'air chaud et renfermé me fait transpirer. Ma peau est légèrement luisante et mes cheveux me collent au front.

Je discute un peu avec les filles de la fac. Beaucoup sont en deuxième ou troisième année, elles ont un côté sûres d'elles que je n'ai pas.

– Lexie, viens par là, m'appelle Sheyenne.

Je me retourne pour la découvrir en compagnie de plusieurs garçons, dont un certain Adam. Il me regarde avec un sourire en coin. Il est craquant avec sa chemise noire un peu ouverte qui laisse apparaître des muscles entretenus.

Je m'approche, intimidée.

– Lexie, je te présente Eddy, Jack, Matt, Jason, Shane… Et tu connais déjà Adam !

– Blondie… souffle-t-il à mon attention avec un sourire charmeur.

– C'est Alexandra. Ou Lexie. Pas Blondie.

– Alors finalement, tu es venue à une de nos fêtes…

Sheyenne me fait un sourire avenant et s'éloigne en entraînant les autres garçons avec elle. Je replonge le nez dans mon verre et Adam se rapproche d'un pas.

– Alors comme ça, en plus d'être joggeuse, tu fais de la natation… T'es accro au sport ou quoi ?

Je hausse les épaules.

– Peut-être, c'est un bon moyen de se défouler…

Sa voix grave me perturbe et sa façon de me regarder dans les yeux aussi. Je détourne sans cesse les miens pour ne pas me laisser déstabiliser.

– Et pourquoi tu as tant besoin de te défouler, boucles d'or ?

– Tu vas faire tous les surnoms débiles sur les blondes que tu trouves ?

– Ouais, jusqu'à ce que je trouve le bon, répond-il en riant.

– Il n'y en a pas. C'est Lexie, point.

– Ça te dit d'aller faire un tour ?

– Avec toi, sûrement pas !

Il s'esclaffe encore, pas vexé.

– Je m'en doutais. Alors si on dansait ?

– Encore moins !

Il fait un pas vers moi et pose une main sur mes hanches. Je sursaute et renverse presque mon verre. Je recule vivement et il hurle de rire en se pliant en deux.

– Ne t'avise même pas de me toucher, Daniels ! lâché-je en lui tournant le dos.

– Oh allez ! Boucles d'or… Juste une chanson !

Je ne l'écoute plus et rejoins les filles. Mais cinq minutes après, elles ont toutes envie de danser.

Quand elles se lèvent des fauteuils en cuir, je m'effondre dans l'un d'eux. Je ne me sens pas à ma place, ici, je ne m'amuse pas. *D'ailleurs, j'ai très envie d'être dans mon lit.*

Je me fais cette réflexion quand un grand blond baraqué m'interpelle en passant près de moi.

– Salut ! C'est Alexandra, c'est ça ? Moi c'est Josh. On est dans le même cours d'écriture de scénario.

– Salut.

– Tu veux un verre ?

Je m'apprête à lever mon verre pour lui montrer que j'ai déjà de quoi faire, mais je remarque que ce dernier est vide.

– Oh ! Bah ouais…

Il sourit de toutes ses dents avant de disparaître vers le bar.

J'observe les autres se déhancher sur la piste improvisée au milieu du salon. Adam danse avec une des filles que m'a présentées Sheyenne. Il se colle à elle mais regarde vers moi, très sérieux. Je détourne le regard et fais semblant de chercher mon amie des yeux. D'ailleurs, elle a disparu.

Josh revient avec un verre de vodka pomme. Je le remercie et trempe seulement le bout de mes lèvres dans ma boisson. Il n'y a personne pour me ramener chez moi et prendre soin de moi en cas de problème et je n'ai pas envie de finir saoule.

Mon chevalier servant se laisse tomber sur le fauteuil à côté de moi.

– Alors, tu viens d'où ?

– Boston.

– Cool. Moi de Manhattan. Je suis un pur produit new-yorkais…

Je lui souris. *Je n'ai aucune envie de faire la conversation* !

– Tu vis dans une des résidences ?

– Non, avec ma meilleure amie dans Le Village.

– Cool.

– Ouais.

– Moi, c'est la deuxième année que je vis dans cette fraternité.

– Cool.

Je fais des réponses le plus courtes possible, en espérant qu'il va me lâcher les basques.

– Tu aimes NYU ? Tu t'es déjà fait des amis, ici ?

– Quelques-uns, dis-je en pensant à Sheyenne et à certaines personnes de mes cours avec qui j'ai sympathisé.

– Ouais, c'est la base ici pour survivre. Savoir bien s'entourer, si tu vois ce que je veux dire…

Il se rapproche et passe son bras autour de moi pour le poser sur le fauteuil. *Euh… Ça ne va pas le faire !*

Je m'avance au bord du fauteuil en croisant les jambes et bois un peu mon verre pour me donner du courage.

– Je suis bien entourée, je te remercie.

Il hoche la tête et boit son verre à grandes gorgées.

– Je n'en doute pas. Mais tu peux avoir plus de poids quand tu fais certaines choses en étant sûre d'avoir quelqu'un de bien placé qui t'appuie derrière… Tu sais, les fraternités, ça sert aussi à ça.

Je souris mais ne réponds pas.

– Bon. Portons un toast à nous ! Et aux vacances de Noël qui arrivent bientôt.

Il lève son verre vers moi et nous trinquons avant que j'avale le contenu de mon verre d'une traite. L'alcool me brûle la trachée et je tousse un peu. Josh sourit en me regardant.

Un mec passe près de nous et tape sur son épaule. Ils discutent et j'en profite pour m'éloigner de lui de quelques centimètres. Le menton dans la main, je regarde les autres danser. Cette musique est horrible. Je déteste l'electro.

Je ne sais pas combien de temps je reste là, à fixer les autres, avant de sentir mon corps chauffer. J'ai l'impression d'être parcourue par des décharges électriques et que des vagues invisibles me traversent. Alors je me lève pour aller respirer un peu d'air frais à l'extérieur.

– Ça ne va pas ? me demande Josh en me tenant la main.

– Si... si...

Il me lâche et je m'éloigne. La petite brune de tout à l'heure me voit et me tire par le bras en direction de la piste de danse. Je la suis et me mets à bouger lentement au rythme de la musique. Je ne me suis jamais sentie aussi alanguie.

– C'est morteeeeel ! hurle-t-elle à mes oreilles pour couvrir le bruit de la musique.

Je lui fais un grand sourire et elle saute dans tous les sens. Je tourne sur moi-même, relève mes cheveux et bouge sensuellement. En fait, je ne sais pas trop ce que je fais. Lorsque les gens me frôlent, j'ai l'impression d'être une flamme vivante.

Je ne sais pas combien de temps je danse avant que cet effet se dissipe. *Bon sang, je crois que je vais vomir !* Pourtant, je n'ai pas bu tant que cela.

La musique est de plus en plus sourde. Comme si je l'entendais à travers une porte fermée. Les couleurs dansent devant mes yeux, elles se mélangent, me soulèvent l'estomac.

Je trébuche et bouscule quelqu'un.

– Par... pardon...

Il faut que je trouve les toilettes. Je sens que je vais vomir, là.

Je me dirige vers une immense porte en bois. Des amoureux en train de se bécoter s'arrêtent quand je pose une main sur l'épaule de la fille.

– Les toilettes ?

Du pouce, elle pointe le couloir. Je m'y engouffre. Je titube et me raccroche au lambris qui couvre le bas des murs pour ne pas tomber. Des ombres passent à côté de moi. Ma vue est floue, mais je distingue d'autres personnes en train de s'embrasser et de se toucher dans la pénombre.

Au fond, je trouve enfin l'endroit tant recherché. J'entre et la lumière blafarde me saisit. Je ferme les yeux et m'accroche aux parois pour avancer jusqu'à un bidet. Je me penche au-dessus et ouvre la bouche. Mais rien ne sort. J'essaie de cracher, mais je n'arrive pas à renvoyer. Pourtant, j'ai bien des haut-le-cœur.

Je suis prête à me mettre un doigt dans la bouche pour me faire vomir quand on pose une main sur mon épaule.

– Hey ! Ça va ?

Je me retourne en reconnaissant la voix de Josh.

– Non… Enfin oui… J'ai…

– Chuuuttt, fait-il en plaçant un doigt devant ma bouche pour me faire taire. Ça peut faire bizarre la première fois, mais tu vas voir, c'est génial, après…

– Hein ? Quoi ?

Je ne comprends pas ce qu'il raconte.

Il m'attrape par les bras pour me plaquer contre la paroi des toilettes. Le carrelage est glacé sous ma peau brûlante. J'ai de violents frissons. Et aucune volonté pour l'arrêter lorsqu'il s'appuie sur moi et pose ses lèvres sur les miennes et ses mains sur mes hanches. J'ai l'impression que mes muscles m'ont abandonnée.

– Non, s'il te plaît…

Austin ne serait pas content. Pas content du tout.

– Il ne va pas aimer… je gémis.

– Chuuuttt, fait Josh contre ma bouche alors que ses mains remontent sous mon t-shirt pour se poser sur mes seins.

Une sensation d'engourdissement m'empêche de sentir quoi que ce soit d'autre. Il dépose des baisers le long de mon cou et sur mon épaule. Je sais que c'est mal. J'ai envie de hurler, mais je n'y arrive pas. Alors je pleure. Mes yeux s'embuent. *Je ne veux pas…*

Il me pétrit les seins plus durement et se presse encore contre moi.

– T'inquiète pas, tu ne vas presque rien sentir, murmure-t-il à mon oreille.

– Non…

J'ai l'impression que mon corps entier va prendre feu.

– Putain, mais tu fais quoi, là ?

Josh est violemment arraché à mon corps et projeté en arrière. Il n'y a plus rien qui me retient, alors je m'effondre. Je me laisse glisser contre le carrelage froid qui colle à ma peau.

Un craquement sourd me parvient.

– Espèce de bâtard ! Je vais te faire bouffer tes dents !

– Qu'est-ce que ça peut te foutre, connard ?

Je vois le poing d'Adam s'écraser contre la mâchoire de Josh qui tombe en arrière et se tient la bouche. Daniels se met au-dessus de lui et lui assène un violent coup de pied dans le ventre qui le fait se tordre de douleur.

– Tu touches encore une meuf ici et je te refais le portrait !

Josh gémit, la bouche en sang. Adam vient vers moi et s'accroupit. Son visage est déformé devant mes yeux. Je vois trouble. Il pose ses mains sur mes joues.

– Hey... ça va ?

Je pleure encore plus fort.

– Ok... Viens, on va sortir de là !

Il m'attrape sous les bras pour me soulever et je me laisse faire. Il passe un bras autour de mes jambes pour me porter. Je sens de nouveau ma tête tourner et la nausée revenir. Au balancement, je sens que nous montons des marches, mais ses pas sont feutrés sur la moquette grenat.

Il ouvre une porte, nous traversons une pièce et il me pose sur une surface moelleuse. Tellement moelleuse que j'ai l'impression que je m'y enfonce. *Dormir...*

– Hey ! Non ! Il ne faut surtout pas que tu dormes, Blondie !

Adam a passé une main sous ma tête pour me secouer et me faire ouvrir les yeux. Je le regarde de nouveau, même si je ne le vois qu'à moitié.

– Putain, t'es brûlante. Il t'a foutu la dose, ce bâtard... Mais s'il te plaît, j'aimerais autant que tu évites de crever dans ma chambre.

Adam se mord la lèvre et regarde à nouveau autour de lui.

– Ok... On va aller faire un petit tour sous la douche !

Je suis de nouveau extraite de la surface chaude et portée dans le couloir.

Un instant plus tard, je suis toute habillée dans une cabine de douche et Adam a ouvert le robinet pour m'asperger d'eau. Je perçois comme une agression l'eau glacée qui gicle sur ma peau.

– Nooooonnnn ! crié-je en essayant malgré tout de me débattre.

– C'est pour toi que je fais ça ! fait-il en mettant ses mains autour de mon visage trempé.

Je pleure encore et lui me maintient sous l'eau.

– Ça va aller… Mais oui, tu verras… Ça va aller…

Sa voix finit par m'apaiser.

Un peu plus tard, je suis de nouveau sur la surface moelleuse. Un lit, sans doute. S'il a l'intention de profiter de moi, je ne pourrai pas l'en empêcher. Je n'ai plus la force de rien.

Il me fait boire à une bouteille et je m'étrangle avec l'eau. Et puis plus rien. Le trou noir complet.

14
Alexandra

J'ouvre brutalement les yeux en prenant un souffle d'air. *Bordel ! Qu'est-ce qui s'est passé ?*

Je m'assois, mais mes muscles sont douloureux. Je suis dans une pièce que je ne connais pas, dans un lit que je ne connais pas. De lourds rideaux sombres sont tirés et empêchent les rayons du soleil, que je devine derrière, de pénétrer dans la pièce.

Mon cœur tambourine fort, prêt à éclater. Je ne me souviens plus comment je suis arrivée là. Ma tête me fait terriblement mal.

Je baisse les yeux sur le t-shirt que je porte. Et avec horreur, je regarde mes jambes et ma cicatrice découvertes. *Non seulement je porte le t-shirt d'un mec, mais en plus je suis en culotte !*

Avec une panique non contrôlée, je me lève du lit et cherche mes vêtements des yeux. Je suis à deux doigts d'éclater en sanglots. Je ne me souviens de rien.

Je tâte mes cheveux et découvre qu'ils sont collants, comme s'ils avaient été mouillés. *Oh merde… j'ai pris une douche ?*

Si au moins j'avais un de mes cachets contre le stress intense sur moi !

– Salut, Blondie.

Je m'arrête en voyant Adam dans l'encadrement de la porte. Il la referme du pied.

– Je t'ai pris un café et un beignet au caramel en bas, fait-il en posant le gobelet en carton et le petit sac de pâtisserie sur le bureau.

Je recule et tire sur le t-shirt pour cacher ma culotte et mes cuisses. Il observe ce geste et sourit.

– J'ai mis tes vêtements dans le sèche-linge avant de descendre, je vais aller voir si c'est sec.

Il ressort et moi j'attends sans savoir quoi faire. *Hors de question de me balader à poil sur le campus.*

J'attrape le réveil sur la table de nuit. Il est onze heures du matin ! *Merde. J'ai raté tous mes cours de la matinée et je vais sûrement rater ceux de l'après-midi.*

Adam revient déjà, mon haut et mon jean à la main. Je les lui arrache et enfile mon pantalon qui a un peu de mal à remonter, puis j'enlève le t-shirt noir que je balance sur le lit et passe mon débardeur. À la hâte, j'enfile mes chaussures et tout cela sous le regard de ce mec, qui n'a même pas la décence de détourner les yeux.

– Tu ne veux pas un peu de café, au moins ? Tu as vraiment l'air de quelqu'un qui saute du lit…

Je regarde le gobelet avec révulsion. Ça y est, la mémoire me revient. Hier soir, j'ai avalé des trucs pas normaux.

– Qu'est-ce qui s'est passé ? je demande enfin alors qu'Adam s'avance et se pose sur son lit.

– C'est ce bâtard de Josh. Il a mis un ecsta dans ton verre. Ce n'est pas la première fois qu'il fait ça à une fille. Mais je l'avais vu rôder autour de toi, alors comme je ne te voyais plus, je t'ai cherchée…

– Un ecsta ?

– Oui, un ecstasy.

– Les toilettes… Je n'étais pas aux toilettes ?

– Si, c'est là que je t'ai trouvée. Et heureusement, il n'a rien eu le temps de te faire.

J'observe Adam, je me demande si on a dormi côte à côte hier soir. À l'idée qu'il ait pu me voir en petite culotte je me sens rougir. Pourvu que l'on n'ait fait que dormir, d'ailleurs…

– Est-ce que toi et moi ? Est-ce qu'on a…

Il sourit, moqueur.

– Désolé chérie, mais la nécrophilie, ce n'est pas mon truc.

Je me retiens de l'injurier.

– Merci pour tout ce que tu as fait. Je vais rentrer chez moi…

– Déjà ? Tu pourrais res…

Je claque la porte derrière moi et dévale les marches jusqu'à la sortie.

Il y a des tonnes de déchets dans le salon et des gens qui dorment par terre.

Je franchis les portes d'entrée et le froid me saisit. Il gèle et mes épaules sont découvertes, je porte un haut dénudé parce que je ne sais pas où on a posé mon manteau.

Je marche vite jusqu'à l'arrêt de bus en grelottant et, du revers de la main, j'essuie mon nez qui coule. Je dois attendre à peine trois minutes, mais j'ai tellement froid que cela me paraît une éternité. Je finis tout de même par rentrer chez moi.

Quand je passe les portes de mon appartement, un sentiment de sécurité intense me saisit. Plus de soirées, plus de fêtes, je n'irai plus jamais.

Zara, sous sa couverture sur le canapé, me regarde en fronçant des sourcils.

– Il est presque midi. Qu'est-ce que t'as fait, hier soir ?

Son ton de mère poule en colère m'agace fortement, surtout après ce qui m'est arrivé.

– J'ai… J'ai eu un problème…

– Ah ben tiens, avec cette fille-là, ça m'étonne pas. T'as vu comment elle était habillée ?

– Arrête, Zara, ça n'a rien à voir avec Sheyenne. C'est un gars qui a mis un truc dans mon verre et je me suis sentie mal, c'est tout.

– Et elle était où ta copine, à ce moment-là ?

Je soupire et file vers ma chambre.

– Je vais bien, si ça t'intéresse, au fait.

Mais dans un sens, elle a raison. *Où était Sheyenne quand j'avais besoin d'elle ?*

– Où est-ce que tu as dormi ? me crie Zara du salon.

– Chez un ami.

Vu son attitude, je n'ai aucune envie de lui en dire davantage sur ma soirée.

– Un ami ? me demande-t-elle en passant la tête dans ma chambre pendant que je me déshabille.

– Ouais.

– Un garçon ?

– Oui, putain !

– Tu as dormi avec un autre garçon qu'Austin ?

Je m'énerve en criant et en agitant les mains.

– Dormi, Zara ! Je n'ai pas couché avec lui, merde !

Je file vers mon bureau et attrape un petit cachet que je laisse fondre sous ma langue, puis je prends une Gitane et l'allume. Zara secoue la tête, l'air de dire que je la dégoûte, et disparaît.

Je soupire et finis ma clope en fumant trop vite. J'en ai la tête qui tourne.

Puis je file sous la douche et, en sortant, je m'enroule dans ma serviette pour aller à la cuisine. Je n'ai pas vraiment faim, mais je dois me forcer à manger, car je n'ai rien dans l'estomac. J'avale un yaourt et un gâteau avant de retourner dans ma chambre en claquant la porte, car Zara m'observe sans rien dire. Elle me saoule, ces derniers temps.

L'après-midi, j'essaie de me rendormir un peu – je n'ai pas du tout le courage d'aller en cours –, mais je ne trouve plus le sommeil. Je suis encore perturbée par tout ce qui s'est passé et je pense aussi à ce concours à l'Apollo, ce soir. Est-ce que je vais y aller pour voir mon frère ?

Je prends mon téléphone et m'allonge en travers de mon lit. Je tire Teddy, mon énorme ours en peluche, vers moi et pose ma tête sur son ventre. J'ai envie d'entendre la voix d'une personne. Une seule. Je respire à fond et passe mon numéro en privé avant de composer celui d'Austin. Ça sonne. Une fois. Deux fois. J'ai le cœur qui galope dans la poitrine. Trois fois. *Ne réponds pas, s'il te plaît !*

S'il ne répond pas, alors je pourrai écouter sa voix sur son répondeur. Quatre fois.

– Allô ? répond-il essoufflé.

Je reste figée. Cette voix rauque s'est imprimée dans mon cœur à jamais.

– Allô ? Il y a quelqu'un ?

Je plaque une main sur ma bouche pour m'empêcher de pleurer et de laisser échapper un sanglot.

– Je vous entends respirer ! Si c'est encore une de tes blagues pourries, Dean, tu peux aller te faire voir !

Et il raccroche.

Je l'imagine énervé, avec son pli au milieu du front et ses veines saillantes sous la colère.

Je regarde la pendule toutes les heures. Mais à dix-neuf heures, je ne tiens plus en place. J'ai envie de le voir, ce Leo, même si je ne lui parle pas.

J'enfile un jean, des bottes, un pull à grosses mailles gris et un bonnet, avant de filer. Je prends le métro jusqu'à la 125e rue, à l'entrée de Harlem.

Je distingue tout de suite l'immense devanture de l'Apollo. Je fais la queue et achète un billet d'entrée. Il ne reste que très peu de places. Il y a une quinzaine d'artistes qui passent ce soir. Jazz, funk, r&b, il y en a pour tous les goûts et je me surprends à chantonner quelques fois.

Quand *il* monte sur la scène, je le reconnais immédiatement. Grâce au portrait de la police de NY que monsieur Jackson a mis dans le dossier. J'ouvre de grands yeux et me penche en avant. *C'est donc lui, mon frère...*

– Veuillez applaudir Leo Allen !

Les gens frappent dans leurs mains alors qu'il grimpe les marches pour se mettre en place. Il porte un t-shirt à l'effigie de Magic Johnson, le célèbre basketteur des Lakers. Il a une démarche de caïd. Il fait au moins un mètre quatre-vingt. Pas trop musclé, mais bien bâti. De beaux yeux noisette sous des mèches de cheveux noirs. Il a le regard mauvais et ne sourit pas. Il prend place derrière le piano installé et j'ouvre encore plus les yeux. *Il joue du piano ?* Il n'a pas du tout le look.

La lumière s'abaisse et il laisse courir ses doigts sur les touches. La mélodie me transporte instantanément. Il chante, laissant retentir sa voix. Le refrain, d'abord, une chanson sur l'amitié et les liens qui sont plus forts que la mort ou que les liens du sang. Puis il se lève, et alors que les musiciens l'accompagnent, il se met à rapper. Je sors mon téléphone pour l'enregistrer. Je pourrai réécrire ses paroles chez moi.

Quand il chante, il est doux, sa voix est chaude, mais quand il rappe, il est dur et crache une haine et une rage contenues.

À la fin, il se remet au piano et une salve d'applaudissements s'élève de la salle. Il remercie, mais il ne sourit toujours pas, il a vraiment l'air méchant.

Il y a d'autres artistes après lui, et il ne gagne pas lors de l'annonce finale.

À onze heures, lors de la sortie, j'essaie de traîner près des coulisses pour le voir, en vain. Alors je tourne les talons pour rentrer chez moi. Sauf que je l'aperçois de l'autre côté de la rue qui file vers le métro. Il regarde droit devant lui.

Poussée par la curiosité, je décide de le suivre. Je file à sa suite et entre dans le métro à une rame de différence de lui. Je le vois sortir ses écouteurs et les enfoncer dans ses oreilles avant de rabattre sa capuche sur sa tête. Je m'assois sur un strapontin en biais et l'observe. Il a le nez de maman et de Mamina.

Quand il lève les yeux dans ma direction, je baisse les miens en essayant de faire comme si je cherchais quelque chose sur mon téléphone. Je les relève, mais il ne me regarde plus.

Quelques minutes plus tard, il débarque dans le centre de Manhattan et je fais de même. Dans les grandes rues animées, il avance rapidement, suivant le flot en mouvement. Alors, pour ne pas le perdre de vue, je le suis de plus en plus près.

La foule l'absorbe un moment et je crois l'avoir perdu, mais je le retrouve dans une rue parallèle, dans un quartier que je connais moins bien. Il s'allume une cigarette et fume en marchant plus vite, je dois presque courir pour le rattraper.

Il disparaît de nouveau en tournant à un angle. Je presse le pas et bute sur une masse noire en me cognant les dents et la lèvre. Une douleur se diffuse dans ma mâchoire, mais je n'ai pas le temps de porter une main à ma bouche car deux bras me plaquent la tête contre le bâtiment. On tord mon bras derrière mon dos et je me retiens de hurler de douleur. Mon cœur se met à tambouriner quand on parle dans mon oreille. Je reconnais cette voix, c'est la sienne.

– Putain, t'es qui, toi ? Pourquoi tu me suis ? Hein ?

– Je… ne… te… suis… pas…

– C'est Majestic qui t'envoie ? Tu referas passer le message : j'ai pas peur de ce sale bâtard ! Qu'il vienne… Maintenant, tu dégages !

Il me repousse et me jette comme une vieille chaussette avant de s'éloigner. Je me masse le bras, et lui, il disparaît dans la foule de l'avenue.

15
Alexandra

Je sors de mon cours d'écriture de scénario et je presse le pas en entendant Sheyenne m'appeler.

– Lexie ! Attends-moi !

Elle pose une main sur mon épaule et s'arrête à ma hauteur, essoufflée. Je resserre mon pull oversize en laine autour de moi, j'ai l'impression qu'il fait de plus en plus froid.

– Ça fait trois fois que je t'appelle, tu ne m'entends pas ?

Je me tourne vers elle sans un sourire aux lèvres.

– Qu'est-ce que tu veux ?

Sheyenne fronce les sourcils.

– Il y a un problème ? Qu'est-ce que j'ai fait ?

– T'étais où l'autre soir ?

– Comment ça ? À la fête ?

Je ne réponds pas et l'observe avec un air mauvais. Elle soupire.

– Je ne savais pas trop où tu étais passée et j'ai fini la soirée avec un gars charmant… Et Joyce m'a dit que tu avais terminé avec Adam, alors…

Alors ça, comme dirait Zara, c'est la cerise sur le gâteau !

– Terminé avec Adam ? Mais tu m'as prise pour qui ? Tu sais ce qu'il s'est passé l'autre soir, putain ? J'ai été droguée et j'ai failli finir violée par une espèce de malade ! Et il n'y a qu'Adam qui ait porté attention à moi ! Et heureusement, parce que sans ça, je ne sais pas ce qui se serait passé ! Et toi, t'étais où, putain ?

Sheyenne secoue la tête en grimaçant.

– Écoute, Lexie…

Je lâche un psstt dégoûté et tourne les talons. Elle ne me suit pas et c'est tant mieux. Je file droit vers le métro.

Je n'ai plus cours aujourd'hui et je décide d'aller traîner vers Harlem. Oui, même après avoir été maltraitée par mon frère l'autre soir, je veux savoir qui il est vraiment. Si son mauvais comportement n'est qu'en surface, je saurai faire avec. En revanche, s'il est vraiment celui qu'il paraît être, je pense que je ne le verrai plus. Et je ne lui dirai pas qu'il est mon frère. Il y a une expression qui dit qu'on ne choisit pas sa famille, moi j'ai la chance de pouvoir décider si, oui ou non, je le veux dans ma vie.

Les bras resserrés autour de mon corps gelé, je marche doucement pour éviter de glisser sur les plaques de verglas à même le sol.

– Salut, Blondie.

On pose une main gantée sur mon bras, je m'arrête et me retourne. Adam. Il a le nez rouge et un bonnet enfoncé sur la tête. Cela lui va bien.

– Ah. Salut.

Il sourit et hausse les sourcils.

– Ton « ah » en dit plus sur ce que tu penses que tous tes mots.

Je soupire et recule, car il s'avance vers moi.

– Désolée. Je suis fatiguée.

– Tu vas mieux ?

– Oui. Merci de poser la question.

– Tu avais oublié ça à la soirée.

Il me tend mon manteau noir. Je le prends et le fourre en boule dans mon sac en cuir déjà plein.

– Merci.

– Je t'ai sauvé la vie. Tu le sais, ça ? fait-il en souriant.

J'ouvre grand les yeux. *Non, mais quel enfoiré ! Bien sûr que je le sais !*

– Décidément, la modestie n'est pas ton fort, Daniels, je grogne.

– Non, en effet. Je dis ça juste pour te rappeler qu'en théorie tu me dois quelque chose. Ne serait-ce que pour me remercier.

Je prends une voix mielleuse de petite midinette pour déclarer :

– Tu veux quoi ? Que je dise « Oh mon Dieu, merci ! Merci d'avoir envoyé Adam pour me sauver des flammes de l'Enfer ! ».

Il rit et je reprends mon sérieux.

– Désolée, mais je ne suis pas une fervente croyante.

– Pourtant, tu portes une croix.

Inconsciemment, je porte ma main à mon cou. La chaîne de baptême qui devait revenir à Leo est bien là, sous mon t-shirt. Je rougis en me souvenant qu'il a dû me déshabiller pour me coucher dans son lit. Il a certainement vu la chaîne à ce moment-là, et tous mes tatouages aussi.

– Ouais, bref. Tu veux quoi, Adam ? Je suis pressée.

– Sors avec moi. Un soir. Un seul.

Je soupire et tourne la tête pour ne pas le regarder en face.

– Écoute...

– Nan Blondie, tu vas encore me sortir des excuses bidon... Laisse-moi une chance. Je ne suis pas si connard que ça, au fond, tu sais. Disons que je suis juste un peu narcissique sur les bords.

Il dit tout ça en riant et ses yeux forment des petites pattes de chaque côté quand il prend son air malicieux. Je comprends qu'il plaise aux filles, il est charmeur et il sait très bien jouer de son sex-appeal. Ce mec dégage une sensualité impressionnante.

– Je ne sors avec personne, Adam. Et je n'ai aucune envie de sortir avec toi.

– Au moins, c'est clair, répond-il avec un rire cristallin. Mais tu me dois quelque chose, je te rappelle. Allez, quoi... Juste une sortie... Entre amis !

Il fait une moue de la bouche et de gros yeux suppliants.

– Non, désolée...

– Oh allez, me force pas à te supplier ! Et puis, je t'ai déjà vue presque nue, maintenant. Alors il n'y a même plus la gêne du début entre nous, hein.

Je lui tourne le dos instantanément pour repartir.

– Lexie, attends ! Je plaisante !

– Va te faire foutre, Daniels !

– Vendredi, dix-neuf heures, ça te va ?

– Va te faire foutre, t'es bouché ?

Il s'arrête de me suivre en haut des marches du métro.

– Je viendrai te chercher !

Je m'engouffre dans la rame et sors mon casque bleu électrique. Le trajet jusqu'à Harlem est rapide.

C'est avec l'Orchestre philharmonique de Prague plein les oreilles que je sors de la rame. Quelquefois, quand on écoute à fond de la musique qui nous touche et qu'on est au milieu des gens qui n'écoutent pas la même chose, on a l'impression d'être dans un monde parallèle. Comme si personne à part soi-même ne pouvait ressentir la beauté du moment.

Je marche dans le froid, sur la fine pellicule de givre qui recouvre le béton. Le soleil fait briller la chaussée au loin. Sur mon téléphone, je tape l'adresse de Leo que m'a laissée monsieur Jackson, et je n'ai plus qu'à suivre mon GPS.

J'aurais dû prendre le bus. Il y a bien un quart d'heure de marche entre la station de métro et son habitation et j'ai constamment peur de me casser la figure. Mais je finis par arriver à destination.

C'est un quartier moins craignos que je ne pensais. Ici, les petites maisons ou immeubles de deux ou trois étages pullulent, coincés les uns contre les autres, comme écrasés. Tout de brique rouge et marron avec des chapeaux de toit noirs. Le calme est presque effrayant dans cette rue bien entretenue.

Je suis le GPS jusqu'à la maison indiquée, celle avec une porte rouge en haut des escaliers. Voilà, c'est donc là qu'il vit. Je relève la tête et vois un rideau bouger au premier. On m'observe. Peut-être que je n'aurais pas dû venir ici toute seule. Avec tout ce qu'il se passe dans ces quartiers, ce n'est pas l'idée du siècle.

Je frappe ou pas ? *Oui. Non. Oui... Non...*

Je suis à deux doigts de tourner les talons quand la porte d'entrée s'ouvre à moitié. Un garçon qui n'est pas Leo me regarde avec un œil noir. La moitié de son corps caché par la porte.

– Ouais ?

Il a l'air pas commode. Il porte un jean baggy, un débardeur blanc et un bouc au menton. Il est hispanique, cela se voit à ses traits. Peut-être portoricain.

– Je… Non, excusez-moi, je me suis… trompée d'adresse.

– Tu cherches qui ?

– Per… personne…

Il jette un regard dans la rue autour de moi avant de m'aviser de la tête au pied. Il sort et avance droit sur moi avec une telle détermination que je recule vivement. Mon cœur est sur le point de lâcher. *Putain, faut être conne, qu'est-ce que je fais là ?*

Le garçon s'approche encore de moi et colle son nez sous le mien en se penchant en avant.

– Mais c'est qu'il est cool, ce portable ! Tu sais, le mien vient justement de me lâcher…

Sa voix s'est faite dangereusement basse.

Je baisse la main et verrouille mon téléphone en appuyant sur le bouton. Je ne vais pas lui faciliter la tâche.

Je regarde autour de moi, il n'y a pas de passants, mais plein de voitures garées, et donc beaucoup de gens qui vivent autour. S'il me fait du mal, je hurlerai et quelqu'un viendra certainement. N'est-ce pas ?

– T'es pas d'ici, Boucles d'or !

– Je…

– Ramos ! *¿ Quién es él* [11] ?

À l'appel de son nom, le garçon se retourne. Je découvre Leo sur le pas de la porte. Il ne porte pas de t-shirt et il est moins musclé que je ne le pensais. Il porte juste un jean bas sur les hanches. Ses yeux se plissent quand il me voit.

– *Nada… es una puta, hermano… está perdida* [12] !

Leo descend les marches à son tour, marchant droit sur moi comme son « hermano » vient de le faire. Il serre les poings et je vois ses veines sur ses bras jaillir sous sa peau. Je ne crois pas qu'il soit content de me voir. Il contracte la mâchoire d'un air mauvais.

Je recule encore alors qu'il s'avance.

– Je suis…

Son poing s'est levé et, en une fraction de seconde, il s'écrase contre ma joue dans une violence inouïe. Le craquement me dit

11. Qui c'est ?
12. Rien… c'est une pute, frère… elle est perdue !

que j'ai peut-être les dents cassées, mais la douleur est tellement énorme que je ne sais même pas si je suis toujours vivante. Je m'effondre comme une masse sur le sol glacé et je ferme les yeux alors qu'un filet de bave rouge sang s'échappe de ma bouche entrouverte, pour couler sur le sol gelé et blanchi.

16
Alexandra

J'ouvre difficilement les yeux. Ma tête me lance et j'ai la mâchoire complètement endolorie. Il me faut une minute pour me souvenir de ce qui m'est m'arrivé. Mon frère vient de me frapper. *Mon enfoiré de frère vient de me frapper !*

Je me redresse un peu trop vite. J'ai la tête qui tourne et je remarque que je suis sur un lit, de travers, dans une pièce sombre avec des rideaux qui empêchent le soleil de passer. Je m'assois et tire sur un des rideaux en velours. Mais il n'y a pas le moindre rayon de soleil, dehors, il fait nuit. *Merde, combien de temps je suis restée inconsciente ?*

Je me tâte la mâchoire et passe ma langue sur mes dents. C'est bon, aucune n'est cassée, mais j'ai du sang dans la bouche et un côté de la mâchoire qui me fait terriblement mal.

Au moins, j'ai ma réponse. Je sais à quoi m'en tenir avec lui, maintenant.

Je me lève et regarde par la fenêtre. Je reconnais la rue éclairée où je me suis effondrée. *Donc, ces connards m'ont ramenée chez eux !*

J'inspire à fond pour éviter la panique qui tente de me submerger et j'observe autour de moi. La chambre est sommaire. Un lit, une commode et une table de chevet. Les murs sont nus. Aucune décoration. Sur la commode, il y a une petite Vierge Marie et un énorme paquet blanc posé à côté et fendu au milieu.

Je m'avance et penche la tête pour respirer. Pas d'odeur. Alors je touche le bout ouvert du doigt et porte les fines particules à ma langue. Cocaïne. Aucun doute là-dessus. Il y en avait trop chez moi quand je vivais à Atlanta, pour que je ne reconnaisse pas la substance chimique. Je recrache immédiatement. *Il faut vraiment que je me tire d'ici, putain…*

J'entrebâille la porte en silence. Personne sur le palier, alors je descends l'escalier doucement sur la pointe des pieds, en rasant les murs et en essayant de ne pas faire de bruit.

Quand j'arrive en bas, des bruits de voix me parviennent du salon. Je retiens mon souffle et me colle au mur pour écouter. Je reconnais la voix hachée de Leo et celle de son ami Ramos.

– Je ne trouve pas le code…

Ramos a un accent très prononcé lorsqu'il parle anglais.

– Essaie sa date de naissance, tiens…

Je tâte mes poches. *Ils ont pris mon téléphone, les enfoirés !*

Je me penche légèrement pour les voir rapidement. Leo est assis sur un canapé en cuir et regarde la table basse sur laquelle il a vidé le contenu de mon sac, qu'il observe avec attention. Je vois qu'il a sorti mon paquet de clopes et s'en fume une.

Son pote, quant à lui, est debout à côté, avec mon téléphone dans une main et ma carte d'identité dans l'autre.

– Elle vient de Boston… Je ne crois pas que ce soit Majestic qui l'envoie ! Une Blanche, en plus…

– Elle m'a suivi l'autre soir. Je ne sais pas ce qu'elle veut, mais j'aime pas ça…

– T'as tapé un peu fort, non ? Imagine que tu l'aies tuée ? On va faire quoi du corps, Hermano ?

– Elle est pas morte, juste évanouie.

– Qu'est-ce qu'on va faire d'elle ?

– La faire parler !

Je me plaque à nouveau contre le mur. J'avise la porte d'entrée à moins d'un mètre. Je pourrais m'enfuir.

Alors que je m'apprête à bondir, j'entends encore Leo :

– Cette meuf est complètement barrée…

Je me penche de nouveau pour les regarder à la dérobée. Leo a la tête penchée dans mon carnet rose. Celui qui a été déchiré par Austin, que j'ai recollé comme je pouvais. Intérieurement, je fulmine et je sens déjà l'adrénaline parcourir mes veines.

Sur ma droite, il y a une porte. Doucement, je me penche et regarde à l'intérieur. C'est une petite cuisine en formica. Elle doit dater des années cinquante, mais elle est en bon état et rangée. J'avise des couteaux dans un porte-ustensiles sur le plan de travail. Voilà ce qu'il me faut.

Je n'ai pas l'intention de planter mon propre frère. Mais s'il joue au con avec moi, il va me trouver.

Avec détermination, je marche droit sur le salon, mon couteau brandi devant moi.

– Elle est pas mal, n'empêche, pour *una Blanca*… lance Ramos.

– Elle est zarbi, répond Leo.

Je déboule dans la pièce, le cœur au bord de l'implosion.

– Tu sais ce qu'elle te dit, la zarbi, espèce de petit merdeux ?

Ramos lâche ma carte d'identité en sursautant et Leo se met debout instantanément, la cigarette tombant de sa bouche sur le sol en vinyle.

– Vous allez me rendre mes affaires, et maintenant !

Ramos recule en voyant le couteau brandi. Leo, pour sa part, plisse des yeux en écrasant la cigarette à même le sol, y laissant une tache noire.

– Et après ? me demande-t-il, pas le moins du monde perturbé par l'énorme couteau que j'ai dans la main.

– Après, je fous le camp d'ici. Et si un de vous me suit, je n'hésiterai pas à le planter.

J'essaie de garder le couteau droit sans trembler. Ramos regarde Leo qui rit doucement.

– Sérieux ?

– Ouais, sérieusement ! Maintenant, tu bouges ton cul et tu me rends mes affaires !

Leo me lance un regard mauvais. Mais même si j'ai toujours un peu peur, je suis déterminée à aller jusqu'au bout.

– T'es qui ? Ça m'étonnerait vraiment que Majestic ait envoyé une petite Blanche de NYU pour moi. Alors t'es qui ? Pourquoi tu me suis ? Et comment t'as eu mon adresse ?

Ramos sort de son mutisme.

– C'est pas sudiste, comme nom, ça, Montgomery ?

Je sens mes nerfs gonfler un peu plus. *Bande d'abrutis !*

Je fixe intensément Leo, et quand je parle, c'est les dents serrées.

– Il aurait peut-être fallu que tu me poses ces questions avant de me frapper.

– T'as plutôt intérêt à répondre, *Blanca*...

– Sinon quoi ? Tu crois que j'ai peur de toi ?

– Tu devrais. J'en ai écrasé d'autres pour moins que ça.

– Vas-y, tu peux me menacer tant que tu veux... Mais tu ne sais pas non plus de quoi je suis capable, Lionel Allen !

Il ouvre grand les yeux quand je prononce son nom.

– Bon, alors, vous vous magnez le cul !

Les voir fouiller dans mes affaires, et surtout dans mon carnet, a fait remonter ma rage. Et maintenant, mes veines jaillissent sous ma peau en feu. Leo serre les poings et fait un léger signe de tête à Ramos. Ce dernier bouge et fourre toutes mes affaires dans mon sac.

– Mon téléphone et ma carte, p'tit con !

Il me fait une grimace méchante et se penche pour ramasser. Quand il les a fourrées dedans, je lui arrache mon sac avec force en le repoussant.

– Si vous me suivez...

– Tu crois qu'on est assez fous... dit Ramos.

– Ok, j'y suis peut-être allé fort, fait Leo, mais pour ma défense, je pensais vraiment que t'étais de la clique à l'autre bâtard. Mais apparemment pas... Alors dis-nous au moins qui tu es ?

Mon sac serré contre moi, je recule jusqu'à la porte en essayant de ne pas trébucher. Il faut que j'invente un bobard tout de suite... Hors de question de lui dire la vérité. Ce n'était pas vraiment une bonne idée de chercher à ce qu'il fasse partie de ma vie.

– Personne. Je t'ai vu jouer à l'Apollo l'autre soir... Et ça m'a plu... Je t'ai suivi pour te parler après mais tu ne m'as pas écoutée... Bref, c'était une mauvaise idée...

– Comment t'as eu mon adresse ?

– Par une amie qui vit dans le quartier. C'est elle qui m'a parlé de la nuit des amateurs à l'Apollo.

– Tu veux dire que tu m'as suivi pour me parler de ma musique ? Arrête de te foutre de moi, Montgomery !

– Je ne me fous pas de toi, Allen, je réponds sur le même ton. Mais si tu ne me crois pas, c'est ton problème…

– Une fan ? glousse Ramos avant de finir par hurler de rire.

J'en profite pour prendre mes jambes à mon cou. Je fonce sur la porte et jette mon sac sur mon dos avant de dévaler les marches. Le froid me prend à la gorge, mais cela ne m'arrête pas.

Je suis à deux doigts de me casser la gueule sur les marches glissantes. Je fonce dans la rue à peine éclairée par les réverbères.

– Montgomery !

Quand j'entends Leo m'appeler, je cours plus vite sans me retourner. Dans ma course folle, je finis par jeter le couteau sur le bas-côté de la route, dans les herbes hautes. Je file au pas de course jusqu'au métro.

C'est seulement une fois dans la rame que je prends la peine de respirer. Mon cœur bat sourdement dans ma poitrine et j'ai les poumons en feu d'avoir tant couru dans le froid. Je suis habituée au sport, maintenant, mais dans le froid, comme ça, c'est dur quand même.

Une fois calmée, je remets mon manteau sur mes épaules, et quand je ressors de la rame pour aller jusqu'à chez moi, je m'allume une cigarette pour me détendre. Mais c'est sans compter sur le pitbull en rogne qui m'attend quand j'arrive.

À peine ai-je passé la porte d'entrée, en étant soulagée d'être rentrée chez moi en un seul morceau, que Zara me tombe dessus.

– Putain, mais t'étais où ?

– Oh, calme-toi ! Pourquoi tu cries ?

– Putain, Lexie ! Je t'ai appelée dix fois ! Tu n'as plus cours depuis dix-sept heures et tu arrives à minuit passé ? Tu ne sais pas que je m'inquiète ? Je ne suis même pas partie travailler au resto pour être sûre que tu rentrerais ! Tu fais chier !

– Mais je ne t'ai rien demandé ! Occupe-toi de tes affaires, si c'est pour me crier dessus constamment ! Je n'ai pas besoin que tu te fasses du souci pour moi !

Elle serre les poings et les dents. J'ai rarement vu Zara en colère. Mais ce soir, ses yeux jettent des éclairs.

– Non, mais quelle conne ! Comment oses-tu me dire ça ? Tu t'es presque coupé les veines il y a quelques mois et tu as même été en hôpital psychiatrique. Tu hurles tous les soirs dans ton sommeil, tu es encore sous médocs et ta grand-mère vient de mourir ! Et tu oses me demander de ne pas m'inquiéter ?

Je ne réponds pas et elle se met à hurler de plus belle.

– Tu es ma meilleure amie ! Bien sûr que je m'inquiète pour toi ! Bien sûr que je me demande où tu es quand tu ne rentres pas ! Bien sûr que je me pose des questions ! Austin n'est plus là pour s'occuper de toi, il n'y a que moi ! Et désolée si ça te fait chier, ma vieille, mais il y a des gens qui tiennent à toi !

Elle me tourne le dos et file droit dans sa chambre en claquant la porte.

Je soupire et ravale les larmes qui sont montées jusqu'à mes yeux.

Peut-être qu'elle s'inquiète, mais elle ne m'a même pas laissé le temps de lui raconter tout ce qu'il m'est arrivé. Zara et moi ne communiquons plus sans crier.

17
Alexandra

« *Elle se disait que le mieux serait peut-être de ne plus jamais aimer. Pouvoir tout effacer, oublier les promesses, recracher ce poison au goût de trahison. Combien de jours et de nuits faudrait-il, cette fois encore, pour cicatriser ? Surtout, ne pas penser maintenant aux week-ends à venir. Réapprendre à contrôler les battements de son cœur, quand on croit voir l'autre au détour d'un carrefour. Ne pas baisser les yeux parce qu'un couple s'embrasse sur un banc devant vous. Et ne plus jamais attendre que le téléphone sonne. S'empêcher d'imaginer la vie de celui qu'on aime. Par pitié, ne pas le voir lorsqu'on ferme les yeux, ne pas penser à ses journées. Hurler que l'on est en colère, qu'on vous a trompée.* [13] »

J'ai ouvert mon carnet marron, ce soir. Celui que j'ai acheté après qu'Austin a détruit le rose et que j'ai saccagé le vert. Je lis et relis les mots que j'ai écrits il y a des mois après être rentrée de Mary Island. Je n'écris plus. Cela me fait inévitablement penser à Austin. Mais après les événements de ces derniers jours, j'ai eu besoin d'en relire le contenu.

– Lexie ?

---

13. Citation de *Mes amis, mes amours* (Marc Levy).

Zara frappe à ma porte, j'écrase ma clope dans le cendrier sur mon bureau avant qu'elle entre.

– Quoi ?

C'est la première fois en deux jours qu'elle m'adresse la parole.

– Il y a quelqu'un pour toi…

– Bon, tu m'ouvres ou pas, Blondie ?

Je referme vivement mon carnet et le glisse sous mon oreiller en reconnaissant la voix d'Adam. *Mais qu'est-ce qu'il fout là ?*

J'ouvre la porte brusquement. Il me sourit, laissant apparaître ses dents impeccables. Zara s'éloigne doucement sans nous lâcher des yeux. Elle referme la porte de sa chambre avec un regard de tueur dans notre direction.

– Salut !

Je soupire et Adam m'observe en pyjama de la tête au pied.

– Bah, t'es pas prête ?

– Qu'est-ce que tu fais là, Daniels ?

– J'avais dit que je passais te prendre à dix-neuf heures.

Il est debout, trop proche de moi, et son parfum me prend au nez. Je l'observe. Il a mis une chemise noire par-dessus son jean stone et une veste en cuir avec son chèche gris anthracite. Il est rasé de près et ses cheveux, ramenés en arrière et attachés, montrent qu'il a soigné son apparence. *Ne me dites pas qu'il s'est fait beau pour sortir avec moi ?*

– Qu'est-ce que tu n'as pas compris dans la phrase « Va te faire foutre » ?

– C'est juste un repas. Tu vas bien manger, ce soir ? Alors, viens manger avec moi !

– Non. Je n'ai pas envie de sortir. Et encore moins avec toi.

– On va juste grignoter un bout. En tout bien tout honneur…

Comme si mon propre corps était contre moi, mon ventre se met à gargouiller. Adam saute sur l'occasion.

– Ah ! Tu vois que t'as faim. Plus vite on est partis, plus vite tu seras de retour pour sauter dans les bras de Betty, fait-il en tendant le doigt vers mon pyjama Betty Boop rouge et gris.

– Hmm…

– Allez, bouge-toi !

Je soupire et fais demi-tour en lui claquant la porte de ma chambre au nez. Bon, un repas, un seul. Ça ne peut pas faire de mal.

Je passe un jean, un pull et des boots noires et je prends mon manteau. Quand il me voit réapparaître, la tête rentrée dans les épaules, son sourire s'efface.

– Tu pourrais au moins faire semblant d'être contente de sortir avec moi.

Je lui fais un sourire hypocrite avant de me diriger vers l'entrée de l'appartement.

– Bon, on y va, oui ou merde ?

Il soupire et passe devant. Je le suis.

Cinq minutes de marche plus tard, nous nous retrouvons dans un petit restaurant de Greenwich Village, à manger des chicken fries et des piments jalapeño au bacon grillé.

– Alors, ta meilleure amie et toi, vous vous faites la gueule ?

Je hausse les épaules.

– Elle me fait la gueule. Nuance.

– Pourquoi ?

Je picore un piment et croque dedans.

– Parce que je sors tard sans prévenir ou autre connerie de ce genre... Zara se prend un peu pour ma grande sœur surprotectrice par moments et ça me gonfle.

Il croque dans un bâtonnet de poulet.

– Elle a peut-être peur pour toi, c'est tout...

– De quoi ? Je suis majeure et vaccinée, lancé-je ironique.

– Sans vouloir te vexer... J'ai vu les scarifications sur ton poignet. Je ne sais pas de quand ça date, mais...

Je me laisse retomber contre le dossier de mon fauteuil et pose des yeux lourds de colère sur lui.

– C'est vieux, ça, ok ? C'était une mauvaise période. Je suis passée à autre chose, alors j'aimerais bien que tout le monde me lâche avec ça !

Mon ton est monté d'un cran.

– Ok, ok. Excuse-moi. Je me mêle de ce qui ne me regarde pas, c'est un de mes nombreux défauts. Je peux te demander pour qui tu as fait le tatouage sur ton poignet ?

Je me renfrogne encore.

– Quelqu'un qui n'est pas là, de toute évidence.

– Tu ne veux pas m'en dire plus ?

– Pas spécialement. On peut parler d'autre chose ?

Je prends mon soda pour en boire un peu.

– Ça m'a étonné de voir que tu as tant de tatouages !

Je lui jette un piment à la tête qu'il esquive.

– Merci de me rappeler que tu m'as vue nue, espèce d'idiot !

Il rit.

– C'était presque impossible de ne pas te regarder, en même temps. Ils sont très beaux. Ils ont une signification particulière ?

Bizarrement, je n'ai pas envie de partager ces secrets avec lui. Je m'interdis de lui dire.

– Non. Ils sont juste cool, c'est pour ça que je les ai faits.

Adam hoche la tête, les mains croisées sous le menton.

– Et… hum… Tu sais… tes…

– Quoi ? Mes cicatrices ?

Je vois qu'il hésite à acquiescer. Mais je m'attendais à cette question. Il m'a déshabillée pour me mettre dans son lit. Il ne peut pas être passé à côté de mes cicatrices. Et puis, il les avait peut-être vues à la piscine aussi.

– Ouais… Comment c'est arrivé ?

– Accident de voiture. Il y a deux ans. J'ai eu la jambe brûlée. Je conduisais trop vite un jour de tempête. Mon meilleur ami est mort dans l'accident. L'histoire s'arrête là.

Il a ouvert de grands yeux, mais il ne dit rien. Je reprends :

– Maintenant on pourrait peut-être parler de quelque chose qui n'a pas trait, de près ou de loin, à mon corps ? Genre… Les cours, le temps, les soirées débiles que vous faites dans ta fraternité… Tiens, parle-moi de toi ! Je ne sais rien hormis que tu t'appelles Adam Daniels et que tu es un dragueur invétéré.

Il pouffe et je le trouve craquant quand il plisse les yeux.

– Qu'est-ce que tu veux savoir ?

– D'où tu viens. Ce que tu étudies. Pourquoi. Ce que tu aimes…

– Bah… Je viens de Mount Pleasant, dans le Michigan. Tu vois où c'est ?

Je secoue négativement la tête. Je visualise à peu près géographiquement la ville de Détroit, dans le Michigan, mais c'est tout.

– Tu connais *Desperate Housewives*, la série ? Fairview et Wisteria Lane sont censés se trouver à côté. C'est très pavillonnaire !

Je me retiens de lui envoyer une vanne débile à la tête sur ses choix de série.

– Et sinon… Je suis ici depuis deux ans. Mes parents sont restés là-bas. Mon père est conducteur de bus, ma mère est mère au foyer. J'ai trois frères et je suis le petit dernier. J'ai dû porter les vieux vêtements des trois autres toute mon enfance.

J'ouvre de grands yeux. Un seul comme lui ne suffisait pas ? Il fallait qu'il y en ait trois autres ? Bon, après, cela ne veut rien dire. On peut être de la même famille et pas forcément aussi beau.

– Je suis venu ici pour faire mes études d'ingénieur en Management de la Technologie. Sinon je suis dans une fraternité parce que c'est le meilleur moyen d'avoir une chambre personnelle et pas chère sur le campus. Et comme tu le sais, je suis dans l'équipe de foot…

Beau comme un dieu, dans l'équipe de foot et en plus dans la fraternité la plus connue de NYU, Adam est la caricature parfaite du beau gosse populaire. Sauf que je ne suis pas particulièrement fan des caricatures ambulantes.

– … J'écoute de tout, j'aime beaucoup le cinéma d'art et d'essai, je suis très course à pied, comme toi…

– Je ne suis pas « course à pied », Adam. Je fais juste mon jogging le matin.

– Et toi, tu es fille unique ou tu as des frères et sœurs ?

Je manque de m'étrangler avec mon piment.

– Euh nan, je suis fille unique.

– Et tes parents ?

– Mon père et sa femme vivent à Boston. Il est chirurgien. Elle bosse dans la publicité. Ma mère est morte quand j'étais plus jeune.

– Ah merde. Enfin je veux dire, désolé…

– T'inquiète pas, je suis habituée à l'indélicatesse des gens de ton espèce.

Il rit doucement.

– Bon, tu ne veux vraiment pas me parler de ce mec pour qui tu t'es fait tatouer ? Tu devais sacrément l'aimer pour faire ça.

– Ou être complètement folle… je grimace.

– Je n'osais pas le dire. Alors ?

Je n'aime pas parler de mon histoire avec Austin ni de mon internement.

– Alors quoi ?

– Qu'est-ce qui s'est passé ?

J'essaie de me raisonner. Il faut que j'apprenne à extérioriser mes émotions sans effusion de larmes et de cris, me disait le médecin de Greystones.

– Ok, je me lance en premier sur les confidences de cœur ! Je suis sorti deux ans avec une fille à Mount Pleasant avant de venir ici. C'était ma meilleure amie. Mais elle est partie vivre en Californie avec ses parents.

– Et c'était trop loin pour toi ?

– Exactement.

– Tu n'étais pas vraiment amoureux, si ?

– Peut-être. Je n'en sais rien. Quoi qu'il en soit, tout ça pour dire que je peux être sérieux avec une fille si l'envie m'en prend…

Ok. Le message est passé cinq sur cinq. Je ris.

– Bien essayé, Daniels. Mais ça ne marche pas avec moi…

Il se marre à son tour.

– Qui ne tente rien n'a rien ! Maintenant c'st à toi ! Je t'écoute !

Je soupire.

– Nous sommes restés ensemble moins d'un an.

– Et toi, tu es sûre et certaine d'avoir été amoureuse, c'est ça ?

– Oui.

– Et comment tu peux en être si sûre maintenant que vous êtes séparés ?

– Parce que je le suis toujours. Amoureuse.

Son sourire disparaît et il me fixe de ses yeux noisette avec intensité.

– Si tu cherches à me séduire, c'est peine perdue. Mon cœur est bien trop cassé. Irréparable. Et le fait d'être célibataire ne veut pas dire que je suis un cœur à prendre. À l'intérieur de moi, ça sonne creux.

– Mais vous n'êtes même plus ensemble !

– Je suis partie vivre loin pour m'éloigner de lui. Mais il n'y a pas de distance assez lointaine quand on aime. Il suffit qu'un gars dans la rue lui ressemble pour que je le voie marcher, que ma main griffonne son nom sur une feuille de papier pour le faire apparaître, que je ferme les yeux pour voir les siens, que je m'enferme dans le silence pour entendre sa voix…

Adam ne répond pas et s'enfonce dans son siège. Ni lui ni moi ne parlons plus.

Je n'aimerai plus jamais quelqu'un comme j'ai aimé Austin. J'en suis convaincue.

– Bon. On y va ?

Il a l'air résigné quand il se lève. Peut-être que je l'ai vexé, mais c'était nécessaire pour qu'il comprenne.

J'insiste pour payer ma part.

Quand il me raccompagne, j'hésite à parler la première. Mais c'est finalement lui qui le fait.

– Demain, il y a un match amical de basket. Ça te dit d'y aller avec moi ?

– Tout ce que je t'ai dit ne t'a pas dissuadé ?

– Honnêtement ? J'adore les causes perdues ! Non, plus sérieusement, on peut au moins être amis, non ?

– Oui, on peut. Mais demain, c'est impossible. Je rentre à Boston, pour les vacances de Noël. Tu ne rentres pas dans le Michigan, toi ?

– Si, mais après-demain seulement. Bon bah tant pis, alors. On se revoit dans deux semaines.

– Ouais…

Devant mon immeuble, il m'embrasse sur la joue. Doucement, en prenant son temps. Trop de temps. Mais je ne dis rien. Et il s'en va en roulant des mécaniques.

– Pauvre type ! lui crié-je en riant.

Il lève les bras pour dire adieu et s'éloigne en pouffant aussi.

Je cherche mes clefs, éclairée seulement par la lumière blafarde de l'entrée.

– Hey…

Cette voix dans le noir me fait faire un bond d'un mètre en arrière. Mon cœur bat à tout rompre dans ma poitrine.

Je me retourne. Leo est debout devant moi, un manteau à capuche sur le dos et ses yeux dépassant à peine en dessous.

Mille choses ont le temps de traverser mon esprit en quelques secondes. *Il va me tuer. Il va me tuer parce que je l'ai menacé avec un couteau et que je l'ai suivi. Il a trouvé où j'habite. Il va me tuer, découper mes membres et me laisser me vider de mon sang sur le palier de mon immeuble. Demain matin, c'est le chien du voisin qui va me trouver en premier et qui va venir lécher mon sang glacé sur le sol. Puis Zara sera effondrée et on racontera mon meurtre sur les chaînes de télévision locales, avec la police criminelle en fond et des bandes jaunes pour interdire l'accès de l'immeuble. Tous les gens qui me connaissent viendront à mon enterrement. Je me demande qui pleurera ma disparition...*

– T'es sourde ou quoi ?

Je reviens à l'instant présent et fixe mon frère. Il plonge sa main sous son manteau.

Ça y est, c'est le moment...

– Je suis ta s...

– T'as oublié ça !

Il brandit un flacon orange devant moi et je louche un instant avant de reculer pour bien voir. Mes cachets contre l'anxiété.

– Oh...

– Ouais. Je me suis dit que t'en aurais besoin.

Je fronce les sourcils et recule doucement.

– Comment t'as eu mon adresse ?

– Dans ton carnet de NYU, l'autre jour.

Il lance le flacon en l'air et je l'attrape au vol.

– Pour... Pourquoi tu es venu jusqu'ici ? Ce n'est quand même pas pour me rendre ça, si ?

– Si. Et je voulais être sûr que tu vivais là, aussi.

Il a un sourire mauvais.

– Pourquoi ? demandé-je, effrayée pour Zara, qui vit maintenant avec moi.

– Pour être sûr de savoir où te trouver. On a trouvé bizarre avec Ramos que les flics n'aient pas déjà débarqué chez nous deux jours après que je t'ai malmenée...

L'indignation m'étrangle presque.

– Malmenée ? Tu appelles ça « malmener » ? Tu m'as frappée, putain ! Espèce d'enfoiré !

– Ouais... Ça va, pas la peine de hurler et de rameuter tout le quartier, là. Pourquoi t'as pas été porter plainte ?

À vrai dire, l'idée ne m'a même pas effleurée.

– Rien ne m'empêchera de le faire, cette fois...

– Du calme, j'suis pas venu te frapper, comme tu dis. Je voulais juste te rendre ça. C'était qui le type de tout à l'heure ? Ton copain ?

– C'était… un ami…

– Ah ouais ? Ben ça se voit qu'il espère plus que ça, lui.

Je tourne mes clefs nerveusement dans ma main. Je voudrais courir m'enfermer chez moi, mais j'ai peur qu'il arrive à me suivre, et hors de question que je mette Zara dans cette situation. Surtout que je n'ai pas parlé de Leo à ma meilleure amie.

– Je…

– C'est bon, je me tire, Blanca… Enfin, pour ce soir… On se reverra !

Il tourne les talons et s'éloigne. Je recommence à respirer, mais il s'arrête et se retourne. Je retiens ma respiration de nouveau. Il désigne mon flacon du menton.

– T'es suivie, pour ça ?

Je hoche la tête sans réussir à répondre. Il acquiesce et disparaît dans la nuit.

Non, mais c'était quoi, ça ?

Je rentre en courant et monte les escaliers quatre à quatre. Je m'enferme à double tour dans l'appartement.

Zara est dans le salon, son habit de serveuse sur elle. Elle prend son sac et sa veste, me passe devant avec un regard meurtrier et ouvre de nouveau la porte pour sortir, avant de la claquer derrière elle.

18
Austin

Je secoue la neige restée collée à mes chaussures et mon manteau. J'essaie de ne pas faire de bruit, il ne faudrait pas que quelqu'un m'entende.

Je jette un œil à l'intérieur, mais il n'y a personne et la porte de sa chambre est fermée comme je m'y attendais. Il est vingt heures, ils doivent tous être à table. La belle-mère de Lexie est très pointilleuse sur les horaires des repas et comme, en plus, c'est le réveillon de Noël…

J'ouvre la fenêtre vitrée aussi doucement que possible. J'étais quasi sûr qu'elle ne serait pas bloquée.

Je me suis amusé à grimper l'escalier de secours qui mène jusque sous la fenêtre de Lexie et j'ai bien failli me casser la gueule sur les marches en fer complètement givrées.

Il continue de neiger, déjà trente centimètres depuis hier et ça ne va pas s'arrêter. Il faut que je fasse vite avant que ma voiture ne soit ensevelie et que je ne puisse plus rentrer à la maison. Ma mère doit déjà être en train de péter un câble si elle a remarqué mon absence.

Une jambe après l'autre, je rentre dans la chambre en secouant mes pieds pour que la neige ne salisse pas et je referme doucement la fenêtre. Son odeur me saisit. Un entêtant parfum de vanille, de nougat, de pages de livre et de crème pour le corps. Je ferme les yeux et inspire. Lexie. J'aimerais tellement pouvoir plonger mon nez dans ses cheveux et respirer son parfum.

J'entends des bruits de fond, en bas. Ils sont à table, comme je l'avais prévu.

Je regarde autour de moi tout ce qui fait Lexie, tout ce qui me manque. Je passe mes doigts sur les livres de sa bibliothèque. Elle a beaucoup de livres d'auteurs étrangers et surtout d'auteurs français. J'aurais pu lui en emprunter, si nous étions encore ensemble…

Je remarque une bonne vingtaine de cartes postales et d'enveloppes attachées avec un ruban rose et posées sur ses cahiers sur son bureau. Je les prends. Je reconnais l'écriture incurvée de Zara sur la première. Je détache le ruban et regarde les autres. Il y en a d'Abigail aussi. Une profonde tristesse s'empare de moi comme chaque fois que je pense à elle. La plus cool et la plus fun de toutes les grands-mères. Rien à voir avec la mienne. Il y a aussi des cartes de ce connard de Travis. J'en lis quelques-unes. Il ne raconte rien d'intéressant, que des futilités. Je me demande toujours pourquoi elle est amie avec cet enfoiré de blond aux yeux bleus. Puis je remarque l'adresse. Ils ont tous envoyé les lettres et les cartes en Irlande. *C'est donc là qu'elle était tout ce temps ? En Europe ? Remarque, Lauren est d'origine irlandaise, donc…*

Tout à coup, le nom de Greystones me saute aux yeux. Le Newcastle Psychiatric Hospital, à Greystones. *Un hôpital psychiatrique ? Elle était en hôpital psychiatrique ? Non, impossible ! Zara me l'aurait dit, quand même…*

Je me promets intérieurement de tirer cette histoire au clair avec Zara. Je renoue le ruban et repose le tout. Elle serait capable de me reprocher d'avoir encore fouillé dans ses affaires.

Je remarque aussi le foulard posé sur le lit. Je crois que c'est son père qui lui a offert, à Noël dernier. Un foulard d'une grande marque. DVF je crois. Je l'attrape et le porte à mon nez en fermant les yeux. J'imagine ce carré de soie autour du cou de Lexie. Sa peau si douce et si parfaite qui rougit dès que j'y pose mes doigts ou que j'y passe ma langue. Une image me revient en mémoire. Un après-midi pluvieux, dans ma chambre à Palmera, avec le jour qui filtre doucement à travers les rideaux et Lexie allongée contre moi, endormie. Je la regarde respirer doucement et souffler constamment sur ses cheveux emmêlés qui lui retombent dans les yeux. Je tends la main et replace la mèche derrière son oreille. Juste sur ses petites étoiles tatouées là. Je me penche pour embrasser son cou doucement et les minuscules grains de beauté qui s'y dessinent. Et je pose ma tête sur sa poitrine pour écouter battre son cœur.

Ce bruit m'a tellement empli les oreilles que je l'entends encore qui cogne sourdement au ralenti.

J'ouvre brusquement les yeux, revenant à l'instant présent. Le bruit que j'entends clairement, là, tout de suite, c'est un bruit de pas venant dans ma direction.

Je me précipite à temps derrière la porte entrouverte de sa salle de bain et je retiens mon souffle quand j'entends sa voix.

– Putain, il caille ici ! Mais merde où est-ce que je l'ai mis, ce foutu foulard ?

– Gros mot... dit une voix de petite fille.

– Oui, ben je n'ai pas le temps de faire attention à ce que je dis, là ! Aide-moi à chercher, Sedna !

Je l'entends qui ouvre les tiroirs de sa commode et je regarde le foulard toujours dans ma main. *Merde ! Si elle vient dans la salle de bain, je suis perdu !*

Et c'est exactement ce qu'elle fait. Je l'entends claquer des talons et passer à côté de moi pour aller droit à son dressing. Je retiens mon souffle.

Elle ouvre vivement les portes des plus grands placards et se met à fouiller. Je l'observe. Ses cheveux, blonds à présent, ondulent dans son dos en grosses boucles. Elle porte un serre-tête avec des bois de cerf et des grelots qui tintent dès qu'elle bouge un peu.

J'observe chacune de ses courbes, ses longues jambes dénudées sous sa robe tutu rouge sang et ses pieds enfoncés dans des talons aiguilles d'au moins dix centimètres. *Mais bordel, ce qu'elle est sexy comme ça...* Je crois que c'est la première fois que je la vois en robe courte et sans collant pour cacher sa cicatrice. Elle a l'air de s'assumer plus qu'avant et j'en suis content.

Quand la petite fille entre à son tour dans la pièce, je me colle un peu plus au mur. Elles ne m'ont pas encore vu.

– Bon sang ! J'étais sûre de l'avoir vu tout à l'heure !

Lexie claque la porte du dressing et baisse la tête pour regarder où elle marche et ne pas écraser Sedna avec ses talons.

– Viens, toi. On redescend. Peut-être que je l'ai laissé dans le salon.

Et elle passe à côté de moi derrière la porte, sans se douter un instant de ma présence. Mais Sedna, la petite de quatre ans et des poussières, se retourne et lève les yeux en m'apercevant. J'ouvre grand les miens. *Merde. Si elle crie, je suis dans la merde.*

Mais elle ne crie pas. Peut-être qu'elle se souvient de moi. Peut-être qu'elle se souvient que je l'ai portée sur mes genoux il y a quelques mois.

Elle me fixe de ses grands yeux gris avant de demander très doucement, presque en chuchotant :

– C'est toi, le père Noël ?

Je souris et chuchote pour lui répondre.

– Non, mais il est sur le toit. Je suis son assistant.

– T'es un lutin ? T'es trop grand…

– Non. Je suis son assistant. Les lutins sont malades. Mais chuutttt…

Je porte un doigt à ma bouche et lui fais signe de se taire. Elle fait le même geste et sourit en sortant de la pièce.

– Sedna !

J'entends Lexie l'appeler au bout du couloir et ses pas qui s'éloignent.

Bon sang, je l'ai échappé de peu. Je ne veux même pas savoir ce que le père de Lexie me ferait s'il me trouvait ici.

Je ressors de la pièce en vérifiant qu'elles sont bien parties. Alors, je retire le paquet de ma poche et le pose doucement sur son lit en évidence. J'espère qu'elle l'aimera et qu'il n'ira pas à la poubelle. Et je pose son foulard à côté. Puis j'ouvre la fenêtre et ressors doucement.

La descente de l'escalier de secours se révèle aussi dangereuse que sa montée. Mais rien que pour apercevoir Lexie, ça valait le coup. Je rejoins ma voiture et repars vers chez moi, dans le quartier de Columbus. Enfin, chez ma mère.

Quand je passe la porte, une sensation de chaleur m'envahit. Des cris de joie et des rires s'élèvent en provenance de la salle à manger.

Je retire mon manteau et mon bonnet, et je secoue sur le paillasson la neige qui est restée collée à mes bottes.

– Austin !

Sacha déboule dans l'entrée.

– Il vient quand, le père Noël ? Je suis sûr qu'il ne viendra pas...

Je me retiens de rire en voyant sa bouille tout assombrie sous son bonnet rouge de mini-père Noël.

– Mais si, il viendra...

– Comment tu sais ?

– Parce que je sais tout.

– Nan, c'est pas vrai...

– Si, je te le dis. Je le sais. Il viendra. Quand tu dormiras tout à l'heure. Et tu ouvriras tes cadeaux demain.

– Je veux pas de cadeau.

Je hausse les sourcils.

– Tiens donc ! Elle est bonne, celle-là. Et le train électrique que tu as demandé ? T'en veux plus ?

– Non. Je veux un autre truc...

– Quoi ?

Il hausse les épaules. Je vois qu'il hésite à parler.

– Quoi, Sacha ?

– J'voudrais bien... une maman. Mamie a dit que si je croise les doigts comme ça très fort, j'en aurai une !

J'expire à fond. *Il va falloir que je dise deux mots à ma mère.* Mais pas devant toute sa famille qui est là pour le repas du réveillon dans le salon, et pas devant les grands-parents de Brittany qui sont venus passer Noël ici pour Sacha.

Je m'accroupis pour être à sa hauteur.

– Écoute, bonhomme, tu ne peux pas demander ça. Ce sont des choses qui arrivent si elles arrivent, mais personne ne peut savoir. C'est une demande que le père Noël ne peut pas exaucer...

– Ça veut dire que j'en aurai pas ?

– Ça veut dire que peut-être un jour t'en auras une autre, mais on ne sait pas. Ce n'est pas sûr. Il faut attendre ! Un jour, peut-être...

– Pourquoi ?

– Parce que c'est la vie, c'est comme ça…

– Mais pourquoi ?

Sacha est dans la période des pourquoi. Tout est prétexte à ce mot. Pourquoi le ciel est bleu ? Pourquoi la neige tombe ? Pourquoi il faut aller à l'école ? Pourquoi, pourquoi, pourquoi…

Pourquoi Lexie ne me parle pas ? Pourquoi je n'arrive pas à ne pas penser à elle ? Pourquoi j'ai merdé à ce point ? Moi aussi je suis plein de questions, comme mon fils, mais je n'ai personne à qui les poser.

Ma mère nous interrompt :

– Austin ! Où est-ce que tu étais ? On t'attend pour manger la dinde ! Et il y a quelqu'un au téléphone pour toi… Tiens, dit-elle en me tendant le combiné. Mais ne tarde pas. Viens, Sacha !

– Allô ?

– Joyeux Noël ! s'écrient plusieurs voix en chœur.

Je reconnais celle de Zara, celle de Rachel et celles de ses enfants. J'esquisse un sourire.

– Joyeux Noël, la famille Foldingue !

– Foldingue toi-même, morveux, s'écrie de nouveau Rachel.

Je ris. Ça me fait du bien d'entendre leurs voix.

Zara doit prendre le téléphone et s'éloigner, car bientôt je n'entends plus qu'elle.

– Alors, ton fils va bien ?

– Ouais. Il est excité comme une puce depuis ce matin. Ses arrières-grands-parents sont là, alors il est content. Et toi, contente d'être rentrée à Mary Island, je suppose ?

– Tu supposes bien. Je suis trop contente d'être chez moi. Mais c'est bizarre quand même d'être là sans vous, sans toi et…

Sans Lexie. Je sais que c'est ce qu'elle allait dire. Zara reprend :

– Tu sais qu'il y a des gens qui louent la maison de madame Grant ? C'est super bizarre. Un couple sans enfant.

– Ouais… C'est bizarre de se dire qu'elle est plus là…

Il y a ce moment de silence dans lequel nous nous comprenons. Je marche de long en large dans l'entrée de ma mère et observe l'horloge murale en fer forgé. Puis Zara reprend encore :

– Tu as des nouvelles de Lexie ?

Je préfère mentir. Je ne sais pas ce que Zara penserait du fait que je suis entré comme un voleur chez Lexie.

– Non. Et toi ?

– Elle et moi on est un peu en froid, à vrai dire. Mais elle va bien. Tu sais… je crois qu'elle est passée à autre chose. Je crois qu'elle a rencontré quelqu'un…

Un instant je reste là à fixer la trotteuse de l'horloge qui avance trop vite.

– Qu… quoi ?

L'information a du mal à pénétrer mon cerveau.

– Elle sort souvent tard. Elle s'est fait de nouveaux amis et elle ne me parle plus… Je pense qu'elle a dû rencontrer quelqu'un… Peut-être que toi aussi tu devrais penser à sortir, à voir du monde… Il faut que t'arrêtes de penser à elle…

Mon cœur vient de faire une chute libre dans le vide. *Lexie a rencontré quelqu'un ?* C'est tout simplement insupportable, comme idée. Je ne pourrai jamais le supporter…

– Austin ? T'es encore là ?

– Euh… Ouais. Écoute, je vais devoir y aller, ils sont à table…

– Ok. Moi aussi on m'attend. Alors à plus tard. On se voit dans deux week-ends, hein ? Tu viens toujours pour tes rendez-vous à New York ?

– Oui. T'es sûre que Lexie sera pas là ?

– Certaine ! Elle doit partir dans les Hamptons avec son père et sa belle-mère et ne rentrera que le lundi soir, donc pas de souci… Elle ne saura même pas que tu es là.

– Ok. À plus, alors.

– À plus, Reed.

Je raccroche et reste là, à fixer l'horloge. *Si seulement le temps pouvait s'arrêter…*

– Austin ! Qu'est-ce que tu fais ? Tu viens ou quoi ?

La voix de ma mère me rappelle à la réalité. J'essuie mes yeux humides dans mon t-shirt avant de filer rejoindre tout le monde à la salle à manger.

19
Alexandra

– Tu aurais dû voir sa tête quand elle s'est rendu compte que le père Noël était passé…

Je reviens des toilettes et Davan me raconte la tête que faisait Sedna quand elle a vu que le père Noël avait laissé des cadeaux sous le sapin du salon pendant que nous mangions dans la salle à manger.

Dans certaines familles, les parents attendent que les enfants soient couchés pour mettre les cadeaux en place et ne les ouvrent que le lendemain. Mais chez nous, on les déballe dès que minuit est passé.

Sedna et Ruarc se sont rués sur les paquets. Mon père déguste un brandy avec Finn, le mari de Davan. Et Grace, alias « le Dragon », se repose à l'étage parce qu'elle a trop mangé et ne se sent pas bien. Je pense plutôt que c'est parce que Charlie et Nick sont là sur invitation de mon père et qu'elle doit faire une violente allergie aux homosexuels.

Moi, en revanche, je suis super heureuse qu'ils soient là. Il y a un peu de ma famille maternelle avec moi, au moins, et cela me permet de mieux connaître l'homme qui partage la vie de mon oncle. Je suis sûre que Mamina l'aurait beaucoup aimé.

– Pour toi, Lexie, me fait Charlie en me tendant un paquet. Joyeux Noël.

En souriant, je me précipite pour l'ouvrir. Il s'agit d'une boule de neige qui représente Mary Island, mais quand on la secoue, ce n'est pas de la neige qui tombe, mais de fines paillettes, qui représentent la pluie, sans doute.

– Oh ! C'est magnifique !

Je l'embrasse pour le remercier.

Sedna vient s'accrocher à mon cou avec sa poupée dans les bras. Je la prends sur mes genoux.

– Tu as eu de beaux cadeaux ?

– Oui. Une poupée !

– Waouh ! Elle est belle…

Je souris quand elle me montre les beaux cheveux de sa poupée avec des ailes de fée.

– C'est l'assistant du père Noël qui l'a amenée ? demande-t-elle en me fixant de ses grands yeux gris.

– Quoi ? Non, c'est le père Noël qui est passé par la fenêtre et qui a tout mis sous le sapin…

– Si, je l'ai vu !

– Qui ? Le père Noël ? Tu es sûre que tu l'as vu ?

– Non. L'assistant !

Parfois, j'ai vraiment du mal à suivre les gosses.

– Qui ça ?

– Dans ta chambre… Derrière la porte… Il a dit « chuuutttt » !

Elle porte un doigt à sa bouche et me montre le geste pour se taire. *C'est quoi, ça ? Je ne suis pas sûre de tout comprendre.* Je fronce les sourcils.

– Tu as vu quelqu'un dans ma chambre ?

– Oui… Et même que je l'avais déjà vu avant !

Ruarc s'approche et se penche vers moi.

– Ça ne va pas ?

– Si, si. Tu peux prendre Sedna deux minutes ? Je reviens. Il la récupère et je me lève pour monter à l'étage.

Je ne sais pas si je suis folle de prêter attention aux dires d'une petite fille de quatre ans, mais je préfère vérifier.

Avec prudence, je m'avance dans le couloir et écoute. Aucun bruit. Je jette un œil dans ma chambre de loin. Personne.

Je m'avance doucement et regarde partout. Je vais même

vérifier derrière la porte de la salle de bain, puis j'ouvre ma fenêtre pour regarder sur l'escalier de secours, mais il n'y a aucun signe de vie. L'imagination des enfants est vraiment grande.

En refermant ma fenêtre, je ris toute seule d'avoir eu peur un moment que quelqu'un ne soit vraiment rentré dans la maison. Mais mon rire s'étrangle dans ma gorge quand j'aperçois mon foulard posé sur mon lit, bien en évidence. Il n'était pas là tout à l'heure, j'en suis sûre. Donc, quelqu'un est bien venu.

Mon cœur commence à battre plus vite. À côté, je découvre un petit paquet blanc avec un ruban vert. Je le prends et le déchire. C'est un livre. Une édition originale de *L'Insoutenable légèreté de l'être.*

Les yeux grands écarquillés, je me relève et cours par la fenêtre pour regarder dehors, même dans la rue. Mais il y a juste beaucoup de neige et personne en vue. Néanmoins, je remarque les traces de pas sur l'escalier de secours. Il est venu. Austin est entré dans ma chambre et il est reparti en me laissant ça. Avant, Nate aurait fait ça. Mais je l'aurais attendu le soir alors que mon père et Lauren auraient été couchés et on aurait parlé de nos insupportables noëls familiaux. Maintenant, c'est Austin qui le fait, mais lui, je ne l'attendais pas. Je me demande ce qu'il fait, s'il m'a vue, comment il fête Noël avec Sacha...

Je m'assois de nouveau sur mon lit et j'ouvre le livre doucement. C'est le sien, celui qui était dans sa bibliothèque, j'en suis sûre. Il a surligné certains passages.

« Pour moi, l'argent ne compte pas, dit-elle.
–Alors, qu'est-ce qui compte ?
–L'amour.
–L'amour ? s'étonna Franz.
Marie-Claude souriait. "L'amour est un combat. Je me battrai longtemps. Jusqu'au bout." »

Puis un autre :

« Assis sur le lit, il regardait la femme couchée à côté de lui, qui lui pressait la main dans son sommeil. Il éprouvait pour elle un

inexprimable amour. À cette minute, elle dormait sans doute d'un sommeil très fragile car elle ouvrit les yeux et les posa sur lui, hagards.

– Qu'est-ce que tu regardes ? demanda-t-elle.

Il savait qu'il ne fallait pas la réveiller, mais la reconduire vers le sommeil ; il tenta de lui répondre avec des mots qui feraient naître dans sa pensée l'étincelle d'un nouveau rêve.

– Je regarde les étoiles, dit-il.

– Ne mens pas, tu ne regardes pas les étoiles, tu regardes par terre.

– Parce qu'on est en avion, les étoiles sont au-dessous de nous.

– Ah bon, fit Tereza.

Elle pressa encore plus fort la main de Thomas et se rendormit. Thomas savait que Tereza regardait maintenant par le hublot d'un avion qui volait très haut au-dessus des étoiles. »

Au-dessus des étoiles... Austin n'a pas surligné ces mots au hasard.

Je referme le livre et le presse contre moi en ravalant mes larmes. Il est venu. Aujourd'hui. Après presque six mois de séparation, si on ne compte pas l'enterrement de Mamina. Ça doit bien vouloir dire qu'*il tient à moi, non ?*

J'ai tellement de questions dans la tête, mais je n'ose pas renouer contact avec lui, de peur de retomber dans le cycle infernal de cette relation pleine de mensonges. Et puis qu'est-ce que parler changerait à l'histoire ? Il a un fils et moi je n'ai aucune place dans sa vie.

Je laisse le livre derrière moi et retourne à mon Noël familial. Seule.

✦✦✦

Zara passe la porte d'entrée en la claquant violemment.

– Putain ! Je me suis encore ramassé un C en Science juridique !

– Tu veux un gâteau, pour te consoler ?

Je lui tends la plaque et elle attrape un gâteau au chocolat que je viens juste de sortir du four. Nous avons fait la paix, enfin presque, disons que c'est moins tendu entre nous.

Les cours ont repris depuis moins d'une semaine, et moi, j'ai boycotté les entraînements de natation synchronisée. Alors je reste à la maison pour faire de la pâtisserie.

– Tiens, tu as du courrier, me fait Zara en me tendant une enveloppe.

Je m'essuie les mains et regarde l'adresse d'expédition. Cela vient d'Irlande, ça ne peut être que de Baile. Je déchire l'enveloppe et ouvre la lettre pour lire. Et la nouvelle que m'annonce mon ami me fait sauter de joie.

– Quoi ? Qu'est-ce que c'est ?

– C'est Baile ! je m'écrie. Il a été accepté à l'université de Columbia ! Ici, à New York ! Il sera là pour le second semestre.

Zara a la bouche pleine de son gâteau et parle quand même.

– Hmm... Cool...

– C'est génial ! Il ne sera pas loin, je pourrai le voir souvent.

Je mords dans un gâteau en souriant toute seule. Ça va me faire tant de bien de le retrouver.

– Au fait, tu ne vas pas être en retard ? Tu ne devais pas partir avec ton père et Lauren ? me presse Zara en tapant le bout de son index sur sa montre.

Je devais partir avec Lauren et papa dans les Hamptons pendant ce week-end de quatre jours, mais il y a eu un changement de dernière minute.

– Non, je n'y vais plus. Lauren a gagné un voyage au Canada à son boulot et la seule date où elle peut partir avec mon père, c'est ce week-end, alors ils y vont et moi je reste là.

Zara recrache presque son gâteau par terre.

– Quoi ? Comment ça, tu restes là ?

Je regarde les miettes avec dégoût.

– Bah ouais... Quoi ? Tu avais prévu de ramener un gars à la maison pendant mon absence ? Je pensais qu'on pourrait se promener dans *Little Italy* ou aller au musée Guggenheim...

– Lexie ! Mais ce n'était pas prévu !

Je fronce les sourcils et repose mon gâteau.

– Ben cache ta joie de devoir passer du temps avec moi...

Zara grimace et commence à se tordre les mains.

– Non c'est pas ça... C'est que... En fait, tu n'étais pas censée être là... Alors j'ai accepté qu'Austin vienne passer le week-end ici avec Sacha !

J'écarquille les yeux.

– Pardon ? Tu as fait quoi ?

– Il vient pour de bonnes raisons ! Il travaille pour un petit journal de Boston et il vient pour certains de ses articles. Et puis il a des rendez-vous, genre un avec son père ou je ne sais pas quoi… Du coup j'ai proposé de garder Sacha pendant qu'il irait faire ce qu'il a à faire…

– Mais Zara, putain !

– Tu n'étais pas censée être là…

– Ben merci !

– Non, ce que je veux dire, c'est que si j'avais su que tu serais là, je ne lui aurais pas proposé. D'ailleurs, il n'a accepté qu'après s'être assuré qu'il ne te verrait pas.

Je reçois cette dernière remarque comme une claque en pleine figure.

Je commence à ranger les dégâts de Zara avec mes gâteaux.

– Ok. Il n'a qu'à venir. De toute façon, je bosse, demain. Puis ce week-end, je sortirai pour ne pas le voir, je m'en fiche.

– T'es sûre ?

– Oui, laisse-le venir. Je peux très bien survivre s'il dort dans la pièce d'à côté.

– J'avais prévu de leur laisser ma chambre et de prendre la tienne…

– Ils dormiront dans le salon.

Mon ton sec et décidé fait taire Zara, qui hoche doucement la tête avant de s'en aller dans sa chambre en lançant :

– Ils seront là dans trois heures environ.

Bon sang… Quatre putains de jours et de nuits avec Austin dans la pièce d'à côté. Je ne sais finalement pas si je vais survivre !

20
Alexandra

Je n'arrête pas de tourner en rond. Austin doit débarquer dans exactement quinze minutes. Et comme il a un sens de la ponctualité assez maladif, ça ne m'étonnerait pas qu'il soit là à l'heure prévue.

J'ai pris ma douche et ai utilisé la salle de bain très tôt, histoire de ne pas avoir à sortir de ma chambre quand ils seront là.

J'ai l'impression de ne plus avoir été dans un tel état de stress depuis très longtemps. Je monte mes chaussettes hautes au-dessus de mes genoux et file vers la cuisine pour me servir un peu de nouilles que Zara a préparées.

– Tu n'attends pas qu'ils soient là pour manger ? me demande-t-elle en allumant la télé.

– Non, je vais manger dans ma chambre. D'ailleurs, je ne crois pas que j'ensortirai.

Zara soupire et passe son pull sur son pyjama rose bonbon.

– J'aurais peut-être dû lui dire que tu seras là, finalement…

Mon bol est à deux doigts de m'échapper des mains.

– Quoi ? Tu ne lui as pas dit ?

Zara hausse les épaules avant de répondre.

– Je n'ai pas eu le temps…

– Non, mais tu te fous de ma gueule ?

– Pas la peine de…

On frappe à ce moment-là deux coups discrets à la porte. *Putain, il est même en avance, maintenant !*

Zara bondit sur ses pieds alors que je suis sur le point de faire un arrêt cardiaque. Mes pieds sont cloués au sol quand elle ouvre la porte.

– Allez, avance !

Austin pousse Sacha devant lui dans la pièce avant de laisser tomber son sac sur le sol. Zara lui saute au cou.

– Salut, Ducon !

Il la serre dans ses bras en riant.

– Salut, Crevette. Ça fait un bail, putain !

La première chose que je me dis, c'est qu'il ne devrait pas jurer comme ça devant son fils. Fils, qui, soit dit en passant, m'observe debout dans l'entrée. Son regard s'est arrêté sur moi et il ne bouge plus. Je détourne les yeux, gênée.

Austin retire sa veste en cuir en l'appelant.

– Sacha regarde ici… Je te présente Zara…

Austin se fige en levant le regard sur moi. Nous nous observons un instant les yeux dans les yeux. Un instant qui semble durer une éternité.

Nous ne nous sommes pas revus depuis l'enterrement de Mamina et avoir ses yeux sombres plongés dans les miens me tétanise. Je ne sais pas ce qu'il pense en me regardant. Enfin, jusqu'à ce qu'il se retourne vers Zara, l'air mauvais.

– Qu'est-ce qu'elle fout là ? T'avais dit qu'on serait seuls !

Quoi ? Mais il se fiche de moi, là ? C'est quoi cette attitude de connard arrogant ? Et puis d'abord, je suis chez moi ici, merde !

J'attrape violemment mon bol de nouilles, et sous le regard perçant de Sacha, je file en direction de ma chambre et claque la porte avec violence. Je pose mon repas sur mon bureau. En fin de compte, je n'ai plus faim.

À travers la porte, j'entends Zara qui leur demande s'ils ont faim et Austin qui envoie Sacha mettre son pyjama.

Je mets de la musique sur mon ordi et sors mon casque bleu pour le passer sur mes oreilles. Je ne veux plus les entendre, la voix d'Austin me perturbe trop. J'essaie de penser à autre chose qu'à lui et à ce petit garçon blond qui est dans la pièce d'à côté.

J'écoute mes musiques préférées pendant au moins deux heures. Mais je ne peux pas m'empêcher de regarder la porte close de ma chambre toutes les cinq minutes. *Il m'énerve. Il m'énerve tellement quand il est comme ça.* Et surtout pour aucune raison valable ! La dernière fois qu'on s'est vus, il avait l'air content de me retrouver.

Au moins, il n'a pas changé. Il est toujours aussi inconstant.

Je finis par retirer mon casque. Mais je n'entends plus que le bruit étouffé de la télé. Je me demande si lui aussi va arriver à dormir en sachant que je suis à proximité.

Au bout d'un moment, la lumière blafarde que j'entrevois sous la porte de ma chambre disparaît et le bruit s'arrête. Il a éteint la télé. Je coupe alors ma musique et m'allonge dans mon lit en mettant ma veilleuse et en éteignant la lumière. Mais un bruit étouffé me parvient et je me redresse.

Sous la porte de ma chambre, une ombre se dessine, comme si quelqu'un était debout de l'autre côté. Mon cœur accélère dans ma poitrine. Est-ce que c'est lui ? Est-ce qu'il va venir me parler ? À quoi pense-t-il ? Est-ce qu'il est aussi perturbé que moi que nous soyons si proches et si loin en même temps ? Je ne bouge plus un cil et je retiens ma respiration. *Qu'est-ce que je fais s'il frappe ?*

Mais deux minutes plus tard, l'ombre s'éloigne. Je lâche un énorme soupir de frustration en me rallongeant. Bien sûr, je suis à mal à l'aise qu'il soit chez moi. Bien sûr, nous sommes censés mettre de la distance entre nous. Bien sûr, j'ai tellement souffert de sa trahison que j'ai failli me foutre en l'air. Bien sûr, il est hors de question qu'il se repasse quelque chose entre nous. Ce n'est même pas imaginable. Pas alors qu'il a un gosse. Mais au fond de moi, je suis triste de ne pas lui parler, de ne pas pouvoir m'endormir dans ses bras, de ne pas être avec lui, tout simplement… Je dois être totalement cinglée !

C'est avec ces milliers de questions qui me trottent dans la tête que je finis par m'endormir. Mais mon sommeil est agité. Je rêve de Mamina. De Leo. De ma mère. D'un petit garçon blond. D'Austin. D'Adam. De Sheyenne… Et tout ça se mélange et se transforme peu à peu en cauchemars.

C'est quand je rêve de Josh et de ses mains sales qui me plaquent contre le mur des toilettes que je me réveille en sursaut. Je suis en sueur. En essayant de reprendre ma respiration, je pousse du pied mon ours Teddy qui tombe par terre, et je m'allonge en travers de mon lit en regardant ma fougère luminescente sur ma bibliothèque. Elle brille dans le noir.

Je tire mon smartphone vers moi. 4 h 56. *Bon sang...*

Quand j'entends un gémissement à travers la porte, je dresse l'oreille. *Austin fait-il toujours des cauchemars ?*

Puis j'entends sangloter. Alors doucement, je repousse mes couvertures et sors du lit sans bruit pour aller coller mon oreille à la porte. Ce n'est pas Austin, mais Sacha, qui pleure. J'entends des bruits étouffés puis la voix d'Austin tout bas dans le noir.

– Hey... Mais non... Ça va aller, je suis là... Chuuuutttt... Pleure pas...

– Tu restes avec moi ? demande Sacha en sanglotant.

– Mais oui. Je ne partirai plus jamais sans toi. Regarde, je t'ai emmené avec moi, cette fois, non ?

Sacha ne répond pas.

– Tiens, bois un peu... Allez, viens là...

Je ne capte plus que des bruits étouffés de draps et de couvertures.

Je remonte dans mon lit, mais je me tourne et me retourne sans parvenir à retrouver le sommeil. Alors, une heure et quelque plus tard, je me lève. Je m'habille et mets mes chaussures de sport, mon sweat gris et violet de NYU. Je prends mon iPod et mes écouteurs et je sors doucement de la chambre en essayant de ne pas faire grincer la porte.

Il y a une veilleuse allumée dans le salon et la lumière faiblarde laisse voir le visage endormi d'Austin sur le canapé et Sacha dans ses bras, mais tourné dos à lui.

Je les observe un instant. Sacha a le même froncement de sourcils qu'Austin quand il dort. Et je remarque plein d'autres choses. Il a les mêmes petites oreilles, la forme du nez légèrement retroussé, le menton en avant et fier. Il ressemble à son père, ça c'est sûr.

En soupirant, je m'éloigne sur la pointe des pieds. Je file à la salle de bain pour me brosser les dents et attacher mes cheveux en queue-de-cheval.

Cela étant fait, je ressors et me dirige vers la porte d'entrée quand deux pupilles noires surgissent à hauteur de mes yeux. Je sursaute et plaque une main sur ma bouche pour étouffer mon cri. Austin.

– Putain, j'ai failli avoir une crise cardiaque !

Je remarque les traces de l'oreiller qui sont restées imprimées dans sa joue. Il a les yeux encore ensommeillés et sa tignasse sauvage est emmêlée.

– Tu fais quoi ?

– Rien. Je sors.

Il fronce les sourcils.

– Comment ça ? Tu vas où ?

Je place mes écouteurs dans mes oreilles.

– Bien que ça ne te regarde absolument pas, je vais courir.

Je ne peux m'empêcher de laisser mon regard se balader sur sa musculature impressionnante. Sa peau est recouverte de tatouages tous plus beaux les uns que les autres. Il ne porte qu'un pantalon de pyjama molletonné. J'ai le cœur qui ne s'arrête plus de palpiter.

– Courir ? Depuis quand tu fais du sport, toi ? Et tu sais qu'il fait nuit, d'ailleurs?

Je détourne les yeux.

– Oui, je sais, le jour se lève dans exactement quarante-deux minutes. Ça me laisse le temps d'arriver jusqu'à la Silver Tower pour voir le soleil se lever derrière les immeubles de Broadway…

Il ne répond pas, et moi, je le contourne pour aller à la porte.

– Tu en as pour combien de temps ? me demande-t-il abruptement.

– Qu'est-ce que ça peut te foutre ?

– Rien. T'as raison, ça ne me regarde pas. Il y a plus rien à ton sujet qui me regarde, c'est ça ?

Je me détourne et ne réponds pas. Il soupire.

Je prends mes clefs et sors sans claquer la porte uniquement parce que Sacha dort encore. Parce que sinon j'aurais insulté son père de tous les noms et fait trembler les murs de l'appartement.

21
Austin

Lexie est rentrée de son sport en sueur. Mais plus belle que jamais. Je n'ai pas arrêté de regarder par la fenêtre, inquiet. *Elle va faire son jogging dans le noir, comme ça, le matin ?* Je n'ai arrêté de me ronger les sangs que quand elle a passé la porte d'entrée, deux heures plus tard. Elle a filé droit dans la salle de bain sans un regard pour nous.

Zara me fait un sourire d'empathie. Je suis sûr que je dois faire pitié à voir, putain !

Nous nous installons à table avec Zara pour le petit déjeuner et je sers à Sacha ses céréales dans du lait. Je passe les mains de frustration dans mes cheveux en bataille en observant la porte fermée de sa salle de bain.

– Tu as quoi de prévu, aujourd'hui ? me demande Zara.

Je soupire.

– Mille choses. Il faut que j'aille au studio de NBC et j'ai eu un passe avec le Boston Herald pour le Tribeca Festival. Je vais sûrement y passer l'après-midi. Et ce soir je dois assister à un vernissage…

– Ouais, en gros tu ne seras pas là de la journée, quoi…

– C'est ça. Tu t'en sortiras avec Sacha ? Tu verras, il est très calme.

– Mais oui, t'inquiète. J'ai l'habitude des enfants. On va s'amuser toi et moi, hein ? fait Zara à Sacha qui ne la regarde même pas.

Je soupire. Je ne sais pas si c'est Zara qui va se taper Sacha, ou si c'est Sacha qui va devoir supporter Zara.

La porte de la salle de bain s'ouvre et Lexie en sort, plus resplendissante que jamais. Contrairement à moi, Sacha ou Zara, qui sommes encore en pyjama et les cheveux emmêlés, elle semble prête à affronter le monde.

Elle passe à côté de nous pour aller directement à la cuisine. Ses jambes élancées sont mises en avant dans un pantalon fuseau noir qui s'arrête au-dessus de ses chevilles et elle porte des boots à talons aiguilles.

Où est passée ma Lexie avec ses tennis et ses jeans ? Cette fille-là, c'est une femme. Et putain, plus bonne que ça, y en a pas. Elle porte un chemisier blanc rentré dans son pantalon et un blazer noir cintré aux manches remontées. Ses cheveux sont ramenés en un chignon dans un style coiffé-décoiffé très étudié. Décidément, je ne connais pas cette fille-là.

Quelques minutes plus tard, elle vient se poser en face de nous sur la table avec un plateau énorme.

– T'es sûre qu'y en aura assez ? lui demande Zara en riant.

Lexie lui fait un sourire hypocrite et prend son casque pour le mettre sur ses oreilles. Musique à fond. Je reconnais *You Found Me* de The Fray. C'est moi qui lui ai fait écouter leurs albums.

Elle ne nous regarde pas et mange tout ce qui se trouve sur son plateau : salade de fruits, œufs brouillés, bacon, toast, céréales, lait, jus de fruits concentré… La Lexie avec qui je sortais ne mangeait pas autant, je devais même la forcer à se nourrir, parfois. Je comprends pourquoi elle a pris des formes, maintenant.

Elle engloutit tout ce qui lui tombe sous la main à une telle vitesse que c'en est déroutant. Sacha s'est arrêté de manger pour l'observer, les yeux arrondis. Je tape de la cuillère sur le bord de son bol.

– Hey ! Mange, toi !

Il se remet à mâcher doucement, mais sans lâcher Lexie des yeux. En même temps, qui pourrait le lui reprocher. On ne peut pas être si près d'elle et ne pas la regarder, c'est impossible.

Je ne peux m'empêcher de loucher dans son décolleté. Les premiers boutons ouverts de son chemisier laissent apparaître la naissance de ses seins et un bout de soutien-gorge en dentelle noir.

C'est alors que je remarque la chaîne et la petite croix qui se balance au bout. D'où ça vient, ça ? Et depuis quand elle le porte ? Je me demande ce qu'elle a fait du collier avec l'attrape-rêve en or que je lui ai offert.

Elle lève légèrement les yeux sur Sacha et moi un moment, mais les rabaisse aussitôt. C'est certainement l'un des repas les plus gênants que j'ai vécus de toute ma vie.

– Austin, tu m'écoutes ?

– Hein ?

Je regarde Zara. Ça fait à l'évidence un moment qu'elle me parle, mais je n'écoutais pas.

– Sacha fait des allergies à quelque chose ou il mange de tout ?

– Il fait une allergie aux crustacés, comme moi, alors ne lui en donne pas. Mais c'est tout.

– Ok. Je pense que je ferai des spaghettis bolognaise, ce midi !

Lexie se lève et emporte son plateau à la cuisine. *Elle est belle, putain* !

Quand elle revient de la cuisine, elle retire son casque, part dans sa chambre un instant et en ressort avec son sac, son manteau dans les bras et une cigarette fumante à la bouche.

Elle lâche juste un « Salut » avant de claquer la porte d'entrée. Mais le son de sa voix résonne très longtemps dans ma tête. Je repousse mon bol de la main. Je n'ai plus faim.

– Ne fais pas attention, elle est de mauvaise humeur très souvent, lâche Zara avec un gros soupir.

Je ne peux m'empêcher de prendre un ton mauvais :

– Pourquoi elle est comme ça ? Pourquoi elle s'habille comme ça, maintenant ?

– Elle s'habille toujours comme ça quand elle va travailler. Je t'ai dit qu'elle était hôtesse d'accueil dans une grande maison d'édition.

Je ne sais pas pourquoi, mais je sens la colère me gagner peu à peu.

– Sacha, tu as fini, alors va devant la télé…

Il se lève et s'éloigne pendant que je me penche vers Zara, les dents serrées.

– Et depuis quand elle bouffe autant ?

– Depuis qu'elle fait beaucoup de sport.

– Elle court tous les jours ?

– Le plus souvent, oui. Et elle fait de la natation deux fois par semaine, aussi.

Je hausse les sourcils.

– Quoi ? Elle a repris la natation ?

– Ouais. Je t'ai dit qu'elle a changé…

– Elle fume, Zara ! Elle fume, putain.

– Oui, merci, j'ai remarqué. Elle s'énerve dès que je fais une remarque et on finit par se disputer. Alors, j'ai laissé tomber…

– Putain…

Je tire sur mes cheveux derrière ma nuque et me penche pour observer si Sacha nous écoute ou non. Mais il a l'air absorbé par la télé alors je reviens à Zara.

– C'est quoi ce truc d'hôpital psychiatrique ? Pourquoi tu lui as envoyé des lettres là-bas ?

Zara se renfonce dans son siège.

– Comment t'es au courant de ça ?

– Réponds-moi !

– Ça va, ne crie pas… Écoute, quand elle a découvert tes mensonges elle a… pété un câble…

– C'est-à-dire ?

– Madame Grant disait qu'elle a essayé de s'ouvrir les veines…

– Quoi ? je rugis malgré moi.

Sacha sursaute dans le canapé en me regardant.

– Ce n'est rien, lui dit Zara avec une voix de grande sœur réconfortante.

Il se retourne vers la télé, mais les sourcils froncés. Et moi, j'ai l'impression que toutes les particules qui forment mon corps sont en train de se décomposer.

– Putain, elle n'a pas pu faire ça… Dis-moi que ce n'est pas vrai…

– Tu crois que je plaisanterais avec ça ? Elle a failli se foutre en l'air. Et même à Boston, il s'est passé des trucs, mais je ne sais pas trop quoi. Je sais juste qu'elle a failli se foutre la boule à zéro toute seule et que c'est sa belle-mère qui l'a arrêtée...

– C'est pour ça qu'elle a changé de coupe et de couleur ?

– Probablement.

– Elle ne peut pas avoir fait tout ça juste parce que je lui ai menti ? Je sais que c'était un mensonge énorme, mais on ne se fout pas en l'air pour ça, putain !

Zara secoue la tête tristement.

– Je sais. Mais elle est fragile, Austin. Plus qu'on ne croit... Ils ont découvert qu'elle souffre de TPB. C'est pour ça qu'elle a été envoyée en HP.

– C'est quoi, ça, « TPB » ?

– Un trouble de la personnalité borderline. En gros, elle ne sait pas contrôler ses émotions... Son père m'a dit que les gens qui souffrent de TPB ressentent les émotions plus profondément que la normale. En gros, un truc sans importance pour toi peut paraître énorme à ses yeux.

Je ferme les yeux. *OK, tout s'explique un peu mieux.* Mais jamais je n'aurais pensé qu'elle avait un truc comme ça.

– Je ne crois pas qu'elle le soit toujours, mais elle a été très dépressive...

Et tout ça, c'est ma faute... Je ravale l'émotion qui me monte à la gorge.

– Je n'ai jamais voulu lui faire de mal...

Mais maintenant, je suis la seule personne qu'elle ne veut plus voir dans sa vie.

– Je l'aime, Zara...

Mon amie pose une main sur mon bras et le presse.

– Je sais...

– Je n'ai jamais voulu lui faire tout ça...

– Je sais. Peut-être qu'un jour elle s'en rendra compte.

Peut-être... J'espère tellement !

22
Alexandra

Je fume ma cigarette le plus lentement possible en retournant encore et encore la carte de Baile que je viens d'extraire de la boîte aux lettres. Je l'ai lue au moins trois ou quatre fois, maintenant, même si j'ai les doigts engourdis par le froid. Je retarde le moment de rentrer dans l'appartement. J'ai fait deux heures supplémentaires au boulot et je suis allée boire un verre dans le café en face. Mais je ne peux pas les éviter indéfiniment. J'envisage même d'appeler Adam pour ne pas rester là du week-end.

En attendant, je ne peux pas continuer à me les cailler dehors. Je finis par écraser la fin de ma cigarette par terre et je rentre dans l'immeuble.

Quand j'ouvre la porte de l'appartement, j'aperçois Zara et Sacha sur le canapé, assis à bonne distance l'un de l'autre. Et pas d'Austin. Zara se lève immédiatement.

– Lexie. Tu arrives juste à temps.

Je hausse les sourcils et retire mon manteau.

– À temps pour quoi ?

Elle grince entre ses dents.

– Pour me sauver. Viens par là.

Elle m'attrape le bras et m'entraîne avec elle vers sa chambre. Elle m'y pousse et referme la porte derrière elle.

– Quoi ?

– Putain, Lexie ! Aide-moi. Ce gosse n'est pas normal, j'te jure. Et pourtant, tu sais que j'adore les enfants. Mais lui, il ne veut jouer à aucun jeu. Il n'aime rien. Il ne veut même pas me parler, alors que je lui ai posé un tas de questions. Il n'a presque rien mangé ce midi et il regarde la porte d'entrée constamment comme s'il voulait s'enfuir.

Son ton paniqué me fait rire. J'esquisse un large sourire.

– Tu lui en demandes peut-être trop, il ne te connaît pas, après tout.

– Mais tous les gosses m'apprécient, d'habitude !

– Où est Austin ?

Zara hausse les épaules.

– Je crois qu'il est parti à une expo dans une galerie et qu'il va écrire un article pour le journal dans lequel il travaille. Mais moi, j'en peux plus, là…

– Il est presque vingt heures. Plus longtemps à tenir. Après, tu le couches et tu files dans ta chambre…

– Non, il a le droit de veiller parce que c'est vendredi. Et en plus, il y a mon patron qui m'a appelée. Jenny les a laissés tomber ce soir et…

Je lève la main devant son visage pour l'arrêter. Je sais ce qu'elle va me demander et la réponse est non. C'est un refus catégorique.

– Ah non ! Je t'interdis de me faire ça ! Je ne vais pas m'occuper de lui alors que tu vas aller bosser.

– S'il te plaît, juste ce soir…

– Non, putain !

– Allez, Lexie… Tu es aussi taciturne que lui, je suis sûre que ça ne vous gênera pas de ne pas communiquer. Alors que moi…

Elle fait chier !

– Je te jure que je ferai ce que tu voudras quand tu me le demanderas !

Je soupire.

– Putain…

– Oh merci, ma chérie. Je te jure que je te le revaudrai !

Elle me pousse dehors et referme la porte de sa chambre en me la claquant au nez.

J'observe Sacha sur le canapé qui est assis devant la télé et fait des cercles sur le cuir avec ses doigts. C'est vrai qu'il est drôlement calme, ce gamin. Zara a raison. Il jette de fréquents coups d'œil sur la porte d'entrée.

Je décide de l'approcher.

– Salut, Sacha.

Il lève les yeux vers moi.

– Bonjour.

– Toi et moi, on va sûrement rester ensemble, ce soir…

Il regarde dans la direction de la porte de la chambre de Zara.

– Pourquoi ?

– Parce que c'est comme ça…

Il hoche la tête, et tout à coup, je trouve qu'il fait plus vieux que ses cinq ans.

– Ton père va rentrer, tu sais, je lui dis.

Je suis sûre que c'est cette peur qui le fait regarder la porte d'entrée toutes les cinq minutes.

Il a les yeux brillants, maintenant.

– Comment tu sais ?

– J'en suis sûre. Fais-moi confiance. Il va rentrer tout à l'heure.

Il hoche la tête et je me lève pour filer dans ma chambre. Je me douche et m'épile en attendant qu'Austin rentre et s'occupe lui-même de son gosse.

Mais Austin ne rentre pas et Zara se change et file à son boulot. Je me retrouve à devoir faire à manger pour ce petit bout de chou. Je fais des œufs mollets dans des feuilles de bricks avec du fromage et du sésame. Je dresse la table et je remarque que Sacha m'observe souvent à la dérobée.

– Tu mets ton pyjama ?

Machinalement, il file dans la salle de bain et se change sans que j'aie besoin d'insister. Et il se lave les mains avant de passer à table, ce qui me fait sourire.

On mange. Tranquillement. Sans parler. Nous nous observons de temps en temps, mais c'est tout. J'ai un peu l'impression de me voir à travers les yeux de ce gosse, quand j'avais dix ans. Perdue. Seule. Chez des inconnus. Je crois que j'ai eu de la chance d'être chez mon père. Mais Sacha, ce n'est pas pareil, et il est beaucoup plus petit que je ne l'étais.

– Tu es la copine de mon papa ?

– Hmm… Non. Je suis juste une vieille amie.

Il mange.

– Tu es partie travailler, tout à l'heure ?

– Oui, c'est ça.

Il hoche la tête de nouveau et se remet à manger. Sa façon de parler est étonnante. On n'a pas l'impression qu'il n'a que cinq ans.

– Il est où, Austin ?

– Il travaille aussi. Il est à une exposition dans une galerie.

Bon, je ne suis pas sûre qu'il comprenne ce que c'est, mais je ne vois pas comment le dire autrement.

– Pourquoi je peux pas y aller aussi ?

– Parce que c'est pour les grands…

Il repousse son assiette et fronce les sourcils comme son père.

– Pourquoi ?

– C'est comme ça…

– Moi, je veux pas être grand !

À mon tour de froncer les sourcils.

– Pourquoi ?

– Austin il dit que être grand, ben c'est que des emmerdes !

Je me mords la lèvre pour ne pas sourire.

– Oui, bah ton père devrait apprendre à ne pas parler comme ça devant toi. Il ne faut pas dire des gros mots comme ça, ce n'est pas bien.

Sacha hoche la tête et ses cheveux blonds bougent tout seuls. Ça me fait penser à une histoire. Un petit garçon blond qui a déclaré un jour que les grandes personnes ne comprennent jamais rien toutes seules, et que c'est fatiguant, pour les enfants, de toujours leur donner des explications.

– Est-ce que tu aimes les histoires, Sacha ?

Il hoche vivement la tête.

– Oui. À l'école, la maîtresse, elle en lit toujours !

– Tu voudras que je te lise une histoire, ensuite ?

– Oui. C'est l'histoire de quoi ?

– Tu connais Le Petit Prince ?

Il secoue la tête pour dire non.

Il me semble que j'en ai un exemplaire dans les livres de ma chambre.

– Eh bien, c'est l'histoire d'un petit garçon qui a les cheveux blonds comme toi. Il vient d'une planète très lointaine et il tombe amoureux d'une rose. Il va parcourir le monde et sur Terre il se fera des amis. Un serpent et un renard.

Sacha ouvre de grands yeux en m'écoutant.

– Tu as fini de manger ? me fait-il impatient.

Je me retiens de sourire. Je termine mon repas alors qu'il saute presque sur sa chaise. En tout cas, j'ai réussi à détourner son attention de l'absence de son père.

Nous nous mettons dans ma chambre pour lire. Je m'appuie contre mon lit et il vient s'allonger près de moi. Je tends le livre entre nous pour qu'il puisse voir les images et je me lance. Les pages défilent peu à peu.

Il sent le bébé et je n'arrête pas de fixer ses cheveux. Je dois avoir un vrai problème avec ça. Je ne pouvais déjà pas m'empêcher de passer mes doigts dans ceux d'Austin, et j'ai envie de faire pareil avec Sacha. C'est fou, non ? Sacha passe ses petits doigts sur l'image du Petit Prince et du renard. Et moi je tends la main pour toucher ses cheveux du bout des doigts. Il se raidit.

– Tu vois, Sacha, toi aussi, tu as les cheveux dorés comme les blés…

Il s'avance et pose sa tête contre mon épaule. C'est moi qui me raidis, cette fois. Je reste un instant à le regarder.

– Tu lis encore ?

Je reprends ma lecture.

– « Mais oui, je t'aime, lui dit la fleur. Tu n'en as rien su, par ma faute. Cela n'a aucune importance. Mais tu as été aussi sot que moi. Tâche d'être heureux… Laisse ce globe tranquille. Je n'en veux plus. Mais le vent… Je ne suis pas si enrhumée que ça… L'air frais de la nuit me fera du bien. Je suis une fleur. Mais les bêtes… Il faut bien que je supporte deux ou trois chenilles si je veux connaître les papillons. Il paraît que c'est tellement beau. Sinon qui me rendra visite ? Tu seras loin, toi. Quant aux grosses bêtes, je ne crains rien.

J'ai mes griffes. Et elle montrait naïvement ses quatre épines. Puis elle ajouta : Ne traîne pas comme ça, c'est agaçant. Tu as décidé de partir. Va-t'en. Car elle ne voulait pas qu'il la vît pleurer. C'était une fleur tellement orgueilleuse… »

– C'est quoi « orgueilleuse » ? me demande Sacha, m'interrompant dans la lecture.

J'aurais envie de lui répondre que l'orgueil c'est un peu moi, mais je ne crois pas qu'il comprendrait.

– Être orgueilleux, c'est se sentir capable de tout faire. Même quand au fond de soi on sait que c'est faux. On veut être le meilleur, le plus fort. Montrer à tout le monde qu'on est capable de faire mieux qu'eux.

Il hoche la tête. Et je poursuis ma lecture.

Je finis en chuchotant dans le noir car il a fermé les yeux. Je l'observe, si calme et endormi. Il a vraiment les traits d'Austin.

Je pose ma main sur son front et relève ses cheveux dorés. Il est beau comme tout. Il bouge, roule et vient se coller à moi, sa main agrippant mon t-shirt, sur ma poitrine. Mon cœur me fait si mal. C'est le fils d'Austin. Son fils. Pas le mien. Et moi, je n'en aurai jamais.

Je pose ma tête contre celle de Sacha et enroule un bras autour de lui. Il y a cette petite part de moi qui aimerait que ce soit le mien. Parce que j'aime son tordu de père de mon pauvre petit cœur tordu.

Je finis par m'endormir contre lui, en écoutant sa respiration régulière.

23
Alexandra

J'ai longtemps écouté la respiration de Sacha avant de m'endormir. Et j'ai fini par ouvrir les yeux doucement en sentant ses cheveux frotter contre mon nez. Il sent bon. Je souris toute seule parce qu'il est chaud contre moi et qu'il agrippe mon t-shirt de sa petite main avec une telle force que je ne pourrais pas m'échapper même si je le voulais.

J'ouvre les yeux doucement et je le regarde, endormi contre moi, le souffle apaisé.

Quand quelque chose bouge dans mon champ de vision, je sursaute. Mon sourire s'efface. Austin nous observe, assis dans le noir et seulement éclairé par la veilleuse, sur la chaise de mon bureau. Il a les mains croisées devant lui, elles cachent sa bouche. Ses yeux sont rouges, comme s'il avait pleuré.

Il nous observe, sans rien dire, avec un air abattu et déprimé. Mais attendri, aussi. J'ai le cœur qui commence à battre plus vite. Nous nous regardons dans la pénombre un moment. Je ne veux pas qu'il croie quoi que ce soit.

Il chuchote d'une voix cassée :

– Qu'est-ce que tu fais, Alexandra ?

Il a murmuré mon prénom et fait courir des frissons sur ma peau.

– Je… Je lui ai lu une histoire et il s'est endormi…

– Où est Zara ?

– Elle a dû partir travailler. Elle devait remplacer une fille au restaurant.

Il hoche la tête et soupire de lassitude en passant ses mains sur son visage. J'ai l'impression que ses cheveux ont poussé, ils lui tombent dans les yeux.

Je tente de me retourner pour regarder l'heure sur mon portable, mais Sacha vient se coller à moi un peu plus et enfouit sa tête dans ma poitrine. Austin se lève immédiatement.

– Je vais l'emmener au salon pour que tu puisses dormir…

Je passe un bras possessif autour de Sacha.

– Non !

Austin hausse les sourcils et s'arrête dans son geste.

– Non ?

Je me mords la lèvre, gênée.

– Enfin, je veux dire… Il est déjà endormi, tu devrais le laisser là… Il ne me gêne pas.

– Mais…

– S'il te plaît, laisse-le.

Austin vient s'asseoir au bord du lit et plonge ses yeux sombres dans le vert des miens.

– Je croyais que tu n'aimais pas les enfants ?

– Dans sa tête, ton fils est plus âgé que toi et moi réunis. Ce n'est pas un enfant comme les autres.

Austin sourit tristement et tend la main pour la passer dans les cheveux de Sacha, à quelques centimètres de mon visage.

– Oui, je sais. Qu'est-ce que tu lui as lu comme histoire ?

– *Le Petit Prince*. Il a les mêmes cheveux, ça m'y a fait penser.

Austin tend la main de nouveau, mais cette fois il attrape une de mes mèches de cheveux pour la remettre derrière mon oreille. Mon cœur manque un battement quand ses doigts frôlent ma joue.

– Toi aussi, tu as les mêmes cheveux, maintenant, Lexie.

Je ne réponds pas. Il ramène sa main vers lui doucement, mais il m'attrape le poignet gauche et le soulève sans que je m'y attende. Ses doigts refermés autour des miens me brûlent la peau.

– Qu'est-ce que tu as fait…

Il observe le tatouage déformé par les cicatrices de mes scarifications. Je tente de tirer mon poignet vers moi, mais il le retient fermement.

– Il faut qu'on parle.

– Non.

– Si. Il y a trop de non-dits entre nous.

– Je ne veux pas.

– Pourquoi ? De quoi tu as peur ? On n'est même plus ensemble, il n'y a rien qui nous empêche de parler. Je ne vais pas te supplier de me donner une nouvelle chance. J'ai compris que ce n'est plus possible. Mais j'ai trop de questions sans réponses…

Je reste muette, ferme les yeux et pose mon menton sur le haut de la tête de Sacha.

– Lexie. S'il te plaît.

Sa voix grave qui résonne dans le noir, sa présence au bord de mon lit, son entêtante odeur de menthe et de cuir, tout ça me perturbe tellement.

– Et on parlerait de quoi, Austin ?

Je crois que c'est la première fois depuis longtemps que je prononce son prénom tout haut et cela me fait tout drôle.

– De tout. De ce qui s'est passé. De ce que tu as fait. De nous.

– Je n'en ai vraiment pas envie.

Il me lâche le poignet et je viens reposer ma main dans le dos de Sacha.

– Pourquoi ?

– Parce que j'ai peur.

– De quoi ?

– Que tes paroles me fassent mal. Que tu me dises des choses qui réveilleraient en moi… de l'espoir. Et je ne veux pas espérer quoi que ce soit. Parce que si je devais tomber encore d'aussi haut, je ne me relèverais pas, cette fois.

Austin ne parle plus et j'ouvre à nouveau les yeux doucement. Il me tourne le dos et fixe le mur. J'essaie d'imaginer à travers son t-shirt et sa veste les mots gravés sur sa peau, dans son dos.

Il reste là un moment sans rien dire, puis il finit par se lever d'un coup.

– Très bien, lâche-t-il tout simplement.

Et il sort en refermant la porte sans un regard pour nous.

Je soupire et me retourne pour fixer le plafond. Cette situation est inextricable. Je l'aime. Je l'aimerai toujours. Mais il m'a tant fait de mal. Il m'a menti pendant tout le temps où on était ensemble. Et il a un enfant. Même si j'acceptais de le pardonner, je ne pourrais pas être avec lui, parce qu'il a un enfant et qu'il vit à Boston. Je ne veux pas d'enfant. Encore moins qui ne soit pas le mien. Et je ne veux pas vivre à Boston. Pourtant, il me manque tellement...

Je me tourne pour observer Sacha endormi.

Austin n'a jamais été honnête envers moi. Mais je ne l'ai jamais été complètement envers lui non plus. Il est peut-être temps de mettre tout ça à plat réellement. Oui, il a raison. Il est temps que je lui dise tout ce que j'aurais dû lui dire.

Je repousse doucement le bras de Sacha et sors du lit. Je ramène la couverture sur lui et regarde l'heure. Il est presque une heure du matin. Je passe mes bottes et mon manteau par-dessus mon pyjama et j'attrape mon paquet de cigarettes et mon briquet.

Quand j'ouvre la porte de ma chambre, je vois Austin se redresser immédiatement sur le canapé sur lequel il était allongé.

– Quoi ? Il a fait un cauchemar ?

– Non. Tu as raison, en fait. On devrait parler.

Il m'observe un instant avant de se pousser sur le canapé pour me faire de la place.

– Non, on va sortir un instant, parce que Zara ne va pas tarder à rentrer. Mets ton manteau et viens.

Je me dirige vers l'entrée et il me suit après s'être habillé.

– Où est-ce qu'on va ? Il ne faut pas laisser Sacha tout seul longtemps...

– Sur le toit.

Je monte jusqu'au dernier palier et pousse la porte en acier qui est censée condamner l'accès au toit, mais qui n'est jamais fermée. L'air froid de la nuit me saisit quand je la pousse.

– Putain, ça caille, fait Austin derrière moi.

Je me dirige sur le côté et pose mes fesses sur un rebord de mur froid. Il vient s'asseoir à côté de moi. On observe les lumières de Greenwich Village encore allumées un peu partout.

Sa cuisse touche la mienne et ça me fait perdre le fil de mes sombres pensées.

Je craque mon briquet et allume ma cigarette.

– Tu ne devrais pas fumer…

Je m'attendais à ce genre de réflexion de sa part.

– Si je ne m'abuse, tu ne te gênais pas pour le faire, avant, toi. Même quand on était ensemble.

– C'était seulement occasionnel et en soirée. Pas comme ça.

Je tire dessus et regarde la fumée s'envoler.

– Arrête, Austin. Je n'ai besoin de personne pour me faire la morale.

– Si, justement. Je crois que tu en as besoin. Ton père n'est pas au courant, je présume ?

Je me tourne vers lui avec un air mauvais.

– Et tu crois que j'en ai quelque chose à foutre de ce que pense mon père ?

Il soutient mon regard.

– Oui, je suis sûr que ce qu'il pense t'importe. Parce que tu l'aimes plus que tu ne te l'avoues à toi-même. Et Mamina ?

– Quoi, Mamina ?

– Son mari est mort d'un cancer du poumon parce qu'il fumait depuis très jeune et elle est morte d'un cancer de l'œsophage à cause d'une intoxication au tabac aussi. Tu crois qu'elle serait fière de toi, là ?

Je détourne la tête et contracte la mâchoire. Il est déjà en train de me gonfler alors qu'on n'a même pas commencé à parler de nous.

– C'est pour toi, Lexie. Pas pour les autres. Tu devrais arrêter.

C'est justement parce que tu penses que je devrais arrêter que je ne m'arrête pas !

Je tire encore sur ma cigarette, il secoue la tête et soupire, désespéré.

Je finis par écraser la clope sur le béton à côté de moi et me tourne vers lui.

– Très bien, écoute… cette conversation aura lieu une fois. Une seule. Et après, on se sera tout dit toi et moi et il n'y aura plus de secrets ou de non-dits comme tu l'as fait remarquer tout à l'heure, c'est clair ?

Il hoche la tête pour dire oui. Mais ni lui ni moi ne parlons plus ensuite. Comme si nous avions du mal à sortir tout ce que nous avons dans la tête et sur le cœur. En fait, j'appréhende ce qu'il va me dire.

– Chacun son tour ? propose-t-il.

– Oui. Vas-y, commence.

Il inspire à fond avant de parler.

– Pourquoi tu es partie sans venir me parler ?

Je sais qu'il parle de mon départ de Mary Island, il y a des mois de ça.

– C'est ça ta question la plus importante ?

Je lève les yeux sur lui et il me fixe intensément, les yeux rougis.

– Oui. Pourquoi tu es partie alors que je t'avais écrit cette lettre ?

– Parce que c'était trop dur. Tu ne sais pas le mal que tu m'as fait. Et puis... Ta lettre je ne l'ai lue qu'une fois dans l'avion.

Il fronce les sourcils.

– Et si tu l'avais lue avant, ça aurait changé quelque chose ? Est-ce que tu serais restée ?

– Probablement pas.

Il a l'air excédé quand il parle de nouveau.

– Pourquoi ? Je ne veux pas minimiser ce que j'ai fait, ni l'importance du fait que je t'ai caché l'existence de Sacha, mais tu n'as même pas cherché à parler de tout ça. Tu es partie sans qu'on s'explique... sans me laisser une chance...

– Il n'y avait pas que ton mensonge, Austin. C'était un tout. Tout ce que j'ai appris sur toi... Tout ce que tu as fait... J'ai l'impression que je ne te connais pas, que tu es une autre personne que celle que j'imaginais...

– Mais c'est le cas ! Je suis une personne totalement différente de celle que j'étais avant toi !

– Je n'aime pas ce que tu étais avant moi. Tout ce que tu as fait. Sacha a guetté ton retour toute la journée, tu le sais, ça ? Tout ça parce qu'il a peur que tu ne rentres pas et que tu l'abandonnes, comme tu le faisais avant... C'est horrible ce que tu lui as fait subir !

Austin se lève, ne tenant plus en place, et parle les dents et les poings serrés.

– Je le sais et je m'en prends à moi-même tous les jours pour ça ! Mais toi, t'as aucun droit de me reprocher ce genre de choses. Lui, il peut me le reprocher parce que c'est à lui que je l'ai fait subir, mais pas toi ! Et si ce qui t'a touchée, c'est tout ce que j'étais avant, autant que le mensonge, alors il y a un gros problème, Lexie...

Il parle avec une colère contenue. Et je ne suis pas sûre de tout comprendre.

– Il y a un problème parce qu'on ne choisit pas ce qu'on aime d'une personne. Peut-être que mon passé n'est pas idéal à tes yeux, mais je ne suis plus comme ça. Quand tu aimes une personne, tu l'aimes aussi avec son passé pourri. Tu ne choisis pas ce que tu aimes d'elle, non, tu l'aimes entièrement. Tu l'aimes malgré tous ses défauts. Parce que sinon, ça veut dire que tu ne l'aimes pas vraiment. Peut-être que tu ne m'aimais pas vraiment...

À mon tour de me lever vivement.

– Tu plaisantes, là ? Je te signale que je me suis fait tatouer pour toi !

Il s'approche et se penche pour coller son nez au mien.

– Moi aussi, je te signale ! Alors ? Ça veut dire que je t'aimais vraiment, non ?

Je frémis de colère et de frustration et je vois que lui aussi a les narines dilatées. Ça a toujours été comme ça entre nous : un rapport de forces constant qui nous amène à nous battre pour savoir qui va gagner. L'amour ne devrait pas être un tel combat.

On se fixe les yeux dans les yeux et le froid me brûle tellement que les miens aussi ont rougi.

Il finit par reculer et lâcher :

– Je ne suis peut-être pas le mec idéal... Je suis même plein de défauts, c'est sûr, mais j'essaie de me corriger. Et je t'aime. C'est fou comme je t'aime. Et tous ces mois de séparation ne changent rien. Au contraire, j'ai l'impression que je t'aime encore plus.

Je ferme les yeux en sentant mes pieds tanguer sous moi. Voilà. Ce sont les paroles que je redoutais d'entendre. Elles se faufilent jusqu'à mon cœur plus vite qu'un serpent dans son trou. Et c'est douloureux. Mais en même temps, c'est une douleur qui fait du bien. C'est horrible, le fait que la seule personne à pouvoir apaiser vos souffrances soit celle qui vous ait fait tout ce mal.

Quand je sens ses deux mains se poser sur mes bras, j'ouvre les yeux. Il m'observe, une expression d'intense souffrance sur le visage.

– Tu as cherché à t'ouvrir les veines ?

Je baisse les yeux et tire sur ma manche inconsciemment.

– Lexie…

– C'est mon problème.

– Non. Pas si tu fais des trucs comme ça à cause de moi.

Il aspire son anneau entre ses dents, se met à tirer dessus. Je n'arrête plus de regarder sa bouche.

– Ce n'est pas toi. C'est moi. C'est dans ma tête que ça se passe. Les gens croient toujours que la dépression vient de l'entourage. Que c'est parce que les parents, le petit ami et la famille n'étaient pas assez présents, mais c'est faux. La dépression, c'est dans ta tête, c'est à l'intérieur de toi. C'est entre toi et toi-même.

– Je n'ai jamais voulu te faire tout ça…

Je me dégage de ses mains et retourne m'asseoir.

– Tu es allée en hôpital psychiatrique ?

– Apparemment, tu connais déjà la réponse, alors…

Il vient se rasseoir à côté de moi et pose sa tête dans ses mains entre ses jambes. Nous ne parlons plus et le silence de la terrasse sur le toit emplit nos oreilles. C'est un quartier peu passant. On entend seulement le bruit des voitures au loin.

Quand il renifle, je me tourne vivement vers lui. Il laisse s'échapper des sanglots étouffés.

– Austin ?

J'essaie de lui écarter les mains des miennes en les lui prenant, mais il ne se laisse pas faire.

– Austin, regarde-moi…

Il pleure carrément, maintenant, et le voir comme ça me fait plus mal que tout ce qu'il a pu me faire. C'est terrible, non ? D'aimer tellement quelqu'un que sa souffrance est bien plus terrible pour vous que votre propre malheur.

– Non, Lexie. Je crois qu'il vaut mieux que je parte…

Il se relève tout à coup.

– On va prendre un hôtel, Sacha et moi… Ou on rentrera à Boston demain, tant pis pour le boulot…

La panique me gagne tout à coup. *Partir ? Comment ça, partir ?*

Les larmes maculent son t-shirt et il se dirige déjà vers la porte pour redescendre. Je me lève vivement, en faisant tomber mes cigarettes par terre.

– Quoi ? Mais non ! On n'a pas fini de parler !

Je lui cours après et j'ai juste le temps de claquer la porte avant qu'il la franchisse. Il me regarde un moment, intensément, et il essuie les larmes qui coulent encore sur ses joues d'un revers de main rageur. J'aimerais lui dire quelque chose pour l'apaiser, pour faire disparaître sa douleur. Mais où était-il quand je pleurais des heures durant sans pouvoir m'arrêter ?

– S'il te plaît, ne pars pas… En plus, qui garderait Sacha ?

Il se mord la lèvre.

– C'est trop dur, Lexie. J'en peux plus d'être comme ça. C'est trop dur d'être à côté de toi sans… Sans te parler, sans te toucher…

Je soupire. Pourquoi a-t-il fallu que je tombe amoureuse de lui ? C'est trop tard, je ne peux plus revenir en arrière. Je préfère encore affronter mes démons intérieurs et ses mensonges que de le voir partir. Je viens de m'en rendre compte. Je préférais encore me disputer avec lui que d'être confrontée à son absence.

J'avance prudemment une main pour la poser sur son avant-bras et je parle très bas, doucement.

– S'il te plaît, ne pars pas. Pas encore.

Il baisse un instant les yeux pour observer ma main sur son bras et revient à moi.

– Pourquoi ?

– Parce que tu me manquerais.

Il s'est arrêté net de pleurer et essuie de nouveau ses yeux dans son t-shirt.

– Est-ce que… Est-ce que je t'ai manqué pendant tout ce temps ?

Je m'adosse à la porte et y pose la tête pour lui répondre.

– Je suis une ombre dans ta vie, tu es bien plus que ça dans la mienne et ça me fait du mal.

Il secoue la tête.

– Comme tu te trompes, Lexie… Si tu savais… Si tu pouvais m'ouvrir pour voir ce que je ressens à l'intérieur…

– Mais je ne peux pas, Austin. Et tu as brisé toute la confiance que j'avais en toi.

Il attrape mes mains.

– Je sais.

Il a dit ça avec une telle fatalité que c'en est affligeant. Je ferme les yeux pour mémoriser ses doigts sur les miens un instant avant de me retirer et d'ouvrir la porte.

– Il vaut mieux redescendre. Si Sacha se réveille, il n'y a personne à l'appart.

Il me lâche avec un soupir et me suit en silence dans les couloirs et l'escalier.

Quand je passe les portes de l'appartement, je sens la tension accumulée entre nous et les questions que nous n'osons pas nous poser l'un et l'autre flotter dans l'air. Je n'ai qu'une envie : qu'il me prenne dans ses bras. Mais je suis bien trop fière pour le lui dire.

Je retire mes bottes et mon manteau. Il fait de même. Et c'est gênée que je me dirige vers ma chambre.

– He bien… Bonne nuit. À demain.

Il me fait un sourire triste et se met à tirer sur ses cheveux, derrière sa nuque. Ça me manquait tellement de le voir faire ça.

– Oui. Bonne nuit.

Je file vers ma chambre et referme la porte.

Sacha bouge dans son sommeil et marmonne. Je m'allonge à côté de lui et remonte la couverture qui a glissé. Il est couvert de sueur. Il me pousse du pied. Je le remets droit et il crie si fort que je sursaute et m'assois au bord du lit. Il se met à pleurer et agrippe les draps fortement de ses petites mains.

Quand je comprends qu'il cauchemarde, je me rallonge à côté de lui et le secoue gentiment.

– Sacha… Sacha, réveille-toi…

Il ouvre les yeux difficilement et me regarde, hagard.

– C'était juste un cauchemar, mon grand, ça va aller…

Je lui caresse la joue et les cheveux.

La porte de la chambre s'ouvre tout à coup et Austin passe la tête, les sourcils froncés et l'air inquiet.

– Est-ce que ça va ? Il a fait un cauchemar ?

Je fais oui de la tête et il ressort pour revenir moins d'une minute plus tard avec un verre d'eau. Il vient s'asseoir au bord du lit. Sacha attrape le verre sans qu'Austin ait dit un mot et s'assoit pour boire. J'observe la manière qu'ils ont de communiquer en silence.

Ils sont tellement beaux. Mon cœur fond comme du marshmallow au bout d'une brochette fumante.

– Tu viens dormir avec moi ? lui demande Austin.

Mais Sacha lui rend le verre d'eau et fait non de la tête. Il se rallonge et tend les bras pour les passer autour de mon cou et me tirer vers lui.

– Oh…

Austin grimace.

– Désolé, je vais…

– Non, laisse-le.

Je m'allonge et tire Sacha vers moi. Il s'enroule à mon cou et ferme les yeux instantanément. Je sens son corps chaud se délasser contre moi.

Austin nous observe et son regard attendri me tue. Je chuchote tout bas.

– Peut-être… Tu pourrais… rester là avec nous… Enfin, pour lui, je veux dire. Si jamais il se réveille encore…

– Tu es sûre ?

Je hoche la tête et il s'allonge sur le côté près de nous. Il se rapproche un peu et mon cœur se met à palpiter si fort que je suis presque sûre qu'il peut l'entendre.

– Dis-moi, Lexie. Est-ce que c'est Sacha le problème ou est-ce que c'est mon mensonge ?

Je baisse les yeux pour ne pas soutenir son regard incandescent. Il reprend doucement :

– Si c'est mon mensonge, bébé, je te promets que je passerai le reste de ma vie à me le faire pardonner et à regagner ta confiance, à te faire comprendre à quel point j'ai besoin de toi…

Je retourne sa question contre lui :

– Et si c'est Sacha, le problème ?

Il ne répond pas, mais me fixe sans rien dire, avec une émotion indéfinissable dans les yeux. Il est temps d'être honnête. Totalement honnête.

– Je t'en ai voulu, tu sais. Je t'en veux toujours. Pour ton mensonge. Mais ce qui m'a fait péter un câble, ce n'est pas tant le fait que tu aies menti, mais plutôt le fait que tu aies un enfant.

Austin hausse les sourcils.

– Comment ça ?

– J'étais jalouse.

– Jalouse ?

– Oui. Jalouse d'elle. De Brittany. Parce que tu lui as fait un enfant.

– Mais ce n'était pas...

Je lève ma main pour l'arrêter.

– Laisse-moi finir. J'étais jalouse parce qu'elle a porté ton enfant. Parce que tu lui as donné un peu de toi. Et puis j'étais jalouse de toi, aussi...

Austin me regarde ahuri.

– Quoi ? Parce que j'ai un enfant ? Mais je croyais que tu détestais les enfants ?

Il baisse d'un ton quand Sacha bouge dans mes bras.

– Tu as toujours dit que tu détestais les enfants et que tu n'en voulais pas...

– J'étais jalouse... Je suis jalouse parce que tu l'as lui, il est à toi... Et moi... Moi, je n'en aurai jamais...

Austin se redresse sur ses coudes et il a une manière nouvelle de me regarder. Comme s'il était soulagé d'un poids.

– Lexie, si c'est ça le problème, des gosses, je peux t'en donner tant que tu veux... Enfin, disons, plus tard, ce serait bien, mais...

Il esquisse presque un sourire.

– Non, tu ne comprends pas...

– Mais si, bébé. Je sais que c'est dur de savoir qu'il est là, mais... Toi aussi tu auras des enfants un jour...

– Non, je n'en aurai pas ! Tu ne comprends pas... Pas après l'accident...

J'essaie de refouler les larmes qui montent, mais mes yeux me piquent. Austin écarquille les siens.

– Tu veux dire... Enfin... Ce n'est pas par rapport à tes cicatrices ? Si ?

Je hoche la tête. Il referme aussi sec la bouche et m'observe sans rien dire.

– Ne me regarde pas comme ça. Je n'ai pas besoin de ta pitié.

– Je n'ai jamais éprouvé de la pitié pour toi, bébé, juste de l'amour. Et je t'aime plus que jamais.

Je ravale la boule qui s'est formée dans ma gorge quand il se penche par-dessus Sacha pour m'embrasser sur le front doucement.

Je retiens mon souffle quand ses lèvres frôlent ma peau.

– Si j'avais su...

Je renifle et ferme les yeux. Il pose sa main sur ma joue pour la caresser doucement. Ce geste me laisse toute frémissante, mais Sacha est contre moi, il faut que je me calme. Je me laisse aller et pose une main dans le dos de son fils pour le caresser, et il pose sa main sur la mienne en se rallongeant.

Je m'endors sous le regard d'Austin, avec son fils dans les bras. Sans savoir ce que nous deviendrons demain.

24
Alexandra

Quand je me lève, à six heures, pour aller courir, Austin est endormi, sa main au-dessus de ma tête comme s'il avait caressé mes cheveux. Sacha dort profondément aussi, je me décale de lui et il se retourne contre son père.

Je me lève doucement, mais Austin ouvre des yeux ensommeillés. Je m'assois au bord du lit.

– Lexie…

– Je vais courir. Rendors-toi…

Il se redresse sur ses coudes.

– Non, s'il te plaît, ne pars pas. Pas ce matin. Je ne serai pas là du reste de la journée…

– Mais je reviens. Dans une heure et demie…

– S'il te plaît…

Il chuchote et sa voix enrouée me donne des frissons. Je préférerais rester avec lui, mais ce qu'il se passera une fois que nous serons levés et que la vie « normale » reprendra son cours me fait peur. On a mis les choses à plat, mais on n'a rien décidé quant à notre relation. Je ne sais pas si on va le faire, d'ailleurs.

– Bon, très bien.

Je me rallonge et il tire la couverture sur nous. Je caresse les cheveux de Sacha. Il m'observe dans la pénombre, un bras sous la tête.

– C'est marrant…

– Quoi ?

– Ta couleur de cheveux ! On pourrait croire que Sacha est ton fils…

Je retire ma main instantanément.

– Mais ce n'est pas le cas.

Il soupire et s'approche.

– Écoute, on pourrait, je ne sais pas… Essayer de passer du temps ensemble ?

– Tu vis à Boston et moi ici, je ne vois pas comment ce serait possible. Et je n'ai jamais dit que je te pardonnais quoi que ce soit.

– Non, mais tu m'as parlé, cette fois, au moins, ce qui n'est pas rien. Je sais que tu ne m'as pas pardonné. Mais je ferai en sorte que tu le fasses. Il faut juste qu'on se retrouve. Et même si tu vis ici et moi là-bas, en ce moment je suis là…

Je ferme les yeux et enfonce ma tête dans mon oreiller.

– Il est six heures du matin et tu me prends déjà la tête avec des trucs trop sérieux. Je propose qu'on dorme si tu ne veux pas me laisser aller courir.

J'ouvre brusquement les yeux quand je sens ses doigts se glisser dans les miens au-dessus de la tête de Sacha. Il chuchote.

– Dors, mon amour…

J'ai le cœur qui explose d'un trop-plein d'émotions quand il me dit ça.

Je le regarde, il a fermé les yeux et sa main reste accrochée à la mienne. Depuis combien de temps n'ai-je pas dormi avec Austin ?

– Arrête de réfléchir autant, bébé. Profite du moment…

Il ne dort pas, mais il garde les yeux fermés. Je serre ses doigts et il fait de même.

Arrêter de réfléchir et penser à l'instant présent. C'est tellement plus compliqué que ça…

Je me rendors, apaisée comme je ne l'ai pas été depuis longtemps.

Quand je me réveille, deux heures plus tard, je les observe encore un moment. *Si seulement cela s'était passé autrement…* Je me demande si nous aurions été ensemble comme nous l'avons été, si, depuis le début, il m'avait dit qu'il avait un enfant. Ce n'est pas sûr.

En soupirant, je me lève.

Quand j'arrive dans la cuisine après un passage à la salle de bain, Zara est déjà attablée devant son bol de café.

– Salut.

– Salut.

Je prépare mon petit déjeuner. Céréales, fruit, café. Moins garni que d'habitude. C'est vrai que je mange beaucoup, maintenant.

Zara sourit en coin derrière son bol en me regardant avec un air moqueur.

– Quoi ?

– Rien.

– Mais si, je vois que tu as quelque chose derrière la tête. Dis-moi.

– Rien, c'est juste que j'en connais une qui a dormi avec deux garçons, hier soir…

– Oh ! Ferme-la…

– Bah tu voulais savoir, alors. Il n'y a pas de quoi avoir honte. T'es grande, tu fais ce que tu veux.

– Ouais, quand ça t'arrange. Tu ne me dis pas ça, d'habitude.

Elle pose son bol de café en soupirant.

– Parce que d'habitude, t'es casse-couilles.

– Non, c'est toi qui fais chier.

La porte de ma chambre s'ouvre. Austin en sort tout ensommeillé. Je baisse les yeux. Bien sûr qu'on est adultes et qu'on fait ce qu'on veut. Tout ça est puéril. Mais je ne sais pas pourquoi je me sens honteuse d'avoir dormi à côté de lui avec son fils alors que nous sommes censés être… *Nous sommes censés être quoi, au juste ?* Des amis ? Des ennemis ? Des ex ? Je n'en sais rien.

– Salut.

Il s'assoit à côté de moi la tête dans les mains, comme s'il était fatigué. J'ai l'impression qu'il n'ose pas me regarder non plus.

– Bonjour.

Zara nous observe en se mordant les lèvres pour s'empêcher de pouffer.

– Bien dormi ? demande-t-elle en souriant carrément, cette fois.

– Ta gueule !

– Boucle-la !

Austin et moi avons parlé en même temps. Zara éclate d'un rire sadique. Je la fusille des yeux et me tâte à lui donner un coup de pied sous la table. Elle se lève et repart vers sa chambre sans se départir de son expression.

Austin m'observe de côté. Je me fais violence pour ne pas le regarder.

– Tu vas m'éviter toute la journée, bébé ?

La façon qu'il a de m'appeler « bébé » me fait me consumer de l'intérieur. Je bégaie donc en répondant.

– Je… Je ne t'évite… pas…

– Tout ça parce qu'on a dormi ensemble ? Je te signale que j'ai déjà brossé mes dents à côté de toi, que tu as déjà dormi en culotte plus d'une fois avec moi et que je sais même que tu ronfles quand tu es très fatiguée…

Je rougis jusqu'à la pointe des cheveux et il rit doucement en rapprochant sa chaise de la mienne. Il me touche le bout du nez.

– T'es rouge comme une tomate.

Je ne réponds pas et bois une gorgée de café. Il pose son menton dans le creux de sa main et me regarde sous ses mèches de cheveux qui lui tombent dans les yeux.

Sa beauté insolente, même quand il saute du lit le matin et qu'il est à peine réveillé, me stupéfie. J'ai l'impression que je fonds carrément, comme du chocolat qu'on aurait posé au soleil.

– Je t'ai déjà dit que le moment où tu es le plus jolie, c'est le matin quand tu te lèves ? Quand tu as les cheveux ébouriffés et les lèvres boudeuses ?

Je rougis encore plus et respire de plus en plus mal. Il dégage trop de phéromones mâles de si bon matin et il est assis si près de moi que je sens la peau de son bras me frôler.

– Relaxe, bébé, pourquoi t'es aussi stressée ?

Je soupire.

– Déjà, arrête de me draguer, là…

– Quoi ? Moi, je te drague ?

Il éclate de rire et laisse sa tête retomber dans ses bras sur la table, le corps secoué d'un terrible fou rire. Je lui envoie une claque sur le haut de la tête.

– Et arrête de te foutre de moi, en plus !

– Pourquoi tu ne me regardes pas ?

Je tourne les yeux vers lui. Mauvaise idée. Je m'arrête sur sa bouche qui esquisse un sourire moqueur et sur son anneau qui y brille. Inconsciemment, je m'humecte les lèvres. Austin a la bouche la plus sensuelle que j'aie vue chez un garçon. Et il a trouvé le moyen pour y attirer encore plus les regards.

– Et pourquoi tu me reluques comme ça, maintenant ?

Je me détourne vivement en rougissant encore. Son sourire s'agrandit.

– T'as le droit de me regarder, bébé… Je ne me prive pas de le faire avec toi, moi !

– D'abord, je ne te regarde pas, et maintenant je te reluque… Faut savoir !

Il avance la main et la passe derrière ma tête dans mes cheveux. Je m'arrête de manger et ferme immédiatement les yeux. *Bon sang…*

Quand je sens son souffle dans mon cou, juste au-dessous de mon oreille, mes poils se dressent carrément sur mes bras. Il s'est penché et pose maintenant ses lèvres sur ma peau, dans mon cou, doucement, sur la veine qui bat à une vitesse folle.

Ma poitrine se soulève à une vitesse telle que je suis tentée de poser une main sur mon cœur pour l'empêcher de s'échapper de ma cage thoracique. Son souffle est brûlant, et ses lèvres sur moi le sont tout autant. Je suffoque carrément.

– Vous faites quoi ?

Je sursaute et laisse tomber ma fourchette dans mon assiette. Austin se rattrape pour ne pas tomber de sa chaise et se retourne vivement.

Sacha nous observe ensommeillé avec le bout de l'oreiller avec lequel il a dormi serré dans une main.

– T'es debout, toi ? lui fait Austin.

Je pars d'un petit rire nerveux sans une note d'humour. Bon sang, il a raison, qu'est-ce qu'on était en train de faire ?

Sacha s'approche, mais il contourne Austin qui lui tend les bras et vient se planter devant moi.

– Je peux rester avec toi ?

– Bien sûr, mon lapin ! réponds-je avec un sourire. Tu vas rester avec Zara et moi, aujourd'hui. Tu vas te laver le visage ? Je prépare tes céréales.

Il file vers la salle de bain, son oreiller toujours dans les bras, et Austin soupire. Je me tourne vers lui.

– Quoi ?

– Pourquoi avec vous, les femmes, c'est toujours aussi simple ? Moi, je passe trois heures à le faire obéir quand je veux qu'il fasse quelque chose.

– Parce que tu n'es pas doué, c'est tout.

Je me remets à manger avant que ce trop-plein d'amour me remplisse l'estomac. Austin m'observe et sourit.

– Quoi encore ?

– Rien, c'est juste que... les meufs qui bouffent, c'est le mieux.

– Hmm... Mieux en quoi ?

– Tu ne connais pas l'expression « Montre-moi comment tu manges, je te dirai comment tu fais l'amour » ?

Je manque de m'étrangler avec ma salade de fruits. Il éclate de rire.

Sacha revient de la salle de bain et j'en profite pour m'éclipser une minute pour aller prendre mes cachets dans ma chambre.

Quand je reviens, ils se taisent, alors que je suis sûre qu'ils étaient en train de parler.

– Vous complotez quoi, tous les deux ?

Sacha sourit et Austin hausse les épaules et boit son café. Mon cœur rate un battement en voyant Sacha avec cette expression. Il a les mêmes fossettes qu'Austin et les mêmes petites pattes autour des yeux.

– Je vous préviens, vous êtes chez moi, pas de connerie ici !

Sacha mange les céréales que je lui sers sans un mot et je finis par ranger les restes du petit déjeuner et faire la vaisselle alors qu'Austin se prépare à partir je ne sais où.

Je m'enferme dans ma chambre pour me changer et fumer. Je jette mon mégot par la fenêtre et passe mon pull de NYU quand on frappe à la porte.

– Oui ?

Austin ouvre, mais il reste sur le palier. Il a passé son éternel jean noir et sa veste en cuir. Il est beau comme un dieu. Je ne peux pas m'empêcher de le mater.

– Je vais y aller, j'ai plein de trucs à faire, aujourd'hui, et je risque de rentrer tard.

Je hoche la tête doucement.

– Ok.

Sacha arrive à son tour et me regarde, avant de reporter son regard sur son père.

– On y va ? lui fait Austin.

– On y va ! crie-t-il excité.

Comment ça « on y va » ? On va où ?

– À l'attaque !

Ils hurlent comme des fous et j'écarquille les yeux quand je les vois courir vers moi. Ils se jettent sur moi et me poussent sur le lit.

– Hey !

Sacha me grimpe dessus et ils se mettent à me chatouiller en riant comme des cinglés.

– Mais arrêtez ! Vous êtes malades ! Austin, arrête !

Il me tient les mains pendant que Sacha me chatouille et que je me tords dans tous les sens. Mais je ne peux m'empêcher de rire aux éclats avec eux. Le rire enfantin de Sacha et celui d'Austin qui m'enserre les mains se faufilent en moi si intensément que je m'arrête de rire presque immédiatement. Ce moment de bonheur intense me rend presque triste, tout à coup, et je suis prise au dépourvu par Austin, qui se penche au-dessus de moi et écrase ses lèvres sur les miennes. Ce baiser est doux, plus tendre que tous ceux qu'il m'a déjà donnés. Ou peut-être les autres sont-ils si loin que j'ai oublié.

Il s'éloigne et sourit de nouveau. Ses yeux sont brillants. Et moi, je jette un œil vers Sacha qui nous regarde, très sérieux.

Austin doit sentir ma gêne, car il se lève et remet Sacha sur ses pieds avant de se mettre à sa hauteur pour lui parler.

– Bon, tu es sage toi, aujourd'hui, hein ? Tu écoutes quand on te dit quelque chose, ok ? Je vais y aller, moi.

Sacha acquiesce.

Je me lève et me dirige immédiatement vers mon bureau pour avaler un nouveau cachet. Je ne crois pas que mon changement d'humeur soit bon signe.

Austin m'observe en silence.

– Ça va, t'inquiète pas, j'essaie de le rassurer.

– Tu es sûre ? Je ne voulais pas te perturber. C'était pour rire.

– Oui, je suis sûre. Tu peux partir. On va s'occuper avec Sacha et Zara, aujourd'hui.

Il soupire longuement.

– Bon. J'y vais. À plus tard.

Il sort et Sacha s'assoit sur mon lit.

– On fait quoi, aujourd'hui ?

Je lui souris. Il est aussi beau que son père. Je ne peux m'empêcher de me dire qu'il va en briser des cœurs, un jour. *Pauvres filles !*

25
Alexandra

– On pourrait aller se promener dans Little Italy, comme je te l'avais proposé, non ?

Zara passe son pull et me fait signe du menton de regarder par la fenêtre du salon. Je suis son geste des yeux. Il pleut dehors. De la pluie d'hiver. Glaciale.

– C'est le meilleur moyen de tomber malade, me répond-elle en s'affalant à côté de Sacha dans le canapé. En plus, la pluie va transformer le peu de neige qu'il reste en boue. On va être crado.

Je soupire, excédée.

– Bah qu'est-ce que tu veux qu'on fasse ?

– J'en sais rien. Mais moi je ne sors pas.

Sacha nous regarde tour à tour, en attendant qu'une de nous se décide.

Comment occupe-t-on un gosse toute une journée quand on doit rester enfermés dans un appartement de cinquante mètres carrés ? D'ailleurs, comment on occupe un gosse, tout court ?

Sacha me regarde avant de proposer tout bas :

– On peut faire un gâteau ?

– Bonne idée. J'adore faire des gâteaux !

En plus, ça nous occupera pendant un bon moment. Il sera temps de voir pour plus tard. Sacha saute sur ses pieds pour me suivre à la cuisine et Zara allume la télé.

– Ouais bah moi, je ferai le cobaye pour goûter, hein ! nous crie-t-elle.

Dans la cuisine, je passe mon tablier et sors le livre de pâtisserie dans lequel ma mère avait griffonné de son vivant et que j'ai rapporté de chez elle.

Sacha grimpe sur un tabouret et s'accoude à la table centrale.

– Tu veux un gâteau à quoi ?

On a de la chance que j'aie pas mal d'ustensiles et d'ingrédients pour faire de la pâtisserie.

– Hum... Au chocolat ! J'aime bien.

– Va pour le chocolat !

Je commence à sortir les bols et autres ustensiles du placard.

– Mais on peut faire au citron, si tu préfères, se reprend Sacha, Austin dit que tu aimes le citron...

Pourquoi est-ce qu'il ne l'appelle jamais papa ?

– Mais non, j'aime bien le chocolat aussi.

– On peut faire des cookies ?

– Hmm... des cookies... Oui, on peut faire ça ! Ma grand-mère faisait les meilleurs cookies du monde, tu sais...

Sacha m'observe les yeux tout ronds. J'ai l'impression qu'il boit chacune de mes paroles, c'est déroutant.

– Elle est où ta grand-mère ?

Je m'arrête de fouiller dans les placards pour fermer les yeux. L'image de Mamina sortant des cookies tout chauds du four me revient en mémoire.

– Elle n'est plus là, je réponds tristement.

– Elle est morte ? Comme ma maman ?

Je me retourne vivement vers Sacha, mais il a dit ça avec un grand calme, il y a juste un infime tremblement perceptible dans sa voix. Il m'observe sérieusement, attendant une réponse.

– Oui, c'est ça.

– Tu es triste ?

Ce gosse ne peut pas avoir cinq ans pour poser des questions pareilles !

– Oui, très.

– Et ta maman, elle est où ?

– Elle est morte aussi.

Il hoche la tête et ses yeux se perdent comme s'il réfléchissait. *Faites qu'il ne pleure pas !* Je ne saurai pas quoi faire d'un enfant qui pleure.

– Moi aussi je suis triste, parfois !

C'est terrible cette façon si clinique qu'il a de dire les choses. Je me dis qu'on est faits pour s'entendre. Je ne sais pas si j'aurais supporté un gosse turbulent et explosif. Et tout à coup, je repense à sa mère, Brittany. Elle est morte d'une overdose. Donc la mère de Sacha était droguée et maintenant elle est décédée. Exactement comme la mienne. On a plus de choses en commun que prévu.

– C'est normal. Mais tu as Austin. Et ta grand-mère, aussi.

– Oui. Et toi, aussi !

Je souris, ne voulant pas le contredire.

– Bon, on le fait ce gâteau ?

– Oui !

Je recherche une recette de cookie et nous nous nous lançons tous les deux dans la pâtisserie. Je le laisse presque tout faire.

Quand il verse la farine, il en met un peu partout. Alors je lui en mets sur le nez et le barbouille un soupçon. Le rire que ça provoque chez lui est doux. Zara nous observe depuis le seuil.

– On dirait que vous vous amusez bien !

– Ouais…

– Dit la fille qui déteste les enfants…

– Dégage, Zara, lui lancé-je en lui jetant un peu de farine.

Sacha fait de même et Zara s'en va en souriant.

Quand nous enfournons les premiers cookies, la cuisine est un vrai champ de bataille.

– Ok petit monstre, va te débarbouiller, maintenant.

Sacha file vers la salle de bain tandis que je me mets à ranger le bazar que nous avons mis. Mais mon téléphone sonne. Un numéro que je ne connais pas.

– Allô ?

– Salut, Blondie.

– Adam ? Comment tu as eu mon numéro ?

– C'est Sheyenne qui me l'a donné. Comment tu vas ? Tu fais quoi de beau ?

– Ça va. Je fais de la pâtisserie. Et toi ?

Inutile de m'attarder sur le sujet Austin-Sacha.

– Je voulais aller faire un tour au Tribeca Festival, ça te dit ?

– De sortir avec toi ?

– Ouais, j'ai des pass pour la soirée *Best Of New York* qui est présidée par Martin Scorsese ! On y va ensemble ?

L'idée est très tentante, mais il y a ce petit garçon blond dans le salon et son père qui rentrera je ne sais quand.

– Non, désolée. Une autre fois.

– Oh, allez ! C'est Martin Scorsese, tu te rends compte ? En plus, on pourra bouffer des petits-fours gratos. Et on se saoulera de champagne à trois cents balles la bouteille.

Je ris.

– C'est très tentant, mais je ne peux pas...

– Tu vas faire quoi de mieux ? Regarder un film à l'eau de rose avec de la glace bon marché et du pop-corn dans ton pyjama Betty Boop ?

– Ha ha, très drôle !

– Sérieux, Blondie, bouge-toi ! On est jeunes, faut vivre tant qu'on le peut ! Je passe te prendre à vingt heures, sois ponctuelle.

Et il raccroche alors que j'ouvre la bouche pour parler encore. *Ok...*

Je soupire. C'est un peu suicidaire de sortir avec Adam alors qu'Austin est dans les parages. Mais après tout, je ne suis qu'amie avec Adam et il faut qu'Austin apprenne à me laisser de l'espace quand mes amis sont des garçons. Et puis au pire, il n'a pas besoin de le savoir !

Une fois la cuisine rangée et nettoyée, je rejoins Sacha et Zara dans le salon. Zara a mis un film, mais Sacha reste distant avec elle. Beaucoup plus qu'il ne l'est avec moi.

Il me fait un grand sourire.

Je prends mon air malicieux avec Zara.

– Dis-moi Zara, comment c'était, déjà, le nom de ces parents qui avaient un fils blond et toujours malicieux ?

Zara entre dans mon jeu.

– Euh... Je ne sais plus... C'était monsieur et madame...

– Touille ! Oui, c'est ça, monsieur et madame Touille !

– Et le fils s'appelait Sacha ! Oui, Sacha Touille !

Sacha écarquille les yeux et Zara et moi nous jetons sur lui pour le faire se tordre de rire. Il crie en même temps et se débat.

– Est-ce que tu viendras avec nous quand on rentrera à la maison ? me demande-t-il soudain très sérieux.

Sa question me prend au dépourvu.

– Quoi ? Euh... Non. C'est chez moi, ici, je ne peux pas partir.

– Pourquoi ?

– Parce que c'est comme ça, Sacha. Je vis ici et vous là-bas.

Zara grimace et hausse les épaules en me regardant. Sacha ne dit plus rien.

D'abord, c'est à Austin de lui expliquer tout ça, pas à moi, putain !

Sacha ne dit plus rien, mais je sens que ma réponse l'a affecté. Je relève la tête pour annoncer à ma meilleure amie que je sors ce soir. Elle ne dit rien, mais son regard dégoûté me fait comprendre ce qu'elle pense. Parfois, j'aimerais qu'elle soit plus mon amie que celle d'Austin. Et j'estime que je n'ai de comptes à rendre à personne.

En attendant, on regarde un film, on mange des cookies en jouant aux cartes, Zara et moi profitons du fait que Sacha dessine ou regarde des dessins animés pour travailler sur nos cours. Mais l'humeur de tous a changé. L'ambiance joyeuse du début de journée a déserté. Je me sens coupable, puis je suis énervée de me sentir comme ça. Sacha a l'air pensif et inquiet. Zara est en colère sans que je comprenne pourquoi.

Je finis par me préparer à sortir. Quand je sors de la salle de bain, Sacha m'observe. Son regard inquiet et triste me fait encore culpabiliser. *Bon sang, c'est Zara qui devait le garder ce week-end, pas moi ! Et puis je ne suis pas sa mère, merde !*

À vingt heures précises, Adam est devant la porte.

– Qui c'est ? me demande-t-il en voyant Sacha en pyjama, attablé devant le repas que j'ai préparé pour lui et Zara, même si cette dernière a affirmé qu'elle n'avait pas faim.

– Le fils de... d'un ami. On y va ?

Il hausse les sourcils, mais ne dit rien.

Le quartier de Tribeca n'est pas loin de Greenwich Village. Situé derrière Soho et avant le World Trade Center. Par le métro, nous sommes vite arrivés. Et heureusement, car il recommence à pleuvoir et je n'ai pas de parapluie. Serrée dans mon manteau noir, j'essaie de ne pas glisser sur le sol mouillé.

Tribeca grouille de monde. Ce festival est l'un des plus importants de la côte Est.

Adam parle tout seul la plupart du temps. Je fais semblant d'écouter et de m'intéresser. En fait, je culpabilise d'avoir laissé Sacha avec Zara à la maison. Et je me demande aussi où peut être Austin.

– Par là.

Adam me prend la main pour me guider dans la foule. Nous nous retrouvons bientôt dans un bâtiment immense où se pressent célébrités et invités de marque.

Adam donne ses pass et nous sommes invités à entrer.

– Je n'ai jamais mis les pieds dans une soirée comme celle-là, je lui chuchote à l'oreille.

Il pose une main dans mon dos et nous dirige vers le buffet.

– Pas de stress, personne ne le sait. Champagne ?

Il me tend un verre du breuvage à bulles magiques que j'avale instantanément. Adam me baisse le verre du doigt. Il rit.

– Hey ! Doucement ! On a toute la nuit…

Je prends un petit-four au jambon italien pour le porter à ma bouche.

– Tiens, là ! Il est là !

– Qui ça ?

– Martin Scorsese, bien sûr !

Je prends encore un petit-four sous le regard désapprobateur d'une grosse dame à côté de moi. *Quoi ? C'est vous qui êtes obèse, pas moi !*

– Je crois que tu fanboy carrément là, Daniels…

– Totalement, ouais. Ce mec a un cerveau en constante ébullition. Tous ses films ont marqué mon adolescence !

Nous passons le reste de la soirée à observer les célébrités présentes sans oser leur parler et à boire et manger les mets du traiteur.

Un moment, Adam s'en va vers les toilettes. Je contemple le buffet presque vide en me demandant ce que je fais là. Je ne suis pas à l'aise dans ce monde superficiel.

Quand une main se pose sur mon bras, je soupire de soulagement. Je me retourne vers Adam avec un grand sourire qui veut dire « pitié, ramène-moi chez moi ». Mais mon sourire s'efface instantanément. Ce n'est pas Adam. C'est Austin. Une carte d'invité accroché à la veste et une pochette sous le bras.

– Lexie ? Qu'est-ce que tu fais là ?

26
Alexandra

Oh mon Dieu ! Non, non, non !

Est-ce qu'on est censés se retrouver partout où l'on va, ou c'est juste une grosse blague que l'univers a décidé de me faire ?

Voyant que je ne réponds pas, Austin passe à une autre question. Revoyant l'ordre de ses priorités.

– Où est Sacha ?

– À l'appart. Avec Zara.

Il fronce les sourcils et regarde autour de moi. Je l'attrape par le bras et le tire contre un mur en parallèle. *Faites qu'Adam ne revienne pas tout de suite !*

– Qu'est-ce que tu fais là ? demande-t-il de nouveau avec un froncement de sourcils qui n'augure rien de bon.

– Je… J'avais un pass pour la soirée, alors…

– Hey ! T'es là ! Je te voyais plus…

Adam arrive derrière moi et passe un bras autour de mes épaules.

– Putain, il y a un monde fou, ce soir !

J'arrête de respirer. Et Austin, après un fugace moment de surprise, serre les dents et contracte la mâchoire en nous observant. J'essaie de retirer le bras d'Adam.

– Salut !

Adam tend la main à Austin qui reste immobile.

– Austin… C'est Adam, un ami. Adam, je te présente Austin.

Adam fronce les sourcils à son tour et son sourire s'efface.

– Il y a un problème ?

Je retire son bras de mes épaules et fais un pas de côté.

– Non, absolument aucun problème…

– Si, il y en a un, dit Austin les dents serrées, nous fusillant des yeux. Apparemment y en a un.

– Écoute, ce n'est pas… tenté-je avant qu'il m'interrompe.

– Putain ! Mais c'est quoi ce merdier ?

Et c'est parti… J'ai l'impression d'être vaguement projetée plusieurs mois en arrière.

– Ok, mec, tu devrais commencer par te calmer…

Adam a posé une main sur le torse d'Austin pour le faire reculer. Mauvaise idée. Austin le repousse violemment du plat de la main.

– Toi, tu ne me touches pas !

– Austin, arrête ! Calmez-vous, bon sang !

Des invités commencent à nous regarder, curieux. *Il ne faut surtout pas qu'ils se tapent dessus !*

– Je crois que ton pote a vraiment un grain, Lexie, me fait Adam. Viens, on s'en va…

Il m'attrape par la main pour me tirer vers lui, mais Austin s'interpose et me tire plus violemment dans le sens contraire, tellement que j'en trébuche.

– Non, toi tu ne vas nulle part ! crie-t-il en s'adressant à moi.

Adam fronce les sourcils à son tour et serre les poings en venant se coller à Austin. Ils font presque la même taille.

– T'as un problème, mec ? Elle est avec moi, ce soir, je la connais…

Austin colle son nez à celui d'Adam et je vois les veines de son cou saillir sous la colère. Je sais qu'il bout à l'intérieur et je sais également qu'il ne sait pas se contrôler quand il s'agit de moi et de sa jalousie maladive. Et j'entends bien protéger Adam de la bombe à retardement qu'il est.

– Écoute, Austin, ce n'est pas la peine de t'énerver…

– Tu la connais ? Tu crois que tu la connais ? hurle Austin au visage d'Adam. Tu ne la connais pas, mec.

– Qu'est-ce que t'en sais ?

Ils parlent tous deux avec une colère contenue. Je tente de m'interposer, mais ils sont collés l'un à l'autre et ne me regardent même plus.

– Tu la connais ? reprend Austin. Alors tu sais qu'elle ne dort jamais sans lumière ? Qu'elle aimait sa grand-mère plus que n'importe qui ? Qu'elle n'écoute que des musiques de film ? Qu'elle fronce le nez quand elle est en colère ? Qu'elle a des grains de beauté sur tout le corps ? Tu le sais ça, putain ? Nan ! Tu ne sais rien d'elle !

– Elle en a un certain nombre, en effet, confirme Adam à présent presque moqueur. Des grains de beauté. Elle en a un juste au-dessus de la fesse droite, et un à côté de son tatouage sur les hanches, aussi…

Oh mon Dieu, non, non, non… Ne dis pas ça, malheureux !

J'ouvre la bouche pour parler, mais Austin écarquille déjà les yeux et se tourne vers moi si vite que je recule instantanément.

– Austin, ce n'est pas ce que tu cr…

Mais il s'est retourné et son poing s'écrase violemment contre la mâchoire d'Adam qui est envoyé dans le mur. Il ne s'arrête pas là et lui tombe dessus.

– Noooonnn ! Austin, arrête !

Adam s'est relevé avec un sourire rageur et rend son coup à Austin qui l'évite et lui en assène un autre. Il s'assoit sur lui pour le frapper. Les craquements de la mâchoire d'Adam me font peur.

Je me précipite pour tirer Austin en arrière.

– S'il te plaît ! Arrête !

Dans sa rage, il me repousse violemment d'un coup de bras dans le ventre. Je tombe en arrière sur les fesses et complètement sonnée. Alors seulement, il me regarde et s'arrête de frapper Adam. Je sais déjà qu'il s'en veut de ce qu'il vient de faire.

Des gens de la sécurité arrivent et Austin se relève. Il me regarde avec dégoût, mais je ne vois que ses poings en sang et j'ai le cœur au bord des lèvres. Il s'imagine des choses à cause de ce qu'Adam vient de dire. *Mais c'est faux, bon sang !*

Il ramasse sa pochette, arrache son badge pour le jeter par terre et file vers la sortie sous le regard médusé des gens qui s'écartent sur son passage en murmurant.

Je n'avais même pas remarqué que la musique s'était arrêtée et que le silence régnait désormais.

– Austin !

Mais il est loin et ne m'écoute plus.

– Ça va, mademoiselle ?

Un des membres du staff m'aide à me relever. Je me précipite vers Adam, par terre, qui saigne abondamment de la mâchoire et du nez. *Quel idiot ! Pourquoi est-il allé dire ça, aussi ?* J'espère qu'il n'a rien de trop grave. Je pose une main sur sa joue.

– Tu vas bien ?

Il crache du sang et se tient la tête.

– Ouais, ça devrait aller…

– Excuse-moi, Adam, tout ça c'est ma faute… Il faut que je lui parle ! Je reviens tout de suite. Je suis désolée…

Il me regarde partir, ahuri.

Il faut vraiment que je rattrape Austin. Ce n'est pas Adam que j'aime. Pas du tout.

Je file vers la sortie en courant et en oubliant de prendre mon manteau au vestiaire.

Quand je passe les portes, la pluie me saisit. Il ne pleut pas beaucoup, mais suffisamment pour tomber malade. Je vois Austin qui s'éloigne en bas de l'escalier. Je dévale les marches à sa suite.

– Austin !

Il m'entend, j'en suis sûre. Mais il ne se retourne pas.

– Austin, putain ! Attends !

Je cours plus vite et je finis par arriver à sa hauteur et par tirer sur son bras pour qu'il se retourne. Il se dégage vivement de ma main.

– Dégage, Lexie ! Retourne là-bas ! Putain, mais casse-toi !

Il me hurle au visage si fort que je ferme les yeux.

– Écoute-moi, s'il te plaît ! Ce n'est pas ce que tu crois ! Je n'ai jamais couché avec lui ! Il a juste…

– En fait, tu n'es qu'une salope, menteuse et égoïste ! J'en ai marre de toi, de ce que t'es devenue, de tout ça !

La veine sur son front est tellement écarlate que j'ai peur qu'elle n'éclate. Il est bouillant de rage et de haine. Et comme chaque fois qu'il est en colère, Austin dit des choses très blessantes. Soit on les encaisse, soit on en crève. Il a des yeux de fou, mais embués de larmes de rage contenue. Et le voir comme ça me met mal. *Tout ça n'est qu'un malentendu…*

– Comment t'as pu faire ça ?

– Je n'ai rien fait, Austin…

– Tu crois qu'il n'y a que toi qui aies souffert ? Je n'ai peut-être pas cherché à m'ouvrir les veines, mais j'ai cru que j'allais crever quand t'es partie ! J'ai mis des semaines à m'en remettre ! J'arrive même plus à regarder une autre meuf sans penser à toi. Et toi… Toi pendant ce temps, tu…

– Non, je suis allée à une soirée et…

– Putain, mais regarde ce que t'es devenue, Lexie ! Tu me dégoûtes ! Je ne te reconnais plus…

Il me désigne tout entière de la main.

– Depuis quand tu mets du rouge à lèvres et tu portes des talons ? T'as décidé de jouer la pute, maintenant ? Ils sont passés où, tes jeans et tes tennis ? Tu ne ressembles plus à la fille dont je suis tombé amoureux !

Je cligne plusieurs fois des yeux pour m'empêcher de pleurer et je serre les poings aussi. J'ai froid, il pleut, je suis déjà mouillée et mes cheveux sont humides. J'essaie de ne pas penser aux frissons qui courent violemment sur ma peau.

Austin est comme un lion. Et quand un lion est blessé, il ne pleure pas, il mord.

J'encaisse ses paroles qui m'entaillent le cœur. Je sais qu'il est blessé parce qu'il s'imagine que je suis allée avec un autre. Alors je ne dis rien.

Il recule et penche la tête en pinçant l'arête de son nez du bout des doigts et il s'essuie les yeux. Sa voix est de plus en plus rauque et hachée.

– Ça me tue… Ça me tue de te voir comme ça… Ça me tue de te voir avec un autre ! Ça me tue, putain !

Il me regarde un instant, ses yeux sombres injectés de sang, puis il me tourne le dos et s'éloigne.

– Casse-toi ! Va rejoindre ton… Pff… Moi je prends Sacha et je me tire !

– Non, s'il te plaît…

Il disparaît sous la pluie en direction du métro sans plus un regard pour moi. Je le regarde partir, impuissante.

Je fais demi-tour et retourne vers le bâtiment. Il faut que je sois certaine qu'Adam n'a rien de grave avant de rentrer chez moi. Il n'est qu'un dommage collatéral parmi tant d'autres dans mon histoire chaotique avec Austin.

Je prends mon manteau à l'accueil et l'enfile. Les gens me regardent, ne cachant pas leur curiosité. Je cherche Adam des yeux et je le retrouve assis sur une chaise avec du personnel autour de lui. Il tient une poche de glace contre son œil droit pendant qu'une fille essuie le sang qui a coulé dans son cou. Il a la lèvre éclatée et un bleu énorme sur la tempe gauche. Austin ne l'a pas raté.

– Adam…

– Tu l'as retrouvé ?

Il a dit ça avec une certaine amertume dans la voix. Je soupire et passe mes mains dans mes cheveux.

– Écoute… Je suis désolée, ok… Je ne savais pas qu'il serait là, je ne serais pas venue, sinon…

– C'est lui ?

Adam s'est levé. Il m'interroge de ses yeux noisette.

– C'est lui, celui dont tu m'as parlé l'autre jour au restaurant. J'ai vu la façon dont tu le regardes…

Je me mords la lèvre.

– Oui, c'est lui. Je ne savais pas qu'il serait là. Il est très jaloux et toi tu as merdé grave, aussi !

– Je sais, je l'ai fait exprès. J'étais sûr qu'il était du genre à être violent. Je voulais te montrer ce qui ne doit pas te manquer. Même toi, il t'a poussée, t'as vu ?

J'écarquille les yeux. *Non, mais dites-moi que ce n'est pas vrai…*

– Tu as fait ça exprès pour le faire sortir de ses gonds et me montrer qui il est vraiment ?

– Ouais. Il a déjà été violent avec toi ? C'est pour ça que tu as cherché à te suicider ?

Mes yeux menacent de sortir de leurs orbites. Je sens que je vais péter un câble à mon tour. Maintenant, c'est moi qui ai envie de le frapper.

– Non, mais ce n'est pas vrai ! T'es malade ou quoi ? Jamais Austin ne lèverait la main sur moi !

Je soupire d'exaspération et m'arrache presque les cheveux.

– Non, mais je rêve… Putain, je rêve… Tu sais quoi, tu m'as l'air d'aller parfaitement bien, alors je vais te laisser et aller retrouver celui qui a besoin de moi, ok ?

Je me retourne et file en courant une nouvelle fois vers la sortie.

– Lexie ! Attends !

Je n'ai plus le temps pour lui. Mon cœur a commencé sa course folle. Je vais devoir piquer un sprint.

Dehors il pleut encore, mais ça ne m'empêche pas de dévaler les marches aussi vite que mes talons me le permettent. *J'ai merdé. J'ai merdé grave. Il faut que je rattrape Austin avant qu'il soit parti !*

27
Alexandra

Quand j'arrive au métro, je suis trempée. Et frigorifiée. Si je n'attrape pas la crève, j'aurai de la chance.

Austin n'est plus sur le quai et je prie pour qu'il ne soit pas déjà à l'appartement en train de foutre le camp.

Je m'engouffre dans la première rame qui arrive et trépigne d'impatience. J'essore mes cheveux mouillés comme je peux.

Quand la rame fait halte à mon arrêt, je me mets à courir. J'aperçois enfin Austin qui marche d'un pas décidé sous la pluie en direction de chez moi. Il n'est pas encore arrivé. *Heureusement que je me suis remise à faire du sport !* Je cours encore pour arriver à sa hauteur juste quand il arrive devant l'immeuble.

– Austin !

Il se tourne vivement vers moi, surpris.

– Putain… Mais qu'est-ce que tu fous là ?

Je vois ses cheveux qui dégoulinent d'eau lui tomber dans les yeux. J'ouvre la porte avec mon pass pour qu'on puisse entrer se mettre à l'abri et j'allume la lumière. Il hésite un instant puis entre, et on se retrouve à côté des boîtes aux lettres.

– S'il te plaît, écoute-moi… Je suis désolée, ok ? Adam n'est qu'un ami… Enfin, c'était. Bref je n'ai jamais couché avec lui ! Je te le jure !

Austin me regarde d'un œil noir.

– Et comment il connaît ces détails sur toi, alors ?

Je me rapproche de lui pour le regarder dans les yeux. Les siens sont toujours embués et je sais qu'il contient sa rage. Il faut que j'arrive à le calmer.

– Il a dû me déshabiller parce que j'étais droguée ! Il m'a aidée et moi j'étais trop stone pour comprendre quoi que ce soit. Calme-toi et écoute-moi, s'il te plaît. Tu crois sérieusement qu'après tout ce qu'on a vécu, toi et moi, je pourrais être avec quelqu'un d'autre comme ça ?

Il ne répond pas, mais il paraît un peu calmé.

– Austin, je n'ai pas changé, d'accord ? Ce n'est pas parce que je porte plus souvent des talons que je suis différente. Je suis la même. Celle qui t'a bousculé sur les marches de la bibliothèque et insulté. Oui, c'est toujours moi. Avec un peu de rouge et des talons, mais c'est moi. Et puis merde ! C'est toi qui m'as dit hier que quand on aime quelqu'un on l'aime entièrement et avec tous ses défauts. Eh bien je ne suis pas parfaite, tu vois. Et je n'ai pas changé.

Il soupire et tire sur ses cheveux mouillés derrière sa nuque en tournant en rond. Je m'approche encore.

– Je suis allée à une soirée, il y a des semaines, et un gars a mis des ecstasys dans mon verre. Puis il m'a suivie aux toilettes et il a essayé…

Austin se tourne vivement vers moi, les poings serrés, mais je continue avant qu'il ne décide de ne plus m'écouter.

– Bref… Adam est intervenu pour m'aider et il a dû me mettre sous la douche pour que je reste consciente. Et ensuite, il a dû me déshabiller pour me faire dormir. C'est pour ça qu'il m'a vue en sous-vêtements, mais c'est tout ! Je te le jure… soufflé-je d'une voix implorante.

C'est le monde à l'envers. Maintenant, c'est moi qui supplie Austin de m'écouter. Après tous ces mois.

Je passe la main sur mon visage pour essuyer l'eau qui me glace la peau. Je soupire et prends une voix plus douce pour parler.

– C'est juste un pote, Adam. Je lui avais déjà parlé de toi, en plus. Il est très con, c'est tout.

Austin passe ses deux mains dans ses cheveux et marche de long en large en regardant par terre. Puis il s'arrête en me tournant le dos. Je me demande ce qu'il a dans la tête. *Est-ce qu'un jour j'arriverai à comprendre ce garçon ?*

J'ai été malheureuse pendant des mois. Et maintenant qu'on a mis les choses à plat et qu'on essaie de faire la paix, on se reprend déjà la tête. Il repart après-demain et je voudrais profiter de chaque moment que l'on peut avoir ensemble. Je n'aurais pas dû sortir avec Adam ce soir.

Je m'avance et enroule mes bras autour de lui. Je pose ma tête dans son dos, sur sa veste en cuir. Je le sens se raidir.

– S'il te plaît... toi et moi, on fait souvent des erreurs, non ? Mais je sais reconnaître les miennes et je veux que tu me pardonnes.

Il ne parle pas, mais je sais qu'il se livre un combat intérieur.

– Austin... C'est moi, Lexie. Tu entends ? Ne me laisse plus partir...

Je me détache de lui et il se tourne vers moi le visage torturé.

– Jure-moi que tu n'as rien fait avec lui, ni avec aucun autre !

Je m'avance et pose ma tête et mes mains sur son torse en fermant les yeux. Je ne l'ai pas touché comme ça depuis tellement longtemps...

– Je n'aurais jamais pu faire ça... Je t'aime tellement que je ne pourrai jamais faire ça... Austin, arrête de...

Je me stoppe brusquement parce qu'il a lâché sa pochette, plongé sa tête dans mon cou et enroulé ses bras autour de moi pour me soulever vers lui si vivement que j'en reste surprise, le souffle coupé.

Je me retrouve serrée contre lui sur la pointe des pieds. Même si j'ai des talons, il reste beaucoup plus grand que moi. J'enroule mes bras autour de son cou et je fais comme lui. Je lève ma tête pour la poser contre lui, dans son cou, pour sentir son odeur et m'en griser. *Il faut profiter de l'instant présent, non ?* On ne sait jamais ce que demain nous réserve et je suis bien placée pour le savoir. Alors je vais en profiter.

Quand il parle, je sens ses lèvres bouger contre ma peau et son souffle chaud qui me brûle :

– Tu en as mis du temps...

– Du temps ? Pour quoi faire ?

– Pour me dire « Je t'aime » ! Je commençais à désespérer...

– Comme si j'avais besoin de le dire...

– Dis-le-moi encore… Dis-le, bébé !

Son odeur m'enivre.

– Je t'aime. Souvent bien malgré moi. Mais je t'aime, Austin Reed.

Il me serre encore plus et me décolle du sol.

– Je ne supporte pas de te savoir avec un autre que moi…

Sa voix est cassée, comme s'il contenait ses émotions.

– Je n'ai jamais été avec quelqu'un d'autre que toi. Regarde-moi, Austin.

Ses cheveux gouttent sur moi. Je m'accroche à son cou et plonge mes yeux dans les siens. Son regard sombre me tue.

– Tu te rends compte que je suis là ? Après tout ce qui s'est passé entre nous ! Alors s'il te plaît, fais-moi confiance. Je ne joue pas à faire la pute, comme tu as dit.

Il baisse les yeux et soupire.

– Excuse-moi. J'étais énervé, je ne le pensais pas vraiment. Mais j'ai eu peur, putain…

– Je sais.

Si je décide de passer sur tout ce qu'il m'a dit ce soir, c'est uniquement parce que je sais à quel point il a été blessé en pensant que j'avais été avec quelqu'un d'autre. Et puis, je l'aime. C'est tout. Il n'y a rien à justifier. Le cœur a ses raisons que la raison ignore.

J'avance la bouche pour la poser sur la sienne timidement. Mon cœur s'emballe. Chaque fois que j'embrasse Austin, c'est comme si c'était la première fois. Il s'avance aussi et écrase sa bouche sur la mienne. C'est tellement doux que c'en est douloureux. Je sens son anneau frotter contre ma lèvre et c'est la sensation la plus incroyable que je connaisse. Il me serre à m'en étouffer.

J'entrouvre à peine les lèvres et Austin s'y engouffre. Il m'embrasse à pleine bouche et je vais aussi le chercher plus loin. Sa langue est brûlante quand elle quitte ma bouche pour venir caresser ma mâchoire et descendre dans mon cou.

Mon cœur est en train de se recoller petit à petit. *Tant de mois pour en arriver là…*

Il me repose et vient entourer mon visage de ses mains. Il pose son front contre le mien.

– Je voulais tellement te prendre dans mes bras depuis hier… Je voulais tellement te dire que je t'aime, tous ces mois où je suis resté sans toi. C'était horrible, bébé… Tu me manques tellement… Je t'attends, je t'espère, je t'aime de si loin…

Sa gorge se serre sous le coup de l'émotion.

– Mais là, tout de suite, tu es là. Je veux en profiter…

Il m'embrasse doucement, encore et encore. Je passe mes bras dans sa veste contre son t-shirt chaud et humide et me serre contre lui. Mon cœur est maintenant à deux doigts de s'envoler de ma poitrine. Je me penche pour ramasser sa pochette et lui prends la main pour monter l'escalier. Il me suit.

– Zara et Sacha doivent dormir, maintenant. Il ne faudra pas faire de bruit.

– Pourquoi tu veux qu'on fasse du bruit ?

Je rougis instantanément, mais avec la pénombre de l'escalier il ne peut pas me voir. Heureusement !

– Je me disais que tu pourrais dormir avec moi… Si tu le veux.

Austin a un faible sourire.

– Je voudrais passer ma vie à dormir avec toi, bébé…

Je resserre ma prise sur ses doigts.

Quand on arrive sur le palier et que j'ouvre la porte à l'aide de mes clefs, j'essaie de faire le moins de bruit possible. Zara et Sacha sont endormis sur le canapé, devant la télé encore allumée dans le noir de la pièce. Ils dorment chacun à une extrémité.

Austin enlève sa veste et ses chaussures et j'enlève mon manteau. Zara ouvre les yeux en nous entendant.

– Oh, vous êtes là ! Tous les deux… ensemble ?

– Ouais. Va te coucher, on prend le relais.

Elle se lève, ensommeillée, et tire sa couverture avec elle jusqu'à sa chambre.

– Ok, bonne nuit…

– Bonne nuit.

Je m'assois sur le canapé et remonte la couverture sur Sacha, qui se retourne contre le dossier du fauteuil.

– Je crois qu'il a un faible pour toi, me fait Austin doucement en venant caresser les cheveux de Sacha.

Je souris et je me penche pour embrasser le petit garçon sur le front.

– Je crois que j'en ai un pour lui aussi.

Austin me regarde et je vois mille émotions passer dans son regard.

C'est horrible comme situation. Parce qu'on s'aime, mais que trop de choses nous séparent encore. Je ne sais plus quoi faire. J'ai peur de redevenir la fille fragile que j'étais il y a quelques mois et de retomber dans une dépression s'il devait nous arriver encore quelque chose à tous les deux.

– À quoi tu penses ?

Je souris encore. Ça faisait longtemps qu'il ne m'avait pas posé sa question préférée. Mais je n'ai pas l'intention de partager toutes mes peurs avec lui. Pas encore. J'ai beau l'aimer et vouloir passer du temps avec lui, je n'ai plus confiance.

– On va se coucher ?

– Je n'ai pas envie de dormir, bébé. J'ai envie de te faire l'amour comme un malade.

Le rouge me monte aux joues. Je baisse les yeux et mords l'intérieur de ma joue. Je ne vais pas lui avouer que j'aimerais plus que tout qu'il me touche.

– Tais-toi, Sacha va t'entendre.

– Il dort. Viens…

Il m'attrape par la main et me tire vers ma chambre. Je mets la veilleuse en marche pour Sacha et finis par le suivre et nous enfermer.

– Tu sais que Zara est juste à côté ?

Il m'entoure de ses bras et pose son front contre le mien. Il fait noir dans ma chambre, mais je le sens et je devine ses traits dans la pénombre. Il chuchote contre ma bouche.

– Je ne ferai pas de bruit, c'est promis. Et sinon, on s'en fout, elle n'a qu'à mettre l'oreiller sur sa tête.

Je ris doucement. Il soupire.

– Putain, ton rire m'a tellement manqué !

Je chuchote à mon tour contre le métal froid de son piercing.

– C'est toi qui m'as manqué…

Il se penche et m'embrasse avec toute la douceur du monde. Je m'enflamme aussitôt. Je glisse mes doigts dans ses cheveux et l'attire contre moi en me mettant sur la pointe des pieds pour être à sa hauteur.

Il est chaud. Je suis brûlante. Pourtant, quand il glisse les mains sous mon pull pour le soulever et le faire passer par-dessus ma tête, ses doigts sont froids sur ma peau et je frissonne.

– Austin…

Il m'attire vers lui et m'embrasse encore, me coupant le souffle.

– Austin, attends…

Mais il vient poser un chapelet de baisers dans mon cou et sous mon oreille.

– Quoi…

– Attends, s'il te plaît.

Je le repousse des deux mains pour qu'il me lâche. Il me regarde, inquisiteur. Je me hisse pour poser un baiser sur le bout de son nez.

– Deux minutes. Donne-moi deux minutes.

Il hausse les sourcils et je le pousse pour le faire asseoir sur mon lit. Je ressors de ma chambre pour filer à la cuisine et à la salle de bain.

Je reviens deux minutes plus tard avec des allumettes et la trousse de premiers soins.

– Qu'est-ce que tu fais ?

– Chut ! Tu vas les réveiller…

Je sors du coton que j'imbibe d'alcool. Je retourne vers Austin et lui prends la main. Ses phalanges sont écorchées, j'y pose le coton et il sursaute en grimaçant.

– Aïe…

– Chochotte !

– N'importe quoi… Ça fait mal !

J'avais oublié à quel point Austin est un vrai gamin, parfois. *Un gosse qui a un gosse, on aura tout vu !*

– Ne bouge pas !

Je le force à rester droit le temps que je désinfecte ses mains. Mais il n'en fait qu'à sa tête.

– Arrête, c'est un tue-l'amour, ton truc, là…

– Tu vas avoir mal quand tu vas retourner à l'entraînement, si tu ne te soignes pas tout de suite !

Je finis par lui mettre un baume apaisant et il soupire d'agacement.

Quand je range le tout, Austin se précipite pour éteindre la lumière.

– Bon, tu viens ou quoi ?

Je souris devant son impatience et décide de prendre tout mon temps pour l'énerver.

28
Alexandra

Je craque une allumette pour faire flamber les quelques bougies parfumées que Lauren m'a offertes et qui ornent ma petite bibliothèque et mon bureau. Les flammes font danser des ombres sur les murs, et bientôt, ça sent la mûre et la cerise.

Austin ne dit plus rien. Il a compris ce que je voulais faire et il est déjà dans l'ambiance. Il fait désormais chaud dans la pièce orangée et l'air est lourd d'une attente non dévoilée.

Je l'entends qui se lève du matelas et il vient poser ses mains sur mes hanches au moment où je souffle sur l'allumette pour l'éteindre. L'odeur du soufre s'échappe dans la pièce. Lui, collé à mon dos, vient poser ses lèvres dans mon cou pour goûter à ma peau, alors que ses doigts se glissent sous mon t-shirt, sur mon ventre frémissant.

Je ferme les yeux et me délecte de ce moment. Je voudrais qu'il dure toujours.

Austin soulève mon t-shirt, l'enlève et le laisse retomber par terre, sans bruit. Il fait chaud, mais je frissonne. Quand sa bouche se repose sur mon épaule, je réprime un soupir.

Doucement, il repousse mes cheveux et fait glisser la bretelle de mon soutien-gorge tout en me caressant la peau. Je ne sais pas pourquoi il prend autant son temps, ce soir, mais ça me perturbe.

Austin est du genre impatient, d'habitude, alors cela m'étonne qu'il soit si doux.

Quand il détache mon soutien-gorge qui s'échappe sur la moquette de ma chambre, mes seins durcissent instantanément. Il y pose une main glacée et je gémis tout bas. De l'autre main, il me prend le menton fermement et tourne mon visage vers le sien.

Je lève les yeux vers lui et vois les flammes danser dans ses pupilles sombres. Il a un air sérieux, mais triste, aussi, et un peu blessé. Il n'a pas encore dit un mot et Austin est plutôt bavard quand il fait l'amour, il ne peut pas s'empêcher de dire des cochonneries.

– Qu'est-ce qu'il y a ? Pourquoi tu ne dis rien ?

Je sens que quelque chose le tracasse. Je me retourne vers lui et enroule mes bras autour de son corps chaud.

– Hey…

Il ne répond pas et vient enfouir sa tête dans mes cheveux pour me humer à plein nez. Je le prends dans mes bras et le serre contre moi longtemps. Mes seins viennent frôler son torse et son t-shirt qui a un peu séché. Je murmure contre le métal froid de ses piercings à son oreille.

– Parle-moi… S'il te plaît, dis-moi ce qu'il y a…

Je le sens trembler dans mes bras. Et quand il parle, sa voix est rauque, emplie d'émotion.

– Je ne voulais pas te faire de mal…

– De quoi tu parles ?

– Je… Ce que tu t'es fait… Ces cicatrices sur ton poignet… Alexandra…

Sa voix se perd dans un souffle et ma gorge se serre. Pourquoi parler de ça maintenant ? Pourquoi pense-t-il à ça ?

– Austin…

Je tire sur ses cheveux pour lui relever la tête.

Quand il pose des yeux embués vers moi, j'ai le cœur qui se gonfle. D'amour et de tristesse.

– Je suis malade, d'accord ? Ma mère a vraiment dû me refiler un peu de sa folie… Je souffre de TPB et tout ça n'a rien à voir avec toi.

C'est un combat intérieur que je mène. Cette histoire avec Sacha m'a blessée, mais c'était un prétexte. Ça ou autre chose, ça aurait été pareil. J'aurais pété un câble tôt ou tard, alors arrête, maintenant…

Je lui fais un faible sourire. Il ne répond pas, mais il renifle. Je me hisse pour l'embrasser, tendrement. Il se laisse faire et j'ai l'impression qu'il ravale ce qu'il a sur le cœur. Je déteste voir Austin comme ça. Je déteste sentir son mal-être. Je ferais tout pour lui changer les idées.

Je relève son t-shirt pour lui faire enlever et je viens caresser ses bras tatoués. Je dessine du bout du doigt la rose et le lierre qui y sont gravés. Je remonte jusqu'à son torse et le caresse encore. Il y a un tatouage parmi tous ceux qu'il a qui m'a toujours intriguée : un petit garçon avec un cerf-volant qui s'envole. Je lui ai demandé la signification à Mary Island et il m'a dit qu'il n'y en avait pas. Mais je suis sûre du contraire.

– C'était en pensant à Sacha que je l'ai fait, me dit-il en suivant mon regard. Un jour de son anniversaire où je n'étais pas là pour lui et où je pensais à lui… de loin…

Il a l'air si triste en disant ça ! Je l'embrasse encore.

Il prend mon poignet et regarde un instant mon tatouage et les cicatrices avant d'y poser ses lèvres.

– Je t'aime.

J'ai murmuré ça dans un souffle, mais il lève les yeux sur moi et me dévisage un instant. Puis il m'attire à lui pour m'embrasser à pleine bouche et aller chercher ma langue fiévreusement de la sienne. Mon cœur s'emballe. Le sien aussi. Je le sens. Je le sais. Nous nous déshabillons mutuellement.

Je ne sais pas si ce sont les flammes des bougies qui prennent tout l'oxygène de la pièce ou mes poumons qui se resserrent, mais j'ai l'impression que l'air se raréfie. Quand Austin me touche, je me délite de l'intérieur. Chaque parcelle de moi veut goûter à cet amour qui m'a tant manqué.

Dehors, le ciel a beau déverser ses tonnes de pluie, chez nous il fait chaud.

Pressante de désir, je me colle à lui et le caresse. Je veux le savourer tout en douceur, m'imprégner de son odeur, l'alanguir dans des gestes lents et mesurés.

Quand Austin m'embrasse et glisse un doigt en moi, assise sur lui au bord du lit, je dois me contenir pour ne pas gémir trop fort. Alors je décide de lui rendre ce qu'il me fait. Je m'agenouille devant lui et pose ma main sur son sexe. Je savais qu'il se dresserait ainsi pour moi, qu'il se gonflerait démesurément pour me séduire, qu'il se durcirait pour me fasciner. Je passe mes doigts dessus avec une infinie délicatesse et un liquide transparent s'en échappe. Il brille sur ma main. Austin gémit puis étouffe lui-même ses sons. Alors je pose mes lèvres sur lui et l'aspire.

– Lexie…

Je l'avale, avide. Il soupire de bien-être, mais très vite, il m'attire vers lui.

– Viens, bébé… Ce soir, c'est moi qui te fais l'amour. Comme la première fois…

Je lui grimpe dessus et il pose ses mains dans mon dos pour me caresser. Il hume ma peau et moi je passe mes mains dans ses cheveux. Ses gestes d'une infinie douceur achèvent de me consumer.

Sa façon de faire l'amour ce soir est à l'opposé de tout ce que j'ai connu avec lui jusqu'à maintenant. Pas qu'il ne soit pas doux en général, mais là, il y a une émotion contenue derrière chacun de ses gestes. Ses yeux débordent d'amour et de tendresse, je m'y noie.

À force de nous embrasser, nos lèvres ont gonflé, nos yeux ont rougi, et nos souffles se font plus courts.

Il me soulève pour me pénétrer lentement. Un silence assourdissant nous entoure, seulement brisé par le bruit de nos corps qui s'entrechoquent et de la pluie qui s'écrase contre la fenêtre.

Je pose mes lèvres sur sa tempe gauche. Sa peau a le goût salé de la sueur.

Ses va-et-vient se font de plus en plus pressants.

Il se laisse retomber sur le matelas et m'entraîne avec lui. Cette position est agréable. Je suis agrippée à lui comme si ma vie en dépendait. Il me pénètre encore. Plus profondément.

– Bébé…

J'ai parlé contre son anneau à la lèvre. Il s'arrête un instant pour me regarder.

– Je t'aime, bébé. Je t'aime, Alexandra. Plus que ma propre vie, plus que jamais… Jusqu'à toucher les étoiles… Tu le sens, bébé, tu sens comme je t'aime ?

À travers mon désir, je sens mes yeux qui me piquent.

– Je t'aime. Je t'aime, Austin. Je t'aime tellement.

Ce n'est pas du sexe, ce soir, mais de l'amour.

Une poussée plus violente que les autres me fait trembler de la tête aux pieds. Un tsunami me submerge. Une vague de plaisir vertigineuse me transporte au-delà de tout ce que je connais. Austin plaque une main sur ma bouche quand je jouis et il me rejoint en tremblant et en se tendant de tout son être.

Quand il repose sa tête sur le lit, je me laisse aller sur son torse, le corps engourdi. Nos cœurs battent à l'unisson.

– Tu as froid ?

Je frissonne. Ma cicatrice sur ma jambe frotte contre lui. Il y a posé la main et caresse doucement ma peau abîmée.

– Un peu.

Je me relève pour remettre ma culotte. On vient de faire l'amour. Sans préservatif. Et depuis mon internement, j'ai arrêté la pilule. Sans en parler à mon médecin, évidemment. Mais je n'en voyais plus l'utilité et je l'oubliais tout le temps. Voilà ce qui me fait frissonner, en fait. Mais je ne vais pas lui dire. Après tout, les chances que j'aie un enfant un jour sont si faibles…

Faire l'amour comme ça avec lui, c'est comme lui donner mon entière confiance, non ? Et je ne sais pas s'il la mérite.

– Pourquoi tu cogites autant, bébé…

– Pour rien. J'ai froid, c'est tout.

Il fait trop chaud dans la pièce. Je suis une piètre menteuse.

Il a remis son boxer et me tend son t-shirt. Celui qu'il avait sur lui aujourd'hui.

– Tu veux mettre ça ?

Je sens l'espoir qui perce dans sa voix. Alors je tends la main, le prends et le passe. Il sourit et m'ébouriffe les cheveux.

– T'es belle, mon amour…

Je m'agenouille pour l'entourer de mes bras et poser ma

tête dans son cou. Il m'entraîne pour nous rallonger et tire ma couverture sur nous.

Je respire son odeur à plein nez. Ça m'avait tellement manqué. Je voudrais m'en griser, encore et encore.

Je finis par m'endormir en serrant sa mâchoire dans ma main et en écoutant son cœur ralentir doucement dans sa poitrine.

C'est la chaleur étouffante de la pièce qui me réveille. Je m'assois dans le lit. Austin ronfle légèrement.

Je me lève pour éteindre les bougies et je sursaute quand la porte grince en s'ouvrant. Sacha est debout, dans l'embrasure, son oreiller dans la main.

– Austin…

Sa voix est larmoyante. Il a certainement fait un cauchemar. Encore. Pauvre chou.

– Sacha ? C'est Lexie, mon lapin… Tu as fait un mauvais rêve ?

Il essuie ses yeux de ses poings et s'avance vers moi.

– Oui… Je peux dormir avec toi ?

Austin se retourne dans son sommeil. Je mets la veilleuse en marche.

– Bien sûr. Viens.

Je monte dans le lit et me colle à Austin. Sacha vient contre moi. Je lui caresse les cheveux doucement.

– Je crois que mon papa est amoureux de toi…

Je souris.

– Ah oui, et comment tu le sais ?

– Parce qu'il a un feu d'artifice dans le ventre. C'est lui qui l'a dit…

Dans mon dos, je sens l'anneau d'Austin qui bouge contre ma peau. Il esquisse un sourire. Donc il ne dort pas et nous écoute.

– Alors ça veut dire que tu es ma nouvelle maman ?

Mon cœur rate un battement.

– Quoi ? Non. Enfin, je veux dire… Je ne crois pas que ça marche comme ça, tu sais… C'est plus compliqué que ça…

– Pourquoi ?

– Je ne sais pas…

Austin se soulève sur un coude et passe un bras autour de ma taille.

– Je te l'ai déjà expliqué, Sacha, ce n'est pas comme ça que ça marche, c'est tout. On ne demande pas ces choses-là. Laisse Lexie tranquille. Et dors, maintenant, p'tit monstre !

Sacha fait une grimace et se retourne en serrant les bras autour de lui comme s'il était en colère.

– Ne fais pas la tête, monsieur Touille…

Je lui ébouriffe les cheveux et Austin pose sa tête dans mon cou.

– Monsieur Touille ?

– C'est un truc entre ton fils, Zara et moi…

Austin ne répond plus et se rallonge. Sacha attrape ma main et la serre contre lui. On s'endort tous les trois comme ça. Agrippés les uns aux autres.

29
Alexandra

Quand je me réveille, Austin est allongé sur le dos et fixe le plafond, pensif. Je pose ma main sur sa joue où une barbe naissante se dessine.

– Bonjour, mon amour.

Il se retourne pour me sourire.

J'aime ce garçon imparfait. Ses fossettes quand il me sourit comme ça. Son air de « je suis toujours beau même au réveil ». Ses cheveux aile de corbeau qui lui tombent dans les yeux. Je ne saurais dire à quel point je l'aime. Je pourrais en crever tant c'est intense.

– Bien dormi ?

– Mieux que jamais. Et toi ?

– Je dors toujours bien avec toi, chérie.

Je souris et glisse mes doigts dans ses cheveux. Pourquoi tous les jours ne pourraient pas être aussi simples, aussi doux et aussi merveilleux ?

– À quoi tu pensais ?

– Viens avec nous à Boston !

Je ferme les yeux un instant.

– Tu sais bien que c'est impossible.

– Pourquoi ?

Je ne peux m'empêcher de sourire encore, mais de manière triste. Il vient de faire comme Sacha, à poser des questions tout le temps.

– Parce que ma vie est ici. J'aime cette ville. C'était mon rêve. Et j'ai un job, en plus…

Il soupire. Je le sens triste. Je me penche pour poser mes lèvres sur son épaule. Sa peau est d'une douceur incroyable.

– On pourra s'appeler. Quand je viendrai à Boston on se verra, si tu veux.

– Comment je ne pourrais pas le vouloir ? Mais ça ne sera jamais assez, bébé. Je te veux avec moi.

– Même si ça n'est pas assez, ça ne peut pas être autrement. Si nous étions restés ensemble, comme j'avais pensé que nous le ferions après St Jones, nous aurions été dans la même situation.

– Je sais.

Il fixe le plafond.

– Tu crois que deux personnes qui vivent à des heures l'une de l'autre ne peuvent pas être ensemble ?

– Avant je t'aurais dit non. Mais toi et moi, nous ne sommes pas comme les autres, hein ?

Il y a de la peur, de l'espoir et de la tristesse dans sa voix.

– Non, bébé, nous ne sommes pas comme les autres…

Il se retourne et pose ses lèvres sur mon front. Je soupire. Moi aussi, j'ai cette tristesse qui me tiraille de l'intérieur. La couleuvre de la dépression qui guette, pas loin.

Austin ne parle plus un moment, avant de demander froidement :

– Comment il s'appelait ? Celui qui t'a droguée à cette soirée…

– Hmm… Josh, si je me souviens bien. Pourquoi ?

– C'était où ?

Je me redresse sur un coude.

– Pourquoi tu veux savoir ça ?

Il plisse les yeux.

– Dis-le-moi, Lexie, c'est tout.

– Tu ne vas pas aller le voir, hein ?

Il serre déjà des poings.

– Où est-ce que c'était ?

Je soupire.

– Dans la fraternité d'Adam. Delta Kappa Epsilon. Mais s'il te plaît, ne cherche pas à faire quoi que ce soit. Je ne veux pas de problème.

– Hmm… grogne-t-il.
– Austin…
– Qu'est-ce qu'on fait, aujourd'hui ?

Sa façon de changer de sujet brusquement m'énerve. Je repousse la couverture, lui grimpe dessus et m'assois sur lui, les genoux de chaque côté de ses hanches.

– Tu n'avais rien prévu de faire, aujourd'hui ?

– Ce soir je dois dîner avec mon père, mais c'est tout.

Il grimace et vient poser ses mains sur mes cuisses pour me caresser doucement.

– Tu pourrais venir avec moi !

Je hausse les sourcils.

– Dîner avec ton père ?

– Oui… Je n'ai pas envie de l'affronter tout seul. Et puis Sacha ne l'a jamais rencontré non plus. Ce sera la première fois. Il sera plus calme si tu es là.

Je reste interloquée.

– Ton père n'a jamais vu son petit-fils ? Mais il a cinq ans !

– Ouais… Tory et John ne se parlent plus depuis longtemps, tu sais… Ils se sont tellement fait la guerre pendant leur divorce qu'ils ne peuvent même plus se voir en peinture. Et mon père n'a jamais accepté l'idée que j'aie un enfant. Il n'a jamais voulu voir Sacha. Chaque fois que je vais chez lui, enfin le peu de fois où je vais chez lui, il insiste pour que je vienne seul.

Je secoue la tête et dessine ses tatouages sur son torse du bout des doigts.

– Ton père est sacrément con…

– À qui le dis-tu ! Bon, tu viendras avec nous, ce soir ? Ce sera au restaurant, pour une fois, en plus.

Est-ce que c'est vraiment une bonne idée ? Je ne connais pas son père, mais je ne crois pas avoir envie de le connaître non plus.

– Je ne sais pas si c'est une bonne idée…

– S'il te plaît. Si tu viens, ça se passera mieux. D'habitude, ça part en sucette… Si tu crois avoir connu le pire en rencontrant ma mère, attends de rencontrer John Hammond.

Je me penche pour l'embrasser sur le bout du nez.

– D'accord, je viens.

Sacha, encore à moitié endormi, ouvre doucement les yeux et pose une main sur le visage d'Austin. Ce dernier rit en la retirant et moi je caresse le front de Sacha en relevant ses cheveux. J'adore le toucher, il a une peau de bébé, tellement douce.

– Bonjour, toi.

Sacha s'avance en s'agrippant aux cheveux d'Austin, qui grimace. Il vient poser sa tête dans le creux du cou de son père en l'étranglant à moitié de ses bras. Austin hausse les sourcils, mais il ne bouge plus. Je sens que j'assiste à une scène inédite.

– Il ne te fait pas de câlin, d'habitude ?

– Non.

Sacha marmonne des choses incompréhensibles et Austin se tourne vers lui pour l'embrasser dans les cheveux.

Si seulement il était aussi à moi, si seulement…

30
Alexandra

– Tu le connais, toi, mon papi ?

Sacha a l'air anxieux, un peu stressé. Il n'arrête pas de dire qu'il a mal au ventre.

– Non. Je vais le rencontrer, comme toi.

– Il est gentil ?

– Je ne sais pas, mon lapin. J'imagine que oui.

Je remonte la fermeture de son blouson et enfonce un peu plus son bonnet sur sa tête. Nous arrivons devant le 21 Club, dans le centre de Manhattan. L'un des restaurants les plus chics de New York. Tellement chic qu'Austin a sorti la seule veste classique qu'il possède, puisque l'entrée est interdite aux « messieurs ne portant pas de veste ». Les jeans et baskets ne sont pas autorisés, évidemment.

Austin ne fait que grogner dans sa barbe. Il est de mauvaise humeur rien que parce que son père a choisi un restaurant comme celui-là. Et je crois que Sacha le sent. C'est pour cela qu'il est stressé, lui aussi.

Je serre sa main dans la mienne et lui presse les doigts. Il me fait un sourire contrit.

– Ça va aller ! Il ne va pas nous manger, quand même…

Quand on passe la porte du 21 Club, je sens tout de suite les menus à cent balles. Bois vernis, tapisserie d'antan, moquette feutrée, il y a même la goulotte cachée utilisée pour disposer les bouteilles d'alcool illégales à l'époque de la prohibition.

Une hôtesse d'accueil vient prendre nos manteaux. Je lisse ma petite robe de satin noir et arrange mes cheveux.

– Tu es magnifique, me fait Austin en glissant une main dans mon dos, puis jusqu'à mes fesses.

Il cherche à me rassurer, je le sais.

Un serveur nous fait de gros yeux. Sacha prend ma main. Je la lui serre très fort.

– Monsieur Hammond vous attend, si vous voulez bien me suivre…

Nous avançons à la suite du serveur.

– Oooooh…

Sacha ouvre grand les yeux et la bouche. Il lève la tête et fixe le plafond tout le temps que nous traversons l'immense salle. Une multitude de jouets fantaisistes et colorés offerts par des gens célèbres sont suspendus à des fils. Austin sourit devant les yeux pleins de paillettes de son fils. Moi aussi.

Nous approchons d'une table et je vois deux personnes se lever. Alors je fronce les sourcils. *Son père n'est pas célibataire ?* Je me tourne vers Austin qui fronce aussi les sourcils.

Je m'agrippe à son bras quand nous approchons. Son père semble surpris. Il ne s'attendait pas à ce qu'Austin soit accompagné, c'est certain.

Il est très grand, charismatique, la cinquantaine, le visage émacié. Il a la même mâchoire carrée qu'Austin et les mêmes lèvres charnues aussi. Ses cheveux sont poivre et sel et il respire le fric à plein nez. Son costume est très bien coupé et sa prestance le ferait presque passer pour un meuble du restaurant. Il a tout à fait à sa place dans un endroit comme celui-ci.

Sa copine a l'air d'avoir dix, voire quinze ans de moins. Elle est très belle, blonde avec de longues jambes sous sa robe fourreau gris clair. De beaux yeux bleus, mais un peu trop maquillés. Elle est gracieuse. À chaque geste, on a un peu le sentiment qu'elle danse.

– Austin Anthony Reed Hammond, tu aurais pu me prévenir que tu serais accompagné…

Il regarde Sacha avec un peu de répulsion et de peur. *Comment peut-on avoir peur d'un enfant ?* Puis son regard se porte sur moi et il me fait le sourire le plus hypocrite que j'aie jamais vu.

– Salut, papa. Toi non plus tu ne m'as pas dit que tu étais accompagné. Salut, Caroline.

La femme le salue et me fait un sourire que je lui rends. *Austin la connaît donc.*

Je m'avance et tends la main à son père.

– Bonsoir, monsieur Hammond. Je m'appelle Alexandra. Alexandra Montgomery.

Il me prend la main très solennellement avant de se tourner vers le serveur.

– Rajoutez-nous deux couverts.

– Bien, monsieur.

Nous nous asseyons.

– Vous sortez ensemble ? demande Austin directement en les regardant tour à tour. La femme ne répond pas et se tourne vers John.

Le père d'Austin porte son verre à ses lèvres.

– Oui. Caroline et moi nous nous fréquentons depuis longtemps. On s'est fiancés.

– Oh putain... Vous allez vous marier ou une connerie dans le genre ?

Austin semble réellement effaré. Et presque touché. Je vois ses veines qui se mettent à pulser dans son cou, comme s'il se retenait de retourner la table de rage.

– Surveille ton langage, s'il te plaît. Oui, nous nous marions à la fin de l'année.

Le serveur revient avec nos couverts. Il les installe et nous propose du champagne. Je refuse, mais je prends une eau pétillante. Austin rit doucement.

– Quoi ? demande son père.

– Bah je ne sais pas... Ça ne te dérange pas ?

– Quoi donc ?

– De te marier avec la fille qui m'a dépucelé.

Je recrache vivement dans mon verre et Caroline tousse. *Pardon ? Il plaisante ? Par pitié, dites-moi qu'il plaisante !* Mais Austin ne m'a jamais parlé de sa première fois ni de ses anciennes conquêtes.

Sacha pose une main sur ma cuisse.

– Lexie, c'est quoi dépucel…

Je plaque vivement ma main sur sa bouche.

– C'est rien. C'est un gros mot. Faut pas dire ça.

Austin ne lâche plus son père des yeux. Il a un sourire mauvais.

– Ne fais pas ça, Austin. On n'a même pas encore passé la commande que tu commences déjà à faire des histoires, siffle calmement son père.

Il n'a pas l'air le moins du monde surpris par ce que son fils vient de dire.

Je ne peux m'empêcher de dévisager la femme assise en face de moi. *C'était elle, la première d'Austin ? C'est une blague ?*

Caroline me fait un sourire contrit. Je la déteste. Elle est beaucoup trop belle. Beaucoup trop… Austin et elle ont au moins quinze ans de différence !

– C'est te voir qui fait ressortir mon mauvais côté, lui répond Austin.

Le serveur revient pour les commandes.

– Mettez-nous un assortiment de fruits de mer et des gâteaux de crabe ! ordonne monsieur Hammond.

Le serveur note et s'éloigne. Austin secoue la tête.

– Tu ne nous connais tellement pas que tu ne sais même pas que Sacha et moi sommes allergiques aux fruits de mer…

Son père hausse les sourcils.

– J'avais oublié. Tu pourras commander autre chose, si tu veux.

– Pourquoi tu ne le regardes pas, papa ? Il s'appelle Sacha. Ton sang coule dans ses veines, je te signale.

Je me sens de plus en plus mal à l'aise. Austin a à peine franchi les portes de cet établissement qu'il a sorti les griffes avec son père. *Pourquoi ai-je accepté de venir, déjà ?*

John tourne la tête vers Sacha, très lentement. Comme si ça lui demandait un effort surhumain de le regarder.

– Sacha. Ce n'est pas commun comme prénom. Alors… euh… Tu lis quoi, en ce moment, à l'école ?

Austin se met à rire franchement.

– Il a cinq ans, putain ! Tu crois sérieusement qu'il sait lire ? Tu me diras, tu n'y connais tellement rien aux enfants…

Je pose une main sur la cuisse d'Austin et exerce une pression pour lui dire de se détendre.

– Quoi ? Ce n'est pas une nouvelle, tout le monde sait que John Hammond n'a jamais eu d'enfant à élever ! Tu as été tellement présent dans mon enfance que même pour quelque chose d'aussi gros que mon allergie aux fruits de mer, tu n'es pas au courant. J'ai bien fait de changer de nom et de prendre celui de maman, on n'a rien en commun, tous les deux.

– Austin... s'il te plaît... soufflé-je tout bas à son attention.

John secoue la tête et me fait un sourire.

– Ne vous en faites pas, mademoiselle...

– Alexandra. Alexandra Montgomery.

– Mademoiselle Montgomery. Je suis habitué au caractère explosif de mon fils.

– Ton fils ? Peux-tu encore me considérer comme ça quand on se voit à tout casser une fois par an ?

– Seulement parce que tu refuses de venir à la maison.

– Tu es déjà venu à Boston, toi ? Tu étais où pour l'anniversaire de Sacha quand je t'ai invité ? Et quand j'ai été diplômé l'année dernière ? Et pour tous les derniers noëls ?

– Austin, arrête, s'il te plaît. On ne se voit déjà pas et, quand c'est le cas, tu fais tout pour qu'on se dispute.

Austin secoue la tête et fait une grimace de dégoût.

– De toute façon, on n'a jamais pu s'entendre, toi et moi.

Caroline sort de son hébétude. Elle pose une main sur le bras du père d'Austin. Je ne peux m'empêcher de fixer cette main avec son diamant énorme, trois fois trop gros pour des doigts très fins.

Oh mon Dieu ! Cette fille va se marier avec le père d'Austin. La première fille avec qui il a couché va se marier avec son père ! Si on reste ensemble, ma belle-mère sera le premier coup de mon copain ! C'est bon, j'ai envie de vomir. Je ne peux plus la regarder. J'ai le cœur au bord des lèvres.

Elle prend la parole. Sa voix est fluette, un peu comme celle de Zara.

– Peut-être que si vous arriviez à...

Austin saute sur sa chaise et tape tellement fort du plat de la main sur la table que je sursaute.

– Putain, toi tu la boucles ! Ne cherche même pas à te mêler de quoi que ce soit parce que ton patron te passe la bague au doigt après t'avoir baisé pendant dix ans sur ton putain de bureau !

– Austin !

Plusieurs clients se retournent. Les serveurs nous regardent aussi. Sacha ouvre de grands yeux mais ne dit rien, et moi je suis tentée de mettre mes mains sur ses oreilles. Je voudrais couvrir les miennes aussi.

– Quoi ? Même si John a oublié, j'ai déjà une mère pour les conseils ! Tu te souviens de ma mère, Caroline ? Celle qui venait te voir au travail et que tu accueillais chaleureusement alors qu'on venait de baiser sur ton bureau ! T'as tout gagné. Après le fils, tu prends le père. Dans le jeu des 7 Familles, il ne te manque plus que le grand-père. Je te donnerai son numéro, si tu veux, il sera content d'avoir…

Son père se lève subitement et lui assène une gifle monumentale. Austin le pousse et John va cogner contre le mur du restaurant. Sacha lance un cri perçant et je me lève pour tirer sur le bras d'Austin qui s'est jeté sur son père et referme ses deux mains autour de son cou. Il est rouge de colère et les veines de ses bras sont saillantes sous sa peau.

– Arrêtez ! Arrêtez ! s'écrie Caroline.

Je me mets à crier aussi.

– Austin, arrête ça !

Son père essaie de retirer les mains de son fils. Il se débat et s'étouffe. Il est grand, mais Austin a l'habitude des combats, avec la boxe.

Deux serveurs accourent et nous aident à tirer Austin qui, avec beaucoup de mal, finit par lâcher John en écumant de rage. En voyant celui que je pense être le patron au téléphone, je comprends que les flics ne vont pas tarder à débarquer. Dans un endroit comme celui-ci, cette scène doit être une première.

– Tu frappes ton propre fils pour une espèce de pute qui n'en a rien à foutre de toi ! Mais qu'est-ce que tu crois ? Qu'elle t'aime ? Elle n'en a rien à faire de ta gueule, ce qui l'intéresse, c'est ton portefeuille ! Tu vas prendre la première meuf que j'ai niquée pour en faire ma belle-mère, mais laisse-moi rire ! Tu veux que je t'en présente d'autres, peut-être ?

Caroline lui lance des regards pleins de haine mais ne dit rien.

C'en est trop. Je ne supporterai pas ça. Et il n'y a aucune raison que Sacha assiste à cette mascarade. Il s'est mis à pleurer en silence.

– Austin, on s'en va.

– Ouais, putain, cassons-nous d'ici !

Il donne un violent coup de main dans la table, renverse des verres et fait tinter les couverts.

– Si vous vous cassez, vous payez ! crie un serveur les poings sur les hanches.

Sans dire au revoir, je tire Sacha avec moi et file droit vers la sortie. Austin nous suivra s'il en a envie, sinon il peut tout aussi bien aller se faire voir.

Sacha s'agrippe à ma main et me suit sans rien dire. À l'entrée, une hôtesse d'accueil nous tend déjà nos manteaux. Je les lui arrache et sors vivement.

Le froid nous saisit. Le ciel est blanc et on ne dirait presque pas qu'il fait nuit. Il fait tellement clair que l'on voit tout le paysage dans le moindre détail. C'est un ciel de neige. Cela ne devrait plus tarder.

Je passe son blouson à Sacha et l'aide à le refermer.

– On rentre à la maison ?

– Oui, mon lapin, on rentre à la maison.

Les larmes ont séché sur sa joue et laissé des traces. Il enfile son bonnet et moi mon manteau.

Austin est sorti du restaurant et marche en enfilant sa veste en même temps. Il ne nous regarde pas et file droit vers le métro. Je bous intérieurement. Il est énervé, mais moi aussi. À travers son comportement de ce soir, tout ce qu'il a dit en voulant blesser son père, qui apparemment n'en avait rien à foutre, c'est moi qu'il a réussi à blesser. Il aurait pu m'épargner les détails de sa relation avec cette fille qu'apparemment il sautait tous les quatre matins sur son bureau.

Penser qu'il l'a touchée me donne envie de vomir. Austin a tellement tendance à me faire me sentir belle et désirable que j'en oublie qu'il a couché avec des dizaines d'autres filles et que je ne suis sans doute pas son meilleur coup.

Si les rôles avaient été inversés, je serais prête à parier qu'il aurait pété un câble et défoncé la tête de l'autre.

Il ne s'est pas gêné pour me mettre mal à l'aise et étaler sa vie intime sans chercher à savoir si cela me touchait. Comme toujours. Quand il est énervé, il est égoïste. Et j'en ai marre que sa colère non contrôlée soit un prétexte à toutes sortes de méchancetés.

– Tu es en colère ?

Sacha me regarde tandis que je l'entraîne vers le métro, et je vois la peur qui transparaît dans ses yeux.

– Oui, mais pas contre toi, mon lapin, ne t'inquiète pas.

Nous nous engouffrons dans la rame de métro. Austin y est déjà. Il a la mâchoire serrée, les bras croisés et s'appuie à la porte automatique. Inutile de parler. On s'engueulerait.

Il faut que je prenne mes cachets. La tension dans ma poitrine est bien trop grande.

Sacha me tient pour ne pas tomber et moi je lui caresse les cheveux. Son ventre gargouille. *Bah oui, avec tout ça, on n'a pas mangé !* Moi, je n'ai pas faim, mais lui, oui.

Quand le métro s'arrête, nous sortons et Austin nous suit. Je marche vite en resserrant mon manteau.

– T'es en colère ou quoi ? finit-il par me demander d'une voix encore bien irritée.

– À ton avis ?

– T'es sérieuse, là ? Et pourquoi ? C'est lui qui a commencé !

– Ne cherche pas à passer tes nerfs sur moi, Austin. Parce que tu serais mal reçu, je te préviens.

Je parle les dents serrées sans hausser le ton. Je ne veux pas faire peur à Sacha. Il a assisté à suffisamment de scènes violentes pour aujourd'hui.

– Non, mais sérieux, t'es vraiment en colère, là ?

Je ne réponds plus. Nous arrivons à l'appart.

– Lexie !

– Ta gueule, Austin. Ne me parle pas.

J'ouvre la porte. Zara s'étire devant le canapé et nous regarde, surprise.

– Bah… Je croyais que vous deviez dîner au restaurant ou je ne sais pas quoi…

Elle doit voir nos mines défaites car elle se lève d'un coup.

– Qu'est-ce qui s'est passé ?

– Austin a sauté sa future belle-mère, je dis en enlevant mon manteau. Vous avez demandé la famille cas sociaux ? Vous êtes bien chez les Reed-Hammond !

Austin me fusille du regard et je pousse Sacha dans la cuisine pour lui faire à manger.

– Quoi ? crie Zara, stupéfaite.

Austin nous suit dans la cuisine et il se met à crier alors que j'ouvre les placards et prends ce qu'il faut pour préparer un sandwich au beurre de cacahuète pour Sacha qui s'installe sur un tabouret.

– C'est quoi ton problème, putain ?

– Arrête de crier ! Et je t'interdis de jurer comme ça ici ! Tu crois sérieusement que ton fils a besoin d'entendre toutes les merdes que tu sors quand t'es en colère et que tu ne te contrôles pas ? Il est là, il existe et il t'entend, je te signale !

Austin regarde enfin Sacha et son visage se décompose quand il voit son fils la tête baissée qui dessine des cercles sur le bois de la petite table défraîchie.

Il soupire et passe les mains sur son visage de frustration.

– Je suis désolé, Sacha… Je t'ai fait peur ?

Sacha hausse les épaules mais ne le regarde pas.

Je finis de préparer son sandwich et le pose devant lui avec un verre de lait.

– Tiens, mon lapin, mange.

Il le prend et croque dedans.

– Je ne voulais pas te faire peur. Je suis désolé. Et pour tout ce que j'ai dit aussi. C'était très méchant et pas bien. Tu m'excuses ?

Sacha ne répond pas.

– Bon, tu manges, et ensuite, tu mets ton pyjama et tu te brosses les dents, d'accord ? lui demandé-je.

Il acquiesce.

Je sors de la cuisine pour aller dans ma chambre. Zara nous observe les yeux ronds.

– Tu peux t'occuper de Sacha, s'il te plaît ?

Elle hoche la tête pour dire oui.

Dans ma chambre, je cherche mes cachets. Austin entre et referme la porte quand je les avale.

– Ok, je me suis emporté devant Sacha et je n'aurais pas dû. Mais t'as vu comment il me pousse à bout ?

Je serre les poings.

– Ton père n'a même pas eu le temps de te dire deux mots, Austin.

Il m'observe un instant.

– Je rêve ou tu prends sa défense ?

J'enlève mes boots et passe ma robe par-dessus ma tête.

– Tu as présenté des excuses à Sacha. Qu'est-ce que tu attends pour m'en présenter à moi aussi ?

– À toi ? Et pourquoi, s'il te plaît ?

Non, mais je rêve ! En plus, il ne s'en rend même pas compte !

Je retire mes collants, passe mon jogging en molleton et mon sweat bleu parce que j'ai froid.

– Laisse-moi réfléchir... Parce que tu m'as humiliée devant eux ?

Austin ricane moqueur.

– Toi, tu t'es sentie humiliée ? Mais c'est moi dont le père va se marier avec cette...

– Et c'est moi dont la première fille avec qui son copain a couché va être sa future belle-mère !

Austin rit carrément, cette fois.

– Future belle-mère ? Aucune chance. On ne se mariera jamais, toi et moi, alors ça n'aura jamais rien d'officiel.

Je ravale la tonne d'injures que je voudrais lui lancer au visage quand il me dit des choses comme ça. Je sens mes mains trembler.

J'allume une cigarette et tire longuement dessus. Je laisse la nicotine parcourir mes veines et me délasser. Austin m'arrache le paquet des mains et alors que je crois qu'il va le lancer à la poubelle, il s'en tire une et l'allume aussi.

– Il n'y a pas de raison que les Grant soient les seuls à mourir du cancer, non ?

Oh putain… Ça, c'est la phrase de trop ! On ne fait pas de réflexion pourrie sur ma grand-mère, ni sur le cancer !

– Ferme-la ! Putain, mais ferme-la ! Je t'interdis de dire un truc comme ça !

Je tremble tant que ma cigarette manque de m'échapper des doigts. Je me mets à pleurer. Je n'arrive pas à contrôler les larmes de rage qui m'échappent maintenant.

J'avise ma table de nuit et j'envisage tout à coup le meurtre à coups de lampe. L'image de moi en train de taper sur Austin avec cette lampe me fait reculer et écraser ma cigarette dans le cendrier posé sur mon bureau.

Je prends un autre cachet.

Austin marche en rond et donne tout à coup un violent coup de poing dans ma bibliothèque.

– Pourquoi tu chiales, putain ? Tu m'énerves, toi aussi ! Je ne te comprends pas, Lexie ! Je ne te comprends pas ! Tu t'énerves pour rien ! Ça ne te regarde même pas, cette histoire ! Qu'est-ce que tu peux en avoir à foutre ? Ce n'est pas ta famille, c'est la mienne !

La porte de ma chambre s'ouvre violemment et Zara déboule.

– Mais ça ne va pas ou quoi ? Qu'est-ce qui vous prend de hurler comme ça ? Et toi, arrête de taper dans tout et n'importe quoi !

Fébrilement, je me penche et passe mes tennis. Je ne le supporte pas quand il est comme ça. Je ne le supporte plus.

– Lexie, qu'est-ce que tu fais ? me demande Zara.

– Je me casse ! Occupe-toi de ton fils tout seul ! Puisque ce n'est pas ma famille, ce n'est pas mes affaires !

Austin hausse les sourcils puis tire sur ses cheveux en se les arrachant presque.

– Mais c'est ça, tire-toi ! De toute façon, tu sais très bien que, demain soir, t'es de nouveau dans mon lit.

J'écarquille les yeux. Zara aussi. *Non, mais je rêve ! Il ne vient pas de dire ça ?* Espèce de salaud, connard et enfoiré de putain de mec ! Celle-là, je vais avoir du mal à l'avaler.

– Austin !

Zara crie et moi, en secouant la tête, je file en courant vers la porte. J'attrape mon manteau quand j'entends Sacha m'appeler. Debout dans son pyjama, il me regarde.

– Lexie…

Avec le cœur qui me fait mal, j'ouvre la porte pour sortir avant de partir en la claquant violemment.

Dans l'escalier, en m'enfuyant, j'entends Zara hurler sur Austin.

31
Alexandra

Dans une rage incontrôlée, je donne un violent coup de pied dans la porte d'entrée de l'immeuble pour l'ouvrir et je sors dans l'air glacial de la nuit.

Mes larmes sèchent presque instantanément sur mes joues tant il fait froid. Mes yeux me piquent et mes mains sont gelées.

Je marche vite dans la rue. Je ne sais pas où je vais, mais du moment que c'est loin de lui, ça me va.

Qu'il aille se faire foutre ! Qu'ils aillent tous se faire foutre !

– Putaiiinnnnn ! Mais allez tous vous faire foutre !

Je hurle à gorge déployée dans la rue silencieuse en serrant les poings. Mes larmes reviennent de plus belle. Que des paroles en l'air, ses « Je t'aime », ses « Je ne te ferai plus jamais de mal » et ses « Je ne te mérite pas, mais je te promets de faire des efforts ». Sa lettre à la con, ses mots à la con, ses promesses à la con ! Tout ça, ce n'étaient que des conneries, des putains de conneries !

– Hey !

Je sursaute violemment quand une main se pose sur mon épaule. Je me retourne, prête à balancer mon poing à la figure d'Austin, mais ce n'est pas lui.

Je marque un temps d'arrêt. Mon cerveau essaie de se remettre en marche.

– Leo ?

– Heu… Ça sera Lionel, pour toi. On ne se connaît pas suffisamment pour que tu m'appelles comme ça.

– Qu'est-ce que tu fous là ?

– Je venais te voir. Mais apparemment, je tombe mal.

Je hausse les sourcils et essuie mes larmes du revers de la main. Il est vachement beau, ce soir. Et ça fait très longtemps que je ne l'ai pas vu. La dernière fois, c'était bien avant Noël. Il porte un jean stone, des chaussures marron fourrées montantes et il est emmitouflé dans une énorme parka kaki dont la capuche avec la fourrure a l'air plus que confortable. Il a plus chaud que moi. Ses yeux noisette sont plus sombres le soir. Pourtant il fait clair sous ce ciel blanc de neige.

– Comment ça, « tu venais me voir » ?

Il enfonce ses mains dans ses poches.

– J'avais des petites affaires dans le quartier et je me suis souvenu que tu habitais là, alors je suis venu voir. Tu es sortie au moment où je comptais me barrer. Y a du mouvement chez toi, ce soir. Depuis la rue on entend hurler. Les voisins doivent être contents.

– J'en ai rien à foutre des voisins.

– J'ai cru comprendre, ouais…

Il me dévisage un instant. Je sais bien que je ne ressemble à rien dans mon sweat et mon jogging en molleton avec mon manteau par-dessus. En plus, mon maquillage a dû couler avec mes larmes, laissant de grandes traces de mascara sur mes joues. Mais je m'en fiche.

– C'est toujours aussi explosif, chez toi ? Tu vis avec qui ?

Je pèse le pour et le contre avant de lui raconter quelque chose d'un tant soit peu intime sur moi. On ne se connaît pas, après tout, et nos rencontres ne se sont jusque-là pas très bien passées.

Il doit sentir mon malaise, car il reprend de sa voix grave :

– Ça va, *Blanca*, je ne suis pas une espèce de psychopathe dangereux qui va venir t'assassiner dans ton sommeil pour voler les dix balles que t'as dans ton portefeuille. C'était une simple question pour faire la conversation, c'est tout.

– Euh… La dernière fois, tu m'as tout de même étalée sur la chaussée devant chez toi.

Il grimace. Je soupire avant de reprendre :

– Je vis avec ma meilleure amie. Et non, ce n'est pas explosif, comme tu dis, d'habitude. Au contraire, c'est très calme. Enfin quand Zara ne parle pas trop. Ce soir, c'est… C'est une soirée de merde, c'est tout.

Il hoche la tête avec une mine défaite. *Ne me dites pas qu'il joue à éprouver de l'empathie pour moi !*

– Ça te dit d'aller boire un verre ?

– Avec toi ?

Il rit.

– Non, avec le pape. Bien sûr avec moi. Tu connais un bar sympa, par ici ? Je ne connais pas bien ce quartier, c'est trop bobo pour moi…

Il se met à marcher et je le suis de côté avec quelques pas d'écart.

– Tu fais quoi, par ici ?

– J'avais des affaires à régler, comme je t'ai dit.

– Quelles affaires ?

– Ça ne te regarde pas.

Il fixe l'horizon droit devant lui, puis il se penche, sort son paquet de cigarettes et en allume une avec un Zippo. Il me tend le paquet. J'en allume une aussi et soupire en sentant la nicotine me délasser.

Je le regarde. Il a un air d'oncle Charlie. C'est vraiment dommage qu'il n'ait pas nos yeux. Il aurait été encore plus beau.

– Pourquoi tu me reluques comme ça ?

Le rouge de mes joues descend jusque dans mon cou.

– Quoi ? N'importe quoi ! C'est quoi tes affaires si secrètes. Tu te drogues ? Tu deales ?

Il s'arrête brusquement de marcher et me regarde en plissant ses yeux noisette.

– J'ai dit que ça ne te regardait pas. Mais puisque tu tiens tant à le savoir, ouais, je vends.

Je fais une grimace de dégoût.

– Quoi ? T'es trop bien pour quelqu'un comme moi, c'est ça ?

– Non. Je ne fréquente pas les toxicos, c'est tout.

– J'en suis pas un. J'ai dit que je vendais. Pas que j'en prends. Je ne touche pas à cette merde, moi.

– Pourquoi ? Tes amis doivent sûrement en prendre.

Il rit dédaigneusement.

– Sérieux ? Tu crois que toute la population de Harlem se drogue ou quoi ? Figure-toi que, là-bas, les gens sont comme ici. Ils se lèvent le matin pour aller bosser, ils ont des gosses qu'ils élèvent, une bagnole à payer et ils vont même au cinéma le samedi. Tout le monde ne se drogue pas. Et sûrement pas tous mes amis.

Ok, quand il s'agit de ses amis et de son entourage, il sort les griffes.

– C'est vrai qu'on n'est pas du même monde, tous les deux…

Je fronce les sourcils.

– Tu insinues quoi, là ?

– Bah ce n'est pas compliqué, tu vis dans le Village, moi à Harlem. Quand j'ai fouillé dans ton sac à cinq cents balles, j'ai bien vu la différence…

Il fait référence à mon sac en cuir Tory Burch que Lauren et mon père m'ont offert à Noël dernier.

– Ton casque Marshall qui coûte une blinde, ton foulard de petite bourge… Plein de trucs me font dire que tes parents sont plus que friqués et qu'on ne vient pas du même monde. On n'a pas les mêmes valeurs. Je ne suis pas né avec une cuillère en argent dans la bouche, moi.

Je serre les poings. Il a dit tout ça avec une arrogance et un mépris non dissimulés. *Non mais, pour qui il se prend ?*

Je me poste sous son nez pour crier.

– Tu ne sais rien de ma vie ou de qui je suis ! Alors ne viens pas me faire ton numéro de « J'ai tout fait moi-même alors que toi tout te tombe tout cuit dans la bouche ». Tu ne me connais pas ! Tu ne sais rien de ce que j'ai vécu alors, ferme-la ! T'es mal tombé ce soir pour jouer au con avec moi. Si c'est pour me sortir tout ton ramassis de conneries, alors casse-toi !

Je tourne les talons et pars en sens inverse. J'en ai eu assez de me disputer avec Austin pour ce soir pour ne pas avoir à le faire avec quelqu'un d'autre. Surtout pas avec mon frère. Même s'il ne sait pas qu'il l'est.

– Vas-y, calme-toi, là ! Comment tu as les nerfs…

Il est à côté de moi en deux ou trois enjambées.

– Pourquoi t'es autant sur les dents ? Il se passait quoi, tout à l'heure, chez toi ?

Je ne réponds pas.

– Et en plus, t'es susceptible…

Il tire encore sur sa cigarette qui rougeoie et crépite.

– Tu sais que c'est mieux de se confier à un inconnu ! Moi je ne te jugerai pas. Au contraire, je ne me gênerai pas pour te dire ce que j'en pense vraiment.

– Je n'en doute pas.

– Bon, on va le boire ce verre ou pas ?

Mon ventre gargouille bruyamment. Je n'ai rien dans l'estomac.

– Putain, t'as pas mangé ou quoi ? C'est pour ça que t'es autant sur les dents. Bon, viens, on va se faire un morceau. Profites-en, je suis de bonne humeur, ce soir, je t'invite.

Encore heureux, parce que je n'ai rien sur moi. Ni téléphone, ni carte bancaire, ni monnaie. Je regarde autour de moi. Il y a pas mal de bars et de restaurants, ici. C'est le quartier idéal pour ça.

– Ok, viens.

Je l'entraîne dans la direction du bar-restaurant où travaille Zara certains soirs. Il est à une minute à pied de chez moi.

Nous arrivons au *One if by Land, Two if by Sea*. Quand on passe la porte, Leo grimace.

– Putain, tu ne pouvais pas choisir moins guindé ? J'ai pas le look pour ça…

Je regarde mon jogging et mon sweat.

– Moi non plus. C'est cool ici, c'est bon. Ils sont sympas. En plus ma meilleure pote bosse ici. Ils nous feront des prix.

Leo grogne, mais il entre à ma suite et s'installe avec moi à une table dans un coin.

Le lieu est cosy. Avec de la moquette rouge à motifs dorés par terre, des murs rouges du côté restau et marron côté bar. Des lustres en fer forgé pendent un peu partout et même les chaises médaillon sont rouges. Des canapés en cuir sont installés devant une cheminée où un feu rend l'atmosphère chaleureuse, et un grand piano à queue trône non loin, pour les clients musiciens dans l'âme.

Je commande deux bières blondes. Leo ouvre de grands yeux.

– Moi, oui, mais toi, t'as pas l'âge de boire, je te signale.

– Les deux sont pour toi. Je me disais que tu ne te contenterais pas d'une seule.

Il sourit.

– Exact. Tu commences à me plaire.

Je regarde la carte. Leo a enlevé sa parka, et en dessous, il porte un sweat noir d'une marque de sport connue.

Il pose son menton dans le creux de sa main et observe autour de nous.

– Je crois que je ne suis jamais allé dans un restau avec une meuf.

– Et tu fais comment pour les draguer, d'habitude ?

– Je vais en voir une, je lui dis « Ça te dit qu'on baise ? » et on va chez elle. Ou à l'occasion, on reste dehors. Ça s'arrête là.

J'esquisse un geste pour montrer mon envie de vomir.

– Vous les mecs… Beurk. Vous me dégoûtez.

Leo ricane doucement.

– C'est comme ça. Tu prends quoi ?

– Salade de câpres, olives, haricots verts, endives, œuf poché, tomates cerise et toasts grillés.

Il jette un œil à la carte et s'étrangle.

– Oh putain ! Tu m'as arnaqué ! T'as vu les prix ?

J'appelle le serveur.

– Trop tard, on y est déjà.

Leo me jette un œil mauvais alors que je passe ma commande.

– Bon, tu prends quoi, toi ?

– Rien, j'ai déjà mangé.

– Tu ne vas pas me laisser manger toute seule ?

– Si.

– Prends un dessert, au moins…

Il soupire et se replonge dans la carte.

– Nous avons une tarte au caramel et aux noix de pécan accompagnée d'une boule de glace vanille et de sa sauce au chocolat, lui propose le serveur.

– Beurk !

– Beurk !

Nous avons parlé en même temps. Je hausse les sourcils.

– Je déteste le caramel, fait Leo.

Je souris.

– Quoi ?

– Rien. C'est juste que moi aussi je déteste ça.

– Et alors ?

– Non rien.

Si, c'est beaucoup, en fait. J'ai un point commun avec mon frère.

– Je vais prendre la tarte pistache-framboise et fleurs de pommier.

– Excellent choix.

Le serveur prend nos commandes et s'éloigne.

– Et donc… Pour en revenir à toi et à ta petite histoire, il s'est passé quoi, chez toi, ce soir ?

Penser à Austin qui est en ce moment même chez moi, et à Sacha, si effrayé et triste, me donne la migraine. J'essuie mes joues pour essayer de faire disparaître les traces de maquillage.

– C'est compliqué…

– Je suis sûr que même pour quelqu'un comme moi, qui n'est pas allé à la fac, c'est compréhensible si tu y mets du tien. Raconte !

Qu'est-ce que je pourrais bien dire ? Entre Austin et moi, c'est tellement compliqué…

– Je suis avec quelqu'un. Enfin je crois.

– Tu crois ?

– Je te l'ai dit, c'est compliqué.

– Ok. Et ça se passe mal, c'est ça ?

Je penche la tête sur le côté et joue avec mes cheveux.

– On peut dire ça. En fait, quand on est ensemble, rien que tous les deux, c'est… magique.

Je ferme les yeux un instant et me souviens de tout ce que j'ai vécu avec lui. La première fois où il m'a vraiment dit qu'il m'aimait, le soir où j'ai perdu ma virginité sous la tente, mon anniversaire à la fête foraine, les jours entiers que l'on passait dans sa chambre à lire, parler, faire l'amour alors que Joshua et Taylor étaient en bas…

– Eh oh ! Tu rêves ou quoi ? J'attends la suite.

– Mais quand quelque chose vient nous énerver, ça devient explosif. Je ne suis pas du genre à me laisser faire et Austin n'est pas du genre diplomate. Quand il est en colère, ses mots sont toujours très blessants et il passe ensuite son temps à essayer de rattraper ça. Mais je commence à saturer, là…

– Je crois que c'est ce qu'on appelle une relation passionnelle, c'est tout.

– Peut-être… Mais je n'en peux plus de cette relation autodestructrice. J'aimerais être comme tout le monde.

– C'est-à-dire ? Tu crois sérieusement que les gens à part toi vivent tous heureux en couple ?

– Non, je sais bien. Mais Austin et moi sommes un couple hors norme. Et pour nous, les problèmes s'accumulent.

– Lesquels ?

– Tu ne veux pas savoir.

– Si. T'as attisé ma curiosité.

Je prends une grande inspiration.

– Il y a Sacha, ce petit garçon de cinq ans et si adorable.

– Quoi, toi t'as un gosse ? s'écrie Leo.

– Non. C'est le sien. Il l'a eu avec une autre.

Leo hausse les sourcils.

– Ah. Merde. Ouais ok, là, c'est la merde.

– Sa mère est morte. Il l'élève seul. Il m'a caché son existence pendant plusieurs mois et je me suis sentie trahie quand je l'ai découvert. Je ne lui ai toujours pas entièrement pardonné. Et…

– Et tu l'aimes quand même.

Je plonge mes yeux dans les siens pour répondre.

– As-tu déjà aimé quelqu'un si fort que tu arrives à peine à respirer quand tu es avec lui ? Moi oui. Mais je n'ai que dix-neuf ans et je ne suis pas faite pour être la mère de substitution de son gosse. Je n'aurai jamais d'enfants. Je n'en veux pas.

– Menteuse. Toutes les femmes veulent des enfants.

– Alors comment tu expliques qu'il y en ait qui abandonnent leurs enfants ?

Au moment où cette phrase passe ma bouche, je me mords la langue. *Comment j'ai pu dire un truc comme ça devant lui ?* Même si je ne sais toujours pas s'il est au courant pour son adoption.

L'humeur de Leo change tout à coup.

– En effet, c'est une question que je tente encore d'élucider.

Qu'est-ce qu'il veut dire par là ?

Le serveur nous apporte nos commandes : ma salade et son dessert. Ça me fait bizarre de manger là, alors qu'il y a moins de deux heures, j'étais dans un autre restau avec d'autres gens. Et je ne m'attendais pas à le voir en sortant de chez moi.

– Bon. Si tu veux que je te donne un conseil. Va voir ailleurs.

– Pardon ?

– T'es enfermée dans cette relation avec lui parce que tu ne vois pas ce qu'il y a autour. Tu l'aimes, t'es folle de lui, mais ce que tu aimes en lui, ce n'est que le reflet de tes propres émotions. Souvent, on idéalise la personne qu'on croit aimer. Genre, tu dois te dire que c'est le plus beau ou j'sais pas quoi… Mais ce n'est pas vrai. C'est uniquement parce que tu l'aimes autant qu'il te paraît si exceptionnel. Aux yeux des autres, il est beaucoup moins superbe que tu ne le vois.

Faux. Austin est vraiment très beau même aux yeux des autres. Je le sais au nombre de regards de filles qui se posent sur lui.

– Alors je te conseille sérieusement de faire un break et d'aller voir ailleurs. Peut-être que tu verras les choses autrement. On voit toujours mieux quand on regarde de loin.

– Peut-être. Mais je viens de passer presque six mois sans lui. On ne s'est retrouvés que depuis trois jours.

– Et vous vous disputez déjà comme ça ?

– Hmm…

Leo éclate de rire et moi je grogne et me plonge dans ma salade.

Je le regarde manger en coin. J'observe chacun de ses gestes pour voir si je m'y reconnais. Mais non, pas vraiment.

– Et toi ? Qu'est-ce que tu peux me dire sur toi ?

J'essaie une tactique d'approche moins indirecte. Peut-être que je vais enfin faire la connaissance de mon frère.

– Il n'y a rien à dire.

– J'en doute. Il y a toujours quelque chose à dire.

– Non. Pas dans mon cas. En plus, tu es déjà venu chez moi, tu en sais déjà plus que toutes les autres meufs que je fréquente.

– Et je sais que tu n'aimes pas le caramel.

Il sourit. Il a le visage tellement dur et carré que je suis sûre qu'il ne doit pas rire souvent.

– D'où tu viens ?

Son expression précédente disparaît.

– Je suis à Harlem, c'est tout ce que t'as besoin de savoir.

Ça aurait été trop facile qu'il se livre comme ça…

– C'est un ami, celui avec qui tu vis ?

– Celui qu'on pourrait qualifier de meilleur pote, ouais.

– Vous êtes en coloc ?

– C'est ça.

J'essaie de ne pas détourner les yeux quand je parle.

– Et tu as de la famille dans le coin ?

Leo laisse retomber sa fourchette.

– Écoute, il n'y a rien d'intéressant à apprendre sur moi. On peut parler d'autre chose ?

J'aurai essayé, au moins…

Je finis de manger et je vois Leo qui observe le piano de l'autre côté du restaurant.

– Tu veux jouer ?

Il hausse les épaules.

– Dans un endroit comme ça ?

– Pourquoi pas ? C'est pour les clients, après tout.

Il hausse de nouveau les épaules. Je me lève et le tire par la manche. Il se laisse faire. On se retrouve assis derrière le fabuleux piano à queue Pleyel. L'expression de Leo change. Il a l'air concentré et complètement euphorique. Il caresse les touches du bout des doigts comme s'il avait peur de les toucher.

– Tu n'as pas de piano, chez toi ?

– Non. J'attends d'avoir assez de fric pour m'en acheter un comme celui-là.

– Comment tu as appris à jouer ?

– C'est une longue histoire. Peut-être qu'un jour je te la raconterai. Tu sais jouer d'un instrument, toi ?

– Non.

Il lève tout à coup les yeux vers moi.

– Tu as de bons goûts musicaux. J'ai fouillé dans la playlist de ton iPod, la dernière fois.

Je hausse les sourcils.

– Toi, tu trouves que j'ai de bons goûts musicaux ? Mais tu n'aimes que le rap… Et moi je déteste ça. En principe.

– La musique instrumentale est parfaitement compatible avec le rap. Tu détestes parce que tu n'écoutes pas, tout simplement.

– Si, j'en ai déjà écouté. Vous parlez cul, bagnole, fric, drogue, bouffe et encore cul.

Leo rit. Pour la énième fois ce soir.

– C'est pas faux. Mais moi je te parle du rap, du vrai. Celui qui est né dans les ghettos et qui parle de phénomènes de société, celui qui porte la parole d'une nation entière... Tu n'as pas écouté, tu as juste entendu. Il faut refaire ton éducation musicale.

– Rap et musique classique ? Ça existe ?

– Bien sûr. Sweetbox l'a fait. Xzibit et son excellent *paparazzi* aussi. Et il y a un DJ qui a mélangé son instru hip-hop avec les partitions d'un violoniste, Paul Dateh et Inka one. Je te ferai écouter.

Il parle vite. Je ne comprends rien. Je ne sais même pas de qui il parle. Mais je souris. Pour la première fois, j'aperçois l'humain derrière le gangster qu'il est.

– Écoute...

Il pose ses doigts sur les touches blanches et noires, et quand il les laisse courir, une mélodie fabuleuse en sort.

– Oh ! Mais je connais cette musique...

– Bien sûr que tu la connais, tout le monde la connaît.

– C'est beau, j'aime bien.

– C'est la musique de l'un des raps les plus célèbres de l'histoire du rap, pourtant.

– Impossible. Je n'écoute pas de rap.

– Et pourtant !

Il se met à chanter doucement, enfin, à rapper.

– You better lose yourself in the music, the moment You own it, you better never let it go. You only get one shot, do not miss your chance to blow. This opportunity comes once in a lifetime you...

– Hey ! Mais c'est du...

– Eminem. Ouais. Et le début, c'est ça...

Il se remet à jouer l'instru de la chanson sur le piano. C'est vrai que le mélange des genres est réussi. Les muscles de ses bras et de son cou sont tendus.

– Peut-être qu'un jour, tu pourrais m'apprendre à jouer !

– Au piano ?

– Oui…
– Peut-être.
Il a un sourire énigmatique.

Il passe l'heure suivante à jouer des morceaux aussi bien classiques et connus que totalement inconnus à mes oreilles. Quand il joue la *Lettre à Élise* de Beethoven, des frissons me parcourent les avant-bras. C'est tellement beau.

À la fin, les quelques clients qui restent applaudissent. Il fait un sourire gêné.

– On y va ?

J'acquiesce. Il paye et nous sortons.

– Tu rentres chez toi ?

Je ne réponds pas. Nous marchons tous les deux dans le froid. Je n'ai aucune envie de rentrer. Surtout pas alors qu'Austin est encore là. Je voudrais dormir tranquillement. Sans cris et sans larmes.

– Tu peux venir chez moi, si tu ne veux pas rentrer.

Je fronce les sourcils. J'ai peut-être passé une bonne fin de soirée avec lui, mais ça ne veut pas dire qu'on est devenus amis ou quoi que ce soit.

– Tu me crois assez folle pour aller dormir chez un gars que je ne connais pas ?

Il rit. Encore.

– Pourquoi tu ris autant, ce soir ?

Son rire s'étrangle dans sa gorge quand je dis ça et il me fixe méchamment. Je ne sais pas si lui aussi vient de s'en rendre compte. Ou peut-être qu'il est juste d'humeur changeante, c'est tout. En tout cas, maintenant, il fait la tête.

– T'as raison, va. On ne se connaît pas. J'ai juste oublié, l'espace d'un instant, qu'on ne pouvait pas être amis toi et moi. On n'est pas du même monde. Et un gars comme moi est forcément un pervers doublé d'un psychopathe qui va te violer puis te tuer pour te foutre dans son frigo chez lui, c'est ça ?

Je déglutis.

– Oui, c'est à peu près ce que je pense…

Il a l'air blessé.

– Bon, et ben salut.

Il tourne les talons pour se diriger vers le métro et me laisse plantée là.

Je ne sais pas quelle folie s'empare de moi, mais une seconde plus tard, je le rattrape. Après tout, c'est de mon frère qu'il s'agit.

– Attends ! Excuse-moi ! Ok… je veux bien venir chez toi. Mais je prends ton lit et toi le canapé.

Il plisse les yeux.

– T'es sûre que le lit d'une petite maison dans les bas quartiers de Harlem ne fera pas trop mal à ton dos de princesse ?

– Arrête tes conneries. Je viens de m'excuser.

Il soupire.

– Ok. Je prendrai la chambre de Ramos, il n'est pas là, ce soir.

– Ok.

On s'engouffre dans le métro.

– Je n'ai pas ma carte !

– Quelle carte ?

Il saute les barrières de sécurité sous le regard médusé des autres passants.

– Dépêche-toi !

J'hésite un instant de trop. Leo est exaspéré. Il fait demi-tour et me soulève par les hanches.

– Mais t'es malade !

Je me laisse porter et je grimpe par-dessus les barrières pour passer de l'autre côté quand il me pousse.

Il saute à nouveau, il me prend la main et m'entraîne en courant pour fuir les caméras de sécurité.

Ce n'est pas la première fois que je fais quelque chose d'illégal. J'ai fumé plus de fois de shit dans ma vie que je n'ai de doigts sur les mains, mais jamais mon cœur n'a battu si vite et si fort. L'adrénaline me parcourt déjà les veines sous la peur de nous faire attraper.

– T'es flippée ou quoi ?

– Non.

– Menteuse. Si ça, ça te fait peur, alors attends de voir tout ce que je pourrais te faire faire d'autre !

32
Austin

– Mais c'est ça, tire-toi ! De toute façon, tu sais très bien que demain soir, t'es de nouveau dans mon lit.

Mes propres paroles résonnent dans ma tête. À peine ont-elles franchi mes lèvres que je les regrette déjà. Lexie s'enfuit sans plus un regard vers moi et claque violemment la porte d'entrée. J'écrase la clope que je tiens et que je ne fumerai pas dans le cendrier.

– Putain, mais c'est quoi ton problème, Austin ?

Zara a une voix bien plus aiguë que Lexie et quand elle hurle, ça fait mal aux tympans.

– Ne commence pas, Zara ! J'en ai plus que marre de cette soirée de merde.

Elle arbore une expression horrifiée. La scène aurait pu être risible si je n'avais pas été aussi en colère et frustré. Elle est debout dans son pyjama rose bonbon, les cheveux emmêlés et les joues roses de m'avoir crié dessus.

– Je t'ai laissé venir ici, même si Lexie était présente, en pensant que vous réussiriez peut-être à recoller les morceaux… Tu as oublié que tu viens de passer tous ces derniers mois sans elle ? Tu as oublié que tu m'appelais tous les soirs pour me demander de ses nouvelles ? Austin, putain… Qu'est-ce que tu fais ?

Je ferme les yeux un instant et serre les poings.

– Ok. Oui, c'est vrai. Mais elle me gonfle, aussi, parfois !

– Elle commençait seulement à te pardonner et tu lui sors des horreurs comme ça ? Mais qu'est-ce que tu as dans la tête ?

J'arracherais bien la langue de Zara. Elle me donne la migraine. Je n'ai pas besoin qu'elle me balance ma culpabilité à la face.

– Ferme-la, Zara !

Je me dirige vers le canapé et m'y laisse tomber, la tête dans les mains. Mais Zara se remet à hurler de plus belle en venant vers moi.

– Oh non ! Non, je ne vais pas la fermer. Cette fois, tu vas m'écouter ! J'en ai marre de tes conneries ! T'es un véritable handicapé du sentiment, ma parole ! Il faut te faire soigner ! On ne dit pas ce genre de chose à une personne qu'on aime à en crever. Surtout quand cette personne est malade ! Elle est dépressive, putain ! Est-ce que tu as écouté un mot de ce que je t'ai dit quand je t'ai expliqué sa maladie ? Tu ne peux pas lui sortir ce genre de merde et penser que ça n'aura pas de conséquences ! Lexie vient de sortir dans tous ses états, et toi, tu es là, assis comme une merde sur mon canapé ! Tu imagines si elle se fait agresser, dehors ? Ou si on la retrouve dans un caniveau les veines taillées ou qu'elle se jette sous les roues d'une voiture parce qu'elle est désespérée ?

Je relève vivement la tête vers Zara. *C'est quoi ces conneries ?*

– Lexie ne ferait jamais un truc comme ça !

– Elle s'est entaillé le bras et elle a failli se foutre la boule à zéro !

Zara tremble et fait de grands gestes. Je vois les larmes qui se forment aux coins de ses yeux bleus. *Bordel !*

– Elle est juste sortie prendre l'air. Pourquoi tu en fais toute une histoire ?

Mais ce qu'elle vient de dire résonne dans ma tête en boucle. *Taillé les veines, roues d'une voiture, caniveau...*

Putain, qu'est-ce que j'ai fait ? Tout ça, c'est la faute de mon enfoiré de père !

– Austin...

La voix de Sacha me ramène à la réalité. Bon sang, je l'avais oublié. Comment peut-on oublier son gosse ? Je me foutrais des baffes.

Zara soupire et renifle en se dirigeant vers lui.

– Sacha, va te brosser les dents. Tu vas dormir dans ma chambre, ce soir, d'accord ?

Il me regarde fixement, ses grands yeux embués de larmes.

Ce regard de Sacha me fait culpabiliser encore plus. Est-ce que mon père me voyait le regarder comme ça aussi quand j'étais petit ? *Non, il n'en a jamais rien eu à foutre de moi, lui…*

– Fais ce que Zara te dit, Sacha.

– Elle est partie où, Lexie ?

– Je n'en sais rien.

– Elle va revenir ?

– Oui, elle va revenir.

– Est-ce que tu mens ?

Je plonge mes yeux dans les siens.

– Non, je ne mens pas. Elle va revenir.

Et je le pense sérieusement. Elle est juste partie faire un tour et elle va revenir dans quelques minutes.

– Tu es méchant ! C'est parce que tu es méchant qu'elle est partie !

Il me le crie au visage, et je me lève si vite avec les poings serrés qu'il recule, une expression de peur dans les yeux. Je soupire de frustration. Je ne lèverai jamais la main sur mon fils, moi.

– Va te brosser les dents et va dans la chambre de Zara ! Ne me le fais pas répéter !

Zara me fusille du regard.

– Ne passe pas tes nerfs sur lui ! Viens, Sacha…

Elle l'emmène dans la salle de bain et revient au moment où je me laisse retomber dans le fauteuil.

– Tu sais à qui tu ressembles, là ? À ton père. Ton père que tu détestes tant.

Je lève des yeux pleins de haine sur Zara. Mon père ? Je ne suis pas comme lui, putain ! Jamais de la vie !

– Tu infliges à Sacha la même chose que ce que tes propres parents t'ont infligé, tu te rends compte ? C'est lamentable… Si Lexie et toi vous devez passer votre temps à vous disputer comme ça, alors heureusement que vous ne vivez pas ensemble. D'ailleurs, je ne sais pas si ce serait une bonne idée. Peut-être que vous n'êtes vraiment pas faits l'un pour l'autre. Tu as beau l'aimer, tu ne sais vraiment pas lui montrer...

– Arrête, Zara ! Putain, arrête ! Tu dis que de la merde ! C'est pas parce qu'on se dispute une fois que ça veut dire qu'on n'est pas faits pour être ensemble !

– Mais regarde les choses en face ! Est-ce que depuis que vous vous connaissez il y a eu une seule période où vous ne vous êtes pas disputés ? Réfléchis, Austin ! Et dis-moi...

Plus elle parle et plus je tremble de rage. *Bien sûr qu'il y a eu de bons moments...*

– Quand elle était chez moi, ça se passait parfaitement bien.

– Parce que vous viviez dans le mensonge. Tu vivais avec elle alors que ta mère élevait ton fils à Boston. Tu sais quoi...

Non je ne sais pas et je n'ai pas envie de savoir.

– ... Lexie t'aime. Oh ça oui, elle t'aime. Peut-être un peu trop, même. Mais je pense sérieusement que tu devrais lui laisser de l'espace. Je ne t'aiderai plus à la voir. Tu lui fais du mal et elle te pardonne tout. Mais ça ne durera pas. Quand elle en aura vraiment marre, elle se tirera, et toi, tu seras tout seul comme une merde. Et ce sera ta faute. Je ne veux plus que tu viennes ici. Tu resteras toujours mon meilleur ami et je t'aimerai toujours. Mais je ne te laisserai pas détruire ma meilleure amie pour autant. Tu peux rester jusqu'à demain, mais ensuite tu t'en vas.

Et elle me tourne le dos pour se diriger vers la salle de bain, où se trouve Sacha.

Une migraine monstrueuse élit domicile dans la partie haute de mon crâne.

Zara exagère. Je n'ai pas pesé mes mots, ok, mais de là à dire que je la détruis, que je la pourris...

Je voudrais juste qu'elle arrête de toujours trouver quelque chose à me reprocher. Ce soir, c'est mon putain de père qui a poussé le bouchon, pas moi... J'ai peut-être le sang chaud et j'ai réagi au quart de tour, mais tout de même. Elle était pareille quand il s'agissait du sien. *Je me cherche des excuses. Fait chier !*

Je ne contrôle pas ce que je dis, quand je suis énervé. Les mots sortent tout seuls. Je ne les retiens pas et je le regrette ensuite.

Putain, je n'aurais jamais dû faire cette remarque sur Abigail et le cancer. Elle ne va pas oublier ça comme ça.

Pourquoi je fais toujours tout foirer ? Qu'est-ce qui ne tourne pas rond chez moi ? Je m'étais juré de crever plutôt que de lui refaire du mal. Et j'ai recommencé...

D'énervement, je passe mes mains dans mes cheveux et tire dessus. *Du calme. Ce n'*était qu'*une simple dispute.* Elle va revenir et je vais tout lui expliquer. Je vais lui dire que je suis trop con, que je n'aurais jamais dû dire ça et que je l'aime. Et elle me pardonnera. *Elle m'a pardonné bien pire, non ?*

Zara entraîne Sacha dans sa chambre sans un regard pour moi. Et moi, je jette un œil à la pendule en fer forgé vieilli du living-room. Ça ne fait pas longtemps qu'elle est partie. *Elle va se calmer et revenir. C'est sûr.*

Je retire mes vêtements et passe le jogging en molleton que j'ai ramené. Puis j'allume la télé et la mets au minimum. Je ne regarde pas. Je m'allonge et fixe le plafond.

C'est bien que Sacha dorme avec Zara. Quand Lexie rentrera, je pourrai lui parler tranquillement. Il faut que j'arrête de hausser le ton avec elle. *Putain, faut que j'arrête d'être comme ça. Elle ne mérite pas ça.* Elle mérite mieux, bien mieux que toute cette merde. Et j'aimerais être ce mieux.

Mais peut-être que Zara a raison et que je devrais lui laisser de l'espacc.

De toute façon, je retourne à Boston demain soir. Sacha aura manqué deux jours d'école. Et je ne la verrai plus avant... je ne sais pas quand. J'envisageais de laisser Sacha à ma mère le week-end prochain et de revenir, quitte à payer encore le trajet, mais ça s'annonce mal. Si Zara ne veut plus me voir ici, c'est mal parti.

Puis d'abord, c'est parti de quoi, cette histoire ? Ah oui, mon paternel et son mariage à la con avec Caroline.

Bordel de merde ! J'ai étalé toute mon histoire avec cette dernière devant Lexie. *Non mais quel con !*

J'attrape un coussin et le plaque sur mon visage pour mordre dedans. Je laisse échapper un cri de rage étouffé par l'oreiller. *Comment j'ai pu être aussi crétin ?*

Je soupire et me retourne sur le côté pour regarder la télé. *Elle va rentrer. Il faut que j'arrête de stresser.*

Les programmes de nuit sont merdiques. Je zappe continuellement sans que rien ne capte mon attention. Je n'arrête pas de regarder la porte. J'attends le moment où Lexie la passera. Je guette le moindre bruit de pas dans le couloir.

Je n'ai pas refermé à clef parce qu'elle n'a pas pris les siennes. Elle a même laissé son sac et son portable. Ses cigarettes et ses cachets aussi. Elle n'a rien pris d'autre que son manteau, alors elle va revenir, dans pas longtemps. En plus, elle n'a pas mangé. Elle doit avoir faim.

✦✦✦

Qu'est-ce qu'elle fait ?

Je regarde l'heure, encore. Une heure et demie, maintenant. Je me lève et ouvre une des fenêtres du salon. Il gèle, dehors ! Qu'est-ce qu'elle fout ?

Tout à coup, je repense au toit de l'immeuble. Si ça se trouve, elle est là et elle ne veut pas rentrer parce qu'elle est trop fière. Je passe mon sweat et sors pour monter quatre à quatre l'escalier qui mène au toit.

Je frissonne quand je sors dans l'air de la nuit. Mais elle n'est pas là. Dépité, je retourne à l'appartement.

Ma frustration se transforme en réelle inquiétude et j'attends de nouveau, impuissant, sur le canapé.

✦✦✦

Zara ouvre la porte de sa chambre et en sort, les cheveux emmêlés et les yeux rougis. J'ai l'impression qu'elle a pleuré. Comme si je n'en avais pas déjà assez de Lexie, il faut qu'elle se mette aussi à prendre nos histoires à cœur.

– Elle n'est pas revenue ?

– Non.

Ma voix se brise. J'ai la gorge irritée d'avoir autant crié ce soir.

Zara passe les mains dans ses longs cheveux bruns emmêlés.

– Ça fait trois heures, maintenant. Ça m'inquiète. Elle fréquente des gens à la fac, mais personne avec qui elle serait assez proche pour dormir chez eux.

– Tu ne sais pas où elle pourrait être allée ?

– Non. J'espère juste qu'elle va bien. Et qu'elle ne dort pas dehors…

– Elle rentrerait, elle ne dormirait pas dehors juste pour ne pas me parler, quand même.

Zara me fusille du regard et enterre mon cadavre au passage.

– Tu sous-estimes l'effet de tes paroles sur elle, Austin. Et surtout qu'elle est naturellement entêtée. Sans parler du fait qu'elle est borderline. J'espère vraiment qu'elle ne dort pas dehors. Peut-être qu'elle est avec son ami…

Je bondis du canapé.

– Quel ami ?

Zara se mord la lèvre.

– Quel ami, Zara ? Ce bâtard avec qui elle est sortie l'autre soir ?

– Ne recommence pas à crier, Sacha a enfin réussi à s'endormir. Je ne sais pas si elle est avec lui, mais j'espère qu'elle dormira au chaud et pas dehors, c'est tout.

Je serre des dents. *Impossible…* Elle n'irait pas. L'autre soir, elle a dit qu'il ne comptait pas. Elle est revenue vers moi plutôt que de rester avec lui. Oui, sauf que j'ai merdé, ce soir. Mais ça ne veut pas dire qu'elle a le droit de faire ça, putain. Je ne la laisserai pas dormir avec un autre que moi.

– Qu'est-ce que tu fais ?

Zara me regarde m'habiller et enfiler mes chaussures.

– Je vais la chercher.

– Où ?

– Chez cet enfoiré. On verra si elle y est.

– Et si elle y est ? Tu ne vas pas faire une connerie, hein…

– Garde ton téléphone et appelle-moi si elle rentre. À plus tard.

J'attrape vivement mon manteau avant de sortir.

Delta quelque chose, elle a dit ! Je regarde sur Internet, sur mon téléphone. Il y a une maison Delta Kappa Epsilon de l'autre côté de New York, à côté de Grand Central.

En moins de deux, je suis dans le métro. Je devais aller faire un tour là-bas, de toute façon.

Penser à Lexie dans le lit de ce mec me fout la gerbe et me fait sortir les crocs. Putain, il ne va pas l'avoir. Je vais lui refaire le portrait, tellement qu'il ne se reconnaîtra pas.

Plus vite que je ne le pense, je suis devant la fameuse maison.

Quand j'entre, il y a du monde dans les salles communes. Ça parle fort, ça s'envoie des insultes, ça rit, ça discute. On ne dirait pas qu'on est un dimanche soir à presque trois heures du matin.

– Salut. Un renseignement ?

Un grand blond à la carrure de rugbyman vient vers moi.

– Je cherche un certain Adam.

Le gars indique un couloir au fond, sur la droite.

– Ah ouais, Daniels. Il est dans sa chambre. Tu prends le couloir et au premier, c'est la troisième porte sur la gauche.

Je fais un signe de tête et pars au pas de course.

Si Lexie est là avec tous ces mecs, je risque d'exploser. Mais je me retourne un instant en m'arrêtant net.

– Hey ! Est-ce qu'il y a un certain Josh, ici ?

Le gars regarde autour de lui.

– Il était là il y a cinq minutes. Peut-être qu'il est remonté dans sa chambre aussi. C'est celle qui est le plus au fond, à côté des douches.

Je hoche la tête et cours pour monter les escaliers.

La moquette feutrée étouffe le bruit de mes pas. Dans le couloir du premier, un mec passe en courant à côté de moi, coursé par un autre avec une bouteille d'eau. Il y a vraiment une ambiance d'étudiant en manque de maturité, ici.

J'arrive à la porte et tourne la poignée sans frapper. Mais ça ne s'ouvre pas. *Putain...* Je cogne dessus, du plat de la main.

– Lexie ! Lexie, ouvre !

Le battant s'ouvre sur ce mec détestable qui l'accompagnait l'autre soir. Il a encore un œil au beurre noir et différents bleus et traces de coups. Son nez arbore une bandelette blanche.

– Elle est où ?

Il hausse les sourcils et s'appuie à la porte.

– Ouais ? C'est pour quoi ? T'es encore venu me faire ma fête ?

Je le repousse violemment et l'envoie cogner contre la porte en bois. J'entre vivement et mes yeux s'habituent à la faible lumière.

– Qu'est-ce qui se passe ? demande une fille enroulée dans un drap, assise sur le bord du lit.

Mais cette fille n'est pas Lexie.

– Ok, je vois…

Je couvre la pièce du regard. Elle n'est pas là. Je soupire d'énervement. Ok, ça me soulage qu'elle ne soit pas là, mais alors, où est-elle ?

– Si tu la cherches jusqu'ici, ça veut dire que tu l'as perdue. Encore…

Je ne lui demande pas ce qu'il entend par « encore » et je ressors de la chambre. Enfin, je tente de ressortir, car l'autre enfoiré me barre le passage du bras.

– Tu n'as même pas su la garder quelques heures ?

Je le plaque vivement à la porte et referme mes doigts autour de son cou.

– Tu la touches encore une fois et je te défonce, c'est clair ?

– T'es si peu sûr de toi que tu ressens le besoin de me menacer ?

– T'es con ou t'es con de foutre la merde dans mes affaires ?

– Écoute, mec, je ne sais pas si tu te rends compte, mais c'est toi qui es chez moi en train de la chercher, là…

Je le lâche et recule dans le couloir. Il ferme à moitié la porte avant de m'appeler.

– Hey ! Tu sais quoi… Je ne vais pas te piquer ta copine. Je n'aurai pas besoin de le faire. Tu sais pourquoi ? Tu sabotes toi-même votre relation. Je n'ai rien à faire. Tu l'as encore fait pleurer, hein ? C'est pour ça qu'elle s'est barrée. Et je peux te dire que le jour où elle viendra me trouver pour pleurer dans mes bras, je serai là pour la consoler.

Putain, mais il se fout de moi, là, ou quoi ?

Avec rage, je me jette sur lui, mais il me claque la porte au nez. Je cogne violemment dessus du plat de la main et du poing ensuite.

La douleur dans ma main contre le bois épais ne m'empêche pas de ressentir ce poids sur ma poitrine.

J'aurais dû défoncer la tête de ce connard.

Des gars passent au fond du couloir, certains avec des serviettes de bain autour de la taille. *À trois heures du matin ?*

– Hey, Josh, n'oublie pas de me rendre ma clef, demain !

Je tourne vivement la tête vers eux. Celui qui a été appelé se retourne sur le seuil de sa chambre.

– Ouais, je la laisserai dans ton casier.

Et il claque sa porte.

Je me dirige droit vers elle. Voilà qui va me soulager. Et putain, il va regretter sa farce avec Lexie, lui. La droguer, pour lui faire quoi ? Je n'ose même pas y penser !

Je cogne violemment sur la porte que le dénommé Josh vient de refermer. Elle s'ouvre de nouveau. Et j'écrase mon poing sur son visage avec toute la force que je mets dans mes uppercuts à la boxe.

Josh recule de plusieurs pas en hurlant et se plie en deux pour se tenir le nez. J'avance dans la pièce et referme derrière moi d'un coup de pied en arrière avant de me diriger vers lui et de le choper au col de sa chemise affreuse pour le plaquer au sol.

– Putain, mais c'est quoi ce…

Je lui colle la gueule contre la moquette vert forêt où le sang qui s'échappe de son nez vient s'étaler.

– C'est toi, hein… c'est toi qui as drogué une fille un soir, avant de la coincer dans les toilettes ?

– Quoi ? Mais de qu…

Je l'enfonce plus profondément dans le sol en refermant mes doigts autour de son cou et je viens appuyer mon genou sur sa colonne vertébrale, en haut du coccyx, là où ça fait bien mal.

– Réponds !

– Je… Je ne sais plus… Ouais, peut-être…

Je l'attrape des deux mains pour le retourner vers moi et coller mes yeux dans les siens.

– Cette fille, pas de chance pour toi, c'est ma copine.

Mon poing s'écrase encore sur sa joue. Mais cette fois, il se relève assez vite et me décoche un coup direct dans le ventre. Je ne l'avais pas vu venir. Je réagis vite et envoie un direct du gauche et un genou en même temps dans les côtes. Il hurle, recule, et je saute sur l'occasion pour l'attraper à la tête, par les cheveux et lui cogner le crâne contre son bureau métallique moderne. Le bruit est assourdissant et il laisse du sang partout.

Josh hurle de plus belle et s'accroche quand je le laisse retomber. Je prends mon élan pour lui donner un violent coup de pied dans les côtes. Il va rouler à terre en se tordant de douleur.

Il a déjà le nez cassé et je lui ai sûrement fêlé deux ou trois côtes. Je m'accroupis au-dessus de lui et referme mes doigts sur son cou pour l'immobiliser. Il se débat, mais je le tiens fermement.

– Touche-la encore une fois, approche-toi d'elle à moins d'un mètre et t'es un homme mort. Je te brûlerai vif, c'est clair ? C'est clair ?

Il finit par hocher la tête en s'étouffant dans son sang.

Je souris et lui attrape le bout du nez cassé pour le pincer.

– C'est bien, tu comprends vite.

Il hurle encore à s'en déchirer la gorge et moi je me lève. *Il est temps que je foute le camp d'ici.*

Je sors de la chambre sans refermer la porte et je croise un mec dans le couloir qui me regarde intrigué. Ouais, je ne suis pas d'ici, enfoiré...

Je l'arrête en tirant sur son bras.

– Il y a un mec dans la chambre du fond qui aurait besoin d'une ambulance.

Et je descends pour ressortir. On me regarde bizarrement. Putain, avec tout ça, je n'ai toujours pas trouvé Lexie.

Dans le métro, les gens ne s'approchent pas de moi. J'imagine qu'avec mes poings en sang, je ne dois pas avoir l'air commode.

Dans l'immeuble de Lexie et Zara, je me mets presque à courir. *Faites qu'elle soit revenue !*

Mais quand je passe la porte, le salon est vide. Et sa chambre aussi. Il est bientôt quatre heures et demie. *Où est-ce qu'elle peut bien être ?*

Avant de devenir fou, je file sous la douche et me lave du sang de cet imbécile. J'ai un bleu qui se dessine sur le ventre. Mais ça disparaîtra dans quelques jours.

Douché et changé, je vais me poser sur le canapé. Et j'attends. Dans le noir et le silence. *Et s'il lui était arrivé quelque chose, comme*

Zara l'a dit ? Non, impossible. Je l'aime tellement, je le sentirais... *Elle va bien. Je suis sûr qu'elle va bien.*

Mais je ne rentrerai pas à Boston tant qu'elle ne sera pas de retour.

Je finis par me lever et me rendre dans sa chambre. Je me laisse tomber sur son lit et enfouis ma tête dans l'oreiller pour sentir son odeur. Cette relation ne peut pas être vouée à l'échec. Je l'aime tellement que ça me bouffe.

– Lexie...

Il n'y a que moi pour entendre mon gémissement étouffé.

33
Alexandra

J'ai réussi à dormir un peu. Malgré la raideur du lit et le fait que j'ai eu froid dans la petite chambre de Leo. Sa couverture polaire et son couvre-lit en patchwork ne sont pas épais. Pourtant j'avais gardé mes vêtements.

Ce n'est pas la chambre où il m'avait mise la dernière fois. Celle-ci est beaucoup plus cosy et plus décorée. Il y a un grand lit en bois et un bureau sur lequel traîne un ordinateur. Un placard. Et une grande bibliothèque, aussi. Il a quelques livres, ce qui m'a étonnée. Des classiques, en plus. Dans un coin est entreposé tout un matériel audio qui prend beaucoup de place : des platines et un tourne-disque, des baffles immenses et un ampli. Sur sa bibliothèque, il y a une importante collection de disques et de vinyles passant par du rap, de la pop et de l'electro. Sur les murs, il y a plein d'affiches de concerts, de groupes ou de chanteurs.

J'ai laissé la lumière allumée. Il n'a pas de veilleuse et je n'arrive pas à dormir sans lumière dans un endroit que je ne connais pas. Et puis, je n'étais pas complètement rassurée d'être dans un endroit comme ça, avec lui, et peut-être son pote, si ce dernier décidait de rentrer.

Je regarde le jour qui perce derrière les rideaux éclairant partiellement la petite chambre aux murs jaunis.

C'est une vieille maison. Mais elle est bien entretenue. Dans la chambre de Leo, il n'y a pas de vêtement qui traîne, ni rien de déplacé.

Je tire la couverture sur moi, ne laissant dépasser que mes yeux, et je me roule en boule. Austin part ce soir, normalement. Je suppose qu'il est calmé, depuis hier. Mais je ne me sens pas encore de lui parler. Il continue à me faire du mal. Encore et toujours.

Bien sûr, tous les couples se disputent. Parce que le mec a oublié de baisser la lunette des toilettes, parce que la fille a discuté avec un autre garçon, parce que lui ne fait jamais le ménage et parce qu'elle le lui reproche tout le temps. Parce qu'il n'est jamais à l'heure et parce qu'elle stresse pour un rien. Mais nous, nous nous disputons pour bien plus que ça. Parce qu'il ne se contrôle pas quand il est en colère et parce qu'il me ment tout le temps. Parce qu'il n'est pas honnête. Parce que je pars au quart de tour et que je suis explosive au moins autant que lui. Et je ne veux pas d'une relation comme ça. Chaque fois, je me dis que ça va aller, et on se bat de nouveau. Peut-être que Leo a raison, peut-être vaut-il mieux que je prenne mes distances…

J'en suis là de mes pensées quand la porte de la chambre s'entrebâille doucement. Leo passe la tête pour me regarder, la main sur la poignée.

Il a les cheveux en bataille.

– Salut.

Je ne réponds pas et ravale les larmes que j'allais laisser s'échapper.

– Ça ne va pas ?

– Si. Je suis juste…

– Fatiguée ? finit-il pour moi.

– Ouais… C'est ça…

Il entre et referme la porte.

– Je peux ?

Je fais oui de la tête et il vient s'asseoir au bord du lit. Il est vêtu seulement d'un jean et ses muscles se dessinent sous sa peau. Je suppose que les filles doivent vraiment le trouver de bon goût.

C'est alors que je remarque un tatouage sur son épaule droite. Il est assez important. Il y a une arme avec une rose et une phrase en dessous : « Only God can judge me[14] ».

Je joue avec la chaîne de baptême qui est à lui, mais qui se trouve autour de mon cou.

– Tu as laissé la lumière allumée toute la nuit ?

Je hoche la tête, et lui lève un sourcil.

– Pourquoi ? Tu as peur du noir ou tu avais peur que je rentre dans ta chambre quand tu dormais ?

– Je ne dors pas dans le noir. Même chez moi.

Il fait une moue d'incompréhension.

– Pourquoi ?

Je hausse les épaules. Je ne vais pas lui dire que sa mère était une cinglée qui m'enfermait dans les placards.

– Tu es bizarre, comme meuf. Je ne sais pas, il y a un truc qui m'intrigue, chez toi, mais je n'arrive pas à mettre le doigt dessus. Pousse-toi…

Je grogne en quittant la place chaude que je m'étais faite, pour aller vers le bout froid et vide du lit. Il s'allonge sur la couverture, les bras derrière la tête. Je la tire de dessous lui pour m'enrouler dedans.

– C'est quoi ce tatouage ?

– Bah comme tu viens de le dire, c'est un tatouage.

Je plisse des yeux et il tourne la tête pour me regarder.

– Tu ne dois pas poser de question là-dessus. Tu ne voudrais pas savoir.

– Et si je veux savoir…

– Tu le regretterais. Crois-moi t'as pas envie de te retrouver embarquée dans mes histoires. Moins t'en sais, mieux tu te porteras. Et je n'ai pas très envie que tu connaisses cette partie-là de ma vie.

– Pourquoi ?

– Parce que tu ne voudrais plus me voir. Et parce que je ne veux pas que tu sois impliquée dans mes affaires.

Je souris en coin.

---

14. Seul Dieu peut me juger.

– Qui t'as dit que je voudrais te revoir, de toute façon?

– Touché.

– Tu sais que j'ai un copain.

– Ouais, et ?

– Rien, je précise, c'est tout.

Il manquerait plus que mon propre frère essaie de me draguer. *Beurk.*

J'aimerais lui dire qu'il est mon frère. Je pèse encore le pour et le contre. J'attendais de savoir s'il était quelqu'un de bien. Et je ne le sais toujours pas. Bien sûr, on ne choisit pas, il sera mon frère, que je décide de lui dire ou pas. Mais s'il est aussi dangereux, comme je le soupçonne parfois, alors j'aimerais éviter de l'avoir de trop dans ma vie.

– Tu crois qu'un mec et une meuf peuvent pas être potes sans qu'il y ait autre chose entre eux ou quoi ?

– Si, je le pense. Mais je préfère préciser.

– Pas la peine. Tu n'es pas mon genre. Je les aime beaucoup moins emmerdantes et plus saines d'esprit.

Je tends la main pour lui pincer le bras.

– Aïe !

– Espèce de petite frappe. Qu'est-ce que tu insinues par là…

– Que tu dois avoir de sacrés problèmes pour t'être fait ça !

Il tire sur mon poignet avec mon tatouage et observe mes cicatrices. Je tire de nouveau mon bras vers moi et l'enfouis sous la couverture.

– Ça ne te regarde pas.

– Pourquoi t'as fait ça ? C'est à cause de lui ? Faut vraiment que tu largues ce taré!

– Ta gueule.

Je ferme les yeux pour m'empêcher de pleurer. J'ai les nerfs à vif et je suis à fleur de peau.

Leo murmure, à présent.

– Pourquoi tu prends des cachets comme ça ? J'ai été voir sur Internet, c'est vachement fort, ce truc. T'es genre… schizo ou quelque chose du genre ?

J'ouvre brusquement les yeux. *Non, ma mère était schizophrène, pas moi ! Ta mère, espèce de p'tit con !*

– Tu trouves que j'ai l'air d'une cinglée ?

– Pas vraiment, c'est pour ça que je pose la question.

Je me tais un instant et il m'observe encore, attendant une réponse. Je rabats la couverture rageusement et me retourne sur le dos pour fixer le plafond. Je passe les mains dans mes cheveux pour tenter de les discipliner.

– J'ai des troubles de la personnalité. Je suis borderline. Mais j'essaie de gérer ça.

– Et ça veut dire quoi ?

– Ça veut dire que je me laisse souvent dominer par mes émotions. Et que je ne sais pas toujours les gérer.

– Ouais, comme la plupart des meufs... Et c'est pour ça que tu as ça sur ton poignet?

– Exact.

Il fait la moue et hoche la tête.

– T'es dépressive ?

– Hmm... Je l'ai été à une période...

Il se redresse sur un coude pour me regarder.

– Ma mère était dépressive. Je n'ai jamais compris les gens dépressifs.

Je tourne vivement la tête vers lui. Il me sonde de ses yeux noisette. C'est la première fois qu'il me dit quelque chose de personnel sur lui. *Sa mère ?* Sans doute sa mère adoptive.

– Comment elle éta... elle est?

Je me suis rattrapée pour mettre ma phrase au présent. Il n'a pas à savoir que je suis au courant pour le décès de ses parents adoptifs.

– Elle restait enfermée pendant des jours entiers dans sa chambre, dans le noir. Elle ne voulait parler à personne. Mon père s'occupait de ma sœur et moi. Et elle, on ne la voyait presque jamais.

Mon cœur s'est mis à battre plus vite. *Sa sœur...* Un sentiment de jalousie intense s'empare de moi. Qu'est-ce qu'il m'arrive ? Je ne devrais pas ressentir ça. Surtout que sa sœur est décédée.

Je l'interroge d'une toute petite voix.

– Et maintenant ? Elle est où ?

Il prend une grande inspiration et se laisse retomber pour fixer à nouveau le plafond.

– Morte. Il y a longtemps.

– Et ton…

– Ils sont tous morts. Ne te sens pas obligée de me sortir des merdes comme « Toutes mes condoléances », « Je suis désolée », ou je ne sais pas quoi. Je vais bien. C'était il y a longtemps.

Je ne dis plus rien. Il a l'air détaché en disant ça, mais je suis sûre que ce n'est qu'une façade. On ne passe pas à autre chose comme ça. Pas quand il s'agit de ses parents.

Je regarde l'ampoule nue qui pend de son plafond.

– Moi aussi ma mère est morte. Il y a longtemps.

– Ah bon ?

– Oui. Mon père est marié avec quelqu'un d'autre. Mais de toute façon, il s'était séparé de ma mère avant mes un an.

– Pourquoi ?

– Elle était… spéciale.

J'ai bien conscience que je suis en train de lui parler aussi de sa mère, mais ça me fait bizarre. Alors je me tais. On ne parle plus pendant plusieurs minutes.

Leo finit par rompre le silence entêtant.

– Est-ce que tu es suivie par un psy pour ces conneries ?

– Ouais. J'ai rendez-vous une fois par mois, maintenant. Mais avant, j'étais tout le tempssuivie.

– Tu as été internée après ça…

Il pose ses doigts froids sur mon poignet et touche mes cicatrices, me faisant frissonner.

– Oui.

– C'est la merde, non ?

– Ouais…

Il me regarde et je vois de la compassion transparaître dans ses yeux.

– Tu sais ce qu'il y a de plus horrible en hôpital psy ? À part le fait de te bourrer de cachets et de ne presque plus rien ressentir, tellement t'es stone…

– Les cris ? Ça doit être vraiment barré comme endroit !

– Non pas les cris. Quand on crie, ça veut dire qu'il y a de la vie. Du désespoir, mais de la vie. Non, ce qui est dur, c'est que tu sais qu'il y a des centaines de personnes autour de toi, mais tu n'entends rien. Le silence, ça c'est dur. Comme si nous étions des âmes sans vie. Un silence assourdissant. Heureusement que j'ai eu le droit de garder mon baladeur et mon casque. Il y a des fois où le silence me plombait vraiment le moral.

– Oh...

On reste encore comme ça un moment avant que Leo ne se lève du lit.

– Je ne bosse pas, aujourd'hui, tu ne vas pas en cours, toi?

– Non. Je n'en ai pas envie.

– Petit déj ?

– Ouais.

– Dans la salle de bain, il doit y avoir une brosse à dents neuve dans le placard du haut.

– Ok. Merci.

Il se lève du lit et se dirige vers la porte.

– Leo...

Il se retourne.

– Merci. Je veux dire... Pour tout ça...

Il a l'air gêné.

– J'ai rien fait d'autre que te prêter un plumard pour la nuit. Et pour le dîner d'hier soir t'as intérêt à m'inviter au restau la prochaine fois parce que tu m'as fait payer une blinde!

Il sort de la chambre et je ris toute seule. *Non mais, quel sale caractère !*

Après un passage à la salle de bain où je remets notamment de l'ordre dans mes cheveux, je descends le rejoindre. Il est dans la cuisine et fouille dans les placards.

– Putain, j'ai oublié de faire les courses... Il n'y a plus de céréales. Il reste que... du lait et des œufs. Œufs brouillés ?

– Si tu as de la farine, je peux nous faire des crêpes...

Il fouille dans un autre placard de la cuisine vintage.

– Hmm... Je dois avoir ça, ouais. Tiens...

Je l'aide à sortir tout ce qu'il faut et je me mets à nous faire des crêpes.

– Tu as de la bière ?

Il hausse les sourcils.

– Pour quoi faire ? Tu veux boire de si bon matin ?

– Non, pour mettre dans les crêpes. C'était l'ingrédient mystère de maman. Elle faisait toujours des crêpes à la bière.

– Cool.

Je pensais qu'il me laisserait faire pour vaquer à ses occupations, mais non, il reste dans mes pattes. Il reste debout à côté de moi pour me regarder faire.

– Tu veux mélanger ?

– Comme ça ?

Je le laisse faire. Il en met partout, mais je ne dis rien. Ça a l'air de l'amuser. Il ressemble à un petit garçon.

– Plus fort, il faut faire disparaître les grumeaux.

Et il essaie même de faire sauter les crêpes à la poêle. On tartine le tout généreusement de chocolat avant d'en manger plus de la moitié. Il en reste à peine quelques-unes, à la fin.

– Je crois que personne n'a plus cuisiné ici depuis longtemps.

– Tu manges quoi, alors ?

– Des plats déjà préparés ou achetés au drive du coin.

– Et t'es pas déjà obèse ?

– Pas avec tout le sport que je fais. Je fréquente une salle de sport pas loin d'ici. Tu veux écouter de la musique ?

– Si tu veux.

Nous passons le reste de la matinée dans sa chambre à fumer et à écouter des disques. Il me fait écouter de la pop, de l'electro, du hip-hop, et surtout du rap. Mais ça n'a rien à voir avec les textes sexistes que je connaissais. L'argot est souvent utilisé et je ne comprends pas tous les jeux de mots. Mais cela parle plus de problèmes sociaux, de chômage, de pauvreté, de racisme, d'homophobie et d'exclusion.

Il s'affaire à refaire mon éducation musicale en me faisant écouter du Run-DMC, du Public Enemy, du 2Pac ou du Notorious B.I.G.

Je n'aime pas tout, mais pour certains, ce n'est pas désagréable.

Il me fait même écouter des musiques qu'il a composées. Ce que je préfère.

Leo est en train de chanter quand la porte d'entrée en bas claque violemment. Nous sursautons.

– Hijo de puta [15] !

Je reconnais la voix de son pote qui hurle. Leo baisse la musique et hausse les sourcils, il sort de la chambre et je saute sur mes pieds pour le suivre.

On déboule dans le salon quand Ramos envoie un violent coup de pied dans la gueule d'un autre mec. Un Afro-Américain, déjà bien amoché, qui s'écroule par terre.

Ils ne sont pas seuls, il y a une fille avec eux. Une brune qui grelotte comme pas possible sous son manteau noir à capuche. Elle a de longs cheveux brun filasse et ses orbites semblent anormalement enfoncées dans son crâne. Elle est blême et regarde partout comme si elle ne savait pas où elle se trouvait.

À notre arrivée, Ramos lève les yeux.

– C'est lui qui nous a balancés ! Et il a vendu sa came à Cali !

De la main, il désigne la fille dans un coin. *Je me disais bien qu'elle était stone* !

Leo se précipite sur le meuble du salon et ouvre un tiroir. Quand il en sort une arme, j'écarquille les yeux et recule instinctivement. Je n'ai jamais vu d'arme à feu d'aussi près.

– Mon Dieu...

Je plaque une main sur ma bouche pour étouffer mon cri alors qu'il pose son flingue sur la tempe du type par terre.

– Alors c'est toi qui nous as balancés ? Tu sais ce qu'on fait aux balances, ici ?

Je ne sais pas ce qu'ils veulent lui faire et je crois que je ne veux pas le savoir. *Il ne va pas le tuer, au moins ?*

Je sais que dans les gangs, les balances sont les pires. On ne leur épargne rien. Ils se font souvent descendre. Mais Leo n'est pas comme ça, hein ?

Je n'arrête pas de fixer l'arme qui a jailli de je ne sais où. Je ne veux pas être témoin de quoi que ce soit. Et je ne veux pas être dans la même pièce que ça.

Je suis sur le point de m'enfuir quand la fille saute à mon cou.

– Eh... T'en as, toi ? Tu m'en files ?

---

15. Fils de pute !

J'esquisse une grimace de dégoût et recule. Elle s'accroche à moi et renifle.

– S'il te plaît, je peux payer…

Je déteste vraiment les toxicos.

– Non, je n'ai rien. Lâche-moi…

Elle se gratte les bras.

Génial, c'en est une dure, en plus. Elle se pique. Qu'est-ce que je fous là, putain ?

– Blanca ? Qu'est-ce qu'elle fout là ? demande Ramos en se tournant vers Leo.

– C'est… C'est une pote, c'est tout.

Il relève le mec par terre et le tient par le col de son t-shirt. Mais Leo me regarde un instant. Comme s'il se souvenait de mon existence.

– Faut que je règle un truc, je dois partir un moment !

– Ok, dans ce cas, je m'en vais.

– T'es pas obligée. J'en ai pas pour longtemps. Ramos va s'occuper de Cali, elle ne te fera pas chier.

– Non, je… Il vaut mieux que je parte.

J'attrape mon manteau et détourne les yeux. Je ne veux pas le vexer, mais là, c'est trop pour moi.

– Écoute, ce n'est pas…

– Ne te justifie pas. On n'est pas du même monde. C'est toi qui l'as dit. Salut.

Il plisse des yeux et s'avance pour prendre quelque chose sur la table basse avant de me le lancer. Je rattrape au vol un billet de cinquante dollars.

– Tiens, prends ça. Tu n'as pas ta carte pour le métro. Paye-toi un taxi si tu veux. Allez casse-toi !

Il a l'air en colère. *Il est énervé parce que je me tire ?* Mais je ne suis pas habituée à tout ça, moi !

– Pfff… Ouais, ok. Salut.

Je sors en claquant la porte.

*Bordel ! Mais c'*était quoi toute cette merde ?

Je réussis à attraper un taxi quelques rues plus loin. Il y a des embouteillages et il est déjà quatorze heures quand il me dépose devant mon immeuble.

Avec un soupir de désespoir, je paie le chauffeur et monte les marches de la condamnation. Mon bourreau m'attend. Je ne me sens pas d'affronter le volcan incendiaire qu'est Austin. Alors je décide de respirer un grand coup. *Je serai zen ! Une eau immuable.*

Je pousse la porte de l'appartement.

34
Austin

Zara me jette un regard mauvais. Ça fait au moins la quinzième fois depuis ce matin qu'elle me regarde comme ça. *Ok j'ai merdé ! J'ai compris ! Je suis suffisamment inquiet comme ça !*

Elle n'est pas rentrée de la nuit. Elle n'est pas rentrée ce matin et Zara a fini par aller voir à son tour dans cette fraternité de merde, si elle n'y était pas avec l'autre. Mais non.

J'ai fait le tour du quartier sans la trouver non plus.

Il est presque quatorze heures. Je vais attendre jusqu'à ce soir et après j'appelle les flics.

Sacha refuse de m'adresser la parole. Très bien. De toute façon, je n'ai pas envie de parler. Je n'ai pas beaucoup dormi et je réfléchis encore à ce que je vais dire à Lexie. Dans ma nuit d'insomnie, je lui ai encore écrit une lettre. Mais si, il y a des mois, elle ne m'a plus parlé quand même alors que je lui ai écrit cette putain de lettre, cette fois-ci, elle me parlera encore moins. Parce que celle-là n'a rien à voir. Au contraire. En la lisant, elle aura sûrement envie de ne plus jamais m'adresser la parole. De ne plus me voir et de ne plus m'approcher.

Mais il était temps que je lui dise tout ce qu'elle ne savait pas encore. Après, peut-être pourrai-je commencer à me regarder en face. Et à faire en sorte de la mériter.

Je me demande vraiment où elle a passé la nuit.

J'ai rangé sa chambre, fait son lit, nettoyé, plié ses vêtements et mis de l'ordre.

Je veux juste qu'elle sente que ce n'était que des mots en l'air et que je ne le pensais pas.

Zara soupire et regarde l'heure pour la énième fois.

Je me sers en café quand, tout à coup, j'entends des pas dans l'escalier. Sacha se tourne vers la porte et Zara bondit sur ses pieds.

Quand la poignée de l'appartement tourne, ma tasse s'échappe presque de mes mains. Je la rattrape et la pose sur la table.

Lexie entre sans nous adresser un regard et referme derrière elle. Elle porte les mêmes vêtements que la veille, mais elle a l'air normal, reposé, même. Elle a meilleure mine que nous.

Zara se précipite vers elle.

– Lexie ! Mais t'étais où ? Tu vas bien ?

Lexie reste interdite un instant quand Zara la serre dans ses bras. Elle lui rend son geste en lançant un regard vers Sacha, puis vers moi. Elle me fixe. Sans aucune expression. Impossible de savoir ce qu'elle pense, si elle est en colère, si elle m'en veut encore, si elle veut qu'on parle ou pas…

– Tu vas bien ? lui redemande Zara en se détachant d'elle pour l'observer.

– Mais oui, finit-elle par dire en soupirant.

Zara se recule et fait quelque chose auquel je ne me serais jamais attendu de sa part. Elle lui décoche une gifle magistrale dont le bruit résonne dans la pièce. Sacha écarquille de grands yeux et moi je reste sidéré. Lexie vacille et se tient la joue.

– Mais t'es complètement folle ! hurle-t-elle.

Zara rugit en faisant de grands gestes vers elle comme une mère énervée. Lexie recule et se colle contre la porte quand Zara crie en lui pointant un doigt sous le nez.

– Non, c'est toi qui es complètement folle ! Tu te tires sans prendre ton portable et tu te ramènes comme une fleur le lendemain, alors que moi je n'ai pas dormi de la nuit ! Tu te rends compte du stress que tu me crées ? Je me suis dit qu'on allait te retrouver à l'hôpital ou qu'on ne te retrouverait pas du tout !

– Ce n'est pas la peine de me hurler dessus !

– Si c'est la peine ! Je suis fatiguée de m'inquiéter pour toi comme ça ! Tu ne peux pas penser un peu aux autres ? Tu ne t'occupes que de toi et de ta petite personne ! Et il ne faut jamais rien te dire par peur que tu le prennes mal, mais tu sais quoi, j'en ai marre ! Arrête un peu d'être aussi indifférente !

Je n'ai jamais vu Zara et Lexie se disputer. Zara est si énervée qu'elle est toute rouge et que ses cheveux gonflent quand elle secoue la tête pour parler. On dirait un chat dont les poils se hérissent. Même moi, elle me fait peur. Je comprends que Lexie ne dise rien et la regarde avec stupéfaction.

– Zara, c'est bon…

Quand je tente de parler, je me fais arrêter par le regard noir de mon amie sur moi. Je recule instantanément.

– Oh toi, tu la fermes ! Tout ça, c'est ta faute ! Vous me saoulez, tous les deux ! J'en ai marre de vos conneries ! Il n'y en a que pour vous et ça commence à me gonfler. Vous êtes le couple le plus énervant que je connaisse ! Vous vous aimez soi-disant, mais vous êtes toujours en train de vous battre et de vous quitter encore et encore. Arrêtez cette relation de merde si vous n'arrivez pas à faire la part des choses ! Vous avez ramené vos problèmes avec vous de Mary Island. Vous êtes sans doute de ces couples qui s'aiment, mais qui ne sont pas faits pour être ensemble. Allez voir ailleurs et arrêtez de nous faire chier avec vos histoires !

Elle s'étrangle presque en criant. Sa voix aiguë et fluette résonne dans l'appart. Elle tremble de colère.

– Je vous interdis de vous plaindre encore à moi. D'ailleurs, pendant un certain temps, je vous interdis de m'adresser la parole tout court !

Elle finit par traverser le living-room d'un pas décidé et s'enferme dans sa chambre en claquant la porte.

Un silence assourdissant, seulement brisé par le faible bruit des dessins animés de Sacha, que même lui ne regarde plus, emplit la pièce.

Lexie appuie la tête contre la porte et ferme les yeux. Finalement, elle soupire et s'essuie les yeux pour filer dans sa chambre en refermant la porte avec délicatesse. Elle se retient de pleurer, je le sais. Entre Zara et moi, elle ne doit plus savoir où se mettre.

Sacha me regarde enfin. Même lui m'assassine du regard.

– Tu restes là, je reviens.

J'ai le cœur qui bat vite. On en est là à cause de moi. Mais Zara vient d'en rajouter une couche. Elle est énervée et, comme nous, quand elle passe ses nerfs, elle dit n'importe quoi. Mais c'est faux. On s'aime. On peut être un vrai couple. Si on essaie de dépasser nos tempéraments explosifs. Et si Lexie veut encore me parler après avoir lu cette lettre…

Je cogne à sa porte. Elle ne répond pas. J'ouvre doucement. Elle est assise par terre, sur la moquette, appuyée contre son lit et regarde ses pieds. Elle ne pleure pas, mais elle a l'air vraiment malheureux.

– Je peux entrer ?

– Si je dis non, ça compte ?

Sa réponse m'importe peu. Elle me parle, c'est déjà ça. J'entre et referme derrière moi. Je viens m'asseoir près d'elle sur la moquette et contre son lit.

– Je suis désolé.

Autant commencer par le plus simple et aussi par être honnête.

– J'ai déjà entendu ça quelque part.

– Je sais. Je sais que je le dis tout le temps, mais c'est vrai. J'ai… Ma bouche va plus vite que mes pensées. Bien trop souvent.

Elle soupire et je remarque une minuscule tache sur son menton. Elle n'a pas de grain de beauté, là. Je tends la main et prends son menton pour essuyer du pouce.

Elle se fige et recule presque. J'essaie de faire comme si ce geste ne me vexait pas. Et c'est un gros effort.

– Tu as mangé du chocolat ?

– Des crêpes au chocolat.

Mon sang ne fait qu'un tour mais il faut que j'apprenne à communiquer sans m'énerver.

– Où est-ce que tu as dormi ?

Elle met du temps avant de répondre. Longtemps. Et quand elle le fait, j'aurais finalement préféré qu'elle ne me dise rien.

– Chez un ami.

– *Un* ami ?

– C'est ça.

– Et il t'a fait des crêpes ?

– Non, *je* lui ai fait des crêpes. Et lui il m'a joué du piano.

Je fronce les sourcils et hésite à me lever pour partir avant de faire une connerie, comme la plaquer contre la porte et la forcer à me dire qui c'est, pour aller le tuer.

C'est quand elle lève les yeux vers moi que je comprends. Elle me teste. Elle me pousse à bout exprès. Pour voir ma réaction. Elle me fixe de ses grands yeux verts et je soupire.

– Écoute. J'ai regretté tout ce que j'ai dit à l'instant où je l'ai prononcé, d'accord ? Je ne veux pas retomber dans ce que nous avons vécu. Je t'aime et...

– Tais-toi. J'en ai marre d'entendre ce ramassis de conneries. Zara a raison. On répète les mêmes erreurs et on n'a toujours pas compris.

– Qu'est-ce que tu veux dire ?

Elle fixe le mur devant elle avec un visage inexpressif.

– Je veux dire que, toi et moi, on devrait sans doute faire une pause.

Mon cœur bondit dans ma poitrine.

– Non.

– Si.

– Non. On vient de passer des mois sans se voir ni se parler. Je ne veux pas revivre ça. Tu m'entends ?

Elle a la lèvre du bas qui tremble. Je sais qu'elle se retient de pleurer. Je voudrais juste qu'on oublie tout ça. Mais je sais que c'est impossible.

– Bébé... Je sais que je fais toujours tout foirer. Je réagis au quart de tour et tu t'en prends plein la gueule. Mais...

J'essaie encore de trouver mes mots.

– ... je veux changer. Je ne sais toujours pas ce qu'il faut faire et quand il faut le faire avec toi.

– C'est moi le problème, maintenant ?

– Non. Ce n'est pas ce que j'ai dit. C'est juste que je suis impulsif. J'ai toujours été comme ça, mais depuis que je suis avec toi, c'est pire. Ça me rend dingue tout ce que tu fais, tes réactions, et même les gens que tu fréquentes. Je ne sais pas, mais tu me rends vraiment dingue.

Ses poings sur la moquette se serrent. Elle est en colère. Mais je veux être honnête.

– Il faut te faire soigner. Peut-être que c'est toi qui avais besoin d'un séjour en HP.

Elle est cassante. Mais comment lui en vouloir ?

J'observe son magnifique visage de profil. J'aimerais l'embrasser, mais j'ai trop peur de me prendre une baffe monumentale.

– Peut-être. Sans doute. J'ai conscience de me chercher des excuses, mais je ne sais pas comment expliquer tout ça autrement.

– Je n'ai pas besoin d'explications. J'ai besoin que tu partes.

Elle est affreusement distante. Complètement détachée. Et son petit nez se retrousse comme quand elle est en colère.

Et tout à coup, elle se tourne vers moi. Quand elle parle, j'ai l'impression que ce sont des lames de poignard qui sortent de sa bouche pour me lacérer.

– Tu m'étouffes, Austin. Depuis que je t'ai rencontré, je n'ai plus pensé à autre chose qu'à toi. Toute ma vie, depuis un an et demi, tourne autour de toi. Mais toi, tu t'en fiches. Tu me prends pour acquise et tu crois que tu peux faire ce que tu veux avec moi. Tu me fais tout le mal du monde et tu attends juste que je te pardonne. Mais j'en ai marre de tes conneries. Je ne te laisserai pas jouer avec moi. Retourne chez toi, avec ton fils. Et si tu tiens un tant soit peu à moi, alors laisse-moi respirer. J'ai besoin d'air.

Je la regarde, interloqué. Je ne m'attendais pas à ce qu'elle réagisse bien, mais quand même…

– S'il te plaît, Austin. Va-t'en. Rentre chez toi.

J'ai toujours pensé que chez moi, c'était elle. Inévitablement, je reviens toujours vers elle. Alors me dire de rentrer chez moi c'est un peu de l'ironie, non ?

Je serre les dents. Elle est différente, aujourd'hui. Elle ne hausse pas le ton. Peut-être parce que Zara vient de nous hurler dessus et qu'elle en a assez des cris. Elle dit tout ça si calmement, comme si ça lui importait peu. Mais depuis tout à l'heure, elle me teste. Je ne tomberai pas dans le panneau. Pas cette fois.

– Je vais te laisser respirer. Si c'est ce que tu veux…

– Oui, je le veux.

Aucun tremblement dans sa voix, aucun trémolo pour dire qu'elle n'est pas sûre d'elle. Aucune hésitation. Pas un soupçon de sentiments contradictoires dans ses grands yeux verts. C'est clair, elle en vraiment marre de moi et de mes conneries.

– Alors je m'en vais. Mais d'abord, je voulais te donner ça.

Je tire les feuilles pliées de ma poche et les lui tends. Elle regarde un instant ma main tendue, étonnée, avant de partir d'un petit rire dédaigneux sans la prendre.

– Une lettre ? Sérieux ? L'autre ne t'a pas suffi ? En quoi celle-ci changera quelque chose ?

Je résiste à l'envie de la lui balancer à la figure. Elle m'énerve quand elle est aussi méchante. Mais je serre encore les dents et ne dis rien. J'ai déjà merdé et je ne veux pas en rajouter.

– Lis-la, s'il te plaît. Après seulement tu prendras une décision. Je vais rentrer à Boston avec Sacha. Mais je t'appellerai. Et si tu décroches, alors ça voudra dire que tu veux bien essayer, ok ?

Elle ne répond pas. Je pose les feuilles sur son lit et me lève.

– Je sais que je l'ai dit et redit, mais je suis désolé. Et je t'aime. Même quand tu es mauvaise, comme là, tout de suite, et que j'ai un peu envie de t'étrangler, je t'aime. Je t'aime et la plupart du temps, ça me dépasse. Mais je t'aime tout de même.

Elle penche sa tête sur ses genoux en soupirant. *Ok, je m'en vais.*

Je ferai tout pour qu'elle me pardonne. Même lui laisser de l'espace.

Je me retourne et me penche pour l'embrasser sur le haut de la tête, dans ses cheveux. Elle ne bronche pas.

Je sors sans refermer la porte.

– On s'en va, Sacha !

Mon fils se lève doucement du canapé. Et moi, je mets mon blouson avec un mal de cœur terrible. Je n'ai aucune envie de partir. Mais je n'ai pas le choix. Et puis Zara va péter un câble si je suis encore là dans quelques heures.

– On rentre à la maison ? demande Sacha, en enfilant ses chaussures.

– Ouais.

– On peut pas rester encore un peu ?

– Non.
– Et Lexie elle vient ?
– Non. Grouille-toi !
– Pourquoi elle vient pas ?
– Sacha, bouge ! Et arrête de poser des questions !
– Je veux pas partir.
– Je ne t'ai pas demandé ton avis.
– On pourra revenir ?

Je m'approche et l'aide à enfiler sa veste. Il me gonfle.

– Dépêche-toi !

Il me passe devant quand je tire sur son bras pour le faire avancer. Et je prends nos sacs pour sortir. Ni Lexie, ni Zara ne viennent nous dire au revoir. Finalement, ce week-end ne s'est pas du tout passé comme prévu.

✦✦✦

À la maison, j'envoie Sacha au bain avant de mettre nos vêtements à tremper. Parfois j'ai la flemme de descendre à la laverie et préfère encore faire la lessive à la main.

Sacha a manqué deux jours d'école et moi un peu plus, même si je m'en fous. Je ne peux même plus faire ce que je veux parce que je suis toujours obligé de penser à lui, maintenant. C'est dur, d'avoir un gosse, putain. Ça vous empêche de faire un tas de trucs. Mais il est là et il n'a rien demandé. Tout ça, c'est ma faute.

Sacha saute dans la baignoire et en met partout.

– Arrête ça ! Je vais te noyer si tu continues tes conneries !

Il saute encore et m'éclabousse. Je suis trempé de la tête aux pieds. Son rire éclate et ricoche sur les murs carrelés. Je ne peux m'empêcher de rire aussi.

– Espèce de p'tit monstre !

Je l'attrape et le plonge dans le bain et il se débat, m'en mettant encore plus partout. Nous rions tous les deux en tombant dans la baignoire alors que je suis tout habillé.

Quand je me relève, Sacha me regarde un instant et son sourire disparaît petit à petit. Ses yeux perçants me tétanisent.

– Pourquoi tu es méchant, parfois ?

Les enfants posent les questions les plus intelligentes, non ?

Je soupire.

– Je n'en sais rien.

Et c'est vrai, en plus.

– Mais Lexie, elle est gentille avec moi.

– Oui, je sais.

– Je l'aime bien.

Je souris.

– Oui je sais, ça aussi.

– Tu vas lui demander pardon ?

– C'est déjà fait. Allez sors de là, maintenant...

– Mais est-ce qu'elle sera ta femme un jour ? Parce que mamie, elle dit que...

– Arrête de toujours écouter mamie ! Et puis non, qu'est-ce que tu peux raconter comme conneries. Je n'ai pas besoin de femme.

– Si t'en as besoin !

– Ferme-la ! Et sors de là.

Faudrait vraiment que je lise des bouquins sur la paternité. Je ne suis pas sûr de bien m'y prendre, mais je ne sais pas faire autrement.

Une heure plus tard, quand j'ai enfin fini par sortir Sacha du bain et laver le linge, je lui sers des pâtes et des légumes que ma mère a laissés au frigo pour nous. Et je prends la peine de regarder mon courrier.

Il y a une enveloppe bizarre. Brune et cachetée avec un tampon à la cire. Je l'ouvre. Et là, c'est la grosse blague. Après l'annonce de mon père et Caroline, je suis cette fois cordialement invité au mariage de :

Joshua Mason Perez-Reed

&

Taylor Mary Gabrielle Stevens

Une cérémonie se déroulera le 12 juin, à 14 heures, dans la petite chapelle St James, à St Raphael, avant que tout le monde ne se retrouve chez Joshua pour fêter ça dignement.

Génial ! L'univers entier se fout de ma gueule !

35
Alexandra

– Et Lexie, elle vient ? Pourquoi elle vient pas ?

La petite voix de Sacha résonne encore dans l'appartement alors que la porte s'est refermée derrière lui et Austin. Je me mets à pleurer doucement, la tête entre les jambes.

Je voudrais qu'on arrive à s'entendre. Je voudrais qu'on soit un couple normal. Qui va au ciné, au restau, qui fait l'amour en restant dans la chambre des week-ends entiers, qui fait des projets d'avenir ensemble. Mais Austin et moi ne serons jamais ce genre de couple. Ça aurait pu, s'il n'y avait pas eu tant de mensonges et si nous n'étions pas aussi fiers et explosifs tous les deux. Mais non…

Et il y a Sacha. Ce n'est pas mon gosse et il est hors de question qu'il le soit. Je vais avoir vingt ans cette année, je n'ai sûrement pas l'âge d'être mère. Et puis je n'y connais rien, aux gosses. Et en plus… si je m'attachais trop à lui et qu'Austin et moi on se séparait, comme ça arrive souvent, je ne le supporterais pas.

Je pense aussi à mon frère, à quelques quartiers d'ici. Il est au moins aussi cinglé que moi. Une espèce de gangster : mi-ours mal léché, mi-peluche adorable.

Je revois ma meilleure amie en train de péter un câble. Elle m'a balancé tout ce qu'elle avait sur le cœur. Je me demande depuis quand elle se retient de me dire tout ça. Zara ne retient rien, quand elle veut dire quelque chose, elle le dit, alors quand elle retient un peu, ça finit par péter. Est-ce qu'elle pense sincèrement ce qu'elle m'a dit ? Qu'Austin et moi ne sommes pas faits l'un pour l'autre ? Que notre histoire est vouée à l'échec ?

Avant, je me serais fichue de ce que les autres pensaient. Mais plus maintenant. J'essaie de faire la paix avec mon père et même avec Lauren. J'ai Zara, qui compte pour moi comme ma sœur, j'ai des amis, contrairement à avant. Et je ne veux plus décevoir personne.

Et tout à coup, je repense à Mamina. Elle me manque terriblement. Mes larmes coulent de plus belle. Si elle avait été là, elle m'aurait prise dans ses bras, chanté de vieilles chansons et obligée à manger des cookies avec du lait pour calmer mes pleurs. Comme si j'avais eu encore cinq ans.

Je me lève et retire mon manteau, mes chaussures, et j'attrape le peignoir de Mamina que j'ai ramené de Mary Island, pour m'y enrouler. Je respire le parfum qui s'en dégage et m'allonge sur mon lit. Je voudrais remonter le temps. Lui parler, la serrer encore dans mes bras.

Je repousse les feuilles d'Austin du pied et elles vont tomber sur la moquette. Je ne suis pas d'humeur à lire quoi que ce soit.

Je finis par fermer mes yeux rouges et gonflés et par m'endormir.

Je rêve de Mamina dans un salon de tatouage avec Austin qui l'embrasse et lui tient la main. Ils rient tous les deux. Il y a un beau colibri qui semble s'envoler de son omoplate.

Quand je me réveille quelques heures plus tard, il fait nuit. J'ai dormi tout l'après-midi. Et j'ai la tête qui va éclater.

Je me lève tout de suite pour prendre mes cachets et de l'aspirine. Il faut que j'arrive à me contrôler. Que je me reprenne en main. Je ne peux pas laisser Austin envahir ma vie au point que je finisse par devenir l'ombre de moi-même.

Je décide de me doucher et de faire à manger. Peut-être qu'avec des brochettes de poulet au miel et au sésame et des légumes vapeur, Zara sera de meilleure humeur.

Je déteste quand on est fâchées. Quand je lui en veux, ça va, mais quand c'est elle qui est en colère, je ne le supporte pas.

Quand je finis de préparer à manger, je n'ai plus faim. *Tant pis, je me forcerai pour elle !*

Je mets la table et vais frapper doucement à la porte de ma chieuse et trop protectrice de meilleure amie.

– Zara ? Le dîner est prêt…

Elle ne répond pas.

– Zara ? Tu ne veux pas manger ?

– Non !

Sa voix étouffée et encore en colère me parvient de l'autre côté de la porte.

En soupirant, je retourne m'asseoir devant mon assiette.

Je finis par ranger sans avoir mangé, lancer une machine de linge et faire la vaisselle. J'ai l'impression que ça fait une éternité que je n'ai pas fait quelque chose qui se rapproche de la vie normale.

Je décide de retourner à mon bureau, dans ma chambre. Il faut que je bosse un peu. Et il faut que je retourne en cours. Ça suffit les conneries.

Je prends de l'avance sur les cours de littérature que je vais suivre au second semestre grâce aux cours d'une amie de Zara qui est en deuxième année. Je recopie ses notes et fais des recherches.

Mais mes yeux zieutent sans cesse vers les feuilles étalées à mes pieds. En soupirant de lassitude, je finis par les ramasser et les exposer devant moi. J'allume une cigarette et tire dessus avant d'approcher ma lampe de bureau pour lire ses mots.

« Alexandra,

Oui je sais que tu détestes quand je t'appelle comme ça.
Mais moi, j'adore ça.
Alexandra, je suis amoureux de toi. Je sais, bébé, que ça ne suffit plus de dire ça. Mais je ne peux compter que sur notre amour pour que tu veuilles me reparler après cette lettre.

Je sais que j'ai déconné. Encore. Tu fais toujours tout pour moi et je ne te le rends pas.

Tu n'étais pas obligée de m'accompagner à ce dîner avec mon père, mais tu l'as fait pour moi. Et tu en as pris aussi plein la gueule à cause de cette histoire avec Caroline. Et avec ce que je t'ai dit après. Je me sens terriblement mal.

Plutôt que des excuses que tu as bien trop de fois entendues, je vais te parler simplement. Te raconter ma vie, avant toi et après toi, te dire qui je suis vraiment et qui j'étais auparavant. Peut-être que tu comprendras mieux et que tu pourras me pardonner.

Je ne me souviens pas de tout, mais je vais essayer.

D'abord, je voulais te parler de mon enfance. Je ne l'ai jamais fait jusque-là parce que toute ma vie n'est qu'un tissu de merde et de crasse. Mais je ne veux plus rien te cacher.

J'ai toujours vécu à Boston avant d'arriver à Mary Island, j'y connais plein de monde. Quand j'étais petit, j'habitais une grande maison avec mes parents à Back Bay. J'étais un gamin plutôt solitaire. Marisol, la gouvernante de la maison, était plus présente pour moi que mes parents. On peut dire que c'est elle qui m'a élevé. Elle est d'origine mexicaine. Aujourd'hui elle vit à Providence, chez sa fille.

Quand j'étais gosse, mon père n'était jamais à la maison. Je ne me souviens pas d'un anniversaire où il ait été là quand j'ai soufflé mes bougies. Il essayait toujours de se rattraper quand il rentrait. En m'offrant des cadeaux, plus chers et inutiles les uns que les autres. Exactement comme tu le reproches à ton père et ta belle-mère.

À part ça, on ne peut pas dire que j'étais un gosse malheureux. J'avais juste un père absent et une mère surprotectrice.

Si John n'était pas là, Tory l'était, elle. Elle tenait absolument à ce qu'on dîne ensemble tous les soirs à dix-neuf heures pile, non à dix-huit heures cinquante-neuf ou à dix-neuf heures une, mais à dix-neuf heures. Elle a toujours eu des manières très énervantes. Elle ne voulait pas que je sois comme les autres. Il fallait que je sois toujours le meilleur. Elle me poussait à la compétition. Je faisais du tennis, de la guitare, je devais lire plusieurs chapitres de grands classiques le soir avant de dormir, puis en grandissant je devais regarder les grands classiques du cinéma. C'est pour ça que je les aime autant aujourd'hui. Ils ont bercé mon enfance.

Mais à l'époque, alors que ma mère voulait me cultiver et certainement me faire oublier l'absence de mon père, moi je ne voyais ça que comme de l'oppression. Je me sentais étouffer. Et puis j'en avais marre de l'entendre parler à Joshua au téléphone alors que je ne le voyais jamais. Il ne venait pas chez nous. C'était mon frère fantôme qui vivait avec son père sur une île lointaine. John ne voulait pas en entendre parler. C'était leur principal sujet de dispute avec ma mère. J'ai détesté ma mère autant que je détestais mon père pour tout ça car elle n'a jamais cherché à s'imposer pour Josh. Alors je me suis rebellé.

L'année de mes dix ans, j'ai rencontré Dean. Il m'entraînait dans les bas quartiers de Roxbury, le soir, quand ma mère pensait que j'allais au tennis. On jouait aux cartes avec d'autres jeunes, souvent pour

de l'argent. C'est comme ça que j'ai commencé à voler. Mes parents avaient de l'argent, ce n'était pas le souci. Mais j'avais besoin du frisson de l'interdit pour me sentir libre et vivant.

Je volais dans le portefeuille de ma mère alors qu'elle m'aurait donné des sous si je lui avais demandé. Je volais ses bijoux, aussi. Un jour, j'ai mis en vente la montre qu'elle tenait de son père. Elle ne me l'a jamais pardonné.

Mais plus elle était horrifiée par mon comportement, plus je me sentais exister.

À onze ans, j'ai fugué pour la première fois. Le soir de mon anniversaire. J'ai pris le bus jusqu'ici à New York. J'ai passé la nuit dehors dans les rues immenses. Et j'ai trouvé le bureau de mon père. Il n'a pas apprécié que je vienne le voir comme ça. Je me suis pris une dérouillée et il m'a mis dans l'avion direction Boston le plus vite possible.

En rentrant, j'avais tellement la rage que j'ai défoncé la vitrine à souvenirs de ma mère dans le salon.

Elle a hurlé et pété un plomb. Marisol a pleuré, mais elle est quand même venue nettoyer mes blessures.

Et peu après, j'ai découvert le combat. À Roxbury, les combats illégaux à mains nues et sans règles étaient monnaie courante.

Je pariais souvent et j'allais en voir avec Dean.

L'année de mes douze ans, j'ai volé dans un supermarché avec des potes. On s'est fait attraper par la patronne de la supérette et je l'ai défoncée. Ouais, c'est horrible, je sais. J'étais horrible. Je l'ai menacée avec l'arme du grand frère de Dean, même si elle n'était pas chargée et que je ne savais même pas m'en servir. Elle m'a donné la caisse. Et je l'ai frappée à la tête avant de m'enfuir. C'était une vieille dame. Ça m'a empêché de dormir la nuit. Mais je n'y suis pas retourné pour m'excuser, je serais passé pour une lopette auprès des autres. Aujourd'hui, elle est en maison de retraite à Salem, je le sais parce que je me suis renseigné. Des années après, ça me hante encore.

À treize ans, j'ai fumé ma première cigarette et je me suis pris ma première cuite. Je me suis réveillé dans une rue pas loin de chez moi sans me souvenir de rien et je suis rentré chez moi la gueule défoncée et la gorge déchirée d'avoir tant fumé.

Ma mère a laissé tomber à peu près à cette époque. Je n'en valais plus la peine. J'étais irrécupérable à ses yeux. Pas à ceux de Marisol. Elle n'arrêtait pas de me faire la morale. Et moi je lui lançais des mots horribles à la tête.

Un jour, je l'ai traitée de « sale immigrée ». Elle n'a pas bronché, mais je sais que ça lui a fait mal. Je l'ai entendue pleurer dans sa chambre plus tard.

Et quand elle est partie à Salem pour s'occuper des enfants de sa fille, je lui ai juste dit « bon débarras ». Mais j'ai pleuré longtemps après son départ. Jamais je ne lui ai dit à quel point je l'aimais et qu'elle me manquait.

À quatorze ans, j'ai gagné un pari dans les combats de boxe à Roxbury. Et je me suis payé un billet d'avion pour Mary Island sans rien dire à personne. J'ai rencontré Joshua pour la première fois. J'étais trop fier d'avoir un grand frère. Je ne voulais plus partir, mais lui faisait ses études et son père m'a renvoyé illico à Boston.

Quand mon père a appris cette histoire, il a pété un câble. Il s'est énervé contre moi et il a déchiré le sac et les premiers gants de boxe que je m'étais achetés. On ne s'est plus adressé la parole pendant plusieurs mois.

Pour renouer le dialogue, ma mère m'a obligé à venir passer un week-end avec elle à New York. On est allés au bureau de mon père. Pendant qu'elle parlait avec lui, je me suis mis à parler à sa nouvelle secrétaire. Caroline. Elle était belle, jeune, même si elle devait bien avoir dix ou douze ans de plus que moi. Je l'ai draguée éhontément et à ma grande surprise elle s'est laissée faire. On a couché ensemble rapidement. Chez elle. J'étais content qu'une meuf avec autant d'expérience veuille de moi. Je suis retourné plusieurs fois la voir à New York juste pour la baiser. Et mon plaisir c'était de le faire sur son bureau où mon père signait ses papiers plus importants que moi.

Un jour, il nous a surpris et il m'a cassé la gueule.

Mais il ne l'a pas renvoyée.

Puis en rentrant chez moi, il y a eu cette histoire avec Andrew Collins et ma mère. Je les ai surpris ensemble et je me suis retrouvé en garde à vue après avoir pété un plomb. C'est Jo qui m'a sauvé la mise.

Mes parents ont divorcé après avoir découvert la double vie de chacun. C'est moi qui leur ai tout balancé au visage. Ils n'ont jamais arrêté de se renvoyer la faute quant à mon comportement et ils se sont battus pour tout, la maison, la voiture, l'argent, même la dernière petite cuillère. Mais pas pour moi. Jamais.

Mon père a vendu la maison et ma mère et moi avons déménagé dans un appartement à Columbia.

J'ai commencé la boxe à quinze ans. Ma mère déteste ce sport, alors je m'y suis mis à fond.

Et j'ai aussi commencé à brancher toutes les meufs que je croisais. Dans des soirées, au hasard, dans les rues, au lycée.

Et elles se laissaient souvent faire.

Il y en avait une, Sidney, qui me courait après. Elle était amoureuse mais je me foutais de sa gueule. Je l'ai baisée dans les toilettes et j'ai volé son soutif pour l'accrocher à son casier et que tout le monde le sache. Oui, c'est horrible, mais à l'époque je n'en avais rien à faire.

Puis j'ai rencontré Brittany. Elle était bavarde, drôle, joyeuse, un peu cinglée. Elle aimait s'amuser et déconner, comme moi. Elle fumait des joints et je fumais avec elle. Je n'avais pas compris que la mort de ses parents l'avait détruite et qu'elle jouait la comédie. On a baisé quelques fois. Je la considérais comme ma meilleure amie. C'était la seule meuf qui venait chez moi et dans ma chambre. Elle se fichait de moi constamment et me traitait de petit bourgeois à la con. Elle ne se droguait pas vraiment au début.

On s'est fait tatouer ensemble la première fois. Et ça m'a tellement plu que j'y suis retourné presque tous les mois. Ma mère était horrifiée.

Quand je l'ai mise enceinte, c'était un accident. Vraiment. Je ne savais pas qu'elle ne prenait pas la pilule. Et le préservatif a craqué. Elle m'a annoncé sa grossesse en me balançant son test au visage devant tous mes potes. Tout ça me dépassait et je n'en avais rien à foutre. Elle s'est renfermée.

Puis tu connais la suite. Pas d'avortement. Ses grands-parents ont pris Sacha. Elle a commencé à fréquenter des gens et à se droguer.

Ma mère était au courant mais faisait comme si de rien n'était. Elle m'a envoyé vivre avec Joshua à Mary Island parce qu'elle en avait marre de mes conneries. J'ai redoublé ma première année, mes notes étaient catastrophiques.

J'ai vu Sacha pour la première fois lors de vacances à Boston. Il m'arrivait vaguement d'y penser, mais quand je l'ai vu, ça a été le choc. J'avais du mal à croire que c'était un peu de moi et de Brittany, tu vois.

Puis j'ai appris la mort de cette dernière. Par overdose. Et j'ai supplié ma mère de prendre Sacha avec nous. Elle a finalement accepté et l'a élevé avec l'accord des grands-parents de Brittany. Je l'ai toujours forcé à m'appeler Austin et pas papa, quand il a commencé à parler. Parce que j'avais honte et que je ne voulais pas que les gens le sachent. Oui, encore une fois, je suis horrible, je sais.

À Mary Island j'ai rencontré Seth. Avec tous ses tatouages et sa passion pour la boxe, on était faits pour s'entendre. Je l'ai tout de suite trouvé sympa et il m'a présenté aux autres. Mais j'ai aussi fréquenté Mike et les conneries ne se sont pas arrêtées là. Tu es déjà au courant. Joshua m'a sauvé la mise plusieurs fois.

Puis, alors que je commençais à prendre conscience de mes responsabilités et de l'existence même de Sacha, tu es arrivée. Je t'ai

rencontrée et ma vie entière a été bouleversée. Je ne vais pas te raconter notre histoire parce que tu l'as vécue aussi. Mais je veux juste que tu saches que je ne suis plus le même depuis que je te connais. Je sais qu'après tout ce que je t'ai fait tu ne me crois plus, mais c'est vrai.
J'ai l'impression d'avoir changé de l'intérieur. Au début, je refusais de l'admettre. Clairement, ça me faisait chier d'être tombé amoureux de toi. Ça me faisait peur, en fait. Et puis j'ai flippé de te perdre. J'ai eu peur que tu saches tout ça sur moi et que tu me laisses.
J'ai cru mourir quand tu es partie. Ça m'a pratiquement tué.
Tu as oublié un t-shirt chez Jo. Je dormais souvent la tête dedans. Je me demandais ce que tu faisais, si tu pleurais, si un jour tu sortirais avec quelqu'un d'autre. Cette idée a manqué de me faire perdre les pédales.

Je suis rentré à Boston. Et j'ai pris mes responsabilités avec Sacha. Il ressemble à Brittany quand il rit et que son côté joyeux apparaît, mais il est très renfermé, sinon. Et c'est ma faute, je le sais. Je m'y prends mal, je ne sais pas comment faire. Je suis un peu paumé et perdu.

J'ai enfin compris ton comportement quand Zara m'a expliqué pour tes troubles de la personnalité et ça m'a dévoré le cœur. Je n'aurais jamais pensé que tu avais ça et que je te faisais tout ce mal. Et j'ai compris quand tu m'as dit pour les enfants que tu n'aurais jamais. Honnêtement… ça m'a un peu coupé le souffle. Comme si ça me faisait mal aussi. Puis en dormant avec toi, ça m'a fait mal de me dire que je n'en aurais jamais un autre avec toi.
Je t'ai vu avec Sacha ce week-end et je suis sûr que tu ferais une maman géniale.

Voir mon père a été l'erreur, la pire de toutes. Je ne me contrôlais plus et c'est toi qui as trinqué, mais ça n'arrivera plus. Si seulement tu me redonnes l'occasion de me faire pardonner mes mensonges, mon comportement, tout, alors je te le prouverai.
J'ai oublié l'espace d'un instant ce que ça faisait de vivre sans toi. Mais tu ne rentres pas et ça me tue. Et Zara m'a aussi remis les idées en place. Elle est forte pour ça. Je n'oublierai plus.
Je dois aussi te dire que je suis allé voir si tu étais dans cette fraternité. Mais tu n'y étais pas. Et j'ai vu ton pote. Il m'a provoqué,

mais je ne lui ai rien fait.
En revanche, j'ai bien démoli celui qui t'avait droguée.
Autant te le dire. Je ne veux plus rien te cacher et ça va se savoir.
Désolé, mais je ne pouvais pas laisser passer ça.

Avant-hier soir, quand nous avons fait l'amour, c'était comme si j'étais retourné dans cette tente, il y a des mois. Et je t'ai redécouverte. Je ne pourrai jamais plus aimer quelqu'un comme toi. Et je sais que tu m'aimes aussi. Parce que tu me l'as fait comprendre alors que je t'ai trahie et que je ne te mérite pas.

Quand tu as dormi dans mes bras avec Sacha à côté de nous, je t'ai vue sourire dans ton sommeil. D'habitude, tu as toujours ce pli entre tes sourcils. Je suis resté à te regarder longtemps. À vous regarder, Sacha et toi.
Si tu pouvais poser les yeux sur l'amour que je te porte, bébé...
Je sais qu'il est un peu tard pour ça, mais s'il te plaît, réfléchis-y.

Je t'aime.
Donne-nous encore une chance.
Je suis tellement amoureux de toi que je te donnerai tout ce que tu veux.
Je veux même te laisser du temps et de l'espace si ça peut aider.
J'attendrai.
J'attendrai que tu me reviennes.
Encore et toujours.

Ton Austin »

D'un revers de la main, j'essuie les larmes qui maculent mes joues. Je relis la lettre encore et encore avant de m'allonger sur mon lit pour fixer le plafond.

Il a fait tellement de choses horribles. Il était une autre personne avant moi. Il n'y a pas de doute. Mais je sais qu'il n'est plus comme ça. Il assume enfin ses fautes et ses responsabilités. Je l'aime tellement plus encore. Mais je vais le laisser mariner encore quelques jours pour qu'il sache qu'il m'a fait vraiment mal.

36
Alexandra

Quand je me réveille, le lendemain, j'ai les membres engourdis. Je tâte mon lit et je tombe sur les feuilles de la lettre d'Austin. Il s'est mis à nu devant moi. Pour la première fois. Et ça a réussi à effriter un peu mes bonnes résolutions. Mais j'ai décidé d'appliquer les conseils de Leo. Peut-être que nous avons toujours besoin de nous éloigner pour mieux nous retrouver...

Il est six heures et je n'ai pour ainsi dire pas dormi. J'ai besoin de m'évader, il faut que je sorte.

Je me lève et file à la salle de bain. Je me brosse les dents, attache mes cheveux en queue-de-cheval et mets mon bandeau. Puis je passe mes vêtements de sport, mes chaussures de running et mon sweat NYU gris et violet.

Dehors, il ne neige pas, mais il y a du verglas partout, j'essaie d'éviter les plaques pour ne pas tomber. Je passe par West 4th Street pour contourner Washington Square Park puis passer devant la fac direction la Silver Tower. L'air glacé me brûle les poumons.

Je finis par m'arrêter pour reprendre mon souffle. Il y a des gens dehors en dépit de l'heure matinale. J'aime New York pour ça. Il y a toujours de la vie. Partout. Tout le temps.

– Salut.

Je sursaute et me retourne en entendant cette voix. Adam se tient à quelques pas de moi. Il porte un jogging, des baskets, un sweat à capuche et un bonnet. Il retire son casque et coupe sa musique.

– Salut.

Il a un pansement sur le nez et des bleus partout. Austin est vraiment trop violent.

– Tu te remets à courir ? T'avais un peu abandonné, ces derniers temps.

– J'avais d'autres choses à faire.

– J'imagine, oui.

Sa manière d'insinuer des choses ne me plaît pas du tout. Je rabats ma capuche sur ma tête pour me protéger du froid.

– Tu vas bien ?

– Oui ça va. Et toi ?

Il désigne sa figure du doigt. Je me sens un peu mal pour lui.

– À part ma tronche de cake aux fruits confits, ça va. Il est encore chez toi ?

Je soupire. J'aime bien Adam, si on exclut le fait qu'il m'a énervée l'autre jour et qu'il insiste alors qu'il sait que j'aime Austin.

– Non. Il est rentré à Boston.

Il se dandine d'un pied sur l'autre et se rapproche imperceptiblement de moi.

– Tu m'en veux ? Pour l'autre soir ?

– Un peu. Je me serais bien passée de toutes ces histoires. Mais ce qui est fait est fait, pas la peine d'en parler pendant des heures.

– Tu t'es remise avec lui ?

Je me mords la lèvre. *Sommes-nous ensemble ?* Je ne parviens pas à répondre à cette question avec certitude.

– C'est compliqué.

– Si vous étiez vraiment ensemble, ce ne serait pas compliqué. Et tu m'aurais répondu.

– Arrête ça, Adam. Je t'ai déjà expliqué. Et tu m'as dit que tu comprenais.

– Non, je n'ai jamais dit ça. Peut-être que j'y suis allé un peu fort en disant tout ça l'autre soir. Mais il te manipule. Et comme tu es amoureuse de lui, ton jugement est altéré. À ta place, j'aimerais avoir un ami sur qui compter pour m'ouvrir les yeux si j'étais dans cette situation. J'ai peur qu'il te fasse du mal. Physiquement, je veux dire. Il n'a pas l'air de savoir se contrôler.

Je sens une vague de colère déferler en moi. Je me dandine sur mes pieds pour empêcher le froid de s'infiltrer sous mes vêtements.

– Jamais Austin ne lèverait la main sur moi.

– T'en es sûre ? Il ne t'a jamais fait de mal ? Vraiment ? demande-t-il avec un sourire mi-moqueur mi-méchant.

Instinctivement, je passe la main sur mon bras et repense à ce fameux soir à Mary Island, sur la plage, devant chez Zach. Il s'était défendu contre mon accès de rage et on s'était un peu battus. Mais c'est la seule fois où il m'ait fait du mal, physiquement. Je suis certaine que malgré ses fréquents pétages de plombs, Austin ne lèverait jamais la main sur moi.

– Non, jamais ! Maintenant, arrête ! Je m'en sors très bien et je n'ai pas besoin qu'on s'inquiète pour moi.

– Je ne peux pas m'en empêcher. Je sens que je dois te protéger.

– Eh bien calme tes ardeurs.

Il grimace et je recule.

– Il faut que je rentre.

– Non ! Attends... On pourrait se voir, ce week-end ?

– Je ne crois pas que ce soit une bonne idée.

– Écoute, j'ai compris que tu es amoureuse et que je n'ai aucune chance. On est juste amis. Pourquoi on ne pourrait pas se voir ?

– La dernière fois qu'on est sortis entre amis, regarde comment ça s'est fini. Non, on se verra sur le campus. À plus tard.

Il tend la main pour me dire encore quelque chose, mais je m'en vais en sens inverse. Adam a beau être un chouette garçon, à mes yeux ce ne sera jamais Austin. Et s'il ne peut pas comprendre, je ne vais pas perdre mon temps à lui expliquer. J'en ai marre de devoir justifier notre relation aux yeux de tous.

Quand je rentre à la maison, Zara n'est toujours pas réveillée. D'habitude, à cette heure-ci, elle est devant la télé, à moitié endormie. Ça me saoule qu'elle m'en veuille. Je sais qu'elle s'inquiète pour moi. Et qu'elle m'aime. Mais je ne réfléchis pas à tout ça quand je suis énervée et en colère. Finalement, je fais un peu la même chose qu'Austin. Et elle en a marre.

Je prends ma douche et me lave les cheveux avant de prendre mon petit déjeuner. En contemplant mon plateau, j'ai une idée pour me faire pardonner. Je m'active pour tout préparer : café, toast grillés avec confiture, jus de fruits frais, yaourt à la grecque avec des raisins secs, amandes et miel. Tout est bientôt prêt à être servi directement dans son lit.

Je frappe à sa porte. Elle ne répond pas. J'ouvre doucement. Heureusement qu'elle ne s'est pas enfermée, sinon j'aurais dû aller chercher la caisse à outils pour démonter la porte.

Je pose le plateau sur son bureau et ouvre un peu le rideau. Elle dort allongée sur le ventre, en travers de son lit, les mains sous la tête et la tête tournée vers le mur.

– Zara ?

Elle ne répond pas. Je m'assois à ses côtés et pose la main sur son bras.

– Zara ? Tu m'entends ? Réveille-toi…

Elle bouge un peu mais ne se réveille pas.

Je vois un livre ouvert à terre et me penche pour le ramasser. C'est l'album photo de notre promo au lycée. Il y a beaucoup de photos du bal de promo, sur lesquelles je ne suis pas, bien sûr. C'est le soir où j'ai appris qu'Austin avait un gosse. Le soir où ma vie a basculé de nouveau. Il y a des clichés des élèves dans les couloirs, d'autres des équipes de basket et de football américain. J'en découvre également qui ont été prises durant notre sortie de sciences à l'observatoire Ansari. Il y en a une où on est tous réunis autour du feu, le soir. Savannah embrasse Evan sur la joue en se mettant sur la pointe des pieds, Jesse a son bras passé autour de Zara qui éclate de rire tout en pinçant Austin qui me regarde sourire. On était tous si heureux, à l'époque. J'ai l'impression que c'était il y a des siècles.

En soupirant, je referme l'album et je m'allonge contre Zara, ma tête dans son cou. Je respire le parfum de fraise de ses cheveux.

– Zara…

Elle bouge un peu, mais elle ne dit toujours rien. J'enroule un bras autour d'elle. Je sais qu'elle est réveillée, maintenant.

– Zara… Excuse-moi. Je sais que tu t'inquiètes pour moi. Arrête de me faire la tête.

Elle finit par se retourner vers moi et ouvre doucement les yeux.

– Pardon. Je te promets de ne plus te donner du souci comme ça.

– Tu es égoïste.

Sa voix est cassée et plus basse que jamais.

– Je sais, mais je ne recommencerai plus. Austin est parti. Il ne reviendra plus. On ne se disputera plus comme ça.

Je lui caresse le bras.

– Il ne s'agit pas seulement de vous...

Je fronce les sourcils.

– Comment ça ?

– Tu es tellement préoccupée par toi-même que tu ne fais plus attention à moi. Tu as d'autres amis et tu sors avec eux. Sinon, tu passes ton temps avec Austin. Et moi, tu m'oublies.

Je hausse les sourcils d'incompréhension.

– Je ne t'oublie pas. Je t'aime. T'es ma petite sœur. Ma meilleure amie. Tu sais que je n'ai pas d'autres amie que toi, Zara. Pourquoi tu penses ça ?

– J'ai l'impression que tu me laisses tomber.

Ses yeux s'embuent de larmes. Et une culpabilité grandissante s'empare de moi. Est-ce que j'ai été tellement égoïste que je n'ai pas vu qu'elle allait mal ?

– Qu'est-ce qu'il y a ? Parle-moi. Tu sais que je suis là...

Elle met un instant avant de répondre.

– J'ai foiré mon premier semestre. Je n'ai que des sales notes. Rachel, Logan, Ben et Chelsy me manquent terriblement.

Elle éclate en sanglots. Oui, c'est bien ça. Elle va très mal et je ne l'ai même pas remarqué. Je suis médiocre en amitié.

– Je suis désolée. J'aurais dû voir que tu allais mal.

Je la serre contre moi et elle enfouit sa tête dans mon cou pour pleurer.

– Tu vas te rattraper pour tes notes. Il faut que tu relativises. Ne te stresse pas pour ça. Et puis tes nièces et neveux, tu vas les revoir. Je sais que c'est dur d'être loin, mais... Je suis là, moi...

Elle hoche la tête et je l'embrasse dans les cheveux.

Nous restons serrées l'une contre l'autre pendant un moment.

– Je t'ai fait ton petit déj. Viens.

Je me lève et la tire par le bras. Elle essuie ses larmes et je lui donne son plateau.

– On va sortir, aujourd'hui. Lève-toi et habille-toi.

Zara ouvre les yeux en grand.

– Tu n'as pas cours ? On va où ?

– Je rattraperai mes cours plus tard. On se fait une journée entre filles. Ça fait trop longtemps qu'on ne s'est pas retrouvées seules, toi et moi.

Elle hoche la tête et je pars me préparer.

Une heure plus tard, on est prêtes toutes les deux pour sortir.

– Direction le Rockefeller Center ! Rien de tel qu'un peu de shopping pour remonter le moral !

On ferme derrière nous avant de dévaler les escaliers. Je prends mon courrier dans la boîte aux lettres au passage et nous filons prendre le métro.

– C'est quoi, ça ?

Zara désigne une enveloppe cachetée de cire que je n'avais pas vue. Je l'ouvre pour découvrir une invitation de Joshua et Taylor à leur mariage, dans cinq mois, à Mary Island.

– Waouh. C'est cool.

Je suis vraiment contente pour eux. Je ne savais pas qu'ils avaient prévu de se marier.

– Tu vas y aller ?

– Je n'en sais rien. Peut-être. On verra.

Je m'imagine mal retourner à Mary Island cette année. Pas après la perte de grand-mère. Pas alors que des gens louent sa maison.

Nous arrivons au Rockefeller Center et commençons notre shopping. Zara retrouve le sourire petit à petit. J'essaie même de faire des blagues. Elles sont pourries, mais j'essaie quand même. Elle se fiche de moi.

Nous dévalisons les boutiques. Je m'achète une pochette Michael Kors et des boucles d'oreilles Swarovski. À midi, j'ai plus fait chauffer ma carte bleue en une demi-journée qu'en six mois réunis.

Après plusieurs heures, nous faisons une pause pour déjeuner sur la terrasse du Morrel Wine Bar & Café.

On s'installe et on commande. Zara se fait plaisir avec entrée, plat, dessert, en choisissant la formule du jour. Je m'éclipse quelques minutes pour aller aux toilettes.

Quand je suis de retour, cinq minutes plus tard, j'entends Zara crier. Des clients sont tournés vers notre table. Mais l'immense palmiste qui fait office de mur m'empêche de voir ce qu'il se passe.

– Espèce d'enfoiré !

– Connasse !

– Putain, mais je jure que je vais te refaire le portrait !

Je cours entre les tables pour la rejoindre.

Quand j'arrive près d'elle, elle est en train de taper sur un mec qui la tient plaquée contre le mur.

Je me mets à crier.

– Putain, mais il se passe quoi, là ? Lâchez-la !

– Il m'a renversé son verre dessus ! hurle-t-elle. Je vais te faire bouffer tes dents !

– Mais t'es folle ! Il n'a pas dû faire exprès…

L'inconnu la lâche et se retourne vers moi.

– Ah ben merci. Enfin quelqu'un qui…

J'ouvre de grands yeux.

– Leo ?

– Montgomery ?

Zara écarquille de grands yeux.

– Ne me dis pas que tu connais cet enfoiré !

37
Alexandra

– Euh… tu pourrais lâcher ma meilleure amie, s'il te plaît ?

Leo plisse les yeux d'un air mauvais avant de se retourner vers Zara et de s'éloigner d'elle. Celle-ci fait le va-et-vient des yeux entre mon frère et moi.

– C'est elle qui m'a cherché, fait Leo.

Puis il se tourne vers les autres clients au moment où un responsable de salle et un serveur accourent pour intervenir.

– C'est bon, bande de connards curieux, il n'y a plus rien à voir là. Retournez à vos assiettes !

– Monsieur je vais vous demander de vous calmer ou de partir.

Leo leur adresse un regard noir.

– Une fois que vous avez sucré tout mon fric vous me demander de me casser ?

– Monsieur, nous ne voulons pas de problème ici. Si vous ne vous calmez pas, la sécurité interviendra.

Maugréant dans sa barbe, il acquiesce imperceptiblement néanmoins. Je suis sûre qu'il n'a pas la moindre envie d'être raccompagné par la sécurité et surtout fouillé…

– Qu'est-ce que tu fais ici ? demandé-je septique.

– Quoi, je n'ai pas le droit de venir déjeuner dans un endroit aussi classe, c'est ça ?

– Ce n'est pas comme si c'était ton genre.

– J'avais des affaires à régler avec quelqu'un.

Je ne lui demande pas quelles affaires. Je doute être d'accord avec ça. Je ne veux même pas le savoir en fait.

Leo observe froidement les deux hommes s'éloigner en ayant compris qu'il s'était un peu calmé.

– Tu le connais ? demande Zara. Leo... Mais attends, ce ne serait pas ton fr...

Je lui plaque vivement une main sur la bouche. Et je fais de gros yeux.

– Nan ! Ce n'est pas celui-là ! Leo est... C'est un pote, c'est tout.

Zara fronce les sourcils, mais elle ne dit plus rien.

– Tu devrais apprendre à mieux choisir tes potes, Montgomery, m'invective-t-il.

Zara se tourne vers lui. Elle fait bien une tête de moins et la voir crier sur lui en relevant la tête me ferait presque rire si je ne les savais pas aussi énervés.

– Et toi, espèce de petit merdeux, tu devrais apprendre à regarder où tu marches !

Leo ouvre la bouche pour répondre, mais je suis plus vive. Je me mets entre eux et lève la main.

– Ça suffit comme ça ! Vous arrêtez ! Et Leo, mes amis à moi ne se droguent pas et ne font pas je ne sais quel trafic, au moins !

Il se plante devant moi et pose son regard dans le mien.

– Parle pas de mes potes, c'est clair ? Tu ne les connais pas. Et puis tu es qui pour juger les autres ? Une espèce de folle à lier qui passe sa vie à prendre des cachets et à péter les plombs dès qu'il lui arrive la moindre petite merde ! Alors, toi, ferme-la !

Je prends sa remarque de plein fouet. *Quel connard !*

– Casse-toi.

– Quoi ? T'es susceptible, en plus ? Tu sais pas encaisser ?

– Je n'arrive pas à croire que tu oses me sortir ça après tout ce que je t'ai raconté. J'ai eu tort de te faire confiance.

– Et moi, je n'arrive pas à croire que tu te sois barrée comme ça l'autre jour.

Il a une mine mauvaise. Il me reproche toujours ça ? Toute cette animosité est due au fait que je sois rentrée chez moi l'autre jour ? Il croyait quoi, que j'allais rester là, le regarder maltraiter ce mec ?

– Qu'est-ce que ça peut te foutre ? Tu t'en fiches de moi, non ?

Il a un rire sarcastique.

– Oui, je m'en fiche.

– Bah alors ?

Il a un soupir d'exaspération et de dégoût et me bouscule pour partir.

– Bah alors je me casse. Je sais même pas pourquoi je continue à te parler.

Il se dirige vers la sortie et Zara et moi le suivons des yeux.

Quand il est sorti, Zara se tourne vers moi.

– Ne me dis pas que ce malade, c'est ton frère !

Je soupire.

– Si. Je n'ai pas eu le temps de t'en parler.

– Austin est au courant ?

Je lève vivement les yeux vers elle.

– Non ! Et ne lui en parle pas, s'il te plaît…

On se rassoit.

– Pourquoi tu lui caches des choses comme ça ?

– Parce qu'il ne me laisserait plus le voir. Tu connais Austin…

– Mais c'est ton frère.

– Oui, mais c'est Austin. Il n'aurait pas confiance et il me ferait sans cesse péter les plombs.

Zara soupire et un serveur tente de remettre de l'ordre sur notre table.

– Ok… Mais pourquoi tu ne m'as rien dit ? Et comment tu l'as retrouvé ? Il est toujours aussi con ? Quel âge il a ? Il vit à New York ?

Je lève mes mains devant moi.

– Ok, ok, stop radio Zara ! Une question à la fois, s'il te plaît… Je vais tout te raconter.

Et c'est parti pour un millier de questions. Zara et moi restons l'après-midi entier à parler de Leo. Je lui explique tout. Enfin presque tout. Pas l'histoire du flingue et de la droguée, parce que, comme Austin, elle ne me laisserait pas y retourner, j'en suis sûre.

Même si mon frère est un connard de première, ça reste mon frère. J'ai envie de le connaître. Mais en dehors de ses problèmes. Je veux connaître le Leo qui a dîné avec moi et qui m'a joué du piano, pas celui qui a des fréquentations douteuses et qui garde des armes chez lui.

Il faut que j'aille lui parler. Plus tard.

Zara et moi finissons par rentrer. Je crois qu'elle m'en veut un peu moins. Elle se prépare pour aller bosser et moi pour aller à la natation. J'ai assez manqué comme ça. Et je ne peux pas éviter Sheyenne indéfiniment.

Quand j'arrive, plusieurs filles viennent me saluer et me font de grands sourires. Je trouve ça bizarre, je ne leur parle pas plus que ça, d'habitude.

Je suis assise sur le banc des vestiaires, prête pour l'entraînement, quand Sheyenne arrive.

– Salut. Ça va ?

– Ça va.

Elle range son sac dans le casier et commence à se déshabiller.

– Tu me fais toujours la gueule ?

– Ouais.

Elle secoue ses cheveux frisés.

– Ok. Mais ça ne t'empêche pas d'aller boire un coup avec moi après. Tu pourras continuer à faire la gueule et je parlerai pour nous deux.

– Chai pas.

– Allez viens. Arrête de faire ta tête de mule. Comme si je ne me sentais pas assez mal à cause de cette histoire. Tu ne connaissais personne et je n'aurais pas dû te laisser seule.

– C'est clair.

Peut-être que je suis un peu trop rancunière. Je lève la tête vers elle et lui souris.

Aude, une des filles du club avec qui je nage, vient taper sur mon épaule.

– Tu feras un énorme bisou à ton prince charmant pour moi. Josh le méritait vraiment. Quelqu'un aurait dû le remettre à sa place depuis longtemps.

Elle me fait un clin d'œil et s'éloigne. *Josh ?*

Sheyenne finit de ranger ses affaires et prend sa serviette.

– Alors comme ça ton copain a envoyé Josh à l'hôpital ? Tout le monde en parle. Remarque, il l'a vraiment mérité, cet enfoiré.

– À l'hôpital ? je m'écrie.

– Bah oui… T'étais pas au courant ? Il a le nez cassé et des côtes fêlées. Mais il n'a pas porté plainte. Il sait qu'on a toutes des choses à dire sur lui s'il se plaint à qui que ce soit.

Je soupire de soulagement. Austin est malade. Il est allé défoncer Josh dans sa chambre à la fraternité. *Il est complètement cinglé, putain !*

– T'attendais quoi pour me dire que tu sortais avec quelqu'un ? Il est comment ? Les gars de la fraternité parlent d'un mec tatoué, qui fait un peu peur… Tu ne sortirais pas avec un gars de Harlem, toi ?

Elle rit et moi aussi.

Nous partons pour l'entraînement, mais la coach nous crie après toutes les dix minutes car nous n'arrêtons pas de discuter.

Nous allons ensuite dîner ensemble. Dans un burger. Elle me raconte qu'elle sort depuis peu avec un mec de la fac qui étudie dans le journalisme. Je passe une soirée sympa.

Quand je rentre à la maison et que je sors mon portable, mon cœur s'emballe. Je vois deux appels d'Austin. Mais je ne rappelle pas. J'ai besoin de quelques jours encore pour réfléchir à nous deux. Et je veux voir s'il se battra pour moi. M'appeler après être parti ne suffit pas. Même si c'est moi qui lui ai dit de se tirer.

✦✦✦

– Tu peux partir plus tôt, si tu veux. Je vais finir les plannings toute seule. Je n'ai rien de prévu, ce soir.

Ma collègue Maddy me parle sans cesser de taper sur son clavier.

– Tu es sûre ?

La journée chez HBG a été chargée.

– Ouais, t'en fais pas. Vas-y, rentre.

– Bon… à demain, alors.

– À demain, ma belle.

Je ferme mon poste et prends mon sac et mon manteau.

Il est à peine dix-sept heures, mais dehors il fait déjà sombre. Les lumières de la ville, les écrans de pub géants et les enseignes éclairent cependant de mille feux et illuminent les rues. La ville fourmille de bruits et je me laisse porter par le mouvement des milliers de passants.

Je traverse la rue et hèle un yellow cab. Je ne prends pas souvent le taxi, mais ce soir j'ai envie d'éviter le monde dans le métro et de rentrer au plus vite.

– 241 West 132nd Street, s'il vous plaît.

Le chauffeur s'engage dans les rues bondées de Manhattan pour filer vers celles plus facilement accessibles de Harlem.

Dans la voiture, je regarde mon téléphone. Pas d'appel. Depuis deux jours, je n'ai pas d'appel d'Austin. Il m'a appelée tous les jours pendant une semaine sans que je réponde. Il n'a jamais laissé de message ni envoyé de texto. Plusieurs fois, je me suis réveillée la nuit avec l'envie de lui parler, mais j'ai tenu bon. Je veux qu'il se batte pour moi, qu'il me montre que, quoi qu'il se passe, il fera tout pour nous maintenant. Mais une semaine et demie a passé depuis qu'il est rentré à Boston. Et il semble que ça ait suffi pour effriter son amour.

Avec un soupir d'énervement, je range mon portable.

Je suis vite arrivée chez Leo. Je ne sais pas s'il voudra me voir, alors je fais patienter le taxi.

Quand je sonne, il met du temps à ouvrir et je souffle dans mes mains pour atténuer le froid. J'ai oublié mes gants en cuir à la maison.

Finalement, c'est la fille de la dernière fois qui apparaît à la porte. La droguée. Cali, je crois. Elle a meilleure mine. Même si elle fait un peu pitié avec son vieux pull miteux.

– Ouais, c'est pour quoi ?

Elle fait un peu vulgaire avec son chewing-gum à la bouche qu'elle mâche de façon ostentatoire.

– Salut. Leo est là ?

– Nan.

Je soupire. Si elle ne me laisse pas entrer, je vais la défoncer, cette connasse de toxico.

– J'ai besoin de lui parler. Alors, va lui dire de ramener son cul ici !

– D'abord, tu vas te calmer, parce que je te connais pas. Puis il n'est pas là. Il bosse. Tu lui veux quoi ?

Elle s'appuie à la porte sur une jambe et croise les bras d'un air hautain. Je me retiens de ne pas lui faire un croche-pied pour la faire tomber.

– Il bosse où ?

– Je ne suis pas sûre qu'il veuille que je te le dise. Tu as quelque chose pour lui ? Vas-y, donne !

Elle me tend la main. *Non, mais quelle connasse !*

– Tu crois que si j'avais de la came sur moi pour lui, je te la donnerais ? Même le plus con des dealers ne ferait pas ça. Il ne resterait plus rien en quelques heures. Maintenant, tu me dis où il est !

Elle serre les poings.

– Va te faire foutre !

Et elle me claque la porte au nez. *Oh la salope !* Mais instantanément, celle-ci s'ouvre de nouveau. Sur Ramos. En jean et torse nu.

– Tu cherches mi hermano ?

Je recule un peu. Je n'ai pas particulièrement envie d'approcher de ce type.

– Oui. Il est là ?

– Nan… au boulot. Au Doony's Donuts, près de l'hôpital.

– Ah merci.

Il m'observe de bas en haut en se grattant la barbe. Je file.

– Hey, Blanca !

Je me retourne.

– Si j'apprends que tu t'es juste servie de mon pote pour te changer de ta petite vie bourgeoise à la con, tu vas le regretter.

– C'est toi qui devrais arrêter de te servir de lui pour régler tes petites histoires à la con !

Il fait un pas vers moi alors je m'enfuis et entre dans le taxi le plus vite possible. Je n'aime pas ses potes. Vraiment pas.

Le chauffeur me dépose devant le fameux Doony's. Je le fais attendre encore. Je vais avoir une note salée, mais tant pis.

Quand j'entre, j'aperçois directement Leo derrière le comptoir. Il range des gâteaux dans une vitrine. Trois autres personnes travaillent avec lui. Une jeune fille, une femme plus âgée et un mec qui nettoie les tables vides.

Je me retiens de rire. Leo porte un polo rose avec le logo de l'enseigne et, comme les autres, une casquette noire avec un énorme donut dessus. Sauf qu'il l'a mise à l'envers. *Toujours rebelle, quoi qu'il arrive !*

Je m'approche.

– Un donut maxi chocolat et pistache et un grand café latté, s'il vous plaît, monsieur Allen.

Il relève vivement la tête vers moi et fronce les sourcils.

– Putain, mais c'est quoi ton délire ? Qu'est-ce que tu fous là ?

Génial, l'accueil.

– Moi aussi je suis contente de te voir.

– Tu me suis ou quoi ?

– Exactement. Bon, tu me donnes mon donut et mon café, là, ou quoi ?

Il croise les bras.

– Non, casse-toi !

– Je paye, je te signale. Je suis une cliente comme les autres...

La fille nous entend et vient vers moi. Elle jette un œil mauvais à Leo. J'espère qu'il ne va pas avoir de problème à cause de moi.

– Je vous sers tout de suite, mademoiselle.

– Merci.

Leo a l'air de plus en plus en colère.

– T'es contente ? Tu m'as vu en chemise rose et avec une casquette à deux balles, tu vas pouvoir te foutre de moi. Ça te fait marrer de regarder les autres trimer quand toi tu claques du fric à la pelle dans des galeries marchandes ?

– T'es vraiment trop con ! Tout ça parce que je suis partie de chez toi la dernière fois ? Mais tu croyais quoi ? Que j'allais crécher chez toi tout le temps ?

– Non, c'est clair. Chez moi, c'est bien trop simple pour toi, hein...

Tout ce que j'étais venue lui dire tombe à plat. Plus d'excuses. Plus de vérité. Plus rien. Il me fait vraiment chier.

– Non, c'est juste trop barré ! T'es complètement barré, comme mec. Toi et ton coloc de merde...

– Je t'ai déjà dit de pas parler de mes potes, putain !

Il sort de derrière le comptoir quand la fille me donne ma commande.

– Tu parles de quels potes ? Cette toxico qui doit te servir de pute de temps en temps ?

– Parle pas d'elle, tu la connais pas !

Je n'aurais jamais dû venir.

Je ne prends pas la monnaie qui reste sur le comptoir et sors pour retourner au taxi. Mais il me rattrape et me force à me retourner vers lui, en renversant mon café.

– C'est quoi, ton problème ? T'es venue jusqu'ici pour te foutre de ma gueule ? Ou pour me faire chier en critiquant mes potes ? Si c'est ça, tu peux retourner dans ta petite banlieue bourgeoise avec tes potes bourgeois et tes petits problèmes de bourgeois. Bouh… ma mère est morte, mon copain est un connard, et j'ai été en hôpital psychiatrique de merde… Je suis la plus malheureuse du monde… Putain ! Mais sors un peu de ta putain de banlieue chic ! Il y a des gens qui ont des problèmes plus sérieux que les tiens ! Peut-être que ça te fait rire de me voir là et avec mes putains de potes à problème, mais moi, au moins, je me lève le matin pour aller taffer, je n'attends pas que mon père approvisionne mon compte. Et j'ai des potes sur qui je peux vraiment compter. J'en ai même perdu des tas, des vrais. Toi, tu ne peux pas en dire autant. Finalement, c'est toi qui me fais rire. Vas-y, casse-toi !

Les larmes me sont montées aux yeux. Je serre les dents et lui balance le donut et le café à la gueule. Il recule surpris et tout s'écrase par terre.

– En fait, Zara avait raison, t'es qu'une merde ! Je ne sais même pas pourquoi je suis venue. Tu ne vaux pas mieux que les autres ! Moi, bourgeoise ? Mais qu'est-ce que tu crois ? Que je suis née avec une cuillère en or dans la bouche ? Je suis née dans une banlieue merdique à Atlanta, j'ai grandi avec une mère toxico et un père absent ! Quant aux amis, tu penses être le seul à en avoir perdu ? Désolée, mais là je vais gagner le point de l'histoire la plus pourrie. J'ai tué mon meilleur pote avec ma propre voiture. Ça te suffit, ça, comme problème sérieux ?

Son regard a changé et il m'observe, interdit. Je ne sais pas s'il regrette ses mots, mais c'est trop tard, de toute façon.

– Tu sais pourquoi je suis venue ? Pour m'excuser. Mais tu n'en vaux même pas la peine. Salut.

Je tourne les talons et m'engouffre dans le taxi. Les rues défilent jusqu'à chez moi et je me mets à pleurer de rage. Cet enfoiré m'a vraiment énervée. J'ai les nerfs qui craquent.

Le chauffeur m'observe tout le long du trajet dans son rétroviseur. *Toi aussi tu veux ma photo, connard ?*

Je le paye et je reste un instant devant mon immeuble. Je fume dans le froid pour essayer de calmer mes nerfs. Il ne faut pas que Zara me voie comme ça. Je ne veux pas qu'elle s'inquiète encore pour moi.

Quand j'ai fumé au point d'avoir la nausée, je remonte l'escalier. Zara est dans sa chambre. Je passe la tête par l'embrasure. Elle est penchée sur son bureau. Elle replonge dans ses notes dès qu'elle sort de ses cours pour rattraper son premier semestre foireux.

– Salut.

J'entre et me laisse tomber sur son lit.

– Salut, poulette. Il y a du steak au frigo pour ce soir si tu veux manger, moi je n'ai pas le temps. Il faut que je finisse ça.

– T'inquiète pas, si j'ai faim, je me prendrai un truc.

Elle se tourne vers moi sur sa chaise.

– Tu vas bien ? T'as l'air bizarre.

On ne la fait pas à Zara. Elle me connaît par cœur.

– Ouais, ça va. Je suis un peu fatiguée, c'est tout. C'était hard au boulot.

Elle hoche la tête et ses cheveux bruns se balancent tout seuls. Ils sont en bataille. Elle est mignonne.

– Tu as des nouvelles d'Austin ? Il va bien ?

Elle me demande ça à moi ?

– Non. Je n'en sais rien.

Elle fronce les sourcils. Et moi j'enfouis ma tête dans son oreiller.

– Ce matin, j'ai eu Savannah par Skype et elle m'a dit qu'elle a su par Seth qu'Austin avait eu un accident, alors elle voulait savoir si ça allait. J'ai essayé de l'appeler tout à l'heure, mais ça ne répond pas.

Je bondis du lit.

– Comment ça, un accident ? Où ? Quand ? Comment ? Il va bien ?

Zara écarquille les yeux.

– Mais je pensais que tu étais au courant ! Je n'en sais rien, moi, s'il va bien. Il ne répond pas. Apparemment, c'était un accident de voiture avec Sacha. Mais sûrement pas grave puisqu'il a eu le temps d'en parler à Seth.

La panique me gagne instantanément. *Ce n'est pas vrai... un accident de voiture... avec Sacha...*

Je file déjà vers ma chambre. Je prends mon sac de voyage en toile ethnique à motifs noirs et blancs et fourre quelques affaires dedans. Je prends mes médicaments, mes cigarettes et mon casque.

Zara se poste sur le pas de la porte.

– Qu'est-ce que tu fais ?

– Je pars à Boston.

Ma décision a été prise avant même qu'elle ne finisse sa phrase. Je veux voir si ça va, de mes propres yeux.

– Mais tu bosses, demain !

– Je leur dirai que je suis malade.

J'avise mon bureau et je vois l'exemplaire du *Petit Prince* de Saint-Exupéry que j'ai lu à Sacha.

– Si ça se trouve, ils n'ont rien, Lexie...

– Eh bien je verrai par moi-même. Excuse-moi, mais il faut que j'y aille.

– Tu vas mettre un temps fou par le bus. Il va être minuit quand t'arriveras à Boston !

– Non, je vais prendre l'avion. Si je demande un vol direct, j'en aurai pour une heure et demie pas plus.

– Lexie...

– Ce n'est même pas la peine de chercher à m'en empêcher, Zara.

Elle soupire alors que j'enfile déjà mon manteau.

– Ok. Je te note leur adresse sur un papier. Mais tu m'appelles quand tu arrives !

– Ça marche.

Je file déjà par la porte. Il faut que je les voie. Vite.

38
Alexandra

Finalement, entre mon départ et mon arrivée à Boston, il s'écoule au moins trois heures. Le temps de filer à l'aéroport et de me battre avec une hôtesse pour qu'elle me trouve un vol d'urgence puis de débarquer avec du retard. Mon vol de dernière minute me coûte une blinde, mais tant pis.

Mon angoisse est grandissante. J'espère qu'ils vont bien… Je suis inquiète pour Austin, mais aussi pour Sacha.

– Vous pouvez aller plus vite, s'il vous plaît ? Je suis très pressée.

Le chauffeur acquiesce et accélère la cadence. J'ai le cœur qui palpite.

Il me dépose dans le quartier de Columbus, devant l'immeuble d'Austin.

S'ils vont bien, je dormirai à l'hôtel. Pas la peine de réveiller mon père et Lauren à cette heure-ci et je ne veux pas que Sacha s'imagine que j'emménage avec eux en restant.

Ce sont là toutes les réflexions que je me fais en montant les escaliers jusqu'au cinquième. Un homme est sorti au moment où je voulais entrer et je n'ai donc pas eu à sonner. À chaque marche, mon cœur bat un peu plus vite.

Quand je m'arrête devant la bonne porte, un millier de questions me traverse l'esprit. Je sonne. Il va être surpris, je le sais, je n'ai pas signalé ma venue. En plus, il n'est pas loin de minuit, comme Zara l'avait prédit, finalement.

J'essaie de contrôler les tremblements de mes mains et fais mon plus beau sourire. *Ce n'est que l'homme que tu aimes et un petit garçon, Lexie, calme-toi.*

Quand la porte s'ouvre, mon sourire s'évanouit instantanément. Une jeune fille se tient sur le pas de la porte, tout sourire aussi. Elle est blonde, petite et fait très jeune. Elle porte un jogging noir et un débardeur assorti dont le décolleté laisse apparaître une paire de seins énorme. Elle a un bandeau dans les cheveux et elle est pieds nus comme si elle était chez elle.

J'ai dû me tromper d'étage.

– Bonsoir ! me fait-elle enjouée.

– Euh... Excusez-moi. Bonsoir. Désolée, j'ai dû me tromper d'étage, ou de porte...

– Vous cherchez qui ?

Elle a un visage en ovale et des traits très fins. Elle est très belle, même si elle est jeune. Je lui fais un sourire contrit.

– Ça ne doit pas être ici. Je cherche...

Elle ouvre un peu la porte et j'entends le bruit d'une télévision allumée. Elle se tourne derrière pour crier.

– Sacha ! Retourne te coucher ! Il est tard, je t'ai dit qu'Austin revenait vite, ce n'est pas lui !

Elle se tourne de nouveau vers moi. Je crois que le sang a quitté mon visage. Je ne me suis pas trompée de porte. *Voilà pourquoi il n'a pas appelé depuis deux jours...*

– Alors vous cherchez qui ?

– Je... Non, personne.

– Vous cherchez Austin, peut-être ? Il ne m'a pas dit qu'il attendait de la visite. Il est parti à la pharmacie du coin qui est encore ouverte, mais il ne va pas tarder, vous pouvez...

Je recule de plusieurs pas et serre mon sac si fort que mes phalanges blanchissent. Je n'arrive plus à respirer.

– Non. Je... Je vais...

Je file dans l'escalier avant de finir ma phrase. J'ai les jambes qui tremblent.

– Hey ! Mais attendez !

Je dévale les marches sans me retourner.

Non, mais quelle incroyable conne je suis ! Les larmes me sont montées aux yeux et elles m'aveuglent presque.

Quand j'arrive au premier palier et que je tourne dans la dernière volée de marches, je bute dans quelqu'un.

– Merde !

Quand je lève la tête pour m'excuser, je reste interdite.

– Lexie ?

Austin se tient devant moi, dans son blouson en cuir et un bonnet sur la tête, un sac de la pharmacie à la main. Je baisse les yeux immédiatement.

– Austin… Je…

J'essaie de retenir mes larmes et de reprendre mon souffle.

En reniflant, je le contourne et lui se retourne et me suit des yeux.

– Je m'en allais. Désolée…

Je dévale les dernières marches. Mais quand j'arrive à la porte il me rattrape et la claque violemment, m'empêchant de sortir.

– Mais qu'est-ce que tu fais là ?

Je ne lève pas les yeux sur lui, mon cœur me fait déjà mal.

– Lexie, qu'est-ce qu'il y a ? Pourquoi t'es là ? Tout va bien ?

Est-ce que tout va bien ? Non, tout ne va pas bien, putain!

– Bébé…

Je sursaute quand il pose une main sur mon bras. Ce surnom à la con me fait sortir de mes gonds. Je lève des yeux de furie sur lui.

– Pourquoi tu ne m'as pas appelée ? Hein ? Pourquoi ?

Il ouvre de grands yeux et lâche mon bras.

– Mais je t'ai appelée toute la semaine ! Et tu ne répondais pas…

Je ne parle plus et il se met à tirer sur ses cheveux derrière sa nuque.

– Tu veux que je t'appelle même si tu ne réponds pas ?

Oui, j'aurais voulu qu'il se batte pour nous de toutes ses forces.

– D'accord, bébé… Je t'appellerai, alors… Même si tu ne me parles pas, je t'appellerai.

Il me regarde en fronçant les sourcils comme s'il ne me comprenait pas.

– Pourquoi… Enfin… Qu'est-ce que tu fais là ?

Je crispe mes doigts sur la porte. Il y a une meuf à moitié à poil chez lui. Je ne dois pas l'oublier. J'essaie encore de ravaler mes larmes et de ne pas craquer.

– Tu as eu un accident. Je… je voulais voir si vous… si tu allais bien. Apparemment oui… Je m'en vais.

– Quoi ? Mais tu vas où ? Tu es chez ton père cette semaine et ce week-end ?

Il baisse les yeux et observe mon sac en toile.

– Tu viens directement de New York ?

Je ne réponds pas et essuie mes yeux.

– Bébé, qu'est-ce qu'il y a ? Pourquoi tu ne me parles pas ? Tu viens de New York ?

– À ton avis ?

Il fronce encore les sourcils et se mord la lèvre du bas. Il a des mimiques qui me font toujours trop d'effet.

– Lexie, je ne comprends rien. On va bien, c'était un petit accident. Une vieille qui m'est rentrée dedans. Mais il n'y a pas eu de blessé. Sacha va bien et je vais bien. Tu es en colère parce que je ne t'ai plus appelée ? Mais je vais le faire, bébé. Je vais t'appeler, si tu veux…

– Ne te donne pas cette peine. Et va retrouver ta copine.

J'essaie de sortir à nouveau mais il m'en empêche.

– Quelle copine ? De quoi tu parles ?

Je force et réussis à entrebâiller la porte.

– Laisse-moi passer…

– Tu parles d'Emily ?

Il pointe un doigt sur l'escalier et j'en profite. Il a retiré sa main de la porte sans s'en rendre compte. Je l'ouvre à la volée et manque de l'assommer. Je cours dehors avant qu'il ne m'enferme à nouveau. Je n'ai pas envie de l'entendre se justifier.

– Lexie ! Putain Lexie, attends !

Il me rattrape sur le trottoir verglacé et m'entoure de ses bras pour me soulever. Je pousse un cri perçant quand il glisse et que nous tombons tous deux à la renverse.

– Aïe !

Je suis tombée sur lui, il a amorti ma chute, mais lui, il a tout pris. Mon sac et son sac en papier de la pharmacie s'étalent avec nous. Je tente tant bien que mal de me relever en grimaçant et appuie mes mains rouges et meurtries sur la glace pour m'asseoir.

– Austin…

Il ne répond pas. Je me retourne. Il est allongé et grimace en se tenant la tête dans les mains, me cachant ses yeux. Est-ce qu'il s'est vraiment fait mal ?

– Austin, ça va ?

Comme il ne répond toujours pas, je m'approche en rampant sur lui et pose mes mains de chaque côté de son visage pour ne pas m'appuyer sur son torse.

– Austin…

J'ai le visage penché au-dessus du sien. Il m'attrape à la taille pour me serrer et je m'écrase sur lui. Nos bouches s'entrechoquent et je grimace. Je m'apprête à protester, mais il me serre à m'en étouffer et parle vite contre mon visage.

– Emily est juste la nounou de Sacha. Elle le garde tout le temps. Elle est super jeune et elle fait ça pour de l'argent de poche. Je ne suis pas avec elle, Lexie. Ce n'est pas ma copine. Même pas en rêve.

La nounou de Sacha ? Avec les seins à moitié à l'air ?

– Lâche-moi. S'il te plaît…

Il approche sa bouche de la mienne.

– Jamais.

Aucune femme au monde ne pourrait résister à des bras aussi herculéens, à une odeur aussi délicieuse et à des lèvres aussi sensuelles. C'est impossible.

Il m'embrasse la joue, les paupières, puis ses mains quittent ma taille pour venir m'enserrer le visage et me ramener vers lui. Il me tient fermement et m'embrasse le visage tout entier, les tempes, le nez, les joues, les yeux, les lèvres…

Son souffle brûlant sur ma peau me tétanise. J'en veux encore !

Il chuchote et son souffle saccadé se perd dans les baisers qu'il me donne.

– Ne pars pas, bébé… Reste avec moi… Je ne peux pas vivre sans toi… Je n'arrive pas à croire que tu sois là… S'il te plaît…

Je me relève difficilement. Quelques rares passants nous regardent avec curiosité. Normal, Austin est étalé de tout son long par terre.

– Lève-toi, s'il te plaît.

Il finit par se lever tout en me scrutant avec une intensité insoutenable.

– Je te jure qu'il n'y a rien entre Emily et moi. C'est dégoûtant rien que d'y penser. Elle pourrait être ma petite sœur. Et je l'emploie pour crier sur Sacha de temps en temps quand ma mère n'est pas disponible. Crois-moi, Lexie, je ne te mens pas.

Mon cœur a cessé de s'emballer. *Ok, d'accord, peut-être.* Mais je ne suis pas contente quand même.

Il m'observe la tête légèrement penchée de côté comme quand il réfléchit à quelque chose.

– Tu es venue juste pour voir comment on va, Sacha et moi ?

– Je… Oui…

Je me cache le visage dans les mains. *Bon sang, mais quelle connerie…*

Austin se rapproche et pose ses doigts sur mes hanches et son front contre le mien.

– On va mal. Sans toi, on va mal. Il faut que tu sois là, bébé… Sacha n'arrête pas de parler de toi. Et je te jure que je ne peux pas vivre sans toi.

Je reprends ma respiration pour parler normalement en essayant d'ignorer la boule que j'ai au ventre.

– Je suis venue pour voir si vous alliez bien, mais apparemment, oui. Alors… Je vais rentrer.

– Rentrer où ? À New York ? Il est plus de minuit. Et si tu vas chez ton père, il va croire qu'il y a un problème. Reste.

Je détourne la tête.

– Je n'ai pas pris de décision pour nous.

– Si. Tu es là. Ça veut tout dire.

Je le regarde vivement. Mais il n'a pas le sourire suffisant que j'attendais. Il arbore une expression terriblement sérieuse.

– J'étais juste inquiète…

– Eh bien, je ferai en sorte que tu t'inquiètes encore pour nous, tout le temps, si ça peut te faire revenir. Je t'ai appelée et tu ne répondais pas. Je pensais qu'après la lettre, tu ne voulais plus entendre parler de moi. Reste avec moi… Ce soir, au moins. Où est-ce que tu vas aller, sinon ?

Je ramasse mon sac.

– À l'hôtel.

– Certainement pas ! Viens !

Il me tire par la main.

Est-ce que je vais vraiment passer la nuit chez lui ? Ce n'était pas censé se passer comme ça. Je devais voir s'ils allaient bien et rentrer…

Austin ramasse son sac en papier et prend le mien.

– Viens, s'il te plaît. Arrête de réfléchir autant !

Facile à dire.

Il m'entraîne avec lui et se frotte le dos.

– Tu t'es fait mal ? ne puis-je m'empêcher de lui demander.

– Non, ne t'inquiète pas pour ça.

Je soupire et le suis quand il remonte les escaliers. Il me tient la main tellement fort que j'ai peur qu'elle se brise.

Bon, après tout, je ne vais pas dormir dehors ! Mais je ne peux m'empêcher de me dire qu'il va faire voler en éclats mes belles résolutions de temps et d'espace. Ou peut-être que c'est moi qui les ai fait voler en éclats quand j'ai décidé de prendre cet avion. Décidément, je ne sais pas mettre de la distance entre Austin et moi.

Avant de pousser la porte de l'appartement, il se retourne vers moi et baisse les yeux, gêné.

– Ne regarde pas le bazar, s'il te plaît, je n'ai pas trop eu le temps de ranger, d'accord ?

Je hoche la tête. Je me fous pas mal du bordel, je suis fatiguée et j'ai envie de dormir.

Quand on entre et qu'il allume, je suis agréablement surprise. L'appartement est plus grand que je ne le pensais et décoré dans un style industriel.

Austin m'indique une première porte, puis une deuxième.

– Là, c'est la chambre de Sacha. Je suppose qu'Emily l'a déjà couché. Elle dort avec lui, ce soir. Parfois, quand ses parents ne sont pas là, elle dort ici pour emmener Sacha à l'école le lendemain, quand moi j'ai cours très tôt. Et là, c'est ma chambre.

Je pose mon sac sur le canapé et le suis quand il ouvre la porte. Sa chambre est décorée dans le même style que les autres pièces.

– C'était un meublé. Beaucoup plus simple, m'explique Austin. Mais j'ai un souci.

Il pointe l'index vers le plafond et je vois se dessiner une immense tache brune.

– Il y a une fuite chez mon voisin du dessus et ça goutte sur le lit dans la nuit. Alors depuis hier, je dors dans le salon en attendant que ce soit réparé.

– Oh…

Austin se retourne pour me regarder en se mordant les lèvres.

– Ouais. Tu vas prendre le canapé. Je vais dormir par terre. Si Em n'était pas là, j'aurais dormi avec Sacha, mais bon…

– Tu ne vas pas dormir par terre…

– Mais si.

Je soupire et retourne dans le salon.

Il y a juste des jouets partout ainsi que des feuilles qui doivent être les cours d'Austin, vu les notes prises dessus.

– Tu as faim ?

– Non.

C'est vrai. J'ai grignoté dans l'avion pour faire passer le temps.

– Tu es fatiguée ?

– Ouais.

– Tu peux prendre ma chambre pour te changer. Ou la salle de bain. C'est là.

Je me lève et tire mon sac jusqu'à sa chambre. Quand je m'apprête à refermer la porte, Austin me hèle.

– Lexie…

Je le regarde et il plante ses yeux sombres dans les miens.

– Je suis content que tu sois là.

Je pèse mes mots. Je ne veux pas dire n'importe quoi.

– Et moi, je suis contente d'être là.

Je referme la porte et j'enlève mes vêtements. Je passe mon short de pyjama, mais quand je vais pour passer le haut, je marque un temps d'arrêt. Et si je portais un t-shirt d'Austin ? J'ai toujours aimé dormir avec ses vêtements. Puisque je suis déjà là, autant aller jusqu'au bout. Je ne peux pas faire pire.

C'est du moins ce que je pense en ouvrant le tiroir du haut de sa commode. Je tire sur un t-shirt noir qui, j'en suis sûre, aura son odeur. Et c'est alors que je remarque une pochette rose au fond du tiroir. C'est quoi, ça, pour être caché au fond du tiroir à vêtements ?

Je la tire et l'ouvre.

Au début, je ne comprends pas. Ou je ne veux pas comprendre. Il y a plein de noms de filles et de numéros. Des morceaux de papier sur des feuilles volantes et déchirées. J'attrape un petit mot au hasard pour le lire.

« On croit toujours que certaines relations sont si fortes qu'elles pourront résister à tout, mais ce n'est pas vrai. La confiance qui s'étiole, la lassitude, les mauvais choix, les soleils trompeurs de la séduction, la voix chaude des sales cons, les longues jambes des sales connes, les injustices du destin : tout concourt à tuer l'amour. Dans ce genre de combat inégal, les chances de victoire sont minces et tiennent plus de l'exception que de la règle. »

C'est signé d'une certaine Laura. Elle a également inscrit son numéro de téléphone et celui de sa chambre sur le campus.

Avec rage, je froisse le papier et le jette en boule en donnant un gros coup d'épaule dans le tiroir.

39
Alexandra

– Lexie ?

Austin ouvre la porte. Il doit s'inquiéter car je suis enfermée depuis un moment. Il passe une tête pendant que je tire mon sac pour prendre mon t-shirt. Je ravale mes larmes.

– Qu'est-ce que tu fais ?

– Je fais connaissance avec tes putes.

Il observe la commode et ses yeux s'écarquillent. Je passe mon t-shirt et détache mon soutien-gorge ensuite pour l'enlever par en dessous. Il entre dans la pièce et va directement tirer sur la pochette rose. Il la plie en deux grossièrement.

– Ce ne sont que des conneries, bébé ! Je te jure qu'il n'y a rien. Je n'ai jamais été avec quelqu'un d'autre. Je te le jure…

Oh bah, s'il le jure…

J'essaie de ne pas montrer les tremblements dans ma voix.

– J'en ai marre de tes mensonges.

– Ce ne sont pas des mensonges. Je… J'ai rencontré plein de filles à la fac, mais elles ne sont pas toi ! Je ne suis jamais sorti avec personne depuis…

Je lève les yeux sur lui alors qu'il fixe le vide, tout à coup. Une demi-seconde plus tard, il rive de nouveau ses yeux aux miens. *Comment un regard aussi magnifique peut-il mentir avec tant de facilité ?*

– Non, ce n'est pas exact. Si tu veux savoir la vérité, je suis sorti avec une fille il y a quelque temps. C'était une amie de la nana de mon pote Dean… Et il a insisté pour que je sorte avec eux.

Je marque un temps d'arrêt avant de répondre.

– Tu l'as baisée ?

Ma voix est froide sans une note d'émotion. Je ne lui montrerai pas que ses paroles m'affectent.

Austin tire sur ses cheveux d'un air excédé.

– Non ! J'ai même dû aller vomir quand elle a voulu me faire une…

Il se tait. Et moi je suis tétanisée par ce qu'il dit. *Putain, ce n'est pas vrai…* Une lettre, puis une connerie, encore une lettre et d'autres conneries, j'en ai marre !

Je le bouscule pour sortir de sa chambre et je file m'asseoir sur le canapé. Mes jambes ne me portent plus.

Il m'emboîte le pas, mais il va directement à la cuisine, et au bruit, j'entends une poubelle qui s'ouvre. Il a jeté le dossier rose. Mais ça ne change rien. Il ne fait ça que parce que je l'ai trouvé. Le degré de colère et de frustration que j'ai gardé toute la journée est à son point culminant.

Fébrilement, j'attrape mon sac et fouille dedans à la recherche de mes cachets.

Austin revient et s'assoit à côté de moi quand j'avale un comprimé.

– Je sais que tu m'en veux, finit-il par dire. Mais je n'ai jamais été aussi honnête. Et je ne veux plus de mensonges entre nous. Bon sang, Lexie… Je n'arrive pas à gérer mes sentiments. Nous deux, tout ça, tout ce que j'ai fait. Je sais que tu en baves. Mais moi aussi.

Je renifle et ravale mes larmes péniblement en lâchant un petit rire sarcastique. *Lui aussi il en bave ? Sans blague…*

– Est-ce qu'on pourrait dormir, s'il te plaît ? Je suis fatiguée. Je repartirai demain matin.

Ma voix rauque ne trompe personne.

Il attrape mon poignet alors que j'enfouis ma tête dans mes mains.

– Non. Tu ne pars pas.

– Si.

– J'ai dit non. Il est hors de question que tu partes d'ici alors que ce n'est pas réglé entre nous.

– Ça ne se réglera jamais. Regarde-toi, regarde-moi, nous ne sommes pas faits pour être ensemble.

Ses doigts lâchent doucement mon poignet, mais je ne le regarde toujours pas. J'entends son souffle qui s'est coupé.

Il met un moment avant de parler à nouveau. Je l'ai attaqué sur son point faible. Le manque de confiance en lui qu'il dissimule.

– Je sais que je ne te mérite pas. Mais je t'aime…

Ses derniers mots sont dits avec un ton de supplique qui me tue de l'intérieur. Il ne peut pas me faire tout ce mal et penser que je pourrais le pardonner seulement parce qu'il m'aime.

Nous restons silencieux jusqu'à ce qu'Austin se lève et file à sa chambre chercher des couvertures et des oreillers. Il en installe pour moi et en met sur le tapis du salon pour lui. Je me sens vaguement mal de le faire dormir par terre, mais s'il dormait sur le canapé, nous devrions être serrés, et je ne me sens pas prête pour ça.

Je m'allonge et tire les couvertures sur moi. Je sens le regard d'Austin qui me détaille, mais je m'efforce de ne pas y faire attention. Je lui tourne le dos quand il s'allonge au pied du canapé et qu'il éteint la lumière de l'abat-jour du salon.

Je peux alors laisser mes larmes couler en silence dans le noir.

Ma vie ressemble à un putain de gouffre sans fond. Un néant total.

– Ne pleure pas, bébé…

Austin murmure dans le noir et sa voix fait redoubler mes pleurs. Je m'oblige à prendre une voix normale.

– Je ne pleure pas.

– Si. Je te connais. Tu attends que j'éteigne pour ne pas que je te voie pleurer. Je te connais par cœur.

Je ne réponds pas et essuie mes yeux fatigués. C'est vrai. Mais je ne lui donnerai jamais raison.

40
Austin

Je marche dans un couloir sombre. Mes pas glissent sur le sol et mes mains sont recouvertes de sang. Il goutte sur mon passage.

Je suis en colère. J'ai toujours été en colère. Depuis mon enfance, j'en veux à la terre entière.

Je me retourne pour regarder Andrew. Il est allongé par terre, le crâne fracassé, gisant dans son propre sang. Et je souris. Il l'a mérité. Cet enfoiré l'a mérité.

Ma mère apparaît sur le seuil d'une porte que je n'avais pas vue.

– Qu'est-ce que tu as fait, Austin ? Mon Dieu… Tu l'as tué ! Tu es abject ! Je voudrais ne jamais avoir rencontré ton père ! Je voudrais que tu ne sois jamais venu au monde !

Et elle claque la porte alors que je m'apprête à lui hurler mon dégoût au visage.

Une autre s'ouvre près de moi. Lexie se tient sur le pas, dans son pyjama-short, ses cheveux blonds ondulants sur ses épaules et ses yeux verts me fusillant sur place.

– Comment peux-tu te regarder en face ? Tu me dégoûtes. Jamais je ne pourrai aimer quelqu'un comme toi. Sors de ma vie !

Elle claque aussi la porte.

Je me précipite pour tambouriner dessus.

– Lexie ! Lexie !

On pose une main sur mon épaule. En tremblant, je me retourne. Joshua se tient à mes côtés.

– Je t'avais dit d'être honnête. Tu vois où tes mensonges t'ont mené ?

Une autre main sur mon épaule me fait tourner la tête. Zara.

– Tu l'as détruite. Elle a failli se tuer. Elle mourra pour toi un jour. Elle mourra à cause de toi !

– Austin !

Je baisse la tête vers la voix qui m'interpelle. Sacha a les bras croisés et les yeux noirs de colère.

– T'es méchant ! Je te déteste ! C'est ta faute si elle est partie ! Ta faute !

Un rire machiavélique s'élève derrière mon dos. Déjà tremblant, je me retourne. Un mec se tient nonchalamment appuyé à la porte de Lexie. Adam. Il sourit de toutes ses dents. Son nez cassé déformé par le pansement.

– Tu sabotes toi-même votre relation. Je n'ai rien à faire. Tu l'as encore fait pleurer, hein ? C'est pour ça qu'elle s'est barrée. Et je peux te dire que le jour où elle viendra me trouver pour pleurer dans mes bras, et elle viendra, je te l'assure, je serai là pour la consoler.

Son rire résonne dans ma tête. Il éclate comme un millier de morceaux de verre brisés dans mon crâne.

Je serai là pour la consoler. Je serai là pour la consoler. Je serai là pour la consoler…

Il entre dans la pièce et s'enferme avec elle. Je me remets à tambouriner avec mes mains pleines de sang. Putain, non !

– Lexie ! Lexie ! Lexie !

✦✦✦

– Austin !

Avec une brusque inspiration, j'ouvre les yeux. J'ai la poitrine comprimée et j'étouffe. J'essaie de regarder autour de moi, mais il fait noir.

– Austin…

Je cligne des yeux. Putain, c'était un cauchemar. Juste un cauchemar.

Je suis aveuglé un instant quand l'abat-jour s'allume. Mais on baisse rapidement l'intensité au minimum.

– Regarde-moi.

La voix de Lexie résonne à mes oreilles. C'est le son le plus doux que je connaisse. Je tourne la tête pour voir la fille superbe et incroyable dont je suis tombé éperdument amoureux. Elle a les yeux rouges et gonflés et les cheveux en bataille. Elle m'observe avec inquiétude. Elle s'inquiète tout le temps pour moi. Et moi je fais tout foirer.

– Austin, c'était juste un cauchemar. Ça va aller…

Est-ce qu'un jour on sera heureux ? Est-ce qu'un jour j'arriverai à la rendre heureuse ?

Je serai là pour la consoler ! Les paroles de cet enfoiré résonnent dans ma tête. Je ferme les yeux pour ne pas la voir.

– Austin…

Quand elle pose ses doigts sur mes joues, je lâche un énorme soupir et j'ouvre les yeux brusquement. De ses doigts, elle essuie les larmes qui maculent mes joues. *Putain, j'ai dû chialer comme un môme !*

– Ce n'était qu'un cauchemar.

Sa voix m'apaise.

– Lexie…

Je laisse échapper son prénom dans un souffle.

Je suis trempé de sueur. Alors je repousse les couvertures.

– Je suis là.

Oui, elle est là. Après tout ce que je lui ai fait endurer, elle est là, allongée sur mon putain de canapé.

– Ne pars pas…

Ma voix se fait suppliante. Je ne veux plus qu'elle me laisse.

– Je suis là. Je ne pars pas.

Elle m'attrape le t-shirt et le serre dans son poing pour me tirer vers elle.

– Viens là…

Je cherche ses yeux des miens. Ses magnifiques yeux où le rouge sang contraste avec ses iris vert forêt.

– Viens, je te dis…

Je me laisse tirer et grimpe comme un automate dans le canapé près d'elle. J'enfouis ma tête dans son cou pour respirer son odeur. Je la serre contre moi à l'en étouffer. Ses longs cheveux me caressent le visage et je lève la main pour l'y enfouir. Je plonge dans sa superbe chevelure blonde et douce emmêlée.

– Lexie…

– Quoi ? Je suis là…

Sa poitrine se soulève régulièrement et je pose une main sur son sein plein qui bouge à un rythme effréné. Sa respiration saccadée se coupe automatiquement.

J'ai toujours envie d'elle, mais là je veux juste sentir son sein chaud et réconfortant dans ma main. Elle veut du temps et de l'espace, je ne peux pas faire ça.

– Austin…

Sa voix s'est faite basse et suppliante. *Putain, j'adore quand elle me supplie.*

Je pose ma tête contre sa poitrine et écoute la respiration de son cœur. *Est-ce qu'il bat pour moi ?*

Je ferme les yeux et reste comme ça. Moulé à la femme que j'aime. La seule qui apaise mes souffrances et mes démons.

Elle tend la main et éteint la lumière, puis elle ramène la couverture sur nous.

– Je t'aime.

Ce n'est pas moi qui l'ai dit. C'est elle.

Je lève les yeux sur elle dans le noir et elle se penche pour m'embrasser le front doucement.

– Peut-être que je ne devrais pas. Mais je t'aime. Et c'est tellement dur. Tu m'as tellement blessée. Et là…

– Lexie…

– Chuuuuut. Tais-toi. Ne gâche pas ce moment.

Je referme la bouche et me laisse aller contre elle. Elle est toute ma vie. Elle sera toujours tout pour moi. Celle que j'attendais depuis toujours sans le savoir. Celle que j'aimerai inconditionnellement.

Je finis par m'endormir contre sa peau en écoutant les battements de son cœur.

La voix de Zara dans mon cauchemar résonne encore dans ma tête.

« Elle mourra pour toi, un jour. Elle mourra à cause de toi ! »

41
Alexandra

Ce sont des bruits étouffés qui me réveillent. J'entends qu'on s'affaire dans la cuisine. Mais Austin m'écrase presque contre le dossier du canapé et je n'ose pas bouger. Je suis bien dans les bras de ce garçon imparfait. En dépit de tout ce qu'il m'a fait, c'est réconfortant pour moi d'être avec lui. Et je suppose que c'est pareil pour lui.

J'ouvre doucement les yeux et je l'observe. Il est adorable quand il dort, la bouche un peu ouverte, comme ça, et complètement abandonné dans mes bras. Si seulement ce sentiment de plénitude pouvait être constant.

– Mais c'est parce qu'elle est gentille…

J'entends la voix de Sacha en provenance de la cuisine. Il est réveillé.

– Tu l'aimes bien ?

C'est la voix de la fille d'hier soir. Emily. Ça ne me plaît pas qu'elle reste là. Je tends l'oreille pour écouter leur conversation.

– Oui, elle est gentille ! Elle me lit des histoires. Austin, il me lit jamais d'histoires… dit Sacha avec enthousiasme.

– Ne crie pas, tu vas les réveiller. Tu es déjà allé chez elle ?

– Oui. J'ai dormi avec Austin dans son lit. Et on a fait des gâteaux.

– Ah c'est bien. Mais… C'est la copine de ton papa ?

Je ne peux m'empêcher de froncer les sourcils. Elle est bien curieuse, cette Emily.

– Oui. Austin, il est amoureux. Il a un feu d'artifice dans le ventre et ça lui fait mal d'attendre pour l'embrasser, tu sais…

Je ne peux m'empêcher de sourire.

– Est-ce qu'elle va rester tout le temps ?

Sa petite voix traîne sur les syllabes, il doit être encore à moitié réveillé.

– Je ne sais pas. Il faut demander à ton papa. Tu voudrais qu'elle reste, toi ?

– Oui ! s'écrie-t-il.

– Ne crie pas, Sacha !

– Je veux qu'elle reste. Je veux… Est-ce qu'elle peut être ma maman ?

– Je ne sais pas, mon lapin. Il faut que tu poses la question à ton papa.

– Elle peut dormir avec moi, si elle veut.

– Ouais, mais tu bouges trop dans ton sommeil et t'es plutôt chiant.

– J'suis pas chiant ! T'es méchante ! Je te laisserai plus jouer avec mon train !

– Oui, c'est ça… Dépêche-toi de finir, on va être en retard.

Emily s'affaire. Et quand je vois Sacha passer la porte de la cuisine, je ferme vivement les yeux. Il vient vers nous et je sens qu'il s'arrête devant le canapé où nous dormons. Je ne bouge pas d'un cil. Et je sens que sa petite main se pose sur mes cheveux.

– Sacha ! Ne les réveille pas… chuchote la baby-sitter.

– Je voulais juste lui faire un bisou, moi.

– Oui, mais tu vas la réveiller.

– Elle sera là quand je reviendrai de l'école ?

– Je n'en sais rien, p'tit bout. Allez viens, on y va, sinon tu vas être en retard.

Ses doigts quittent ma tête et je les entends qui s'éloignent.

Ce n'est que quand ils ont passé la porte que j'ouvre de nouveau les yeux. Pourquoi suis-je aussi sensible à tout ce que ce petit bout d'homme peut dire ?

Je reporte mon attention sur Austin. Je lève la main pour lui caresser la joue, mais je m'arrête dans mon geste. Il a bougé. Alors je ferme vivement les yeux et laisse doucement retomber ma main.

C'est fou, mais avec Austin j'ai un sixième sens. Il me regarde alors que j'ai les yeux fermés, j'en suis sûre. Je sens son regard brûlant sur ma peau. Il m'observe alors je m'oblige à rester statique. Et quand il bouge encore et que, de la main, il vient chasser une mèche de cheveux de mon visage pour la mettre derrière mon oreille, je frissonne.

– Je sais que tu ne dors pas, chérie…

Chérie ? Depuis quand Austin m'appelle chérie ? Je ne réponds pas et garde les yeux fermés.

Il se hisse sur un bras et ses lèvres touchent les miennes avec la plus incroyable des douceurs. J'en ai la respiration coupée. Et, comme Sacha n'arrête pas de le dire, un feu d'artifice éclate dans mon ventre. Mon cœur est sur le point de quitter ma cage thoracique.

Je sens son érection naître de ce simple baiser. Et ça me fait un effet fou. J'ai le souffle saccadé.

Quand il laisse ses doigts courir sur ma peau, vers mon nombril, je me transforme en une boule de feu vivante. Je frémis et me contracte. Il doit le sentir, car il retire sa main doucement et quitte même mes lèvres.

J'ouvre brusquement les yeux. Il me regarde avec une expression que je n'arrive pas à déchiffrer.

– Je suis désolé. Je sais que tu veux y aller doucement… Je vais y arriver, je te le promets. Je te donnerai tout ce que tu veux. Même de l'espace. Mais tu restes là, tu ne pars pas. Je dormirai avec Sacha ce soir. Je suis désolé pour cette nuit.

Il se lève vivement et attrape son jean pour le passer. J'ai l'impression qu'il veut fuir.

En un rien de temps, il est parti vers la salle de bain où il s'enferme. Le vide qui m'assaille est insupportable. J'ai l'entrejambe qui brûle d'un désir inassouvi.

Je laisse ma tête retomber dans l'oreiller pour le mordre avec frustration. D'accord, je veux qu'on prenne du temps et je ne veux pas retomber dans ses bras aussi facilement. Mais là, j'ai envie de le sentir en moi.

Je rougis toute seule à cette pensée. *Lexie, il faut te reprendre,* là ! Si tu lui dis de te laisser du temps pour ensuite lui dire de revenir te faire l'amour, il ne va rien comprendre et tu passeras pour celle qui ne sait pas ce qu'elle veut.

Quand il ressort de la salle de bain, je ne peux m'empêcher de le mater. Il est torse nu et ne porte qu'un jean stone, bas sur les hanches. Il a une serviette autour du cou. Ses tatouages sont luisants de l'eau de sa douche et ses cheveux mouillés lui retombent dans les yeux. Je suis loin, mais je sais qu'il doit sentir bon. *Bordel...*

Je me mets à rêvasser au goût de sa peau sous ma langue, aux petites marques rouges que je pourrais laisser en le mordillant doucement et aux grognements étouffés qu'il laisserait échapper.

– Ça ne va pas ?

J'ai le regard rivé à sa braguette quand il m'interpelle. Et je baisse aussitôt les yeux.

– Si si, ça va. Je... Je vais aller prendre une douche, moi aussi.

– Oui, c'est ça, Lexie, va donc prendre une douche froide pour te remettre les idées en place.

Il file vers la cuisine en soupirant. *Est-ce qu'il est aussi frustré que moi ?*

Avec désolation, je file à la salle de bain. Je me brosse les dents puis je prends mon temps sous la douche. Histoire de me remettre vraiment les idées en place.

Sacha et lui vont bien, je n'ai plus rien à faire là. Je devrais rentrer chez moi. Mais honnêtement, je n'ai aucune envie de partir.

Je ne dois pas retomber dans les bras d'Austin aussi facilement. Notre proximité d'hier soir était due à l'émotion. Parce qu'il a pleuré dans son sommeil, ce qui est plus qu'étonnant. Austin ne pleure jamais. Je déteste le voir si vulnérable, d'où mon comportement. C'est tout. Un peu de faiblesse d'âme.

– Lexie...

Il frappe à la porte de la salle de bain.

– Oui ?

Je coupe l'eau.

– Euh… Ça fait quarante minutes que t'es là-dedans. Je ne veux pas te presser, mais j'ai envie de pisser là, bébé.

– Une minute.

J'attrape une serviette sur l'étagère en bois et m'y enroule. Puis j'en prends une autre pour mes cheveux mouillés avant d'ouvrir la porte. Il attend derrière, les bras croisés, et appuyé au chambranle.

– Désolée…

– C'est… Hmm… Ce n'est pas grave…

Il m'observe dans ma serviette et je le vois déglutir. *Depuis quand Austin bégaie-t-il ?*

Je passe devant lui et tire mon sac jusqu'à sa chambre pour me changer. Je sens qu'il me suit du regard jusqu'à ce que la porte soit fermée.

J'examine mes vêtements. Je n'ai pas regardé ce que j'ai pris et j'ai ramené n'importe quoi. Je passe une robe en maille blanche et cintrée, à col roulé et longues manches sur une paire de collants opaques noirs. Austin va croire que je fais exprès de m'habiller comme ça. Alors que je ne mets cette robe qu'une fois de temps en temps pour aller bosser. Elle n'est pas du tout décolletée, mais elle est très moulante et assez courte. Je tire dessus pour la faire descendre. *Elle est plus courte que dans mon souvenir.*

Quand je me rends à la cuisine, je jette un regard vers l'horloge murale. Il est déjà huit heures.

Je pars à la recherche de mon portable et le sors pour appeler ma collègue Maddy et la prévenir de mon absence. Il est inondé de messages de Zara.

Alors, ça va ? Comment vont Austin et Sacha ?

Bon tu réponds ou quoi ? Où est-ce que t'es ? T'as dormi chez lui ? Avec lui ?

Lexie, putain ! Réponds ! Quand est-ce que tu rentres ?

Je pianote pour répondre :

Tout va bien. J'ai dormi chez lui. Sur son canapé. Je ne sais pas quand je rentre. Je te le dirai avant d'arriver.

La réponse de Zara ne se fait pas attendre.

Petite maligne ! Ok, ça marche. Il y a ton malade de frère qui s'est ramené ici hier soir.

Quoi ?

Comment ça ? C'est quoi ces conneries ? Qu'est-ce qui s'est passé ?

La réponse met du temps à arriver et je trépigne d'impatience.

Il ne m'a pas crue quand j'ai dit que tu n'étais pas là et que je n'ai pas voulu lui ouvrir. Il a escaladé l'escalier de secours et il m'a foutu une trouille bleue, cet enfoiré. Il a inspecté tout l'appart, même ta chambre, et je me suis battue pour le foutre à la porte. Je n'ai pas appelé les flics uniquement parce que c'est ton frère et que je suis sûre que tu n'aurais pas apprécié. Mais s'il revient, je le démonte, ce bâtard ! Il a laissé son numéro pour toi.

Je soupire et me frotte les tempes. Mon frère va me rendre folle. Il a dû foutre la trouille à Zara. Il faudra que je règle ça. Il n'a pas le droit de se ramener chez moi comme ça !

– Quelque chose ne va pas ?

Austin m'observe du seuil de la cuisine. Il plisse les yeux en voyant mon portable dans les mains.

– Non, tout va bien.

– À qui tu parles ?

– Personne. Je vais appeler le boulot.

Il serre les poings. *Il a intérêt à me faire confiance. Sinon…*

– Ouais. Ok.

Il tourne les talons pour repartir dans la cuisine. Et je vois ses poings si serrés que ses veines apparaissent sur ses bras.

En soupirant de lassitude, je compose le numéro de l'accueil d'HBG. J'explique à Maddy que je me sens mal et que je ne pourrai venir travailler aujourd'hui. Elle me croit, ou même si elle ne me croit pas, elle est compréhensive.

Il faut que je prenne une décision. Est-ce que je reste ou est-ce que je repars ? Austin, avec son comportement et ses changements d'humeur, ne m'aide pas à me décider.

Dans la petite cuisine de pierre rouge et blanche, il est attablé, la tête dans les mains, devant un bol de café. Je m'assois avec lui.

– Tu es fâché ?

Il relève la tête vivement.

– Quoi ? Non ! Tu ne pars pas, hein ?

Je baisse les yeux, mes mains sur mes genoux, nerveuse.

– Je n'en sais rien, mais j'ai annulé le boulot aujourd'hui. Je ne sais pas quoi faire…

En se penchant, Austin pose une main sur la mienne sous la table.

– Reste, s'il te plaît. Je ne peux pas t'obliger, mais je voudrais que tu restes, tout le week-end. Je renverrai Em tout à l'heure et on ne sera que tous les trois.

Sa voix suppliante me torture. Et sa main tatouée posée sur les miennes et sur ma robe blanche me fait frémir.

– Tu n'as pas cours, aujourd'hui ?

– Si, mais je n'irai pas.

Je lève les yeux sur lui.

– Hors de question que tu manques tes cours à cause de moi.

– Ce n'est pas grave, je n'ai qu'un cours ce matin et cet après-midi je dois travailler un peu au journal, mais je vais dire que je suis malade.

– Non, Austin…

– Si. En plus, ce soir j'ai un combat et je suis obligé d'y aller, alors si je ne te vois pas de la journée ni de la soirée, ça va m'énerver.

Je retire mes mains pour les poser sur la table, croisées.

– Très bien, je ne m'en irai pas. Mais tu vas en cours. Je resterai là.

Austin plisse des yeux en m'observant et retire sa main de mes genoux.

– Tu ne vas pas partir alors que je ne serai pas là ? Je viendrai te chercher jusqu'à New York s'il le faut.

Je n'en doute pas. Il en serait capable.

– Non. Je ne partirai pas. Je m'occuperai en attendant que tu rentres. Et… Peut-être que… je pourrais aller chercher Sacha à l'école et assister à ton combat ce soir.

Austin écarquille de grands yeux. De toute évidence, il ne s'attendait pas à ça.

– Tu ferais ça ?

– Pourquoi pas. Je suis là, de toute façon.

– Je ne veux pas que tu te sentes obligée. Je veux que tu aies envie d'être là !

Je ne réponds pas. Il commence à élever la voix et je n'ai pas envie de discuter.

– Écoute, je n'irai pas en cours ce matin. Je reste avec toi. Mais j'irai bosser cet après-midi. D'accord ?

– D'accord.

Il se lève pour ouvrir des placards.

– Tu manges beaucoup, le matin, d'après ce que j'ai vu, mais je n'ai pas grand-chose. On peut aller prendre le petit déjeuner dehors, si tu veux. Ensuite, il faudra faire des courses parce que les placards sont vides.

– Ok. Alors on y va maintenant. J'ai faim. Mon ventre commence à gargouiller.

Dès que nous sortons, j'allume une Gitane. Je sais au regard d'Austin qu'il n'apprécie pas, mais je n'y fais pas attention et il ne dit rien.

Nous prenons le petit déjeuner dans un American Diner, avec des nappes à carreaux rouges et blancs et des serveuses en patin à roulettes. Je me gave de pancakes au sirop d'érable et de café. Austin prend des œufs brouillés et du bacon.

Il m'observe manger avec un sourire en coin. Alors, honteuse, je ralentis un peu le mouvement, bien que j'aie déjà englouti la moitié de mon plat.

– Tu m'as manqué.

Austin tend la main pour essuyer le coin de mes lèvres de son pouce en maintenant mon menton. J'avale difficilement le morceau de pancake que j'ai dans la bouche. Il faut que j'apprenne à contrôler les battements de mon cœur, avec lui. Que j'apprenne à ne pas laisser mes sentiments m'envahir.

– À quoi tu penses ?

– À rien.

Il soupire et retire sa main. J'ai envie moi aussi de savoir à quoi il pense.

Après le petit déjeuner où je me suis gavée à en avoir mal au ventre, nous faisons les courses à la supérette du coin. Austin n'est pas du tout logique. Il va d'un étalage à un autre sans réfléchir à ce dont il a vraiment besoin et il met tout et n'importe quoi dans son caddy. Avec agacement, je le lui prends des mains et recommence depuis le début. J'apprends que Sacha déteste les champignons, comme lui, qu'il prend des Frosties au petit déjeuner et qu'il adore les gâteaux Quaker. Je prends du poulet et d'autres choses variées pour les repas. J'ai déjà des idées de recettes pour ce week-end. Si je reste là, alors autant que je m'occupe.

Austin prend une tonne de gâteaux, de bonbons et de sodas. Il n'a pas changé. Il doit se nourrir comme ça toute la semaine, j'en suis sûre.

– Tu ne crois pas que Sacha aura des problèmes si tu lui donnes tout ça à manger ?

Il hausse les sourcils.

– Sacha ? Ce n'est pas pour Sacha, c'est pour moi !

Je m'étrangle. *Il est complètement malade !* J'en retire la moitié.

– Hey ! proteste-t-il ?

– Tais-toi ! Tu devrais apprendre à manger mieux que ça. Ton fils va finir par suivre ton exemple !

Je file vers les légumes en l'entendant pester dans mon dos.

Il a repris trois paquets de chips et attend que j'aie le dos tourné pour les mettre dans son caddy.

Au bout d'une heure, nous rentrons enfin. Et nous rangeons les courses tous les deux.

Ça me fait bizarre d'être là avec lui comme si nous étions un vrai couple, à ranger des courses dans la cuisine et à parler du repas du soir. C'est étrange d'être si bien et en même temps si tendue. Austin ne me touche pas et dès que j'essaie de m'approcher, il s'éloigne pour mettre de la distance entre nous.

Je vois bien qu'il me mate quand je me hisse sur la pointe des pieds pour ranger les courses dans les placards du haut. Il a les yeux rouges quand je me tourne vers lui.

– Quelque chose ne va pas ?

Il sursaute et recule.

– Heu… Non. Ce… cette robe… Tu la mets souvent ?

Et voilà. J'en étais sûre. Il va se faire des idées.

– Non, enfin, quelquefois pour aller bosser, mais rarement.

Je n'ai pas fait attention aux affaires que j'ai prises en venant et je n'ai que le jean que j'avais sur moi hier.

– Oh, mais ce n'était pas un reproche. Je me demandais, c'est tout.

Nous sursautons tous les deux quand la sonnerie de la porte d'entrée retentit.

– Tu attends de la visite ?

Austin regarde l'heure, tout à coup paniqué. Il est presque midi.

– Merde ! Excuse-moi, j'avais oublié… Je devais bosser avec quelqu'un de mon cours de journalisme. Pendant une heure ou deux. Mais je vais lui dire de partir.

– Non ! Ce n'est pas la peine ! Je vais faire à manger pendant que vous bosserez.

Il se dirige vers la porte d'entrée et je lui emboîte le pas.

Quand il ouvre, une charmante jeune fille se tient sur le pas de la porte. Elle est brune, les cheveux à la garçonne, des yeux bleus semblables à ceux de Zara, et elle est super grande. Elle fait presque la même taille qu'Austin. Avec mon mètre soixante-sept, je me sens complètement ridicule à côté. Elle porte des vêtements très chic. *Donc, c'est avec elle qu'il comptait bosser…*

– Salut… Euh, désolée, je n'ai pas…

Je coupe la parole à Austin avant qu'il réponde. Je vais lui montrer que je ne suis pas comme lui et que je ne laisserai pas ma jalousie m'étouffer.

– Salut. Entre. Bienvenue. Moi, c'est Alexandra. La copine d'Austin.

Il écarquille les yeux et moi je souris à la fille. Bon, d'accord, je n'ai pas pu m'empêcher de le dire. Mais il faut marquer son territoire dès le début, non ?

Elle passe la porte tout sourire et serre la main que je lui tends.

– Salut. Moi, c'est Juliette. Hey, Reed, tu ne m'avais pas dit que tu avais une copine, petit cachotier…

Elle s'approche et embrasse Austin sur la joue. J'en reste médusée. Lui ne me quitte pas des yeux et le rouge lui monte aux joues. Il recule et se passe les mains dans les cheveux nerveusement.

– Je… Ouais… Juliette, Lexie. Lexie, Juliette. Bon, on bosse ou quoi ? Je n'ai pas toute la journée.

Juliette rit et le suit jusqu'au canapé sur lequel elle s'assoit et sort son portable de son sac. Austin lève les yeux vers moi et je m'efforce de sourire.

Juliette lui montre un dossier et il s'y plonge. Ils discutent déjà tous les deux comme si je n'étais pas là.

– Bon, eh bien… je… je vais aller préparer le repas.

Aucun des deux ne me répond et Austin lui montre quelque chose sur son ordi.

En m'efforçant d'ignorer la boule au ventre qui est apparue, je file à la cuisine.

42
Alexandra

– Mais elle n'est pas de Boston University ? Je ne l'ai jamais vue…

– Non, elle vit à New York.

– Sérieux ? Waah, c'est chaud, quand même. Et vous arrivez à vous voir ?

– T'es venue pour qu'on parle d'elle ou pour bosser ?

– Nan. Mais c'est bizarre de se dire qu'Austin Reed a une copine. Enfin, tu comprends, quoi… Ça ne te ressemble tellement pas…

Ouais bon… J'ai changé, figure-toi.

– J'ai remarqué, merci. Et ton fils ?

– Quoi, mon fils ?

– Ils s'entendent bien ?

– Ouais, il l'aime vraiment. Mais j'ai peur que Lexie fasse un blocage sur le fait que ce ne soit pas le sien et qu'elle ait du mal à l'accepter. En plus, elle ne pourra jamais avoir de gosse alors si ça se trouve, elle ne voudra jamais de lui à cause de ça aussi… Elle n'aime pas qu'on lui impose des trucs, Lexie.

– T'as l'air vachement mordu, putain… C'est la merde.

– Ta gueule. Bon, on revoit ce dossier de présentation ou quoi ?

J'appuie encore la main déjà plaquée sur ma bouche pour ne pas qu'ils m'entendent. Austin discute de moi avec une fille, assis dans le salon, en chuchotant. Pas assez cependant pour que je n'entende pas en tendant l'oreille.

Il parle de moi avec elle. Il lui a même raconté mes problèmes de stérilité…

J'essaie de reprendre ma respiration et avec rage j'essuie les larmes qui maculent mes joues. Il faut que je me calme. Il faut vraiment que je me calme. *Mais c'est qui cette fille, d'abord ?*

Je me remets au plan de travail et recommence à couper les légumes. J'ai les yeux qui me brûlent. Le cœur aussi. Je coupe et hache les légumes. J'ai l'intention de faire une quiche aux légumes et au thon.

Je tourne et retourne ce que je viens d'entendre dans ma tête. Oui, c'est dur qu'Austin et moi vivions si loin l'un de l'autre, mais ça ne veut pas dire qu'on ne peut pas être ensemble, si ?

En tout cas, je suis sûre que tout le monde doit avoir la même réaction que cette fille.

Mais d'où est-ce qu'il la connaît ? De toute évidence, cette fille est bien plus qu'une étudiante de son cours. Est-ce que c'est un de ses plans cul ? Une de ces filles qui a laissé son numéro dans ce dossier rose ? J'ai une boule dans la gorge. Et vaguement la nausée, aussi.

Je prends les restes de poivrons et de tomates pour les balancer à la poubelle, que j'ouvre du pied. Et je reste là, à regarder le carnet rose dans le fond, sous la brique de lait fini et le tube de dentifrice vide. *Je n'aurais peut-être pas dû rester…*

Je balance le reste de légumes sur le dossier avant de revenir au plan de travail et de me mettre à couper les oignons.

Austin entre dans la cuisine au moment où je renifle pour la énième fois. Il vient prendre un morceau de poivron sur la planche à découper pour croquer dedans.

– Je sais, je sais… Tu détestes quand on mange alors que tu cuisines. Abigail et moi, on se faisait incendier pour ça. Mais j'ai faim et…

Il pose une main sur mon bras.

– Ça ne va pas ?

Je ne lève pas les yeux et renifle alors qu'une larme roule sur ma joue.

– Non. Ça va. C'est… ce sont les oignons.

– Tu es sûre ?

– Oui. Va… faire tes trucs…

Il plisse les yeux et moi, je ne relève pas les miens. Si je le regarde en face, il va voir mon mensonge et c'en sera fini de mon self-control.

Austin ne dit plus rien et ressort de la pièce. En fait, il s'en fiche, voilà. Que je sois dans tous mes états ne compte pas. Je me remets à pleurer.

Je garnis le fond de pâte brisée et j'en suis à l'enfourner quand j'entends la porte d'entrée se refermer. *Est-ce qu'elle est partie ?*

Austin revient dans la cuisine quand j'ai les mains sous l'eau pour rincer ce que j'ai sali.

– Juliette est partie, je l'ai mise dehors. Excuse-moi, d'accord. J'avais zappé qu'elle devait venir. Et on a un projet commun pour notre cours de journalisme…

– Ça va, ce n'était que les oignons…

Ma voix est cassée. Je n'arrive pas à parler normalement.

– Non, tu mens. Il y a quelque chose qui ne va pas. Dis-moi ce qu'il y a, Lexie.

Il se rapproche et pose une main dans mon dos. J'en lâche le verre que je tiens et il va se briser dans l'évier.

Austin me prend les mains pour les rincer sous l'eau avec calme et les essuie ensuite.

– Regarde-moi.

Je n'y arrive pas.

– Bébé, regarde-moi…

Il me lève le menton de la main et me regarde avec tristesse.

– Tu veux bien me dire ce qu'il y a ? Est-ce que c'est à cause de Juliette ? Si j'avais su, je lui aurais dit de ne pas venir. Tu sais, je la connais depuis que je suis tout petit. Elle vivait à côté de chez mes parents. Je te jure qu'il ne se passe rien entre elle et moi. Enfin, pas depuis longtemps.

Je me mets à pleurer vraiment, cette fois. Laissant un sanglot s'échapper de ma bouche. J'en étais sûre. J'étais certaine qu'ils n'étaient pas seulement amis…

Austin se rapproche et passe mes bras autour de son cou. Il me serre contre lui et je me laisse faire. Je voulais qu'il fasse ça depuis tellement longtemps. Me consoler, me rassurer.

Il murmure contre moi :

– Est-ce que tu m'en veux ? S'il te plaît, parle-moi. J'essaie de te laisser de l'espace, mais j'ai l'impression que tu m'en veux. Je ne sais pas trop quoi faire…

J'enfouis ma tête dans son cou pour pleurer et il me berce lentement.

Quand je parle, ma voix comme mon corps sont secoués de sanglots et de hoquets qui m'étranglent presque.

– Pourquoi… pourquoi t'as dit ça ?

– J'ai dit quoi ?

– J'ai entendu… Avec Juliette… Votre conversation…

J'essaie de respirer, mais c'est presque impossible. Mes émotions m'étranglent. Austin soupire et se penche pour m'embrasser le front et les cheveux.

– Bébé… Je… Excuse-moi, je n'avais pas à parler de toi avec elle. C'est juste… que je ne sais pas comment je dois me conduire avec toi et que j'avais besoin de quelqu'un pour m'aider à y voir plus clair…

Je pleure encore.

J'ai maculé son t-shirt quand, avec ses mains qui me frottent le dos, il arrive à calmer mes pleurs.

Je m'accroche à lui, encore.

– Je… Je ne m'attendais pas à ça. Cette fille. Toi. Ce que tu as dit.

– Sur quoi ?

– Sacha et moi.

Il baisse les yeux sans répondre.

Je finis par me détacher de lui, mais il me tient toujours les mains.

– Est-ce que… tu…

Je le coupe en levant la main.

– Je ne veux pas en parler maintenant. Plus tard.

Je me tourne vers l'évier, essuie mes joues et prends une grande inspiration avant de me mettre à ramasser les bouts de verre cassés qui sont éparpillés.

– Est-ce que tu as pris tes médicaments, aujourd'hui ?

La question d'Austin résonne à mes oreilles. *Mes cachets...*

Je marque un temps d'arrêt.

– Non, pas depuis hier.

– Je vais te les chercher.

Il va au salon et revient quelques secondes plus tard avec mon tube de médocs. J'en avale un d'un coup.

– Ce soir, j'ai mon combat. Mais si tu veux m'attendre quand je rentre, on parlera, d'accord ?

– Je t'ai dit que je viendrai. À ton combat. Avec Sacha.

Austin penche la tête sur le côté.

– Tu étais sérieuse ? Si tu veux. On ira ensemble. Et quand on rentrera, après que Sacha sera couché, on parlera, d'accord ?

J'acquiesce. Instantanément, ça va mieux.

Quand j'ai fini de nettoyer et de ranger, j'arrive même à manger un morceau de ma quiche sortie du four.

Austin prend à peine le temps de manger une part avant de préparer ses affaires pour partir. Il me laisse l'adresse de l'école de Sacha et les appelle pour prévenir que je viendrai le chercher. Il prévient aussi son Emily qu'il n'aura pas besoin d'elle du week-end.

Ça fait dix minutes qu'il tourne en rond en se demandant ce qu'il a oublié ou en m'indiquant des choses totalement inutiles, par exemple, comment on ouvre les volets de la pièce à vivre ou bien où sont les dosettes à café.

Quand il ouvre la bouche pour la énième fois, je le stoppe de la main.

– Austin ! Tais-toi et va-t'en. Je vais très bien m'en sortir.

Il me regarde avec des doutes plein les yeux et referme la bouche. Je le rassure.

– Je ne vais pas partir. Je te le promets.

Quand il se rapproche, je me lève du canapé.

– Je ne veux pas que tu te prennes la tête pour des histoires qui sont... sans importance, me dit-il.

Et je sais très bien à quoi il fait référence.

– Je ne vais pas me prendre la tête. Je vais m'occuper et passer du temps avec Sacha. Même si ce n'est pas mon fils.

J'ai parlé en insistant sur les dernières syllabes pour lui faire comprendre que ce qu'il a dit à Juliette est totalement ridicule.

Austin soupire.

– Ok... J'avais oublié à quel point t'es susceptible... Bon, je serai de retour vers dix-neuf heures. Et quand j'arrive, le temps que je prenne mes affaires et on part directement, d'accord ?

– Oui, monsieur. Maintenant est-ce que vous voulez bien dégager de cet appart ?

Il se rapproche et pose ses mains de chaque côté de mon visage. Il ne rit pas à mes blagues pourries.

– Je suis sérieux, ne te prends pas la tête. Je t'aime. Et on parlera ce soir.

– Oui, c'est bon, j'ai compris.

Je joue l'agacée. Mais je me hisse sur la pointe des pieds pour l'embrasser. À mon grand étonnement, il lève la tête et vient m'embrasser sur le front. Avant de sortir rapidement avec un sourire dans ma direction.

Ok... Je crois vraiment que je me suis fait prendre à mon propre jeu. Austin et moi n'avons pas du tout la même vision de « se laisser de l'espace ». Je suis une boule de frustration. J'ai envie qu'il m'embrasse et qu'il me prenne dans ses bras et bien plus encore. Mais apparemment, pour ça, il faut juste que je sois en train de pleurer.

Quand Austin a passé la porte, je saute sur mon téléphone. Et j'appelle la seule personne qui peut me remettre les idées en place.

– Allô ?

– Zara, c'est moi. On peut parler ?

Je m'affale dans le canapé, les jambes levées en l'air et le téléphone collé à l'oreille.

– Hmm, ouais...

À sa façon de parler, j'entends qu'elle a la bouche pleine.

– Tu bouffes ? À cette heure-ci ?

– Mouais... Alors avec Austin, c'est comment ?

– Pourri. Depuis que je lui ai dit que je voulais de l'espace, il ne m'approche plus. Il me touche à peine et il me fuit presque. Sauf qu'en même temps, il ne veut pas que je parte.

– C'est ta faute. Tu voulais qu'il te laisse respirer et tu débarques chez lui un soir à minuit. Il ne doit plus savoir par quel bout te prendre, le pauvre.

– Oui, bien figure-toi que…

Et je suis lancée. Je lui raconte tout. Emily, le dossier rose, la nuit sur le canapé, Juliette…

Zara m'écoute attentivement avant de parler quand j'ai fini de me plaindre.

– Si je comprends bien, t'es en manque et tu voudrais qu'il te saute dessus. Mais à la fois, tu lui en veux et donc tu le repousses. Tu sais que ça n'a aucun sens, tout ça ?

Je soupire. Oui, je le sais. Mais je n'ai pas envie de l'avouer.

– Si je peux te donner un conseil, c'est d'arrêter tes conneries. La vie est courte. Un jour, tu regretteras d'avoir passé tout ce temps à réfléchir à tout ce qu'Austin pourrait ou ne pourrait pas faire sans voir que tu pourrais en profiter pleinement. Tu avais choisi de lui donner une nouvelle chance, alors tiens-t'en à ça. Tu ne peux pas changer d'avis toutes les cinq minutes. Et puis si tu veux mon avis, il est resté cinq mois à dépérir sans toi, il t'aime. Sauf que les autres filles, elles, elles sont là, elles le voient, alors que toi, tu te poses des milliers de questions. Et si tu veux garder Austin, peut-être que toi aussi tu devrais te battre pour vous et lui montrer que tu sais faire la part des choses. D'autres meufs lui tournent autour, et toi, tu pleures et te plains à moi au lieu de les envoyer bouler et de lui faire comprendre que la femme de sa vie, c'est toi !

J'en reste sans voix. Je pensais qu'après la façon dont elle nous avait incendiés, Austin et moi, à l'appartement, il y a deux semaines, Zara m'aurait dit de laisser tomber ces conneries et de rentrer immédiatement. Mais apparemment, je me suis encore trompée.

Tout d'un coup, j'entends une voix grave derrière celle de Zara. *Elle n'est pas seule ?*

– T'es avec qui ?

Zara tousse et bégaye.

– Oh, euh… Nan, personne. Bon, on se voit plus tard. Reste à Boston. Et bats-toi pour ce que tu veux. Salut.

Elle me raccroche au nez avant que j'aie le temps de dire quoi que ce soit.

Non mais, c'est quoi ce bordel ? C'était qui *? Est-ce que Zara fréquente quelqu'un ? Pourquoi elle ne me dit rien, dans ce cas ?*

Mes pensées dérivent. Je repense à ce qu'elle a dit : « Il faut lui faire comprendre que la femme de sa vie, c'est toi. »

En soupirant, je me lève. Bon, changement de cap. Changement d'humeur. Changement de vision des choses. Après tout, Zara a raison. Ce n'est pas Emily, ni Juliette, ni toutes ces… putes, qui ont dormi dans ses bras hier soir, c'est moi. Et je vais faire en sorte que ça ne change pas.

Je regarde l'heure. J'ai bien deux heures devant moi avant d'aller chercher Sacha à son école, qui est à cinq minutes à pied d'ici.

Je décide d'abord de mettre de l'ordre. Je range les couvertures, le salon, et je passe l'aspirateur partout. Je ramasse tous les jouets de Sacha et les range dans le coffre de sa chambre. Celle-ci est mignonne, mais pas assez enfantine. Austin n'y a décidément pas accordé d'importance quand il a emménagé. Il y a un lit deux places, collé à un mur, des tonnes d'oreillers, une étagère où trônent quelques photos, une petite armoire pleine de vêtements et le fameux coffre qui contient ses jouets. Les murs bleu ciel sont nus. Je trouve ça froid.

J'observe les photos sur l'étagère. Il y en a de Sacha et Tory, la mère d'Austin. Une de Sacha pour son dernier anniversaire où il souffle ses bougies. Une d'Austin et lui debout devant une cage de tigre au Franklin Park Zoo, ici, à Boston. Et une d'une jeune fille dans un lit d'hôpital qui tient un magnifique bébé blond dans ses bras. J'imagine que c'est Brittany. Elle a l'air heureux.

Je m'efforce de tout reposer et continue de ranger. Je nettoie les étagères et plie les vêtements dans l'armoire. Puis je m'attaque à la cuisine et à la salle de bain.

Il me reste quarante-cinq minutes avant d'aller récupérer Sacha quand j'ai fini. Alors je prends mes affaires et descends.

En marchant dans le quartier, je repère une boutique de déco. Et je m'y attarde. J'achète des bougies parfumées, une nappe antitache pour la table de la cuisine, des fleurs sauvages séchées dans des soliflores, et même deux tableaux sur le thème du Petit Prince pour la chambre de Sacha.

Quand il est l'heure, je file vers l'école de Sacha. Je ne peux m'empêcher de me dire que jamais je n'aurais cru faire ça un jour. Rien que le fait d'aller chercher un gosse à l'école, c'est bizarre. Mais aller chercher celui d'Austin, c'est encore pire.

Je n'ai aucun mal à trouver l'école. Je donne mon nom à l'accueil.

En attendant à la sortie, comme beaucoup de parents, je me sens dévisagée. Je suis bien plus jeune que la plupart d'entre eux et ils ne m'ont jamais vue.

– Lexiiiieeee !

Sacha m'aperçoit directement quand il sort et il vient vers moi en courant. Je ne peux m'empêcher d'ouvrir les bras pour qu'il s'y jette.

– Salut p'tit homme.

Il me serre si fort que je ne peux m'empêcher de grimacer car il me tire sur les cheveux. Une femme qui a récupéré sa fille me jette un regard mauvais. Je lui fais un doigt d'honneur derrière le dos de Sacha et elle me lance un nouveau regard outré.

– Lexie ! C'est toi qui viens me chercher ? Pas Emily ?

– Oui, c'est moi, mon lapin. Tu es content ?

– Oui ! Tu restes toujours ?

Il a l'air hyper enjoué et surexcité.

– Toujours, je ne sais pas, mais ce week-end, oui.

Je lui souris et il m'attrape la main pour me tirer

– Hey ! Doucement.

Je ris quand il m'entraîne en courant vers la maison. Je dois tenir fermement mes sacs pour ne pas les faire tomber.

Sur le chemin de la maison, il me raconte sa journée, sa maîtresse qui était fière de son dessin, tous les mots qu'il a appris… Finalement, quand il est en confiance, il parle vraiment beaucoup.

À l'appartement, je lui prépare un goûter et il me montre ses cahiers. Puis, alors qu'il joue, j'accroche les tableaux et installe le reste de la décoration que j'ai achetée. Peut-être qu'Austin n'aimera pas que j'envahisse son espace, mais c'est décidément plus cosy comme ça.

Sacha m'aide à préparer des sandwichs pour ce soir. Il est tout excité d'aller voir le combat d'Austin. Ça ne sera que la deuxième fois qu'il a le droit d'aller là-bas.

Je finis par le mettre dans son bain en faisant attention à la température de l'eau.

– Austin, il va rentrer ?

– Oui, dans pas longtemps. Ensuite, on va partir.

– Je pourrai emmener mon train ?

– Je ne crois pas que ce soit approprié pour l'endroit où on va.

Mais où est-ce qu'on va, d'ailleurs ? Je ne sais même pas où se déroule le combat d'Austin.

– Regarde, je ressemble à qui ?

Il met de la mousse sur son visage. Je ris et il m'éclabousse.

– Je ressemble au père Noël ! crie-t-il en m'envoyant encore de l'eau.

– Hey ! P'tit monstre ! Tu vas voir !

Je le plonge dans la baignoire et il hurle de rire. Je le suis très vite.

Je ne me souviens plus avoir autant ri depuis longtemps.

– C'est pas bientôt fini, ce bordel ? Non mais, vous vous croyez où ?

Sacha et moi sursautons et nous retournons en même temps à la voix d'Austin. Il se tient dans l'encadrement de la porte, un immense sourire aux lèvres.

– Austin ! s'écrie Sacha tout joyeux. C'est Lexie qui est venue me chercher.

– Oui, je sais. T'es content, p'tit con ?

Sacha sourit de toutes ses dents et moi je fusille Austin des yeux.

– Tu pourrais éviter de lui parler comme ça.

Austin s'approche et montre d'un doigt le t-shirt que j'ai passé pour faire prendre son bain à Sacha. Il est complètement trempé et mon soutien-gorge en dentelle rose apparaît en transparence.

– C'est concours de t-shirt mouillé, aujourd'hui ?

Le rouge me monte aux joues. Je tire sur le tissu pour le décoller de ma peau. Et Austin éclate de rire en se tenant le ventre.

Sacha pose une main sur mon bras.

– T'es belle.

Austin s'arrête net de rire et le fusille des yeux.

– Ok, merdeux, arrête ça, elle est à moi. T'as de la chance que je partage un petit peu, déjà.

– Austin ! Je ne peux m'empêcher de crier, horrifiée par sa façon de parler à Sacha.

Et ce dernier de lever les yeux au ciel et de lâcher un :

– Gros mots. Austin est malpoli.

– Oui, très malpoli, je dis.

Austin plisse les yeux et tire sur son piercing entre ses dents, mais il ne dit plus rien.

– Bon, sors de là, faut qu'on y aille.

– Tu le sèches, le temps que je me prépare ?

Il acquiesce et prend Sacha pour le rincer et l'enrouler dans une serviette, direction sa chambre.

Le temps que je me douche, puis que j'enfile le seul t-shirt potable qu'il me reste dans mon sac par-dessus mon jean, et je suis prête.

Eux aussi. Austin observe en plissant les yeux les soliflores dans la cuisine sur la nappe toute neuve, alors que je mets les sandwichs et les bouteilles d'eau dans un sac.

– Ça ne va pas ?

Je me demande ce qu'il en pense.

– Si. Bon, on y va ?

Je soupire et le suis avec Sacha jusqu'à la voiture. Il fait un froid de canard. Austin a emmitouflé Sacha dans une doudoune, une écharpe, des gants et un bonnet. Il est prévoyant avec son fils, je dois le reconnaître, même s'il lui parle mal.

Le combat se déroule dans un gymnase immense à Dorchester. Dans la voiture, Austin met de la musique, plutôt fort. Je me demande si c'est une manœuvre pour me faire taire. Il n'a pas l'air de vouloir parler, ce soir. Il change d'humeur trop vite.

– Je suis content que tu sois restée.

Ce qu'il dit me prend au dépourvu. Tournée vers la vitre, j'étais plongée dans mes pensées.

– T'en es sûr ?

Il fronce les sourcils en regardant droit devant.

– Bien sûr, pourquoi tu dis ça ?

Je ne sais pas, parce que tu es bizarre, peut-être...

– Pour rien.

Il se gare et nous nous rendons aux vestiaires par les portes empruntées par les combattants et le staff de la soirée. On s'assoit pendant qu'Austin salue d'autres combattants et plein de gens qu'il connaît. Il y a énormément de monde. Pas autant que le soir du gala auquel j'ai assisté, mais beaucoup quand même.

– Hey, Madeon !

La rousse du staff interpelle Austin. Elle vient vers nous.

Et encore une. Je crois que je pourrais compter le nombre de filles qu'Austin fréquente.

– Carotte ! Ça roule ?

– Ouais et toi ?

Elle me désigne du menton.

– T'es accompagné, ce soir ?

– Ouais. Tu peux leur trouver une place où on voit bien le ring ?

– Bien sûr.

Austin se tourne vers moi et plante ses yeux dans les miens.

– Lindsey va vous trouver des places. Si tu as besoin de quoi que ce soit, dis-lui. Tu ne lâches pas Sacha des yeux, surtout...

– Tu crois que je ne sais pas m'occuper d'un enfant ?

– Non, je n'ai pas dit ça... Mais s'il te plaît, ne le laisse pas sans surveillance, il parle tout le temps à n'importe qui.

Je soupire et prends la petite main de Sacha dans la mienne.

– Oui, ne t'inquiète pas. Allez, va te préparer et t'échauffer.

Il se penche, embrasse Sacha dans les cheveux et vient vers moi.

– Reed...

Un gars avec une voix traînante interpelle Austin. Un grand, typé latino, un peu comme Leo. Il porte un short de boxe, des chevillières et des bandages autour des mains. Un combattant, sans aucun doute. Ses nombreuses cicatrices en attestent.

Austin plisse les yeux en se tournant vers lui.

– Vasquez.

– Je croyais qu'en apprenant que tu te battais contre moi, t'aurais déclaré forfait...

Austin rit méchamment et serre des poings.

– T'es beaucoup trop sûr de toi !

Le mec s'approche de moi.

– Dis donc, tes goûts en matière de fille ont bien changé. Tu nous ramènes de la nouveauté avec des gosses, en plus...

Austin me tire derrière lui et moi je tire Sacha. Il se met entre moi et ce mec et lui parle nez à nez.

– C'est pas une fille et un gosse. C'est ma femme et mon fils. Et tu sais ce qui se passe quand on touche à ma famille ?

Le dénommé Vasquez se colle un peu plus à Austin.

– T'en connais un rayon sur la famille, toi, hein...

– Carrément, ouais. Tu veux que je te montre ?

Lindsey intervient.

– Hé oh les gars, on se calme ! Les comptes, c'est sur le ring que ça se règle.

Je tire sur le bras d'Austin. J'espère qu'il ne va pas se battre devant Sacha. Heureusement pour nous, il se laisse faire et l'autre s'éloigne avec un regard d'une animosité féroce.

Austin m'arrête, et quand je me tourne vers lui il écrase ses lèvres sur les miennes. Si brièvement que je n'ai pas le temps de lui rendre son baiser. Et quand il me lâche et que je tends la main, il s'éloigne sans plus un regard. Je ne vais pas réussir à mettre en pratique les conseils de Zara s'il s'obstine à rester aussi éloigné de moi.

Quand je suis Lindsey en tenant Sacha fermement, je ne peux m'empêcher de repenser aux paroles d'Austin. « *Ma femme et mon fils* ». À ces mots, mon cœur fait encore des bonds dans ma poitrine. Mais il faut que je me calme. C'est juste une façon de parler. Il ne faut pas que je fasse une fixette là-dessus.

– Ne t'inquiète pas. Ça fait des années que ça dure, cette rancœur entre eux...

C'est la rouquine qui me parle.

– Comment ça ? Qui c'est ?

– Je crois que Vasquez lui reproche une histoire avec sa sœur.

Quoi ? Encore une putain d'histoire de meuf ?

– Il me semble qu'Austin l'a baisée et a attaché ses sous-vêtements à son casier pour que tout le monde le sache. Enfin bref. Cette histoire est aussi vieille que leur rancœur.

43
Alexandra

– Je peux aller voir si Austin est là-bas ?

– Non.

– Pourquoi ?

Je soupire. J'aime bien Sacha, mais mon expérience des enfants est plutôt limitée et, en plus, je ne suis pas patiente. C'est au moins la millième fois depuis cet après-midi qu'il me demande pourquoi et ça commence à me gonfler.

Nous avons déjà assisté à trois combats, mais pas encore à celui d'Austin. Je trépigne d'impatience et je suis un peu nerveuse aussi. Nerveuse à cause de son combat. Nerveuse à cause de la conversation que nous devons avoir plus tard. Nerveuse qu'il soit si distant avec moi. Nerveuse pour le reste du week-end.

– Laixie !

Je me retourne en reconnaissant cet accent et cette voix.

Ruarc se tient deux rangs derrière nous. Avec ses amis Sharon et Max. Ils me font de grands signes en souriant. Ça fait un moment que je n'ai pas vu le fils de la cousine de Lauren. Je capte son regard sur Sacha à côté de moi. J'espère qu'il ne va pas faire de remarque ou le dire à mon père.

Je ne peux pas bouger pour les rejoindre ou aller les saluer, car je suis sûre que nous perdrions nos places.

– Il est là ! s'écrie Sacha en pointant du doigt l'entrée du premier combattant.

Sous un tonnerre d'applaudissements et présenté sous le prénom de Madeon par le commentateur, Austin entre et monte sur le ring. J'observe son tatouage dans son dos et toute ma tension s'envole. Il a fait tatouer ces mots parfaits pour moi et les exhibe sans aucune gêne devant tout le monde. Je suis remplie de fierté et d'arrogance.

L'écran géant qui annonce les résultats fait défiler son palmarès.

Je le vois accroupi au bord du ring parlant à Lindsey et à un autre mec qui lui tend une bouteille. Je ne vois pas bien, d'ici. De toute façon, je ne connais pas les amis d'Austin à Boston. Mais ils ont l'air de le checker et de l'encourager.

Un homme s'approche de lui et les autres s'écartent. Il porte un costume gris, a la cinquantaine, les cheveux grisonnants et un gros cigare dans la main. Il pose son front contre celui d'Austin et lui tient la tête en lui parlant. J'en reste médusée et ouvre de grands yeux. *C'est qui, ça ?* J'aimerais bien savoir ce qu'ils se disent.

Puis son adversaire entre à son tour. Il se fait remarquer. Beaucoup de bruit pour pas grand-chose. Enfin, j'espère. Il jette à Austin des regards tellement mauvais que ma nervosité revient et augmente encore d'un cran.

Cinq minutes plus tard, le combat commence sous les commentaires du présentateur. Ils se tournent autour et je retiens mon souffle quand les premiers coups partent.

– C'est toi le plus fort ! C'est mon papa le plus fort !

J'écarquille les yeux en me tournant vers Sacha qui hurle à grand renfort de gestes en direction du ring. *Il est survolté, ma parole !*

Je ris doucement en lui ébouriffant les cheveux. Austin l'a délaissé toute son enfance alors que ce gosse lui voue un culte sans pareil.

– Hein, c'est lui le plus fort ? me demande-t-il en levant un regard plein d'espoir vers moi.

– Mais oui, c'est lui le plus fort de tous.

Il semble rassuré et me fait un immense sourire.

C'est à ce moment précis que, sur le ring, Austin encaisse son coup le plus violent. Vasquez lui envoie un uppercut droit qui m'aurait fracturé la mâchoire si j'avais été à sa place. Austin est sonné et tombe en arrière en crachant un filet de sang. *Oh mon Dieu…*

Je porte mes mains à ma bouche. Mon cœur est en train de ralentir.

– Papa…

La petite voix plaintive de Sacha me donne des frissons. Je crois que c'est la première fois que je l'entends appeler Austin, papa. Il dit souvent « Mon papa ci, mon papa ça », mais il ne l'appelle pas comme ça directement.

Sur le ring, Austin se relève. Mais il essuie encore un coup et c'est la fin du premier round. Si j'en déduis au nombre de coups portés que j'ai noté, il a perdu le premier round.

Un des gars qui lui parlait au début monte sur le ring et l'arrose d'eau alors que Lindsey l'éponge avec une serviette. Ils lui parlent tous en même temps. J'aimerais vraiment entendre ce qu'on lui dit. Mais je ne suis pas assez près et il y a un monde fou et un immense brouhaha.

Deuxième round.

Austin se met en garde et je le sens énervé. La bouche déformée par son protège-dents, il se met en garde. Les veines de son cou et de ses bras sont si gonflées que je les vois de loin. Et sa peau est luisante de sueur.

Je me persuade qu'il va gagner, mais c'est sans compter sur l'autre, qui lui assène un direct et enchaîne sur un *Crescent Kick* à la face qui prend Austin au dépourvu. Il est touché avec une violence inouïe à la hanche et à la tête plusieurs fois.

– Putain, Madeon ! Ta garde !

Il y a un mec à côté de moi qui hurle des conseils à Austin comme s'il pouvait l'entendre. Ou comme s'il était devant sa télé en train de regarder un match.

Austin rend quelques coups, mais à la fin du deuxième round, le commentateur est du même avis que nous, il est en train de perdre.

Ce n'est pas qu'il perde qui m'inquiète, mais la tête qu'il a. Il crache encore du sang et la serviette blanche que Lindsey lui a donnée est maculée de vermillon. Des hématomes se dessinent sur sa joue, ses tempes, et il a l'air d'avoir la lèvre fendue et la peau ouverte à un endroit.

Je n'ai jamais vu un combat aussi violent. J'ai envie que ça s'arrête.

Sacha prend ma main dans la sienne alors que je chasse les larmes au coin de mes yeux. Et le troisième round débute.

Vasquez provoque Austin. Sa manière de taper dans ses poings et de lui dire de venir, avec un sourire railleur déformé par le protège-dents, me donne envie de hurler.

Austin lui assène un uppercut droit. Mais l'autre esquive en se penchant et le frappe si violemment du genou dans la hanche qu'Austin tombe dans les filets.

J'étouffe un cri et Sacha enfouit sa tête dans mes jambes. Je lui caresse les cheveux en m'efforçant de recouvrer un rythme cardiaque normal. J'essaie de respirer aussi bien que possible. Il ne sert à rien de l'inquiéter, aussi. Un enfant inquiet est un enfant stressé. Je ne veux pas lui faire subir ça.

Relève-toi, s'il te plaît, Austin, relève-toi...

Sur le ring, il s'accroche aux cordes pour tenter de se relever, et sous les provocations de Vasquez, il reprend son combat.

Ça ne dure pas bien longtemps. Austin est si amoché qu'on dirait qu'il laisse presque tomber. Il baisse sa garde et encaisse beaucoup trop de coups. J'ai la nausée rien que de les regarder.

C'est sur un uppercut droit que son adversaire finit de l'étaler. Vasquez est déclaré vainqueur par K.-O.

– Il a perdu... murmure Sacha défaitiste.

Oui, il a perdu, mais il est toujours vivant. Enfin, j'espère. Mon cœur cogne toujours sourdement dans ma poitrine. J'espère vraiment qu'Austin ira bien.

J'ignore les acclamations de la foule pour le vainqueur et regarde seulement les secouristes et Lindsey et les autres qui évacuent Austin.

– Viens, Sacha !

Je le prends par la main pour l'entraîner avec moi dans la direction où Austin est sorti. Je parcours les couloirs en courant presque, obligeant Sacha à suivre le mouvement.

Je reconnais le mec qui lui parlait sur le ring devant une porte, un portable à la main. Il est grand, baraqué, les cheveux très, très courts, presque rasés. Et il est tatoué un peu partout, ça lui donne un air de gros caïd effrayant.

– Salut. Euh... Excuse-moi, tu sais où est Austin ?

Il ne lève pas les yeux de son téléphone.

– Il est salement amoché et il n'a pas besoin de pute pour l'instant. Mais laisse ton numéro à Lindsey et on verra ce qu'on peut faire pour toi.

Je reste interdite. *Pardon ?*

– Allez, bouge.

Je serre les poings avant de répondre à cet enfoiré qui n'a pas l'air de savoir qui je suis. Je reprends les termes d'Austin.

– Je ne suis pas une pute, mais sa femme, Alexandra. Et là, c'est Sacha, son fils. Si tu me dis tout de suite où est Austin et que tu m'y conduis, alors peut-être que je ne lui parlerai pas de ce que tu viens de dire. Peut-être qu'il épargnera ta tête de sale con et qu'il ne t'encastrera pas dans un mur.

L'autre lève les yeux sur moi et me dévisage avant de porter son attention sur Sacha. Il range son téléphone et passe sa main sur son crâne rasé.

– Ah ouais, merde. Excuse-moi. Salut, Sacha.

– Salut, Aïdan, répond Sacha.

Le mec reporte son attention sur moi, mais sans me regarder dans les yeux.

– Euh... Il est là-dedans, mais les gens n'ont pas le droit d'entrer. Il est avec le médecin et Schneider.

Il désigne la porte du pouce.

Ça tombe bien, je ne suis pas « les gens » !

Avec assurance, je pousse la porte sous son regard médusé.

Austin est assis sur une table et un secouriste lui recoud la tempe droite. Il crache dans une bassine devant lui et il n'y a que du sang qui sort de sa bouche violacée. J'ai le cœur au bord des lèvres. Mon envie de vomir ne m'a pas quittée. Elle est plus vivace que jamais.

L'homme en costume gris fait les cent pas devant lui.

– Austin...

Il lève la tête et grimace. L'homme et le médecin se tournent vers nous.

– J'avais dit personne ! tonne le fameux Schneider.

– C'est bon... dit Austin avec difficulté. Elle est avec moi. Viens...

Il me tend la main et nous avançons vers lui. Sacha est plus vivace que moi. Il court et s'arrête devant lui, comme s'il ne savait pas s'il avait le droit ou pas de le faire. Alors Austin lui ouvre ses bras et il s'y jette. Il a encore la force de câliner son fils malgré son état.

– Schneider, je te présente Sacha, mon fils. Et là...

Il me regarde avant de parler.

– Là, c'est la femme de ma vie. Alexandra.

La femme de sa vie. Je suis la femme de sa vie !

L'homme en gris vient vers moi et me tend la main. Je la lui serre et il sourit, un peu bourru.

– Enchanté. Bon, gardez-le au chaud quelques jours, mais après, je veux qu'il me revienne, c'est clair ? Il a un talent qui ne demande qu'à s'exprimer, mais il est trop con pour l'admettre.

Il se tourne vers Austin.

– Réfléchis-y, à ce contrat, ok ?

– Ouais...

– On se revoit dans une semaine.

– C'est ça.

– Repose-toi.

Et avec un sourire dans ma direction, Schneider sort.

Le médecin finit de recoudre Austin et de panser ses plaies. Il lui recommande un scanner cérébral et lui donne un rendez-vous dans la semaine.

J'ai du mal à croire qu'il pourra aller en cours avec cette tête-là.

Quand le médecin sort et nous laisse tous les trois, Sacha grimpe sur Austin et lui touche doucement le visage.

– Ça fait mal ?

– Ouais. Un peu... Mais ça va.

Il essaie de le rassurer.

– Avant, t'étais plus fort...

– Je suis toujours fort. Je l'ai juste sous-estimé, ce soir.

– Tu vas mourir ?

Sacha a un léger trémolo dans la voix, mais il semble quand même imperturbable.

– Quoi ? Mais non ! Pourquoi tu dis ça ?

– Tu vas pas être mort comme maman ?

Austin lève des yeux fatigués et enflés vers moi. Je lui fais un sourire d'empathie. *Il a besoin d'être rassuré, le pauvre chou, c'est normal.*

– Non, je ne vais pas mourir. Ni ce soir, ni demain. Je vais bien, tu entends ?

Sacha se contente de hocher la tête avec sérieux. Austin l'attire contre lui et l'embrasse dans les cheveux. Moi, je reste en retrait. Je sais que ces moments entre eux sont rares. Alors, je les laisse faire. Jusqu'à ce qu'Austin me tire par la main vers lui.

– Ça va ?

C'est lui qui me pose cette question alors qu'il est dans cet état ?

– Mais oui. Et toi ?

– Je vais bien, ne t'inquiète pas. Disons que j'ai un peu malmené sa sœur à une époque, alors je suppose qu'il avait le droit de se défouler sur moi ce soir et que je l'ai mérité…

Je lui attrape le menton entre l'index et le pouce.

– Tu m'as fait peur, idiot.

Il sourit, mais ça ressemble plutôt à une grimace, avec sa joue contusionnée et sa lèvre enflée.

– Ah oui ? Tu as eu peur pour moi ?

– Oui. Et arrête, ça n'a rien de bien. J'ai cru que j'allais faire un arrêt cardiaque quand tu es tombé à la fin.

Il m'attire vers lui et pose son front contre le mien alors que Sacha nous regarde, la tête levée vers nous.

– Ne me refais plus ça. Je te l'interdis.

– Oui, madame.

Je l'embrasse. Mais sur le coin de la lèvre, pour ne pas lui faire mal.

– On rentre à la maison ?

J'attrape Sacha pour le faire descendre alors qu'agrippé au bord de la table Austin sourit et baisse la tête en la secouant comme si je venais de dire quelque chose de vraiment très drôle.

– Quoi ?

– Oh, rien. J'aime bien la manière dont tu as dit « à la maison », c'est tout.

Je me mords la lèvre et prends son sac et ses affaires pour les porter.

Il passe son bras autour de mon épaule pour s'appuyer et que je l'aide à marcher. Et de l'autre main, il tient Sacha.

Quand nous passons la porte, le mec de tout à l'heure raccroche de sa conversation téléphonique et nous tient la porte.

– Lexie, Aïdan. Aïdan, Lexie. C'est l'un de mes plus vieux potes. C'est lui qui m'a inscrit à la boxe, tu sais, je t'en avais parlé…

Dans la lettre, oui.

Je fixe ledit Aïdan et celui-ci baisse les yeux, gêné.

– Ouais, on s'est déjà rencontrés.

– Salut, mec. Je vais pioncer, moi, lui dit Austin avant de taper dans le poing de son pote.

– Ok, enfoiré. Porte-toi bien, et reviens-nous en forme.

– Hein, hein…

Nous sortons par-derrière. Finalement, c'est moi qui conduis.

Le médecin lui a donné des antidouleurs, mais il n'est vraiment pas en état.

Nous arrivons à la maison et Austin envoie Sacha mettre son pyjama et se brosser les dents.

– Tu vas réussir à prendre ta douche ?

Il s'accroche au mur pour marcher et je vois qu'il se tient la hanche.

– Ouais, t'inquiète…

Et voilà qu'il redevient distant. *Mais qu'est-ce qu'il lui prend, merde ?*

Il file sous la douche et moi je sors *Le Petit Prince* pour en lire un peu à Sacha.

Il est tard et il s'endort rapidement.

J'enfile mon pyjama Betty Boop et je retourne dans le salon, sur le canapé. Vu l'état dans lequel il est, je ne crois pas qu'on va avoir une quelconque conversation ce soir. Il est fatigué et tient à peine sur ses pieds. La preuve en est de la lenteur avec laquelle il revient de sa douche.

Je ramène les couvertures sur moi et lâche mes cheveux.

– Qu'est-ce que tu fais ? me demande-t-il.

– Bah, je vais me coucher.

– On devait parler.

– Demain. Tu n'es pas en état. Va te coucher.

– Tu… tu dors là ?

Il paraît déçu.

– Ben, ouais.

Il passe ses mains dans ses cheveux et moi dans les miens. Tout ça est extrêmement frustrant.

J'attends qu'il me dise « Bah non, viens dormir avec nous ! », mais il n'en fait rien et me regarde en biais. Il y aurait pourtant la place pour nous trois dans le lit de Sacha, si on se serre.

– Bon… Bonne nuit alors.

– Bonne nuit.

Il s'en va et s'enferme avec Sacha dans la chambre. Sans même m'embrasser.

Je baisse la lumière de l'abat-jour au minimum et me retiens de hurler. Ou de pleurer. De frustration. D'incompréhension. De colère. De tristesse. D'amour.

Je m'efforce de trouver le sommeil. Je me tourne et me retourne dans le canapé pourtant très confortable.

Il doit bien être une heure du matin quand le sommeil me gagne enfin.

Je rêve. D'une bouche qui se pose dans mon cou, sur mon épaule, et de mains qui descendent mes bretelles pour découvrir mes bras. J'ai l'impression d'avoir les sens totalement en éveil. Un coup je suis sur ce canapé, un autre je suis debout dans une pièce très peu éclairée. Ce qui est sûr, c'est que les mains qui se promènent sur moi sont tatouées. Elles s'aventurent sous mon haut et me caressent les seins avec une infinie lenteur. Je n'ai jamais rien connu de si érotique. Mon entrejambe palpite.

Sa main entreprend de descendre et je m'en saisis pour aller plus vite. Je n'ai pas le temps pour les préliminaires.

Je ne sais pas comment il se retrouve aussi nu que moi avant de me faire monter sur ses genoux et de me prendre violemment. Mon orgasme est si intense que je serre les draps dans mes mains pour m'agripper à quelque chose.

J'ouvre brusquement les yeux en prenant une inspiration. *Oh mon Dieu, je viens de faire un rêve érotique !* Mes draps sont trempés de sueur et j'ai le cœur qui bat la chamade.

En soupirant, je repousse les draps qui m'entravent et fixe le plafond.

Pour rêver de ce genre de chose et aussi intensément, je dois vraiment être en manque de lui. Pourtant, je suis déjà restée des mois sans coucher avec lui. Et ça ne m'a pas fait ça...

Je me demande combien de gens font des rêves érotiques à ce moment même. Et parmi eux, combien jouissent sans se toucher ? Certainement beaucoup moins. Je ne pensais même pas que c'était possible.

En fait, je pense à tout pour essayer de chasser la pensée la plus perverse qui ait jamais traversé mon esprit tordu. Mais inévitablement, je reviens à ça.

Avec honte mais curiosité, j'aventure ma main sur mon ventre chaud. Est-ce que je vais le faire ? Est-ce que je vais oser me toucher alors que je suis dans le salon d'Austin ?

Je ferme les yeux, glisse ma main dans mon short et dans ma culotte. Mes doigts sont glacés sur ma peau, mais tant pis. Je frissonne et me tends. J'écarte un peu les doigts et commence à me caresser doucement en imaginant que c'est Austin qui le fait. Plus je l'imagine penché au-dessus de moi, plus c'est bon. Et je gémis doucement. En plus, je suis à moitié endormie et dans le vague complet.

– Lexie ?

Avec un sursaut d'une violence inouïe, je manque de tomber du canapé et me rattrape. Mon cœur va lâcher, c'est sûr.

J'ai retiré ma main plus vite que l'éclair et les joues trop roses et les yeux trop brillants, je fixe Austin ensommeillé sur le pas de la porte de la chambre de Sacha. Il la referme derrière lui.

J'essaie de reprendre mon souffle sans lui montrer que je suis essoufflée.

Putain, je viens presque de me faire surprendre en train de me toucher par mon propre copain ! Est-ce qu'on peut avoir plus honte que ça de toute sa vie ? Je ne sais pas ce qu'il a vu ou entendu, mais je suis cramoisie de honte.

– Qu'est-ce que tu fais ?

– Rien.

Il me fixe en plissant les yeux. Il est torse nu et en bas de jogging. D'habitude, je ne me serais pas privée de le mater, mais étant donné les circonstances, mieux vaut éviter.

Je m'assois sur le canapé et passe les mains dans mes cheveux.

– Tu… T'étais pas en train de faire… Ce que je crois que t'étais en train de faire ?

– Non !

J'ai répondu bien trop vite. Je m'en rends compte quand je le vois mordre sa lèvre qui a déjà désenflé pour s'empêcher de sourire.

– Alors comment tu sais de quoi je parle ?

Je dois passer par toutes les nuances de rouge qui existent. Pivoine, sang, écarlate.

Complètement honteuse de ce que je faisais, je me cache la tête dans les mains. Et Austin éclate de rire, mais pas trop fort, pour ne pas réveiller Sacha.

– Jamais je n'aurais cru qu'un jour une fille se masturberait dans mon salon ! D'abord, parce que je ne pensais pas ramener de fille chez moi un jour. Puis parce que j'estime que, côté sexe, je suis toujours très entreprenant. Je ne pensais pas que ma copine aurait besoin de ça.

Il rit encore et fait le tour du canapé. *Pourquoi je ne l'ai pas entendu se lever, putain ?*

Je garde la tête dans mes mains. Jamais je n'ai été aussi gênée de ma vie.

– Hey…

Il s'assoit en face de moi et me tire les mains, mais je résiste. Hors de question que je le regarde en face.

– Tu n'as pas à avoir honte de ça avec moi, ok ? Lexie… Tout le monde fait ça. Regarde-moi.

Je secoue la tête et sens qu'il se rapproche de moi. Il me replie les jambes et s'assoit le plus près possible. Si près, que je peux sentir son souffle et ses cheveux me frôler quand il se penche pour murmurer à mon oreille.

– C'est super sexy de t'imaginer faire ça.

Sa voix fait courir des frissons sur ma peau. Il me retire les mains doucement et je me laisse faire.

– Tu es autant en manque que ça ?

Je ne le regarde toujours pas. Je fixe juste son ventre musclé près de moi, recouvert d'un léger duvet qui court sous son pantalon.

Quand je parle, j'ai la voix étranglée.

– Tu ne me touches pas. Depuis que je suis là…

Il soupire et pose son front contre le mien.

– J'essaie juste de te donner du temps. Mais c'est dur, putain. Bien sûr que j'ai envie de te toucher, de t'embrasser, de te faire l'amour. Mais tu as dit que tu voulais que je te laisse respirer, alors…

– Je voulais que tu te battes pour nous ! Que tu me montres que tu ferais tout pour nous.

– Mais je fais tout pour nous ! Bébé, je suis frustré autant que toi, d'accord ? Parce que je ne sais pas trop comment réagir. Si je suis trop près, je t'étouffe, et si je te laisse respirer, je suis trop loin…

Je soupire. Bon d'accord. C'est un peu tiré par les cheveux tout ça, mais quand même…

– Tu pourrais juste être normal avec moi.

– Je ne le suis pas ?

– Non. Tu ne me laisses pas t'embrasser, te toucher…

Il plisse les yeux de façon extrêmement sensuelle.

– Parce que je sais que j'en voudrai plus, toujours plus. Et je ne voulais pas te faire fuir. Je ne veux pas que tu croies que je me sers de toi pour ça…

Je hausse les sourcils.

– Rien de tel ne m'a jamais traversé l'esprit !

Il hoche la tête. Austin a vraiment des idées bizarres, parfois.

– Pourquoi tu t'es levé ? lui demandé-je.

– Je n'arrivais pas à dormir en t'imaginant allongée là. Et si j'avais su ce que tu faisais, j'aurais encore moins eu sommeil…

Je m'empourpre encore et il rit doucement. Il m'attrape le menton dans la main pour me faire relever la tête vers lui. Ses yeux sont brillants dans la semi-pénombre de la pièce. Et ses blessures me font toujours mal au cœur.

Il s'avance et mon cœur s'emballe.

Quand il pose ses lèvres sur les miennes, je lui rends son baiser avidement et plonge mes doigts dans ses cheveux en l'attirant vers moi.

Putain, ce qu'il m'a manqué.

Il gémit et détache un peu mes bras de sa tête.

– Attention, bébé, ça fait… un peu mal.

Je retire mes bras et lui fais une moue d'excuse.

– Pardon.

Il revient m'embrasser, et cette fois-ci, j'essaie de ne pas lui sauter dessus. Je lui rends son baiser et il pose ses doigts sur mon ventre, qui se contracte involontairement.

– Je te pardonne, mon amour.

Je souris à sa bêtise et il me pousse sur le canapé. Je ne suis pas sûre qu'il soit en état de faire ça. Mais je ne vais pas dire non, ça, c'est sûr. Ma peau s'enflamme déjà quand il me tire sur les seins et me suçote la lèvre du bas.

– Austin…

Je gémis. Et il parle contre ma bouche, le métal de son anneau me faisant frissonner.

– Fais-le, bébé. Fais-le pour moi. Je veux te voir.

J'ouvre de grands yeux. *Quoi ?*

– Tu veux que…

– Je veux que tu te caresses pour moi.

Alors là, c'est le pompon !

Je suis plus que cramoisie de honte. Mais Austin revient chercher ma langue de la sienne et, fiévreusement, il glisse une main dans mon short en me prenant au dépourvu.

Je me cambre immédiatement et il sourit.

– Putain, t'es vraiment excitée… Tu mouilles tellement…

Je déglutis difficilement à ses paroles.

Il s'accroupit au-dessus de moi et fait descendre mon short en venant mordre ma bouche puis ma peau sur mon épaule quand il glisse ses doigts en moi.

Je commence à gémir doucement et m'accroche à ses épaules.

– Chuuuuttt, bébé… Ne fais pas de bruit !

– Hmm.

Il me torture en allant doucement entre mes cuisses grandes ouvertes et je ne dois pas faire de bruit ?

Quand il retire ses doigts, je suis prête à exploser. Mais il vient prendre ma main sur son bras et la fait descendre entre mes cuisses.

Sa bouche se décolle de la mienne et il m'observe, très sérieux, et les yeux assombris de désir.

– Laisse-toi faire. Comme ça…

Et c'est ce que je fais. Je le laisse me guider jusqu'à ma moiteur. Il écarte mes doigts, me fait faire de lents mouvements en cercle et des va-et-vient alors que je suis déjà trempée. Et il s'éloigne un peu pour me regarder.

Bien que très excitée, je ne crois pas pouvoir faire ça alors qu'il me regarde. C'est trop bizarre…

Je retire ma main.

– Non, laisse-la ! Continue… Putain, t'es incroyable. C'est super chaud de te voir comme ça.

Je ferme les yeux en continuant de me caresser. Il doit faire quarante degrés dans cette pièce. Et ça sent le musc et le sexe.

Il se penche pour murmurer à mon oreille.

– À quoi tu penses ?

J'ai du mal à parler.

– … À toi… Je pense à toi…

– C'est bien. Tu es bandante…

La réalité de ce que je suis en train de faire ne m'a pas encore vraiment atteinte. Et je suis si près du plaisir intense que rien de logique ne traverse mon esprit.

Quand j'entends un bruit de succion, j'ouvre les yeux. Dans la pénombre, Austin a enlevé son pantalon et commencé à se caresser aussi, penché au-dessus de moi.

Oh mon Dieu… Je ne peux plus détacher mes yeux de son sexe si parfait qui bouge entre mes cuisses dans sa main. Il gémit à mon oreille.

Je le sens se branler contre ma cuisse et ça ne fait que m'exciter davantage.

Avec un violent sursaut de plaisir, j'explose dans mes propres mains en même temps qu'Austin éjacule chaudement sur mon ventre. Il me mord le cou et laisse sa tête tomber en jurant, et moi, je me mords le poing pour ne pas crier.

Nous avons trempé les draps.

Longtemps, nous restons là, essayant de reprendre notre souffle. Avant qu'Austin ne se redresse pour me regarder, les yeux plus brillants que jamais. Je rougis, mais il repousse une mèche de mes cheveux en bataille derrière mon oreille.

– Ne rougis pas. Tu es magnifique.

Il se penche et m'embrasse tendrement.

– Je t'aime.

– Je t'aime aussi.

Hors de question d'aller dormir dans le lit de Sacha après ce que nous venons de faire et hors de question de dormir l'un sans l'autre, alors nous restons là et nous nous endormons dans le canapé, serrés l'un contre l'autre.

Demain est un autre jour. Ce soir, je suis rassasiée d'amour.

44
Alexandra

Je n'avais décidément pas aussi bien dormi depuis longtemps. Les bras chauds d'Austin sont le meilleur remède contre l'insomnie. Je me réveille avec paresse et délice. Il ronfle légèrement et j'aime l'observer quand il dort. *Putain, ouais, je l'aime. Trop, peut-être.*

En voyant ses ecchymoses et ses blessures, je fronce les sourcils. Il faut qu'il se calme sur la boxe, je ne supporte pas de le voir comme ça, ni de me faire du souci pour lui à ce point.

– Austin…

Je suis réveillée et j'aimerais qu'il se lève aussi. Oui, je suis égoïste. Je ne veux pas le laisser dormir sans moi. Est-ce qu'il rêve de moi, quelquefois ? Je me le demande.

– Austin !

Il grogne dans son sommeil et me repousse la main. *Quel grincheux !*

– Réveille-toi…

J'essaie une autre technique. Je me penche et l'embrasse doucement en laissant en même temps mes mains courir sur son torse nu et tatoué. Je titille un de ses tétons qui durcit un peu.

Il gigote et je ris doucement.

– Hmm… Non… Laisse-moi dormir…

– Je n'ai plus sommeil, moi. Réveille-toi. Je n'aime pas être debout toute seule.

Il essaie de se retourner pour ne plus me voir, mais je l'arrête et glisse une main dans son boxer. Il est chaud et tout doux. Je caresse sa verge doucement et je me penche pour murmurer à son oreille.

– Debout, mon amour…

Sa bouche, avec ses lèvres boudeuses et un peu abîmées par son combat d'hier soir, s'étire en un mince sourire.

– Je crois que c'est déjà fait.

Il fait référence à la bosse dans son caleçon et à sa queue qui grandit dans ma main sous mes caresses.

Avec paresse, je me mets sur lui et descends à son entrejambe en lui administrant des petits baisers ici et là. Et je le prends dans ma bouche sans autre préambule.

Austin ouvre les yeux brusquement et se penche pour me regarder. Je papillonne des yeux vers lui et le vois, à demi endormi, qui me fixe intensément en se passant la langue sur les lèvres.

J'enroule ma langue autour de lui et il se tend encore et agrippe les draps de ses mains pour se maintenir.

Je ris doucement et m'écarte un instant de lui pour parler.

– C'est bon ou pas ? Tu aimes ?

Il déglutit et hoche la tête avec une expression sérieuse.

Je reprends mes mouvements. Je creuse mes joues et l'aspire dans ma bouche, au plus profond de ma gorge. Il laisse échapper un grognement guttural. Je passe mes mains sous ses fesses et les presse pour l'amener encore plus entre mes lèvres. Il attrape mes cheveux et tire dessus, me faisant un peu mal, mais je ne dis rien.

Ça ne dure pas longtemps. L'excitation du matin au réveil, mes dents qui le mordent un peu et ma bouche qui le pompe aussi vigoureusement, tout ça le conduit à jouir plus rapidement que je ne pensais.

Je reviens vers lui alors qu'il soupire de bien-être et m'attire sur lui. Je colle mon nez au sien en veillant à ne pas trop appuyer sur ses blessures.

– Comment ça se fait que tu sois d'humeur si cochonne ?

Je ris et enfouis ma tête dans son cou pour ne pas qu'il voie le rouge qui me monte encore aux joues.

Je repense à ce que nous avons fait cette nuit et j'en tremble encore.

Austin me masse la nuque et m'embrasse dans les cheveux. Au moins, j'ai réussi à le réveiller.

– Qu'est-ce que tu veux faire, aujourd'hui ? me demande-t-il avec une voix traînante.

– Je n'en sais rien. Mon petit voyage à Boston n'était pas vraiment prévu. Et en plus, il fait tellement froid dehors que pour se promener, c'est mort. À une autre époque, on serait restés enfermés à faire l'amour, regarder des films, lire, parler… mais aujourd'hui, il y a un petit garçon avec nous qui ne va pas tarder à se réveiller…Tu avais prévu de faire quoi, avant que je débarque pour chambouler tes plans ?

Comme il ne répond pas, je me redresse sur un coude pour le regarder. Il plonge ses yeux sombres dans les miens.

– Tu me fais confiance ?

La réponse fuse avant même que j'aie le temps de réfléchir.

– Oui.

C'est vrai. J'ai décidé de nous donner une nouvelle chance, après tout, alors il faut que je lui laisse le bénéfice du doute. Je donne de nouveau ma confiance. Mais est-ce que je ne vais pas le regretter ?

– Alors je vais te présenter quelqu'un, aujourd'hui, si tu veux bien.

Il a piqué ma curiosité.

– Qui ça ?

– Tu verras bien. Je vous emmène, Sacha et toi, cet après-midi.

Il m'attire contre sa bouche. La façon qu'il a de fixer mes lèvres quand je parle me perturbe vraiment. Je l'embrasse. Et des milliers de questions me trottent dans la tête.

On finit par se lever avec toute la lenteur du monde. Mine de rien, il est déjà dix heures. Et Austin est étonné que Sacha dorme si tard, lui si matinal, d'habitude. Une fois que nous avons pris nos douches et le petit déjeuner, il va le réveiller.

Il revient dans la cuisine où je range un peu et fais la vaisselle, avec Sacha encore endormi et pendu dans son dos accroché à son cou.

Ils me font rire. Austin est tout joyeux et le secoue un peu.

J'ébouriffe les cheveux de Sacha qui laisse sa tête retomber sur le dos d'Austin.

– Debout, marmotte !

À ce moment, la sonnerie de la porte d'entrée retentit. Je regarde Austin qui fronce les sourcils.

– Je n'attends personne. Ça doit encore être un de ces commerciaux qui font du porte-à-porte. Tu vas ouvrir ? J'emmène Sacha se brosser les dents.

Je m'essuie les mains alors qu'il file à la salle de bain.

Je déteste devoir envoyer bouler les commerciaux trop entreprenants, mais quand j'ouvre la porte, je reste interdite.

Mon père se tient devant moi, une expression mauvaise sur le visage.

– Papa ?

Lui me regarde comme s'il n'était pas surpris de me voir. *Il savait que j'étais ici !*

– Alexandra, je suis venu te chercher. Prends tes affaires, on s'en va.

Je recule. Je n'ai pas vu mon père depuis au moins trois ou quatre semaines, je ne sais plus. Et en d'autres circonstances, j'aurais été heureuse de le voir, puisque nous nous sommes efforcés de retisser des liens père-fille. Mais pas aujourd'hui. Je sais qu'il en veut toujours à Austin pour ce qu'il m'a fait. Il considère qu'il est vraiment responsable de ma dépression et de mes troubles borderline.

Je passe nerveusement mes mains dans mes cheveux.

– Papa, qu'est-ce que tu fais là ? Comment tu as su que j'étais ici ? D'ailleurs, comment tu connais cette adresse ?

Mon père a vraiment un air énervé et il serre ses poings sous son cardigan bleu nuit.

– Je t'ai déjà dit que le doyen de Boston University est un très bon ami. J'ai eu facilement l'adresse de ce p'tit con. Et je me suis également renseigné sur lui et son passé plus que douteux. Tu ne sais pas à qui tu as affaire, Alexandra. Pourquoi tu es encore ici ? Pourquoi tu ne nous as pas dit que tu lui parlais encore ? Il t'a obligée ? Il est venu te chercher à New York ? Tu n'as pas à avoir peur de lui. Je suis là. Prends tes affaires, on s'en va.

J'écarquille les yeux. Christian parle vite et tout ce qu'il dit se mélange dans mon cerveau. J'ai un peu de mal à me concentrer sur tout à la fois.

Le doyen… Renseigné… Fait du mal…

– Mais de quoi tu parles ? Je... Je vais bien !

Il ouvre la porte un peu plus et m'attrape le bras vivement.

– Que tu crois ! Il te manipule. Il se sert de toi et tu es bien trop naïve pour le voir. Une petite fille naïve et impressionnable. Tu viens avec moi, on discutera à la maison.

Je commence à paniquer.

– Je... Non, je ne vais nulle part. Austin ne se sert pas de moi. Et je ne suis plus une petite fille...

– Tu es ma petite fille et je ne vais pas laisser ce petit merdeux faire de toi sa poupée !

Il commence à élever la voix et je recule de plus en plus. Mon père ne jure pas, normalement, exception faite quand il est très énervé.

Il entre dans la pièce et désigne le canapé où les couvertures et mon pyjama traînent encore.

– Tu viens chez lui pour dormir sur son canapé ? Mais réveille-toi, Alexandra, ce n'est pas comme ça qu'on traite une femme, bon sang. Allez, prends tes affaires, on s'en va, maintenant !

– Papa, il vaut mieux que tu partes. Je suis désolée, j'aurais dû...

– Lexie ? Qu'est-ce qui...

Austin arrive dans la pièce, alerté par tout ce boucan. Il s'arrête net de parler en voyant mon père. Et son expression passe d'un imperceptible frisson de peur à de la fatalité.

– Monsieur Montgomery. Bonjour.

– Oh toi, ne t'avise même pas de me parler ! Alexandra, on s'en va !

Il ne regarde même pas Austin et s'adresse à moi en plantant ses yeux dans les miens.

– Qu'est-ce qu'il se passe ? fait Austin en me regardant, sentant bien que quelque chose cloche.

Je secoue la tête un instant, les yeux fermés pour essayer d'assimiler tout ce que mon père vient de dire et tenter de trouver quoi lui répondre.

Quand j'ouvre les yeux, il tape du pied sur place, agacé que je ne bouge pas.

– Écoute, papa. J'aurais dû te dire qu'Austin et moi, on se... revoyait. Mais c'est compliqué...

– Bien sûr que c'est compliqué ! Avec lui, c'est toujours compliqué. As-tu oublié tout ce qu'il t'a fait ? Toute cette tristesse et tout ce désespoir contre lesquels tu as eu à te battre ? Bien sûr que tu as oublié. Parce qu'il est venu te chercher en te faisant croire qu'il va te traiter comme tu le mérites. Il te manipule. Et toi, tu ne le vois pas. Tu ne peux pas avoir oublié tous ses mensonges, tout le mal qu'il t'a fait et ces mois pendant lesquels toute envie de vivre semblait t'avoir quittée !

Les paroles de mon père m'atteignent de plein fouet. J'ai l'impression de prendre une douche froide. Tétanisée, je ne sais pas quoi répondre. Je vois juste Austin qui serre les poings et a la mâchoire crispée. Il m'a promis de se calmer. Il a dit qu'il changerait. *Il ne va pas frapper mon père, hein ?*

Non. Il se contente de s'adresser à lui de façon dure.

– Je vais devoir vous demander de partir, s'il vous plaît.

Christian se tourne vers lui immédiatement et le fusille des yeux.

– Je ne te laisserai plus lui faire du mal. Elle a oublié parce que tu es très fort pour manipuler les gens et qu'elle est trop faible pour le voir.

Austin lui répond en serrant encore les poings.

– Je ne l'ai jamais manipulée. On en a déjà parlé et si votre fille choisit de me donner une nouvelle chance, je ne vois pas en quoi ça vous dérange. Elle est adulte et fait ses propres choix.

– Adulte ? tonne mon père avec un air de plus en plus enragé.

Je ne l'ai jamais vu comme ça. Même quand je m'amusais à rentrer saoule ou à le provoquer, il n'a jamais pété les plombs au point de hurler comme ça. Mon sang se glace dans mes veines.

– Elle est fragile ! Elle ne raisonne pas normalement avec toi dans les parages ! Tu ne lui apportes rien de bon ! Tu étais où quand elle s'endormait en pleurant tellement que la fièvre la prenait le soir dans son lit ? Et quand elle s'est ouvert les veines dans la baignoire de sa grand-mère ? Ce n'est pas toi qui devais cacher les couteaux, les médicaments et les produits de la maison pour ne pas qu'elle tente de se faire du mal, ni toi qui restais éveillé toute la nuit à écouter si elle réussirait à s'endormir. Est-ce que tu l'as vue assise devant son miroir un énorme ciseau à la main et ses cheveux coupés dans l'autre ? Tu as fait de ma fille un zombie, parce qu'elle ne supportait plus ce qu'elle était devenue à cause de toi ! Ne me parle pas d'elle comme si tu la connaissais !

Ce n'est qu'en entendant ça de la bouche de mon père que je réalise ce que je leur ai fait endurer à Lauren et à lui pendant ces mois de dépression.

Tout le long du discours de mon père, j'ai vu le visage d'Austin se déformer. De rage, de colère, de douleur, de désespoir. Je sais qu'il s'en veut énormément pour tout ça et mon père ne fait que remuer le couteau dans une plaie à vif qui ne demandait qu'à se refermer.

J'aime Austin et nous avons décidé d'aller de l'avant. Je ne laisserai pas mon père se mettre entre nous.

J'ouvre la bouche pour parler, mais Austin est plus rapide.

– J'ai conscience de tout le mal que je lui ai fait ! Et je peux comprendre que vous soyez inquiet pour elle, mais ça ne vous donne pas le droit d'entrer chez moi pour me parler comme ça ! Vous ne me connaissez pas et vous ne savez pas à quel point je l'aime. Ça peut vous sembler ridicule, mais je sais que nous sommes faits l'un pour l'autre. Je ne lui ferai plus de mal. Plus comme ça.

Mon père rit carrément. Il est proche de l'hystérie.

– Tu l'aimes ? On ne fait pas ça à une personne qu'on aime ! Tu te sers d'elle sans jamais te soucier de ce que tu lui fais subir ! Regarde-toi, avec tous tes... tatouages et tes piercings... avec tes bleus et tes points de suture... Tu t'es encore battu ! Tu crois qu'une fille comme elle ne vaut pas mieux que ça ?

Je vois que les paroles de mon père s'insinuent dans le cerveau d'Austin aussi vite qu'il les a prononcées. *Non, papa, je ne te laisserai pas me le changer !* Il avait fait des efforts et maintenant il va recommencer à se poser des questions.

– Elle ne veut pas de toi, elle n'en veut plus !

– Arrête, papa ! Tu dis n'importe quoi ! Je suis adulte, Austin a raison ! Je suis là parce que je le veux et que j'ai pris une décision. Je sais que tu t'inquiètes pour moi, mais je vais bien, je t'assure. On essaie de régler nos problèmes et tu fais tout foirer, là. S'il te plaît, va-t'en d'ici. Ce n'est pas le moment pour ça. Je t'appellerai...

Mon père fronce encore les sourcils.

– Tu vas faire quoi, Alexandra ? Rester avec lui alors qu'il te brise encore un peu plus chaque jour ? Et devenir la mère d'un gentil petit bâtard ? Il se passera quoi quand il te jettera de nouveau, ou qu'il te fera si mal que tu ne pourras plus te relever ? Je ne vais pas rester là à le regarder te détruire !

Je n'aurais jamais cru que mon père puisse être si méchant et employer des mots comme ça. *Bâtard ? Il a traité Sacha de bâtard ?*

À ces mots, Austin sort de ses gonds. Je sais qu'il s'est contenu jusque-là.

– Ça suffit les conneries, y en a marre ! Maintenant vous vous cassez d'ici ou j'appelle les flics !

Il s'approche vivement et empoigne mon père par le col de sa chemise sous son cardigan pour le faire reculer jusqu'à la porte.

Christian lui tient les mains pour se défendre, mais Austin est trop rapide et bien plus en muscles que mon père. Il ouvre la porte et le projette sur le mur d'en face, de l'autre côté du palier. Je me rue à sa suite quand il l'empoigne de nouveau et colle son nez contre le sien.

Je m'approche de lui et lui tiens le bras. S'il frappe mon père, je vois difficilement comment nos familles pourraient un jour s'entendre.

Je gémis et le supplie.

– Austin, non, s'il te plaît… ne fais pas ça… S'il te plaît…

Il regarde mon père droit dans les yeux en s'adressant à moi. Il crache presque les dents serrées.

– Il vient de traiter mon fils de bâtard, putain !

– Je sais, mais il ne le pensait pas… Hein, papa, tu ne le pensais pas ?

J'essaie désespérément de temporiser les choses mais c'est sans compter sur mon père qui crache aussi à la figure d'Austin.

– Bien sûr que je le pensais. Un bâtard, qui a un père complètement aliéné.

Austin répond sur le même ton en resserrant ses doigts sur le cou de mon père qui a du mal à respirer.

– Je m'en souviendrai. Je me souviendrai de ça quand je baiserai votre fille ce soir !

Et il plaque encore mon père au mur avant de le lâcher.

Il ne vient pas de dire ça à mon père ?

Avec l'adrénaline qui me parcourt les veines, je me place entre eux vivement et lève les mains. Si mon père tente de répliquer, Austin va l'étaler et j'aime autant éviter ça.

– Arrêtez ! Putain, mais arrêtez-vous !

Mon père reprend sa respiration et desserre son col de chemise, alors que derrière moi, Austin referme sa main sur mon bras droit et me tire violemment vers lui.

Je rentre dans l'appartement, je fais un regard d'excuse à mon père, mais empreint de colère, aussi, et d'incompréhension, quand Austin claque vivement la porte à sa face et tourne la clef. Il ne me lâche pas le bras et m'entraîne vers le canapé brutalement avant de m'y pousser. J'y tombe assise.

– Putain ! Tu restes là et tu t'assois ! Je ne veux plus de merde comme ça et je ne veux plus de lui chez moi ! C'est clair ?

Il crie et moi j'observe la marque de ses doigts sur mon bras. Ma peau a bleui instantanément tant il m'a serrée fort.

Je ferme les yeux et me masse les tempes.

– C'était qui ?

Sacha est apparu sur le seuil du salon.

– Va dans ta chambre, toi ! crie Austin.

Sacha ne se fait pas prier. Je l'entends courir et claquer sa porte.

– Putain !

Austin pousse un cri de rage désespéré avant de donner un violent coup de poing dans le mur à sa droite, dont les briques ne bougent pas. Ça craque. Je me demande s'il ne s'est pas cassé les os de la main. *Comme s'il n'avait pas assez de blessures depuis hier soir* !

Je me mets à pleurer doucement. On ne passera jamais un week-end tranquille, décidément…

Il finit par tourner les talons pour aller s'enfermer dans sa propre chambre dont le plafond fuit.

Il avait promis de se contrôler. Il avait dit qu'il y arriverait. Et qu'il se ferait tout pardonner…

Et pour lui donner une chance, je viens sans doute de me mettre mon père à dos.

45
Alexandra

Je reste un moment étourdie et un peu nauséeuse, assise sur le canapé dans le salon maintenant vide et dont le silence assourdissant fait écho aux cris qui viennent de s'arrêter. Je ne peux m'empêcher de pleurer. Pour tout ce que mon père a dit. Pour la réaction d'Austin. Parce que je sais maintenant qu'ils ne pourront plus jamais s'entendre. Et parce que je ne sais plus quoi faire. Mon père m'a mis le doute. Et les réactions d'Austin ne m'aident pas non plus.

J'attends le moment où j'entendrai tout voler dans sa chambre. Pourtant rien ne vient. Aucun bruit.

La tête dans les mains, je pleure encore quand la porte de sa chambre s'ouvre de nouveau. Austin approche et s'assoit sur la table basse, directement en face de moi qui suis au bord du canapé, là où il m'a laissée tout à l'heure.

– Lexie… pardon. Je t'ai fait mal ?

Comme je ne réponds pas, il m'attrape les mains pour me les retirer.

– Bébé, dis-moi à quoi tu penses ? Tu m'en veux ? Tu sais que je ne pouvais pas le laisser dire tout ça…

Oui, je sais. Mon père a vraiment dépassé les bornes.

Austin se rapproche et, ses mains de chaque côté de mon visage, il m'oblige à lever la tête vers lui.

– Regarde-moi. Bébé, ce n'est pas vrai tout ce qu'il a dit, d'accord ? Je ne me sers pas de toi, Lexie. Je sais que tout le monde pense comme ton père que je ne vaux pas une fille comme toi… mais je t'aime, putain. Je t'en prie, bébé, il faut que tu me parles. Ça me stresse de te voir comme ça et tu ne me dis rien.

C'est lui qui me stresse à me presser comme ça ! En plus, il part au quart de tour et me brutalise pour ensuite être aussi doux qu'un agneau ? Non mais, ça ne va pas la tête ?

Je lève les yeux vers lui et vois son regard plein de démence. Il a peur. Mon père a réussi à effriter sa belle confiance en lui. Les yeux d'Austin sont foncés, mais rougis et encore plus captivants.

– Je ne sais pas. Je ne sais plus quoi penser. Mon père a exagéré, je sais… Mais…

Il semble complètement terrorisé par ce que je vais dire.

– Mais toi aussi, putain ! Et en plus, tout le monde pense comme lui…

Austin tire son anneau entre ses dents, le visage torturé.

– Qu'est-ce que tu veux dire ?

– Que je suis revenue avec toi après tout ce que tu m'as fait. Je ne veux pas que les gens se disent que je suis manipulable. Je ne veux pas être la fille sur qui on peut marcher quand on en a envie.

– Mais bébé, ce n'est pas le cas ! Je sais que c'est dur et que tu essuies le regard de gens qui ne comprennent pas, comme ton père, mais si on est tous les deux, on se fiche des autres, non ?

– Tu as un fils, toi, tu n'es pas tout seul. Moi, je n'ai rien, je n'ai personne à part mon père. Je vais faire quoi, ne plus jamais lui parler ? Je n'ai déjà quasiment pas de famille. Et je ne suis pas une maman, j'ai vingt ans ! Et Sacha a beau être adorable, il n'est pas à moi. Si je m'attache à lui et que toi et moi on se sépare encore… je ne le supporterai pas. En plus, tu ne vois pas le regard des gens. Quand je suis allée chercher Sacha à l'école, on n'arrêtait pas de me dévisager.

Austin ouvre grand les yeux et la bouche à ce que je dis. Et il s'avance encore pour être près de moi. Il me prend les mains dans les siennes et les serre. Moi j'ai cette boule dans la gorge qui m'entrave.

– Non… non, mon amour. On ne se séparera plus. Et tu dis n'importe quoi. Tu es géniale avec Sacha, il t'adore. Moi non plus je ne sais pas trop y faire, mais on apprendra ensemble. Je sais que tu l'aimes bien, je t'ai vue avec lui, t'es géniale. Et le regard des autres, on s'en fout. Ils ne sont pas nous. Et nous sommes plus forts que ça. Je t'en prie, ne nous remets pas en question à cause de ce que ton père a dit. Tu ne seras pas la mère d'un gentil petit bâtard, non, tu seras ma femme, enfin ma copine, et tu seras ce que tu voudras être pour Sacha. Je t'aime. Je sais que toi et moi on va s'en sortir. Il faut juste que les autres arrêtent de faire chier et de se mêler de nos affaires. Et pour ton père… Eh bien disons que même si je lui démolirais bien la face après tout ce qu'il a dit, je sais que ça reste ton père et qu'il est inquiet pour toi. Alors tu iras le voir si tu veux, mais moi, je ne veux pas qu'il remette les pieds chez moi.

Il a dit tout ça d'une traite. Et moi, je le regarde hypnotisée par ses promesses d'avenir ensemble. *Est-ce que je me fais manipuler ? J'ai du mal à le savoir.*

– Tu as dit que tu voulais que je me batte pour nous, c'est ce que je fais, là. Et toi aussi tu dois le faire. Tu ne dois pas tout remettre en question dès que quelqu'un dit des choses blessantes. Je t'aime. Et tu m'aimes. Je sais qu'à part ton père tu n'as plus beaucoup de famille, mais tu m'as moi, et Sacha. Nous on peut être ta famille. On veut l'être !

Les paroles d'Austin font retomber un peu la tension qui m'anime.

De ses pouces, il essuie mes larmes.

– Tu m'as fait mal.

Je n'ai rien trouvé d'autre que de me plaindre. Parce que je ne sais pas quoi répondre à tout ça et que je suis confuse.

Je me frotte le bras. Et Austin me le prend et l'observe.

– Merde. Je suis désolé…

Il lève un regard plein de douleur sur moi en me tenant la main dans la sienne.

– Tu sais que je ne te ferai jamais de mal, bébé, jamais. Je veux dire… pas comme ça. Je ne lèverai jamais la main sur toi.

Oui, je le sais. Austin est violent, on ne peut pas dire le contraire, mais pas avec moi. Je sais qu'il ne me frapperait pas volontairement. Est-ce que, comme dit mon père, c'est encore mon esprit tordu qui essaie de lui trouver des excuses ? Je veux croire que non.

– Bébé, parle-moi. Je sais que tu es pleine de doutes…

Je ferme un instant les yeux pour reprendre une respiration normale.

Il faut que je parle à mon père. Mais pas maintenant. Il ne connaît pas notre histoire à Austin et à moi. Personne ne l'a vécue comme nous. Je ne dois pas prendre mes décisions en fonction des autres. Je suis malheureuse sans lui et tellement plus heureuse quand nous sommes tous les deux. Malgré nos disputes incessantes, nous nous aimons. Les cris, les pleurs, la passion, les rires et les moments de bonheur volés, tout ça, c'est nous. Notre histoire est plus que chaotique, mais ça reste notre histoire. Avec Austin, j'ai la possibilité d'être heureuse à nouveau. Au moins un petit peu. Et je ne laisserai pas cette chance passer. Quitte à en crever. Après tout, si c'est pour mourir un jour, autant mourir d'amour.

– Bon Dieu, Lexie, mais parle-moi !

J'ouvre les yeux quand Austin recommence à s'énerver parce que je ne parle pas.

Il passe ses deux mains dans ses cheveux et croise ses doigts dans sa nuque en soufflant d'agacement.

– Ça va, ne recommence pas à crier !

Il se tait et m'observe. Ses bras retombent le long de son corps dans un geste défaitiste. Il a l'air résigné comme si j'allais le quitter et le laisser planté là.

Je me rapproche et me lève pour lui grimper sur les genoux. Il ouvre grand les yeux quand j'enroule mes bras autour de lui.

Quand je parle, il est complètement pris au dépourvu.

– Je ne veux plus de secrets, plus de mauvais plans, plus de tes colères incontrôlées dans lesquelles tu me jettes des mots horribles à la gueule… Je t'aime, mais je ne serai pas ton souffre-douleur. Je ne sais pas si tu en es capable, mais si tu y arrives, je veux bien qu'on aille de l'avant.

Ces mots sont libérateurs, surtout pour moi. J'ai l'impression qu'en les disant un poids s'envole de ma poitrine. Maintenant, il faut qu'Austin soit vraiment prêt à faire des efforts.

– Te faire confiance, c'est ma décision. Me prouver que j'ai raison ne dépend que de toi.

Il glisse ses bras autour de ma taille et me serre contre lui.

– Oui. J'y arriverai. Moi aussi je veux qu'on aille de l'avant. Je vais recoller tous les morceaux et je sais qu'on y arrivera.

Il sourit tout à coup comme un enfant le matin de Noël quand il voit la pile de cadeaux sous le sapin. Avec ses fossettes en coin qui me font toujours chavirer. Je ne peux m'empêcher de soupirer.

– Comment peut-on passer d'une crise comme celle-ci au rire en moins de quelques minutes ? À mon avis, on est cinglés tous les deux.

– Oui, et c'est pour ça qu'on est faits pour être ensemble.

Quoi, j'ai parlé tout haut ?

Austin m'attrape la nuque et me tire vers lui. J'écrase mes lèvres sur les siennes. Et il grimace un peu, mais me rend mon baiser.

– Tu as toujours mal ?

– Ouais.

– Si tu arrêtais d'être aussi violent, aussi…

– Et toi, tu pourrais arrêter d'être aussi chiante.

Il me dit ça en souriant et en me mordant l'épaule gentiment.

– Arrête, tu m'as déjà trop marquée pour aujourd'hui. Et je suis sérieuse. Tu ne peux pas taper dans les murs ou sur les gens chaque fois que tu es énervé ! Tu dois apprendre à te contrôler. Tu finis par faire peur à Sacha et à moi aussi. Et puis sans parler de colère, rien que sur la boxe, tu devrais te calmer. Peut-être que tu devrais arrêter quelque temps. Tu m'as vraiment foutu la trouille, hier soir.

Il dépose de petits baisers sur ma clavicule et dans mon cou.

– D'accord. J'essaierai de ne pas démolir tous ceux qui osent se mettre en travers de notre relation. Pour ce qui est du reste, en revanche… Tu sais que j'adore la boxe… Et ce n'est pas le moment que j'arrête. Ce type, Schneider, il m'a proposé de faire des combats pour lui. Avec de grosses commissions à la clef.

– Tu ne peux pas faire ça. Tu as vu l'état dans lequel tu es ? S'il te plaît, on s'en fiche de l'argent. Je peux t'en donner, moi, si c'est ce que tu veux…

Son regard se fait mauvais.

– L'argent de ton putain de père ? Merci, mais non merci.

– Non. Mais l'argent de la location de la maison de Mamina.

Il soupire et pose son menton sur mon épaule.

– Non. Je n'ai pas besoin de ton argent. J'aime la boxe. Ça fait mal, mais j'aime ça. C'est comme ça.

– Et moi, je t'aime. Et il est hors de question que tu te fasses démolir comme ça tous les week-ends…

– Je gagne presque toujours, je te signale.

– Là n'est pas la question. Je ne te demande pas d'arrêter complètement. Tu pourras toujours t'entraîner et aller à certains galas ou je ne sais pas quoi, mais plus de combats aussi violents !

Il soupire et enfouit sa tête dans le creux de mon épaule. Mais je suis sérieuse, et tant qu'il ne dira pas oui, j'insisterai.

– Bon… ok ! Mais toi aussi tu me promets un truc.

Mon cœur s'emballe. Je ne m'attendais pas à ça.

– Quoi ?

– Arrête de fumer.

Ma tête doit vouloir tout dire, car il reprend en me forçant à le regarder dans les yeux.

– Je suis sérieux, Lexie. Il faut que t'arrête ça.

Il a un air très grave. À vrai dire, ça m'a déjà traversé l'esprit, mais aucune raison valable n'est venue m'encourager à le faire jusque-là.

– Tu me fais chanter ?

– Non, je te le demande, c'est tout. Arrête, bébé. Je sais qu'une fois qu'on a commencé, c'est dur, mais tu peux y arriver. Je sais que tu peux.

À mon tour de soupirer.

– Ok. Si tu te calmes vraiment, j'arrête.

Il me tend la main et je la serre.

– Marché conclu ?

– Marché conclu.

Un bruit dans la chambre nous parvient. Austin fronce les sourcils. Je me détache de lui.

– Maintenant, va voir ton fils, parce que tu lui as crié dessus sans raison.

– Mouais…

Il se lève et s'arrête pour me regarder.

– Et pour Sacha ?

– Je ne suis pas sa mère. Mais je l'aime bien. Et si toi et moi nous sommes ensemble, je ne peux pas le jeter, si ?

Austin grimace.

– Je t'assure que tu t'en sors bien avec lui. Il t'aime beaucoup. Je ne te demande pas d'être sa mère, mais au moins de lui faire une petite place entre nous.

– Je le ferai.

Il hoche la tête, pas totalement convaincu, et s'en va voir Sacha.

✦✦✦

– On va où ?

Sacha m'interroge alors que je lui enfonce son bonnet sur la tête.

– Je ne sais pas, demande à ton père.

Ledit père enfile sa veste en souriant.

– D'abord, on va faire les magasins. Ensuite, on va chez quelqu'un.

Je hausse les sourcils.

– Faire les magasins ?

– Ouais. Demain c'est l'anniversaire de Tory. Les repas du dimanche, en général, je m'arrange pour les éviter, mais là, ça ne va pas être possible. En plus, il y aura Granny.

– Ouiiiiii ! s'écrie Sacha joyeux.

Je suis de plus en plus perplexe. *L'anniversaire de sa mère ? Merci de m'avoir prévenue…*

– Granny ? Qui c'est, ça ?

– Ma grand-mère. La mère de ma mère.

J'écarquille de grands yeux. Il me reste encore tant à apprendre sur Austin !

– Parce que ta grand-mère est encore vivante ?

– Ouais, bien sûr.

– Mais tu ne m'en as jamais parlé !

– Je ne suis pas le petit-fils parfait. Et puis Granny n'a rien à voir avec Abigail. Elle est plutôt comme ma mère, mais en vieille.

– Tu aurais pu me dire, pour l'anniversaire, demain. Je serais partie ce soir.

Austin écarquille lui aussi les yeux.

– J'ai bien fait de ne rien dire, alors ! Tu viens avec moi chez ma mère. Enfin, si tu veux. Elle va être surprise, mais je suis sûr qu'elle va adorer. Elle n'a pas supporté quand elle a su que tu m'avais quitté. Elle pensait vraiment que j'allais m'en sortir avec toi. Elle était tellement surprise quand elle a su que j'avais une copine…

– Tu m'étonnes. On ne peut pas dire que tu as été un modèle de galanterie avec les filles.

Il voit que je fais référence à sa lettre dans laquelle il m'a dévoilé son enfance et son adolescence. Alors le rouge lui monte aux joues. Et il tire nerveusement sur ses cheveux derrière sa nuque.

– C'était bête.

– Quoi ?

– Cette lettre. Je n'aurais pas dû l'écrire.

– Non. Ne dis pas ça. J'ai aimé la lire et découvrir toutes ces choses sur toi. J'aurais juste aimé que tu m'en parles, en face. Tu ne me parles jamais de toi…

Austin soupire en m'attirant à lui pour m'embrasser.

– Je le ferai plus souvent. Bon, on y va, sinon on ne va jamais sortir d'ici.

Je m'arrête un instant quand je vois mon reflet dans le miroir du mur de l'entrée.

– Arghhh !

Mon exclamation d'horreur fait sursauter Sacha et Austin.

Je suis affreuse dans mon pull en maille gris, mon jean délavé et mon bonnet gris sur la tête. Comment je vais aller chez la mère d'Austin alors que je n'ai rien de potable à me mettre ?

– Quoi ?

– Je n'ai rien à me mettre, pour demain.

– Ah. Ben on t'achètera une robe. Allez viens…

Nous sortons. Et nous faisons les boutiques pour trouver le cadeau de la mère d'Austin. Je ne suis pas particulièrement ravie de la revoir, mais si nous devons affronter le monde entier ensemble, autant commencer par là.

Austin est vite agacé. Il déteste faire les magasins. Et le fait que ce soit pour sa mère ajoute à son énervement. Il tente de bâcler l'affaire avec un vulgaire stylo bien trop cher pour le peu de design qu'il offre. Je l'arrête et lui fais choisir un beau collier. Mais il peste que c'est trop intime, un bijou. J'essaie de lui faire comprendre que c'est de sa mère dont on parle, mais il n'a pas l'air de vouloir l'accepter.

Finalement, il le prend, et dans une boutique à côté, je fais des essayages pour trouver de quoi aller à ce déjeuner demain. Sacha et Austin donnent leur avis avec leur pouce en haut ou en bas selon ce qu'ils en pensent. Mais comme ils ne sont jamais d'accord, ça prend un peu de temps.

Je finis par passer une petite jupe corole rose pâle et un chemisier à broderie anglaise blanche que je rentre dans la jupe. Ils sont tous les deux d'accord, pour une fois, alors que moi, je me trouve trop petite fille dans cette tenue trop sage. Austin me fait un clin d'œil et Sacha tape dans ses mains. *Bon, ok, je prends celle-là.* Et avec, je trouve des petites ballerines dorées et une paire de collants. J'espère que ça ira.

Évidemment, nos vieilles habitudes reviennent vite. Austin et moi nous battons pour savoir qui va payer. Et il gagne.

Ça me fait tout drôle de me promener en tenant Sacha par une main, des sacs dans l'autre et Austin à côté de nous, comme si nous étions une famille.

Finalement, nous sortons de Boston. Mais Austin ne veut toujours rien dire de notre destination. Quand nous approchons de Rhode Island, au bout d'une bonne heure et quart de route, je ne sais toujours pas où nous allons. Il fait beau, mais très froid. Il y a un peu de neige sur le bord des routes. Nous sommes début février seulement.

Bientôt, nous approchons de Providence. Nous nous retrouvons dans un petit quartier pavillonnaire, pas riche, mais bien entretenu. Austin semble chercher une maison. Il la trouve finalement. Je sens qu'il est nerveux. Et ça me rend nerveuse aussi. *Dans quoi m'embarque-t-il encore*, là ?

J'espère juste qu'il sait ce qu'il fait et que cette journée ne va pas se terminer comme elle a commencé. D'ailleurs, depuis ce midi, j'ai au moins dix appels en absence de Lauren sur mon portable. Je leur parlerai à elle et Papa, mais pas maintenant.

– Bébé, tu bouges ou pas ?

Austin et Sacha m'attendent debout sur le trottoir en face de la maison blanche au jardin animé. Il y a des enfants qui crient et courent partout.

Je sors de la voiture et Sacha m'attrape immédiatement la main et se colle à moi. Je fais de même avec lui, comme si à nous deux nous pouvions nous protéger de la folie passagère d'Austin.

Celui-ci me prend la main.

– N'aie pas peur, me souffle-t-il avec un sourire.

– Je n'ai pas peur.

C'est à moitié vrai.

Il ouvre le portail de la maison et nous entrons sans y avoir été invités.

Un enfant crie en espagnol à une fille qui étend du linge en grelottant dans le froid. Elle vient vers nous. Elle doit avoir la vingtaine. Brune et un superbe air latino. Et des formes divines. Je ne peux m'empêcher de mater son cul bien en chair dans son jean slim. *Qu'est-ce que j'aimerais être gaulée comme ça...*

– Oui, c'est pour quoi ? Si mon frère vous doit de l'argent, je...

– Non. On vient voir Marisol Escobar. Je suis Austin. Austin Reed.

La fille ouvre de grands yeux avant qu'un immense sourire éclaire son visage.

– Dios mios [16] ! Reed...

Elle se tourne vers la maison et hurle, un peu comme Rachel, la sœur de Zara, hurlait à Mary Island. Je me demande toujours si j'aurais hurlé comme ça si j'avais eu des enfants.

– Mamá ! Mira lo que el viento nos lleva [17]...

Une dame passe la tête par la fenêtre de la cuisine. Elle nous observe puis finit par pousser la moustiquaire de la porte d'entrée.

– Dios mio... mi hijo [18]...

Austin lui répond sur le même ton.

– Hola Mamá. Soy yo [19]...

– Por supuesto que eres tú [20].

Elle ouvre les bras et à mon grand étonnement, Austin s'y

16. Mon Dieu ! Reed...
17. Maman ! Regarde ce que le vent nous apporte...
18. Mon Dieu... mon fils...
19. Salut Mama. C'est moi...
20. Bien sûr que c'est toi.

jette. Il la serre contre lui et elle essuie des larmes aux coins de ses yeux ridés. Elle doit avoir la soixantaine. Mais elle est très bien conservée. Avec ses cheveux noir de jais et ses yeux aussi noirs, elle a un air latino encore plus prononcé que sa fille. Et un regard très doux. Elle porte une jupe longue, rouge, qui ne fait qu'accentuer ses origines. Ça me fait penser à l'informe jogging rouge que portait Mamina. Et ça me fait sourire.

Le fait qu'Austin m'emmène là me surprend et me ravit en même temps. Il m'aime suffisamment pour me présenter à une personne aussi chère à son cœur que sa nounou d'enfance. Il lui parle un peu en espagnol, et moi, je ne comprends rien.

– Mamá… esta es mi compaÐera… y mi hijo [21].

La femme s'avance vers moi et un sourire immense s'étale sur ses lèvres. Elle se jette sur moi pour me serrer contre elle. Un peu gênée, je lui rends son geste sous le regard d'Austin et de la fille.

Quand elle se détache, c'est pour me prendre le visage entre les mains.

– Tu es un cadeau béni des dieux, ma fille.

Je souris, ne sachant que répondre, et elle se penche vers Sacha et lui fait le même coup. Il se laisse faire aussi. La jeune fille intervient.

– Hace un frio que pela [22] !

Nous entrons dans la maison. Il y a trois hommes assis devant la télé, ils regardent un match de foot en mangeant des chips et en buvant de la bière. Ils nous saluent. L'un est beaucoup plus vieux que les deux autres. Puis il y a un ado de treize ans devant son ordinateur, qui ne prend même pas la peine de nous regarder tant il est absorbé par son écran. Et avec ça, quatre gamins qui courent dans le jardin. *Tout ce monde vit ici ? Dans cette maison ?*

Marisol s'exprime à toute vitesse, complètement abasourdie qu'Austin soit là. Lui sourit constamment et leur parle à tous en même temps. Parfois en espagnol et je ne comprends pas. Parfois en américain pour que je puisse suivre.

21. Mama… C'est ma compagne… Et mon fils.
22. Il fait un froid de canard !

Marisol s'inquiète des blessures apparentes d'Austin et lui fait la morale. Moi, j'en rajoute, et Austin me fusille du regard. Mais je suis en position de force et ne lâche pas l'affaire.

Je n'ai jamais vu Austin rire autant. Marisol lui pose plein de questions sur sa vie et ce qu'il est devenu. Et surtout sur nous. Elle lui demande même si nous avons l'intention de nous marier. Le rouge aux joues, Austin bafouille que non, ce n'est pas dans nos plans. Alors elle secoue la tête comme si elle était désolée et qu'elle désapprouvait.

Je demande où sont les toilettes pour éviter d'avoir à répondre à des questions gênantes et quand je pars, je la vois qui tend la main à Austin pour lui dire quelque chose.

L'après-midi passe vite chez les Mexicains. La fille, Gabrielle, et moi faisons connaissance et elle me parle de ses enfants, les quatre qui jouent dehors. Le père est un de ceux qui sont assis devant le match de foot.

Quatre enfants et un corps encore comme ça ? Quatre enfants à vingt-trois ans ?

Ils insistent et nous restons dîner. Le repas est animé, avec tous ces enfants. Sacha a fini par s'intégrer au groupe naturellement.

Avant le repas, tout le monde se donne la main et Gabrielle dit le bénédicité. Je profite que tout le monde ait les yeux fermés pour jeter un œil autour de la table. Sacha et Austin sont les seuls à avoir fait comme moi et nous nous retenons de rire.

Tout le long du repas, Austin me tient la main sous la table. Il pioche dans mon assiette et se fait sans cesse resservir par Marisol qui croit qu'il a encore faim.

C'est sans doute l'une des soirées les plus pittoresques de mon existence. Mais j'ai le sentiment d'être à ma place. Avec ma famille.

J'observe Sacha et Austin. Oui, je suis là où je dois être. Que le monde entier soit d'accord ou pas.

46
Alexandra

Plus nerveuse que d'habitude, je me prépare pour aller déjeuner avec Austin chez sa mère.

Dans la salle de bain, après ma douche, j'enfile la petite jupe rose et le petit haut en broderie anglaise. Décidément, je fais bien trop petite fille, là-dedans. J'essaie de me maquiller pour me donner l'air un peu plus adulte. Mais je suis si nerveuse que je n'arrive pas à tracer un trait d'eye-liner droit. Alors je laisse tomber. Je finis par mettre un soupçon de fard à paupière brun doré et un baume à lèvres transparent. Ça ira comme ça. Et c'est la même chose avec mes cheveux. Je bataille avec eux pendant au moins vingt minutes pour n'arriver à rien. Finalement, je fais une queue-de-cheval toute simple d'où mes boucles blondes s'échappent pour tomber sur mes épaules.

– Bébé… On va être en retard.

Je jette un œil sur mon smartphone et je coupe la musique de *Forever Young* qui s'en échappe. Austin cogne encore à la porte de la salle de bain.

Nous sommes rentrés tard de chez les Mexicains et nous avons dormi comme des souches dans le lit de Sacha. Ce matin, Austin s'est levé avant moi, a nettoyé l'appartement et préparé le petit déjeuner.

Je pensais qu'il était nerveux, comme chaque fois qu'il doit voir sa mère, mais non, il a l'air anormalement calme.

J'ouvre la porte et tombe sur lui, le bras levé, prêt à cogner encore pour me faire ouvrir.

– C'est bon, on peut y aller.

Il m'observe des pieds à la tête et ses yeux s'écarquillent.

– Quoi ?

– Putain, c'est… T'es tellement… innocente… comme ça.

– Ah bon ? Et c'est bien ?

– Oh, putain, oui !

Il m'attire vers lui et je souris. Sa réaction booste ma confiance en moi.

– Bébé, tu ferais perdre la tête à un aveugle.

Je ris à sa bêtise qui ne veut rien dire.

Il est drôlement câlin, ce matin. Je me fais cette réflexion quand il m'embrasse le front, en prenant mon visage en coupe dans ses mains, avant de déposer des petits baisers sur mon nez, mes lèvres, mon visage. Ma peau brûle sous la sienne et sous une tendresse bien maîtrisée. Mais nous n'avons pas le temps.

– Allez zou ! On y va. Sacha !

Sacha rapplique et nous partons. Dans la voiture, celui-ci me parle de sa grand-mère, de sa « maison », qui est en réalité un grand appartement, de Granny et de Lola.

Je n'ai pas bien compris qui est cette dernière. Mais étant donné qu'Austin ne m'a pas parlé de sa grand-mère, je suppose qu'il y a plein de gens de sa famille que je ne connais pas.

On est devant chez sa mère en moins de cinq minutes. Un immeuble pas très haut avec des commerces BCBG en dessous, comme des décorateurs d'intérieur ou des antiquaires de luxe.

Quand nous montons les escaliers, Austin me prend la main et ses doigts dans les miens me font frémir.

– Tu es stressée ? me demande-t-il tout bas.

– Non. Et toi ?

Je mens, mais ça se passe si bien que je ne veux pas tout gâcher.

– Non. Je n'ai jamais été aussi bien que maintenant. On est ensemble. Et même si tu repars ce soir, on est ensemble, on reste ensemble. Plus de mensonges, plus de dispute et de colère. Et personne ne se mettra plus en travers de nous non plus, ok ?

Je hoche la tête. Quand nous arrivons sur le palier, Sacha m'attrape la main et me guide, et c'est lui qui sonne.

Quelques secondes plus tard, Tory nous ouvre. Son carré est plus plongeant qu'il y a quelques mois. Et sur ses yeux marron-noir comme ceux de l'homme que j'aime, elle porte des lunettes papillon. Ce qui lui va bien, d'ailleurs.

Sacha file directement dans l'appartement sans même prendre le temps d'embrasser sa grand-mère.

– Ah vous êtes là… Il était t…

Elle s'arrête en me voyant et sa bouche s'ouvre et se referme par deux fois. Elle va et vient d'Austin à moi et finit par me déshabiller du regard de la tête aux pieds.

– Alexandra ? Mais Austin, tu m'avais dit que…

– Ouais, bah on est de nouveau ensemble. Et avec Sacha. Bon, tu nous fais entrer ou tu nous laisses poireauter sur le pas de la porte ?

Il fronce les sourcils. J'espère qu'il ne va pas être de mauvaise humeur toute la journée parce que ça risque d'être long, sinon.

– Bien sûr, entrez… C'est juste que… Tu aurais pu me prévenir, quand même.

La façon qu'elle a de le gronder me fait me sentir mal à l'aise. *Est-ce qu'elle ne veut pas de moi chez elle ?*

– Qu'est-ce que ça aurait changé ? lui demande Austin dans l'entrée en enlevant sa veste pour l'accrocher au porte-manteau. Tu fais toujours à manger pour un régiment.

Tory essuie ses mains sur son tablier immaculé passé par-dessus sa robe rouge bordeaux à encolure carrée.

– Oui, mais j'ai invité du monde…

Elle a dit ça en serrant les dents et en zieutant vers le salon d'où des voix et des rires nous parviennent. *Sympa pour moi.* Je me sens de plus en plus mal. J'ai promis d'arrêter de fumer, je pense que lundi, j'irai acheter des patchs, mais là j'en ai vraiment envie…

Je vois le regard d'Austin qui s'attarde sur un manteau rose pâle accroché au porte-manteau alors que j'enlève le mien avec la seule envie de le remettre et de me tirer.

– Ne me dis pas que tu as encore invité Alyssa…

Sa mère fait comme si elle n'avait pas entendu et m'indique le salon de la main.

– J'ai servi de la limonade maison et des petits-fours au salon, si vous voulez aller vous asseoir avec les autres. Moi, je dois aller sortir mon rôti du four.

Je lui réponds par un sourire obligé. Et elle s'en va vers sa cuisine.

Mon regard implorant doit faire de l'effet à Austin, car il s'approche de moi et prend de nouveau ma main. Il parle tout bas.

– Écoute, ne sois pas fâchée, d'accord, ma mère est juste complètement obsédée par le fait que je trouve quelqu'un, surtout pour Sacha. Alors elle… Elle n'arrête pas d'inviter sa voisine ici depuis quelque temps. Alyssa. C'est une fille de Boston University aussi, mais on n'a aucun cours en commun, elle est étudiante en médecine. Et elle a une petite fille qui s'entend bien avec Sacha, Lola. Mais je ne ressens rien pour elle et je l'ai déjà dit à ma mère sauf qu'elle me fait chier et elle insiste. Je sais que tu vas être mal à l'aise, mais je te jure qu'il n'y a jamais rien eu entre cette fille et moi.

Je déglutis difficilement. *Ok.* Je n'ai plus aucune envie, mais vraiment aucune, d'être là. Je préférerais être chez moi, pour le coup.

Austin semble affolé à l'idée que je me fasse des films sur lui. Il y a décidément trop de filles dans son entourage.

– Je te crois. Mais si elle s'approche de toi je lui arrache les yeux, je lui pète les rotules et je lui casse les dents.

L'image surréaliste de moi sautant sur Hailey me revient en mémoire. Austin rit doucement et m'embrasse en parlant en même temps.

– D'accord. Je sais très bien que tu en es capable. Mais ce ne sera pas la peine. Reste près de moi et elle devrait comprendre, ok ?

Je hoche la tête et il m'entraîne par la main dans le salon.

Cet appartement est immense. Pas aussi grand que celui de l'hôtel particulier de Lauren et de mon père, mais suffisamment pour se détacher de ce qu'on voit d'habitude. Avec des meubles design et laqués, loin du style romantique de chez mon père. Il y a un immense couloir qui mène à d'autres pièces et un escalier large en bois qui mène à un étage.

Le salon est décoré dans un mélange de modernité et de classique, dans des tons pastel, bleu ciel, rose poudré, jaune poussin et blanc.

Mais je n'ai pas le temps de m'intéresser à la déco. Mes yeux se braquent automatiquement sur la fille assise sur une méridienne en cuir d'agneau teint. Elle est fine, brune avec un carré aussi, et a des traits un peu asiatiques. Elle porte une petite robe blanche et des talons noirs très fins. Elle sourit et elle a juste les dents de devant un peu trop longues. On dirait la version jeune de Tory. *Je comprends mieux.*

– Austin !

– Granny.

Sa grand-mère est dans le même genre. Une femme de soixante-dix ans environ, tirée à quatre épingles. Maigre comme une planche, elle a des cheveux blancs remontés en un chignon très strict et elle porte un tailleur jupe jaune pastel exactement comme le canapé sur lequel elle est assise. En dehors de quelques rides, c'est une belle femme. En tout cas, elle a dû être belle dans sa jeunesse.

Il y a aussi un jeune homme. Il doit bien avoir la vingtaine. Il est concentré sur son téléphone portable et ne lève même pas les yeux vers nous. Je lui trouve des traits semblables à ceux d'Austin et de Joshua. Il est vraiment pas mal du tout dans son pantalon serré, sa chemise grise et son anneau à l'oreille. En le voyant, Austin esquisse une imperceptible grimace.

Après avoir embrassé sa grand-mère, Austin me pousse vers elle en laissant sa main dans mon dos. Heureusement qu'il ne la retire pas. Ce simple geste me réconforte. Je ne suis pas du tout à l'aise et le fait qu'il reste si proche de moi me convient parfaitement.

– Granny, je te présente Alexandra Montgomery. Ma copine.

Le ton sur lequel Austin a dit ça me fascine. Il y a mis de la fierté, du défi et de l'orgueil.

En serrant la main de sa grand-mère, c'est lui que je regarde. Il me sourit et je lui rends.

– Oh !

Voilà. C'est la seule exclamation qu'elle laisse échapper. Avec un air surpris sur le visage. Mais elle ne dit rien d'autre et quand elle me sourit, ça sonne faux. Elle ne ressemble pas à Mamina. Ou à Marisol. Ça, c'est clair.

À ce qu'Austin a dit, le garçon présent a levé vivement les yeux et le sourire d'Alyssa s'est figé. Austin dit bonjour à la fille et me présente.

– Lexie, Alyssa.

Elle a la courtoisie de se lever pour m'embrasser. La seule chose que je voudrais faire, c'est reculer et aller m'asseoir sans lui rendre son geste. Mais ça mettrait à mal ma relation déjà si instable avec Austin. Je fais donc un effort pour lui, mais il est clair que je mets peu de volonté dans cette bise.

Austin poursuit les présentations :

– Aurélien, Lexie, ma copine. Lexie, Aurélien. C'est le cousin le plus insupportable que j'aie.

Ledit cousin sourit à cette remarque et j'en ai le souffle coupé. Il est vachement beau. Je baisse les yeux. Si Austin savait ce que je pense de lui, il en ferait une jaunisse. Autant ne rien montrer.

– Waouh… Enchanté, mademoiselle.

Il a une voix grave.

Je tends la main à cet apollon Reedien. Adjectif que je viens d'inventer pour les garçons Reed qui sont tous plus beaux les uns que les autres. À ma grande surprise, il me prend la main et, au lieu de la serrer, il la porte à ses lèvres et me fait un baisemain. Je frissonne à son contact. Et j'ouvre la bouche en un Ô parfait, tant je suis surprise.

Austin me tire vivement vers lui, emprisonnant mes hanches d'un bras protecteur.

– T'as pas compris quand j'ai dit *ma* copine et pas *une* copine ?

Le garçon lui lance un sourire insolent en même temps qu'un regard mauvais.

– Si. C'est justement ce qui est fascinant. Comment une personne aussi belle et innocente pourrait sortir avec… toi ?

Austin lui lance un regard mauvais, mais ne répond pas. Je n'arrive pas à déterminer si c'est de l'ironie ou non. Et je me demande quel genre de relation ils ont tous les deux.

On s'assoit et sa grand-mère nous sert des petits-fours et de la limonade maison.

Je me suis mise le plus loin possible de cette fille aux cheveux trop noirs qui ne nous regarde plus que de biais, avec un sourire faux plaqué au visage. Je ne vais quand même pas copiner avec la belle-fille idéale selon Tory Reed.

– Alors, Alexandra… que faites-vous dans la vie ?

– Je suis étudiante en littérature. À New York University.

Je réponds avec courtoisie à la grand-mère d'Austin. Celui-ci a pris ma main dans la sienne pour la ramener sur ses genoux en lançant un regard de tueur à son cousin.

– Oh. Ce n'est pas facile, les relations à distance.

C'est Alyssa qui a parlé. Je tourne vivement la tête vers elle. *Et tu insinues quoi, exactement, miss dents longues ?*

Austin a senti ma tension, car il me presse la main doucement pour me dire de redescendre d'un cran. C'est lui qui répond à ma place.

– Nous sommes ensemble depuis un moment. Et nous y arrivons très bien comme ça, il n'y a pas de soucis.

Elle lui répond par un sourire enjôleur. *Bon Dieu, elle va être longue, cette journée.*

– Je comprends mieux, marmonne son cousin en riant doucement.

– On peut savoir ce que tu veux dire par là ? grogne Austin.

À moi de lui presser la main, maintenant.

– Oh, rien.

– Si. Va au fond de ta pensée, je t'en prie.

Son cousin fait tourner son portable entre ses doigts et se laisse retomber au fond de son fauteuil.

– Les relations à distance, ça ne fonctionne pas. C'est prouvé.

– Eh bien nous, on va prouver que si !

La boule dans mon ventre est réapparue et elle vient de se transformer en brûlure acide le long de ma trachée. Je n'ai même pas faim. Je sais bien que tout le monde pense comme ça. Et il va sans cesse falloir qu'on se justifie.

Je regarde l'heure sur la montre au poignet d'Austin. Presque treize heures. *Pauvre de moi…*

– Vous repartez cet après-midi ? me demande Granny, dont je ne connais toujours pas le vrai prénom.

Je rougis, car elle a remarqué mon geste. Avec Lauren et Christian, ça passerait pour de l'impolitesse, assurément.

– Euh… Ce soir. Je prendrai le bus de dix-neuf heures pour New York.

Et la conversation part sur le trajet Boston-New York, le temps qu'il fait, l'attente du printemps…

La fille ne me parle pas à moi, quand elle ouvre la bouche, c'est pour s'adresser uniquement à Austin, ce qui a le don de m'agacer.

Quand Aurélien commence à me parler, Austin intervient tout de suite et l'autre semble s'en amuser. Il cherche à le provoquer. Il me demande où je vis, avec qui, ce que j'aime et ce que je fais en dehors de la faculté, et ses questions me paraissent parfois un peu personnelles. Je n'ai aucune envie de m'étaler devant toute sa famille et surtout pas devant cette connasse qui semble penser que la concurrence est inexistante, puisque je vis à des kilomètres d'ici. Penser qu'elle vit en face de chez la mère d'Austin et que cette dernière l'aime bien me rend malade. Je vais me faire des idées chaque fois qu'il va déposer Sacha ici ou venir pour je ne sais quelle raison.

Sacha joue justement avec une petite fille brune et mignonne d'à peu près son âge dans une partie de l'immense salon. Ils se chamaillent un peu, mais ils ont l'air de s'entendre. Et ça aussi, ça me fout les boules. J'aimerais dire à Sacha de venir ici et de ne pas jouer avec la fille de cette pimbêche.

Mais les enfants ne doivent pas être tenus responsables des histoires d'adultes, non ?

Quelques minutes plus tard, Tory vient nous dire de passer à table dans la salle à manger. Tout le monde se lève et file. Mais moi, j'envoie Austin les rejoindre et je retourne chercher mon foulard dans mon sac à l'entrée. Il fait un peu froid dans cet appartement.

Quand je reviens au salon, il n'y a plus personne en dehors des petits qui jouent avec le train de Sacha.

– Mais c'est qui la dame ?

C'est Lola, la petite, qui a posé cette question. Sacha lui répond en continuant de jouer.

– Ma nouvelle maman. Je crois.

Mon cœur manque un battement. *Est-ce qu'ils parlent de moi ?*

Ils continuent de parler en jouant et ne me remarquent même pas, à quelques mètres d'eux.

– Ahhhhh, fait la petite, étonnée. Elle est gentille ?

– Ouais. Elle me lit des histoires.

Je souris toute seule. Est-ce que ce petit garçon ne serait pas en train de se creuser un chemin jusqu'à mon cœur, comme son père avant lui ?

– Tu vas vivre avec elle ?

– Je sais pas. Austin il a dit qu'un jour elle viendra habiter avec nous.

Ah bon ? Austin a vraiment dit ça ?

Tory fait irruption dans la pièce.

– Les enfants ! J'ai dit à table ! Allez vous laver les mains tout de suite !

Sacha et la petite se lèvent d'un bond et quand il passe près de moi, Sacha sourit et m'attrape furtivement la main. Je la lui serre avant qu'il ne s'enfuie vers la salle d'eau.

– Alexandra... je suis tellement contente que vous soyez revenue.

La mère d'Austin me prend les mains et plonge ses yeux pareils à ceux de son fils dans les miens. Je lui réponds d'un sourire. Enfin une parole gentille.

– Sacha a vraiment besoin d'une présence féminine. Il a besoin d'une mère.

Mon sourire se fige et je me mords la lèvre pour l'empêcher de se transformer en grimace. Théoriquement, je suis revenue pour Austin. Pas pour Sacha. Puis je ne serai jamais une mère, bordel ! Qu'on arrête avec ça. En plus, je vis à des kilomètres. Et voilà que je me mets à penser comme les autres.

– Je savais que vous y arriveriez. Vous avez déjà transformé mon fils plus que je ne l'aurais cru possible. Bien sûr, j'ai douté, au début. Et je me suis dit qu'avec vous, Austin avait épuisé ses chances et sa bonne volonté, mais si vous êtes là, ça veut dire qu'il a réussi à vous faire changer d'avis.

Je ne sais quoi répondre. Je dois être écarlate, à présent.

Heureusement, elle n'attend pas de réponse. Elle me pousse vers la salle à manger.

– Allez, à table.

Dans la salle à manger, Austin m'attend avec un air d'intense agacement.

– Qu'est-ce qu'elle t'a raconté ? me demande-t-il en parlant de sa mère quand je m'assois à ses côtés.

– Rien d'important.

Il me sourit. Je ne peux m'empêcher de me pencher et de déposer un furtif baiser sur le coin de ses lèvres. Les autres se servent déjà en rôti de bœuf, salade et pommes de terre.

L'odeur d'Austin arrive jusqu'à moi. Il sent le propre depuis qu'il est sorti de la douche, ce matin, et ses cheveux qui lui retombent dans les yeux le rendent encore plus beau. Bon d'accord, Aurélien est pas mal, mais Austin reste le plus beau Reed de la famille !

– Ne me regarde pas comme ça, bébé… Ça me donne envie de mettre ma main sous ta jupe…

Il s'est penché pour murmurer à mon oreille. Mais même s'il n'y a que moi qui ai entendu, je n'ai pu m'empêcher de rougir violemment. Et Austin glisse sa main le long de ma cuisse sous la table alors que sa grand-mère me passe les pommes de terre. Je serre les cuisses quand il trouve l'ourlet de ma jupe et la remonte, pour mettre sa main sur mon entrejambe. J'ai des collants, alors il ne va pas bien loin. Mais mon cœur a redoublé de rythme dans ma poitrine.

– Arrête, Austin…

Je le gronde doucement et ça le fait rire. À cause de sa main baladeuse sous la table, j'ai du mal à manger et à me concentrer sur quoi que ce soit de la conversation qui a lieu.

– Alors Lexie ? Vous serez là ?

Tory s'adresse à moi. D'après les regards appuyés qui me scrutent, ça ne doit pas être la première fois qu'elle me parle.

– Pardon ?

– Je disais que le week-end prochain, c'est l'anniversaire de Sacha. Et je me demandais si vous comptiez venir à Boston.

L'anniversaire de Sacha ?

Austin intervient avant que je n'aie le temps de dire quoi que ce soit.

– Non, maman elle ne viendra pas. C'est nous qui allons à New York.

– C'est vrai ? s'écrie Sacha en souriant de toutes ses dents.

– Mais c'est toujours moi qui fais son gâteau d'anniversaire ! le coupe Tory.

Elle se plaint presque.

– Oui ben, cette fois, c'est Lexie qui va le faire.

Ah bon ? Il me sourit et je comprends qu'il veut qu'elle arrête de se mêler de tout. Alors je fais un immense sourire à sa mère.

– Oui, on a prévu de faire quelque chose tous les trois.

Tory fronce les sourcils, mais elle finit par hocher la tête, défaitiste.

– Bon, très bien. C'est une bonne chose que vous puissiez passer du temps ensemble.

Et elle me fait un sourire entendu.

– Maman !

Austin hausse le ton et lui lance un regard noir.

– Quoi ? Je n'ai rien dit.

– Garde tes commentaires pour toi.

Personne n'intervient sur le sujet.

Durant le reste du repas, je suis tiraillée entre la main d'Austin sur ma cuisse qui me fait un effet de fou et ce que sa mère a dit sur l'anniversaire de Sacha et le fait qu'elle pense que je vais jouer la mère de substitution.

– Ça ne va pas ?

Je triture ma tarte aux pommes pour le dessert. En fait, je n'y ai presque pas touché. Austin m'interroge du regard.

– Si. Si.

Il plisse des yeux, pas convaincu du tout.

Sa mère propose d'aller se balader et d'emmener les enfants au parc d'en bas.

– Allez-y, Lexie et moi on reste ici. Tu emmènes Sacha ?

Elle acquiesce et tout le monde se lève. Aurélien me dit au revoir car il doit rentrer chez lui.

– En tout cas, si ce petit con n'arrive pas à te garder, tu sais que le meilleur chez les Reed… Bah tu peux venir le chercher de l'autre côté de Boston.

Austin se lève si vivement à ces mots qu'Aurélien recule de plusieurs pas en riant et sort de la pièce en pointant un doigt vers lui.

– C'est ça, casse-toi ! hurle Austin.

Les autres sont déjà dans l'entrée en train de mettre leur manteau pour sortir.

Je me tourne vers Austin.

– Pourquoi tu ne voulais pas qu'on sorte avec les autres ?

Il me prend les mains et me tire vers lui pour me lever de ma chaise et me mettre dans ses bras. *Oui, décidément, je le préfère lui à son cousin. À n'importe qui, d'ailleurs.*

– Pour que tu me dises ce qui ne va pas. C'est ma mère ?

J'enfouis ma tête dans son cou.

– Un peu. Elle est…

– Envahissante ?

– On va dire ça comme ça.

– Ne fais pas attention, bébé. Laisse-la parler.

Il enfouit son nez dans mes cheveux et vient murmurer à mon oreille.

– Et je voulais aussi te montrer ma chambre.

– Hein ?

Je relève vivement les yeux vers lui.

– Ta chambre ?

– Ouais, viens.

Il sourit et m'entraîne par la main avec lui. Nous montons l'escalier et traversons l'immense couloir. Sa chambre d'adolescent après le divorce de ses parents est tout au fond.

Quand j'entre, je m'attends à tout sauf à ça. C'est une petite chambre. Comme celle que j'avais chez Mamina. Rien à voir avec les immenses pièces d'à côté. Et il y a un lit une place, des murs recouverts de posters, de photos et de cartes postales…

Il n'y a presque pas de place de nue.

– Waouh.

– Quoi ?

– C'est marrant de voir où tu dormais quand t'étais ado.

Il rit et pose ses mains sur mes hanches et ses lèvres à la base de mon cou, tandis que moi, je caresse du bout des doigts son bureau en acajou. Je scrute chacun des éléments épinglés au mur pendant qu'il s'allonge sur son lit et me regarde.

Un quart d'heure plus tard, quand sa mère et les autres reviennent, Alyssa a l'air de plus en plus gênée de voir Austin me parler dans l'oreille, me mordre dans le cou, m'embrasser le coin des lèvres, rire à ce que je lui dis.

Et oui, connasse, il est à moi !

En repartant de chez sa mère en cette fin d'après-midi-là, j'ai même l'audace de lancer à cette fille que cette journée était incroyable et que je me suis amusée comme une folle. Je pense qu'elle a pigé, vu le sourire en forme de grimace qui s'est dessiné sur ses lèvres.

Quand nous partons, j'appelle Sacha et passe un bras possessif autour de ses épaules pour le tirer vers moi. Et la fille détourne les yeux. Austin sourit de toutes ses dents.

– C'est bon, bébé, je crois qu'elle a vraiment compris, là...

Il rit et moi je fais l'innocente.

– Comment ça ? Qu'est-ce que j'ai fait ?

Austin cherche à me pincer la hanche à travers mon manteau mais n'y arrive pas.

– Ne joue pas à l'idiote avec moi.

Je me hisse pour l'embrasser.

– Vous êtes à moi. Je ne laisserai personne croire le contraire.

Pour toute réponse, Austin m'entoure les épaules de ses bras et nous sortons dans le froid.

47
Alexandra

D'un coup de main, je repousse Teddy, mon énorme ours en peluche, qui va tomber tout en douceur au pied de mon lit. Il m'étouffe.

J'ouvre difficilement un œil, puis un autre. Bon sang, je suis vraiment fatiguée, aujourd'hui. J'ai pris le bus plus tard que prévu hier soir, parce que Sacha et Austin ne voulaient plus me laisser partir.

Je tends la main pour prendre mon téléphone et mon bras semble peser une tonne. *Bordel, mais qu'est-ce qui m'arrive ?*

Il est six heures. On est lundi. Normalement, je devrais me lever pour aller courir, comme tous les lundis matin, mais je ne m'en sens pas la force.

Je tire mon oreiller sous ma tête et m'y replonge.

Je repense à mon homme à Boston. Il doit encore dormir. Austin n'est pas trop du matin et je suis presque sûre que c'est Sacha qui doit le tirer du lit.

Je repense à hier. Ma journée s'est mieux finie qu'elle ne semblait avoir commencé. Austin a insisté pour que je l'appelle tous les jours et que je me mette sur *Skype* pour qu'on puisse se voir. Sacha m'a enserré le cou sans plus vouloir me lâcher pour me laisser partir. Et ils ont vraiment insisté pour venir le week-end prochain. Il ne me reste plus qu'à convaincre Zara. Et comme elle change d'avis comme de chemise, je ne sais pas ce qu'elle va penser du fait qu'Austin et Sacha reviennent ici après le carnage de la dernière fois.

Pourtant, on s'entend mieux que jamais. Pour combien de temps, je ne sais pas, mais il fait de réels efforts, je le sais. Et moi aussi. Hier, quand sa mère est revenue avec les autres de la balade dans le parc et qu'Austin lui a offert son cadeau, alors que Sacha et moi nous lui souhaitions son anniversaire, j'ai bien senti que ma présence était plus que vitale pour Austin. Tory paraissait surprise et réellement heureuse qu'Austin ait pu lui acheter un bijou. Et Austin s'est cru obligé de répondre : « C'est Lexie qui a choisi hein, pas moi », en tirant sur ses cheveux derrière sa nuque, gêné. Sa mère a tenté un geste de tendresse, un câlin furtif auquel Austin s'est dérobé pour se cacher derrière moi. Mais je le comprends. J'ai toujours eu du mal avec les effusions de sentiments. N'empêche, nous étions bien, hier.

Avant de savoir qu'Austin avait un fils, je m'étais imaginé tout ça. Le fait que nous devrions vivre à des kilomètres l'un de l'autre en essayant de nous voir le plus possible. Et je savais que ça allait être dur. Mais maintenant, on y est. Austin et moi allons devoir faire avec la distance. Et on ne va pas pouvoir se voir tous les week-ends. N'empêche, je veux prouver aux gens qu'ils se trompent. L'amour triomphe de tout s'il est résistant comme le nôtre, y compris de la distance.

C'est sur ces belles pensées que je finis par me rendormir.

Je soulève lourdement les paupières en sentant une main caresser mon bras. J'ai un mal de crâne pas possible et tous mes membres sont endoloris. Je me sens légèrement nauséeuse.

Zara est penchée au-dessus de moi.

– Lexie ? Tu vas bien ? Il est onze heures et tu n'es toujours pas levée.

– Je suis fatiguée…

Zara plisse les yeux.

– Tu es malade ?

– Chai pas…

Ma gorge est enrouée et j'ai vraiment du mal à parler. Je ferme les yeux pour ne pas voir la lumière trop vive du jour qui filtre dans la pièce.

Zara me touche le front.

– En tout cas, tu n'as pas de fièvre, tu es juste chaude parce que tu es sous ta couette. Tu vas aller en cours ?

– Non.

– Chez le médecin ?

– Je n'en sais rien.

– Si d'ici cet après-midi tu n'es toujours pas bien, il vaut mieux.

– On verra…

Pour l'instant, je veux juste dormir. Et vomir, aussi, à l'occasion.

Zara se lève.

– Il faut que j'y aille. J'ai un cours dans dix minutes. Mais si tu as besoin de quoi que ce soit, tu m'appelles, hein ?

Je ne réussis qu'à grogner un vague « Ouais ».

Sur le pas de la porte, Zara s'arrête un instant.

– Dis, Lexie…

– Hmm…

– Tu ne serais pas enceinte ?

Je ne prends même pas la peine d'ouvrir les yeux pour lui répondre. C'est impossible. Je ne vois même pas pourquoi elle me pose cette question.

– Non. T'es folle. Casse-toi.

– Si tu le dis. À plus tard.

– Mouais…

J'entends quelques secondes plus tard la porte d'entrée qui s'ouvre et se referme en claquant. J'essaie de me rendormir, mais ce que Zara a dit me trotte dans la tête. J'ouvre brusquement les yeux. C'est impossible ! En plus, j'ai mes règles depuis avant-hier soir.

Je viens d'avoir une montée de stress pas possible.

Des paroles de Davan, assise dans le salon de Grace avec Lauren, me reviennent en mémoire : « Quand j'étais enceinte de Sedna, j'ai eu mes règles les trois premiers mois ! Si je n'avais pas fait une prise de sang pour ma calcémie, je n'aurais pas su avant le terme ! »

Toute seule, la tête dans l'oreiller, je me mets à rire nerveusement. *Non, c'est impossible. Je suis folle à lier, putain.* Je chasse ces idées de ma tête. J'ai sûrement attrapé la crève et c'est tout.

C'est mon estomac barbouillé qui finit par me sortir du lit. Avec difficulté, je m'extirpe de sous ma couette et en frissonnant alors qu'il fait vingt-cinq degrés dans l'appart, je file aux toilettes et à la salle de bain. Je ne me brosse que les dents. Je n'ai pas le courage de prendre une douche, ni de me brosser les cheveux. Et c'est avec ma tignasse en nid d'oiseau que je file à la cuisine. Il y a un reste d'œufs brouillés que Zara a préparé ce matin. J'en porte une fourchette à ma bouche et tente de l'avaler. Mais j'ai un haut-le-cœur si violent que je lâche ma fourchette et me penche à temps dans l'évier pour vomir. Je renvoie surtout de la bile. J'ai l'impression que mon estomac entier va sortir.

Ok, les œufs, c'est mort.

Je me lave la bouche. Bon, c'est clair que j'ai quelque chose de pas normal, là.

La seule chose que j'arrive à avaler, c'est un yaourt sans sucre. Autant dire, rien.

Je vais pour retourner dans mon lit quand on sonne à l'interphone.

Oh bon sang, mais quoi encore ? Je veux qu'on me laisse tranquille !

Je soupire et pars répondre avec agacement. Ça ne peut pas être Zara, elle a ses clefs.

– Oui ?

– Ouvre-moi. Putain…

Je reconnais la voix cassante de Leo. Je ne suis pas d'humeur à me disputer, là, je n'en ai pas la force.

– Casse-toi !

Je raccroche. Il sonne de nouveau, avec insistance. Je laisse faire, mais le bruit se répercute encore et encore dans l'appartement et commence bientôt à me casser les oreilles. Je reprends l'interphone avec agacement.

– Quoi ?

– Ouvre, putain ! On va parler.

– Je ne veux pas te parler !

– Bah tu écouteras !

– Tu fais chier. T'as pas le droit de te ramener chez moi comme ça !

– Parce que tu crois que t'avais le droit de te ramener à mon boulot, toi ? Ouvre, ou je hurle dans la rue en bas de chez toi. J'ameuterai les voisins. Ou alors je grimpe par l'escalier de secours, mais vu qu'il gèle, j'aimerais autant éviter de me fracasser le crâne.

Je grimace et soupire bruyamment. *Il m'énerve, merde !*

Je finis par ouvrir à contrecœur et je déverrouille la porte d'entrée avant de retourner dans mon lit. S'il vient, il a intérêt à être convaincant, parce que sinon, il dégage de chez moi.

– T'es où ?

La voix de Leo me parvient de la porte d'entrée. Je ramène la couverture sous mon menton quand il entre dans ma chambre.

– T'es encore couchée ? Un lundi, à midi et demi ?

– Ta gueule. Casse-toi...

– Je suis venu m'excuser et toi tu veux juste que je me casse ?

– Ouais. Exactement comme toi tu voulais que je me casse, la dernière fois.

Leo s'assied sur le bord de mon lit et croise ses doigts sur ses genoux. Il n'a pas enlevé sa grosse doudoune. Il m'observe, calmement. Et ses yeux noisette me transpercent. *Saleté de frère...*

– Ok, j'ai exagéré. Mais tu m'as énervé.

– C'est ce que tu appelles faire des excuses, ça ?

Il grimace.

– Je m'excuse.

– C'est le summum de la suffisance ! On ne s'excuse pas soi-même. On dit « excuse-moi, s'il te plaît ».

Il soupire et reprend en grimaçant exprès vers moi.

– Ok. Excuse-moi... s'il te plaît !

– T'es un connard. Je sais même pas pourquoi j'ai voulu être pote avec toi.

– Parce que t'es une connasse. Et qu'on est apparemment faits pour s'entendre.

– Tu trouves qu'on s'entend bien, jusqu'à maintenant ?

– Non. Mais c'est parce qu'on a les mêmes façons de penser.

Et puis tes potes, c'est de la merde. Normal que tu aies besoin de moi.

– Comment ça « mes potes c'est de la merde » ? Tu ne veux pas que je dise quoi que ce soit sur les tiens, mais tu te permets de parler des miens ? En plus, tu ne connais pas mes potes !

– Pas besoin. Je sais qu'ils sont chiants. Tiens, comme ta connasse de colocataire. Quelle plaie, cette fille…

– Tu laisses Zara tranquille. Je t'interdis de t'approcher d'elle.

– T'inquiète pas. Même si c'était la dernière meuf sur terre, je ne voudrais pas la baiser.

– Je crois que c'est réciproque.

Il sourit et se penche vers moi.

– Sérieusement, qu'est-ce que tu fous dans ce lit ?

– Je crois que je suis malade.

– Qu'est-ce que t'as ?

– Nausées, mal de crâne, frissons, les muscles engourdis. Je ne sais pas, je suis super fatiguée.

Leo fait comme Zara et me touche le front. Je frémis.

– T'as pas de fièvre.

– Non. Tu me donnes chaud avec ta doudoune. Tu ne veux pas enlever ça ?

Il hausse les sourcils.

– Est-ce que c'est ta manière subtile de me dire que tu me pardonnes et que je peux rester ?

– Peut-être.

Il sourit carrément cette fois et enlève sa veste. Avant de venir s'allonger près de moi les mains derrière la tête.

– Bon, alors. T'as fait quoi du week-end ? Je suis venu, mais tu n'étais là.

– J'étais à Boston. Chez Austin.

– Ton mec ?

J'acquiesce et Leo affiche un sourire débile.

– Donc, tu t'es remis avec lui ?

– Ouais.

– Tu vas aller habiter là-bas ?

– Non. On se verra de temps en temps le week-end.

– Peut-être que t'es enceinte !

Je souris encore plus à sa connerie. *Mais qu'est-ce qu'ils ont tous ?*

– Non. Je ne peux pas avoir d'enfant. À cause de mon accident. J'ai l'utérus reconstruit et un seul ovaire viable.

– Un seul, mais ça suffit.

– Pas dans mon cas. Je n'ai quasi pas de chance d'en avoir.

– Ouais, bah on va quand même faire un test.

– Comment ça, « on » ?

Il balance ses jambes par-dessus mon lit et se lève d'un bond.

– Tu as mangé ?

– Non, il n'y a rien que j'arrive à avaler.

– Je reviens.

Avant que je n'aie compris, il est déjà parti. Je me retrouve seule sans trop savoir quoi faire. Vu mes symptômes, je dirais que j'ai la grippe.

Je suis en train de me rendormir quand il revient.

– Tiens.

Leo me balance un sac de la pharmacie et le petit paquet rose s'en échappe. Il est allé acheter un test.

Non, mais quel idiot. Pourquoi gaspiller de l'argent pour ça ? Je ne l'utiliserai pas.

Il pose un cookie géant devant moi. Je croque dedans et arrive à en avaler un bout.

– Alors en fait, avec ce mec, tu as fait tout l'inverse de ce que je t'ai dit de faire.

– Mouais.

– T'es sûre de lui ?

– Assez sûre, oui.

– Ok. Alors fais ce test.

– Quel rapport ? Puis c'est n'importe quoi, ça. Zara et toi êtes complètement jetés.

– Le rapport, c'est que si t'as une merde dans le bide, il assumera, sinon…

– Une merde ? Charmant.

– Allez lève-toi. Je suis curieux de savoir.

Il pense vraiment que je vais faire ça pour lui faire plaisir ?

Leo rit et tire la couverture pour me forcer à me lever. Il observe mon vieux pyjama Betty Boop.

– Tu ne fais pas trop dans le sexy, toi.

– Ta gueule.

Il tire sur mes mains et me lève. Je sais que j'ai les cheveux emmêlés et que je ne ressemble à rien, mais honnêtement, je m'en tape complètement.

Quand je m'enferme dans la salle de bain, Leo parle toujours.

– La pharmacienne a dit que c'était mieux de le faire le matin. Mais au pire on s'en fout.

Pas besoin de lire la notice, je me souviens parfaitement de tout ça avec Zara, l'année dernière dans les toilettes du lycée. Et aujourd'hui, je fais comme elle. Avec mon frère derrière la porte.

Je tire sur le capuchon, enlève ma culotte et pisse sur l'embout. C'est complètement inutile et totalement puéril de faire ça.

– Alors ?

Quand j'ai fini, j'ouvre de nouveau la porte de la salle de bain et fourre le test dans la main de Leo.

– Hey !

Il le tient à bout de bras comme un objet sale et moi je retourne sous ma couette.

– Il y a marqué, trois minutes.

Ok, trois minutes, pour savoir si je vais pondre un Reed.

Finalement, même si je joue la détachée, je suis un peu anxieuse. Ce sont sans doute trois des plus longues minutes de ma vie.

48
Alexandra

– Tu fais de la natation ?

Leo inspecte ma chambre dans les moindres détails. Il vient de bloquer sur les affiches au mur.

– Oui.

– Depuis longtemps ?

– J'en ai fait pendant sept ans avant d'arrêter après mon accident. J'ai repris récemment.

– C'était quoi, cet accident ? Un accident de voiture ? La dernière fois, tu as dit que tu avais tué ton meilleur ami.

Ah. Donc il a bien enregistré toutes mes paroles.

Leo me sonde de ses yeux noisette. Il est nonchalamment appuyé au bureau où est posé le test de grossesse depuis exactement une minute trente-deux. J'ai mis un chrono de quatre minutes sur mon téléphone pour être plus sûre.

– Tu ne mérites pas que je te parle d'un truc aussi important pour moi.

Leo ne rit pas, contrairement à ce que je pensais. Je sors ma tête de sous ma couette pour le regarder. Il m'observe un instant puis son regard se perd dans le vague.

– Moi aussi j'ai eu un accident de voiture.

Ma respiration s'en retrouve coupée. Je ne bouge plus d'un cil. Je sais qu'il a eu un accident, je l'ai lu. L'accident de voiture qui a coûté la vie à ses parents et à sa sœur.

Comme si de rien, je tente une approche. Peut-être que je vais réussir à transpercer le mystère de Lionel Allen.

– Ah bon ? Et toi aussi tu as perdu des gens ?

– Toute ma famille. Mes parents et ma sœur. Je t'en avais déjà un peu parlé.

Dans ma tête, il y a cette petite voix qui hurle « Non, putain ! C'est moi ta famille ! ».

Il y a un léger trémolo dans sa voix malgré son assurance. Comme Sacha quand il avait demandé à Austin s'il allait mourir après son combat, avec une inquiétude maîtrisée, mais une inquiétude quand même. Leo a la même réaction, une tristesse qui est cachée derrière son assurance à toute épreuve.

– Qu'est-ce qui s'est passé ?

– C'est compliqué.

– J'ai le temps. Je t'écoute. Après tout, tu me le dois bien. Pour te faire pardonner tout ce que tu as dit la dernière fois. Si je connais ton histoire, peut-être que je passerai vraiment au-dessus de tout ça.

Il revient fixer ses yeux aux miens et me lance un regard mauvais.

– Tu me fais du chantage ?

– Si c'est le seul moyen pour mieux te connaître, oui.

Je m'attends à ce qu'il m'envoie chier. Pas à ce qu'il s'asseye au bord de mon lit en me tournant le dos pour parler sans que je voie son visage.

– On revenait du stade Safeco Field. Pour une fois, mon père avait réussi à convaincre ma mère d'aller voir un match. Il était fan de baseball. Pendant la saison, il nous emmenait tout le temps avec lui, Manon et moi. Ma petite sœur. Et c'était rare que ma mère nous accompagne. Mais c'était le jour de son anniversaire et il avait insisté, alors elle avait fini par accepter. Je ne me souviens pas de tout. Je sais juste qu'on s'est bien amusés, j'ai mangé trop de glace et Manon m'a énervé. Je n'arrêtais pas de lui taper dessus. Je lui tapais tout le temps dessus. J'étais le grand frère et elle était un peu mon souffre-douleur. Même si je l'aimais, j'adorais l'embêter. Elle avait pleuré parce que je lui avais collé du chewing-gum dans les cheveux. Et je m'étais pris une volée de la part de ma mère. Mon père et elle s'étaient disputés à ce propos mais aussi à propos d'un tas d'autres choses me concernant. Mais je ne me souviens plus trop de ce qu'ils disaient. J'étais occupé à donner des coups à ma sœur pour rattraper ce que moi j'avais eu. Mon père et ma mère haussaient le ton devant, et d'un coup, il lui a dit qu'elle ne nous méritait pas, qu'elle ne méritait pas d'avoir une famille comme nous et un fils comme moi. Alors ma mère s'est énervée. Et elle a donné un grand coup dans le volant. Je me souviens vaguement d'avoir entendu ma sœur crier et j'ai vu un camion arriver droit sur nous, puis le trou noir. Et quand j'ai ouvert les yeux, j'étais à l'hôpital. Il y a eu huit morts, dont ma famille et d'autres blessés, car nous avons percuté d'autres voitures. Ma mère a tué cinq personnes, elle, mon père et ma sœur avec. Et moi, j'en suis sorti indemne. Enfin, physiquement.

J'ai écouté sans l'interrompre. Je sais que c'est dur pour lui d'en parler. Parce que je ressens la même chose en parlant de Nate et de mon accident.

Leo reste un instant tourné, dos à moi. Ses épaules tremblent légèrement. J'ai mal pour lui. Parce que je sais très bien ce qu'il ressent. De la culpabilité. Comme moi, Leo se sent coupable et responsable de tout ça.

Une terrible envie de le consoler me prend. Je dois être complètement folle.

– Ce n'est pas ta faute. Tu n'étais qu'un enfant. Et ta mère a pété un plomb.

– Tu sais ce que j'ai dit à ma sœur, quelques minutes avant qu'elle et le reste de ma famille ne meurent ? Je lui ai dit : « T'es qu'une vieille patate pourrie ». Et j'ai tiré sur sa tresse. Ouais, c'est bête et puéril, ce n'est même pas une vraie injure. J'avais à peine douze ans… Mais tous les jours, j'y repense.

Je répète encore :

– Ce n'est pas ta faute.

– Et toi, quand tu as tué ton meilleur ami, c'était ta faute ou pas ?

Je sursaute. Leo se retourne vers moi. Ses yeux sont brillants et légèrement rouges. Il a une lueur mauvaise dans le regard. On se défie.

– Oui.

– Eh bien moi, c'est pareil. Mes parents se sont disputés à cause de moi, donc c'est ma faute.

Je me redresse légèrement sur mes coudes.

– Non, ce n'est pas pareil. Moi j'avais dix-sept ans passés quand j'ai eu cet accident. Et c'est moi qui conduisais, donc c'est ma faute. Toi, ce n'est qu'un concours de circonstances. Ta mère était dépressive et elle a pété un câble.

– Et la tienne était droguée ?

Je me renfrogne. Je ne veux pas lui parler de ça. Pas maintenant. Je lui en parlerai quand il saura tout. Une chose à la fois. Et puis je ne sais pas comment lui dire.

– Ouais. Je n'ai pas envie d'en parler.

Leo plisse les yeux, mais il n'insiste pas. Il me reparle juste de l'accident.

– Tu y repenses, parfois ? À ton accident ?

Je découvre un peu ma jambe de sous la couette pour le laisser voir ma cicatrice.

– Comment veux-tu que je n'y repense pas, avec ça.

Il m'étudie. Sans aucune trace de pitié ou de dégoût dans le regard, contrairement à la plupart des gens.

– Bon, ok, tu marques un point.

Nous ne parlons plus. Je me rallonge et mets mes mains sur mes yeux pour me cacher en parlant. Il y a cette boule dans mon ventre qui ne veut pas partir.

– Bon alors. Tu le regardes ce résultat ou pas…

Je sens Léo qui se lève pour prendre le test.

– C'est n'importe quoi, ça ne peut pas être possible. Je ne sais même pas pourquoi j'ai fait ce test. C'est impossible…

– Oh, putain ! Merde !

L'exclamation de Leo me fait bondir. Je m'assois immédiatement. Je crois que mon cœur va s'arrêter. *Ne me dites pas que…*

– Lexie, comment tu vas faire ?

Leo tient le test des deux mains et le regarde ahuri, la bouche grande ouverte.

Mon Dieu… mon Dieu… mon Dieu… En moins de deux secondes, un millier de choses me traversent l'esprit.

Comment ça a pu arriver ? Putain, comment je vais le dire à Austin ? Merde ! Comment je vais le dire à mon père ? Re-merde ! Qu'est-ce que je vais faire ? Est-ce que je vais devoir quitter la fac ? Austin ne va pas l'accepter comme ça... Zara ne va pas en revenir. Qu'est-ce qu'on fait en premier quand on est enceinte ? Aller chez le médecin, certainement...

Comme un automate, je repousse mes couvertures et sors de mon lit. Je prends le test de la main de Leo pour regarder par moi-même. Il me faut la preuve pour que mon cerveau l'accepte totalement.

Je fronce les sourcils. Il n'y a qu'une barre.

Je me baisse pour prendre la boîte dans la poubelle de mon bureau. Une barre, pas enceinte, deux barres, enceinte. *Alors, qu'est-ce qu'il me raconte ?*

Quand je relève la tête vers Leo, celui-ci se retient de rire.

– Putain, si tu voyais ta tête !

Il explose de rire, cette fois, et se tient le ventre. *Il n'a pas osé me faire ça ?*

Je le fixe complètement sonnée et il reprend comme si je n'avais pas compris.

– C'était une blague, putain. Ne t'inquiète pas. Tu ne vas pas avoir de gosse maintenant !

Leo rit encore. Et de bon cœur. Je baisse les yeux et fixe le test un instant. Mon envie de vomir vient de revenir de plus belle.

Il a suffi d'une minute, quelques secondes à peine, pour que j'imagine ma vie avec la possibilité d'avoir un enfant. Cette éventualité s'était presque muée en joie. J'ai toujours voulu ça. Et il vient de me faire la plus mauvaise blague possible. Me faire croire que je pourrais avoir un gosse. Un à moi, vraiment.

L'enfoiré...

Le rire de Leo me paralyse. Plus il rit de bon cœur, plus mon âme se déchire. Mes larmes se mettent à couler toutes seules. Je ne peux pas les arrêter.

– Espèce de... connard ! Comment tu peux rire comme ça ? Comment tu peux me faire... ça ?

Leo s'arrête de rire. Il me maintient les bras et je tente de me dégager.

– Ça va, Lexie, c'était qu'une blague...

– Une blague ? Tu trouves ça normal de faire une blague comme ça à quelqu'un qui te dit qu'il ne pourra jamais avoir d'enfant ? Jamais Leo ! Jamais ! Et tu viens de me redonner de l'espoir en quelques secondes. Un espoir qui n'existe pas. Comment tu peux être aussi insensible ? Va te faire foutre !

Je lui jette le test au visage et il se protège de ses mains alors que je tourne les talons et sors de ma chambre à toute vitesse.

– Lexie, attends ! Ok, c'était de mauvais goût, mais c'était une blague quand même.

Je m'enferme dans la salle de bain.

– Lexie ! Je suis désolé. Ok…

En pleurant encore et en me tenant le ventre, je me laisse glisser contre la porte en bois.

– Lexie, ouvre…

La voix de Leo me parvient de l'autre côté.

– Dégage ! Putain, casse-toi d'ici ! Je ne veux plus te voir !

– S'il te plaît. Pas la peine d'en faire tout un plat…

– Dégage ! je rugis à travers mes larmes et ma colère.

Il ne saura jamais. Il ne comprendra jamais tous les sentiments qui m'habitent.

Je l'entends qui s'arrête derrière la porte. Je ne croyais pas qu'il pouvait être si mauvais.

– Lexie…

– Casse-toi, putain. Casse-toi…

Je pleure tout mon saoul et je reste assise là, les bras engourdis, les membres lourds, les mains qui brûlent et les yeux aussi. Je ne sais pas combien de temps passe tant je suis égarée dans ma douleur.

J'ai le regard perdu dans le vague quand Zara tape à la porte.

– Lexie… Ça va ?

Je tente de reprendre forme humaine et m'essuie les yeux. Je lui réponds, la voix cassée. Elle se brise quand je veux parler.

– Oui. Je… je vais prendre une douche.

– Tu vois, je t'avais dit qu'elle ne s'était pas ouvert les veines ou chai pas quoi…

La voix de Leo parlant à Zara me parvient. *Il est toujours là, lui ?* Il lui a sûrement raconté sa connerie.

– Tu es sûre que ça va ? demande Zara sans répondre à Leo.

– Oui. Je veux qu'il parte. Mets-le dehors. Ou appelle les flics.

Leo tape sur la porte.

– Ok, putain, j'ai déconné ! Je m'excuse. Maintenant, sors de là.

Zara doit le fusiller du regard ou le repousser des mains. Je les entends se disputer.

– T'es vraiment le plus con des mecs qui existent…

– Ferme-la. Je blaguais. Je ne pensais pas qu'elle allait le prendre au sérieux.

– Casse-toi, maintenant. Elle ne veut vraiment plus te voir, là. Dehors…

J'entends des pas qui s'éloignent. Alors je me relève doucement. Leo vient de me ramener à la réalité de ma vie absolument pourrie. Je ne vais pas lui pardonner ça avant longtemps.

Pour essayer de me remettre de mon trop-plein d'émotions, je prends une douche brûlante.

Quand je ressors emmitouflée dans le peignoir de Mamina, Zara se lève du canapé pour me suivre jusqu'à ma chambre.

– Tu vas bien ?

– Oui.

Je vois le test et la boîte et donne rageusement un coup de main dedans pour les jeter à la poubelle.

– Tu es sûre ?

– Oui. Ne t'inquiète pas.

Avec la serviette autour de mon cou, j'essore mes cheveux en m'asseyant sur mon lit. Je me sens faible.

Zara vient s'asseoir à côté de moi.

– Il est vraiment trop con. Je sais que tu es tiraillée entre le fait que tu n'as pas l'âge ni l'envie en ce moment d'avoir un enfant et le fait que tu en voudras un jour, mais que tu ne peux pas en avoir. Mais il ne faut pas te prendre la tête avec ça…

Je ravale les larmes qui menacent et renifle.

Zara passe un bras autour de ma taille pour me tirer vers elle et je laisse ma tête aller contre son épaule alors qu'elle me caresse le bras. Ça fait du bien d'avoir du réconfort comme ça. Même si ça n'apaise pas la douleur, mais ça la rend plus supportable.

Zara finit par reprendre la parole.

– Lexie…

– Hmm…

– Tu ne t'es jamais dit que ce n'était pas un hasard ?

– Quoi ?

– Ta rencontre avec Austin. Je veux dire… Tu as eu cet accident où tu as perdu ton ami. Et tu ne peux pas avoir d'enfant. Et un an plus tard, tu rencontres Austin. Lui n'a personne parce qu'il ne savait même pas ce qu'était l'amour. Et en plus… Il a un enfant. Il en a un et tu ne peux pas en avoir. C'est sûrement le destin, non ?

Les paroles de Zara me laissent pensive. Je n'avais jamais vu les choses sous cet angle.

Peut-être que c'est vraiment le destin. Peut-être qu'Austin m'était destiné. Peut-être même que Sacha aussi.

49
Alexandra

– Regarde, c'est moi qui l'ai fait !

Sacha fourre son dessin devant la webcam et me cache son visage. Je souris. Il a dessiné Austin, lui-même, et ce que j'imagine être moi. On est main dans la main tous les trois.

– C'est beau… Tu l'as montré à ton père ?

Je me mets la main devant la bouche pour étouffer une nouvelle quinte de toux.

– Non. Il aime pas les dessins.

J'entends Austin hurler depuis la cuisine.

– C'est faux ! Espèce de p'tit menteur ! Arrête de raconter des conneries à Lexie !

Mon sourire s'agrandit quand je l'entends crier. *Qu'est-ce qu'ils me manquent…*

Finalement, ils ne viendront pas ce week-end. J'ai la grippe. Tellement violente que Zara m'a traînée de force chez le médecin. Entre les courbatures, la rhino-pharyngite, la bronchite, la fièvre, les maux de tête et les vomissements, j'ai été gâtée. Du coup, impossible d'aller en cours. Et impossible que Sacha attrape ça aussi.

Et moi qui me faisais une joie de les avoir ce week-end puisque Zara avait accepté, je suis redescendue de mon nuage. Demain, c'est l'anniversaire de Sacha et je ne pourrai même pas lui faire de gâteau. Pire, c'est la Saint-Valentin et je vais être toute seule chez moi alors qu'Austin sera avec Sacha à Boston.

Et en plus, le week-end d'après, Austin couvre un festival de musique à Salem pour le journal pour lequel il travaille, donc on ne pourra encore pas se voir. Trois semaines sans se voir, ça va être long. Très long… Comment font les gens qui ne se voient pas pendant des mois ?

Bien sûr, nous avons déjà passé longtemps sans se voir, mais on n'était plus ensemble, là ce n'est plus pareil.

Par la webcam, je vois Austin qui soulève Sacha de sa chaise pour s'asseoir et le prendre sur ses genoux. Je ris doucement. Il a de la farine sur le menton et dans les sourcils.

– Coucou, mon amour.

– Coucou. Tu fais quoi ? Pourquoi c'est Sacha qui m'appelle ?

– C'est moi qui lui ai dit de le faire. Je cuisine.

– Ça se voit.

Sacha éclate de rire et moi aussi. Austin fronce les sourcils en passant ses mains sur son menton pour enlever la farine.

– Arrête de rire ou t'as pas droit à un dessert ce soir, menace-t-il Sacha qui s'arrête net en s'étranglant presque, faisant ainsi redoubler mes rires.

J'ai la gorge qui fait mal, alors je grimace.

– Austin, arrête…

Il se met à rire aussi et ébouriffe Sacha.

– Je plaisante…

Il plisse les yeux en s'avançant vers l'écran de son ordi pour me regarder.

– T'es dans ton lit. T'es toujours mal ? Ça fait cinq jours…

– Ouais, j'en ai marre.

Je suis dans mon pyjama en molleton rose pâle. Celui tout doux, que je mets les rares fois où je suis malade. Et je suis dans mon lit, les cheveux emmêlés, le nez qui coule et les membres fiévreux. Autant dire le top du glamour.

J'essaie de tourner un peu la caméra pour qu'Austin ne me voie pas dans cet état.

– Bébé, arrête, je te vois presque plus.

– Moi, je vous vois, c'est bon.

– Lexie ! Tu as presque vomi sur mes chaussures une fois quand tu étais bourrée sur la plage et tu laissais même tes culottes traîner dans ma chambre chez Joshua. Alors ne fais pas ton intéressante en tournant la caméra pour que je ne voie pas tes cheveux en bataille et ton nez qui coule. Je t'ai déjà dit que je t'aimerais même si tu avais les cheveux roses ou que tu pesais vingt kilos de plus, alors un simple nez qui coule et une tête de mort-vivant ne m'arrêteront pas.

Je me retiens de sourire et lui tire la langue.

– Hmm… Je pourrais en faire des choses avec cette petite langue, souffle-t-il avec un clin d'œil.

– Pervers. Je te signale que ton fils est assis sur tes genoux.

Sacha n'a pas bougé mais griffonne sur une feuille posée sur la table où se trouve l'ordinateur. Austin se penche pour l'embrasser sur le front. Mon cœur se gonfle d'amour et de tendresse. Si on pouvait vivre ensemble… Si seulement. Mais non. Ma vie est à New York et je ne lâcherai pas mes rêves si facilement. Et sa vie à lui est à Boston, pour son fils, pour sa fac et ses études, et il est hors de question que je lui demande de renoncer à tout ça pour moi. Je ne ferai jamais quelque chose d'aussi égoïste.

– Va te laver les mains, on va manger.

Celui-ci file hors de mon champ de vision et Austin rapproche la caméra de lui.

– Joshua et Taylor vont se marier.

– Je sais, je suis invitée.

Il hausse les sourcils d'abord, puis les fronce. Il a une expression mauvaise.

– Ils t'ont envoyé une invitation ?

À mon tour de froncer les sourcils. Je prends un mouchoir pour la énième fois de la journée et me mouche dedans. Je ne sens plus mon nez, à force.

– Oui. Pourquoi j'ai l'impression que ça te dérange ?

– Parce qu'ils n'avaient pas à le faire. Ils t'envoient une invitation comme si tu pouvais venir seule à leur mariage. Ils savent très bien que toi et moi, on viendra ensemble. Une invitation chez moi vaut pour Sacha, toi et moi.

Je respire mieux. *Oh, ce n'est que ça !*

– Qui t'a dit que j'irais ?

– Tu n'iras pas ?

Je me retiens de sourire.

– Mais si.

– Avec Sacha et moi ?

– Avec Sacha et toi. Tu me manques.

Austin se mord la lèvre et rapproche encore la caméra de son visage. Le rouge lui est monté aux joues. Mais il affiche un sourire suffisant et arrogant.

– J'étais sûr que je te manquerais. Je sais qu'un jour tu me diras oui.

– Oui à quoi ?

– Pour vivre ici, avec nous.

– Sacha m'a dit que tu lui donnes de faux espoirs. T'es complètement cinglé de lui faire croire ça. Ma vie est à New York. Tu me manques, mais je ne viendrai pas vivre à Boston, Austin, tu le sais…

Il soupire et passe ses mains dans ses cheveux.

– Tu me saoules…

– Toi aussi.

La sonnerie de mon téléphone nous interrompt. Je l'attrape. C'est Leo. C'est au moins la quinzième fois en cinq jours qu'il m'appelle. Je raccroche sans répondre.

– C'est qui ? me demande Austin. Ton père ? Tu lui as parlé ?

– Non. Lauren n'arrête pas de m'appeler, mais je ne réponds pas. Je sais que je dois lui parler, mais je le ferai plus tard.

– Qu'est-ce que tu vas lui dire ? Tu sais qu'il va te mettre des idées plein la tête…

Austin a l'air préoccupé.

– De quoi as-tu peur ? Je sais tenir tête à mon père. Je vais lui dire que je t'aime et qu'on est ensemble et qu'il n'y pourra rien changer.

– Alors pourquoi tu ne prends pas ses appels ? Je sais que tu as de plus en plus de mal à dire à ton père ce que tu penses. Je préférais l'époque où tu le détestais.

Je ne réponds pas. Parce que je ne sais pas quoi dire. C'est un peu vrai. Mes relations avec mon géniteur s'étaient un peu améliorées ces derniers mois. J'ai fini par reconnaître tout ce qu'il avait fait pour moi. Néanmoins, je ne le laisserai pas se mettre entre Austin et moi.

–Tu ne le laisseras pas nous séparer ? Hein, bébé ?

Austin stresse à cause de mon silence.

– Non, ne t'inquiète pas. Mon père reste mon père, mais il ne régentera jamais ma vie et ma façon de penser. Il ne me dira jamais qui aimer.

La porte de ma chambre s'ouvre à ce moment précis. Zara passe la tête, la main sur la poignée. Elle a une serviette sur la tête et une autre autour d'elle. Elle sort de la douche. Et elle a l'air énervé.

– Lexie, il y a dix minutes qu'on sonne à la porte.

– Je n'avais pas entendu.

Elle marmonne tout bas en serrant les dents pour ne pas qu'Austin entende.

– C'est ton putain de frère…

– Quoi ? Tu l'as laissé entrer ?

– Tu crois que j'ai eu le choix ?

Je me retourne vivement vers Austin qui attend par la webcam.

– Il faut que je te laisse. Zara…

– Ok, moi aussi de toute façon. Je t'appelle demain ?

– Oui. Je t'aime.

– Je t'aime, bébé, prends soin de toi, hein ? Bisous.

Je coupe *Skype* au moment où Leo passe la porte de ma chambre en bousculant délibérément Zara et en tirant sur sa serviette.

– Hey !

Elle la rattrape avant qu'elle ne se détache et Leo éclate de rire en se laissant tomber sur mon lit. *Non mais, quel culot.* Je ne le supporte déjà plus. Je n'ai toujours pas digéré sa blague de la dernière fois et ça ne risque pas d'arriver maintenant.

– Espèce de gros porc !

Zara lui fait un doigt d'honneur avant de claquer la porte.

– Qu'est-ce que tu fous là ? Je ne veux pas te voir. Casse-toi.

Je ferme mon ordi et me lève difficilement pour le déposer sur mon bureau où traîne la multitude de médicaments que je prends depuis presque une semaine.

Leo pose un sac en papier blanc à côté de moi.

– Je t'ai apporté de la soupe de chez le thaïlandais d'à côté de chez moi. J'aime bien manger ça quand je suis malade.

– Va te faire foutre.

Je le bouscule pour retourner à mon lit. Il est dix-neuf heures. J'ai un peu faim, mais je ne boufferai pas sa merde pour lui faire plaisir.

– Je me doutais que tu allais dire ça. Alors j'ai ramené ça, aussi.

Il pose un deuxième sachet en papier sur le bureau.

– Ta connasse de copine a laissé échapper que tu aimes les gâteaux au citron. Alors je t'ai ramené la meilleure tarte au citron de tout le pays.

Je ne le regarde pas et m'allonge de nouveau. De violents frissons parcourent ma peau et je me mouche encore le nez. Mes muscles sont plus endoloris que jamais.

Je réponds à Leo avec sarcasme.

– Sans blague…

Il s'assoit et passe la main dans ses cheveux bruns aux pointes savamment travaillées.

– Ce n'est pas une blague. C'était la recette de ma grand-mère. J'ai mis l'après-midi entier à essayer de la faire. Cali dit qu'elle est bonne.

Je hausse les sourcils sans me tourner vers lui. *Il a fait de la pâtisserie pour moi ?*

– Ta grand-mère ?

– Ouais, elle est de Phoenix… Enfin, elle était de Phoenix. Elle me faisait souvent des gâteaux au citron. Ou des cookies, ça dépendait.

Tiens donc, la mienne aussi.

– Et elle ne t'a pas appris à être moins connard, par la même occasion ?

Je m'allonge dans mon lit en lui tournant résolument le dos, les bras sous mon oreiller.

– Non. Elle n'a pas eu le temps.

Je ferme les yeux. Hors de question que je lui parle et qu'on fasse la paix comme ça. Il peut crever.

– Écoute, je suis désolé. Sérieux, quoi… mes potes ne sont pas comme toi. Je n'ai pas l'habitude de faire attention à ce que je dis. Je n'aurais pas dû faire ça, c'était complètement débile.

Je garde obstinément le silence.

– Ok. Je sais que j'ai déconné. Mais je suis vraiment désolé. J'ai compris que tu ne veux pas me parler. Je vais y aller. Mais je reviendrai. En plus, si ta copine se balade en serviette, peut-être que ça deviendra intéressant.

– Zara a raison, t'es qu'un gros porc. Casse-toi.

Il met du temps avant de se lever.

– Ok. Je reviendrai demain. Et tous les jours, jusqu'à ce que tu me parles.

Il s'apprête à passer la porte de ma chambre quand je l'arrête.

– Leo…

– Quoi ?

– Il y a de la meringue sur ta tarte ?

Il sourit de toutes ses dents.

– Oui.

Et il sort. Je l'entends se disputer encore avec Zara avant de partir.

Plus tard, je finis par la manger, sa tarte. Et elle est vachement bonne.

✦✦✦

Je frissonne. Pourtant, je suis chaude comme pas possible. Ma température a grimpé encore malgré l'aspirine que Zara me fait prendre toutes les quatre heures. Il fait nuit et je passe mon temps à me tourner et à me retourner, en essayant de ne pas m'étouffer dans mes draps.

– Hein ?

Je frissonne quand une main me caresse le bras et j'ouvre les paupières difficilement.

– Austin ?

Avec ma fièvre, je transpire. Il est assis au bord de mon lit. *Je dois halluciner. Ma fièvre me fait délirer.*

– Bébé… c'est moi. Zara m'a ouvert.

J'essaie de m'asseoir.

– Putain, mais… qu'est-ce que tu fais là?

Je regarde l'heure sur mon téléphone. Il est presque trois heures du mat.

Austin retire sa veste et s'approche pour toucher mon front de sa main.

– Quand je t'ai vue par la webcam, tout à l'heure, j'ai trouvé que tu avais l'air vraiment mal… Je ne voulais pas te laisser toute seule… putain. Tu prends de l'aspirine ?

– Oui, elle est sur le bureau.

Il se lève et prend mes médicaments. Je l'observe. Il a fait quatre heures de route pour me voir, juste parce que je suis mal.

– Où est Sacha ?

– Avec ma mère. Elle m'a donné des tisanes de grand-mère pour toi, d'ailleurs. Ne bouge pas, je vais te chercher de l'eau.

Je profite qu'Austin sorte de ma chambre pour me lever le plus vite que je puisse, autant dire à deux à l'heure, retirer mon pyjama en molleton et mettre un t-shirt et un short en coton noir tout simple, et je passe mes mains dans mes cheveux pour essayer de les discipliner. Même avec quarante de fièvre, je refuse d'être horrible devant lui.

Austin revient et je me rallonge.

– Ne sors pas du lit, bébé. Tiens.

Il me tend de l'aspirine et un cachet de je ne sais quoi que j'avale avec l'eau. J'observe ses traits, ses yeux sombres et brillants posés sur moi, sa petite barbichette qu'il n'a pas eu le temps de raser, son anneau à sa lèvre qui me donne envie de l'embrasser là, ses bras puissants et musclés qui s'appuient sur mon matelas et qui sont découverts pour laisser apparaître ses dessins. *Il m'a tellement manqué, cette semaine* !

– Pourquoi tu as fait toute cette route ? Il est trois heures du mat…

– Parce que je t'aime et que je ne veux pas te laisser dans cet état touteseule.

Je tends les bras vers lui. Je sais que je n'ai rien de sexy, mais j'ai terriblement envie de le prendre dans mes bras.

Il se lève, retire ses chaussures et vient s'allonger près de moi. Il m'embrasse furtivement le front.

– Putain… T'es brûlante.

Je pose ma tête sur son torse et il me tire vers lui. Je ne pensais pas m'endormir dans ses bras en écoutant son cœur battre, ce soir.

– Je suis contente que tu sois là…

– Tu me manquais, bébé. Et en plus, c'est la Saint-Valentin aujourd'hui.

Je lève les yeux vers lui. Il sourit tendrement et d'une main, avec ses doigts calleux sous mon menton, il me relève la tête et vient m'embrasser tendrement. Il va chercher ma langue de la sienne.

– Tu vas tomber malade…

– M'en fous. Je partagerais tout avec toi.

– Oui, mais pas Sacha… Arrête.

Il arrête quand je me retire pour reposer ma tête sur lui.

– Bonne Saint-Valentin, je murmure.

Ce n'est pas vraiment une bonne Saint-Valentin. Mais il est là et je dors dans ses bras. Le reste, on s'en fout.

– Je ne vais pas pouvoir rester. C'est l'anniversaire de Sacha. Et il m'a laissé partir uniquement parce que j'ai dit que tu étais malade. Mais je ne peux plus rater un de ses anniversaires, bébé…

– Je sais. Ce n'est pas grave. Je comprends… Il est né le quatorze février?

– Oui. C'est bizarre. Mais oui.

– Qu'est-ce que tu lui as acheté comme cadeaux?

Je lui achèterai des livres dès que j'irai mieux. Des livres avec plein d'images. En espérant qu'Austin ne m'ait pas volé mon idée.

– Un jeu sur les dragons. Il aime bien le fantastique.

– Tu lui souhaiteras son anniversaire pour moi et tu lui feras un gros bisou ?

– Je le ferai.

Je me laisse aller contre lui.

Il a fait quatre heures de route juste pour dormir un peu avec moi.

Je souffle doucement :

– Je t'aime.

50
Alexandra

Ma vie s'est amplement améliorée, ou du moins, elle a changé. Austin et moi nous voyons le plus souvent possible, mais pas assez souvent. On est début avril, et en deux mois, on ne s'est pas vus plus de trois fois et à peine deux jours. Il a cessé les combats de boxe, même s'il va toujours à l'entraînement, et moi je me suis mise à fond dans la natation, au point de participer aux compétitions nationales avec Sheyenne comme binôme.

J'ai arrêté de fumer. D'abord avec des patchs, puis sans rien maintenant, à la place, je mange. Zara dit que j'ai un peu grossi. C'est vrai que j'ai plus de hanches et de fesses. Mais le sport me permet de rester en forme. Je ne me suis jamais sentie aussi bien. J'ai de la bonne humeur à revendre. Je passe mon temps au sport, en cours, au boulot ou avec Austin au téléphone et sur *Skype* quand on ne peut pas se voir. J'appelle souvent le soir avant que Sacha aille au lit parce qu'Austin m'a dit qu'il dormait mieux quand il parlait avec moi. Je me suis vraiment attachée à lui aussi.

Zara a réussi à rattraper un peu ses notes catastrophiques. Et ce, à mon grand étonnement, grâce à Leo. Elle travaillait souvent quand il venait à la maison et il s'est intéressé à ce qu'elle faisait. Étonnamment, il a des bases solides en mathématiques avancées et même en sciences. Il s'est foutu de Zara en disant qu'elle était nulle parce que ses cours sont trop simples et elle l'a envoyé bouler. Alors j'en ai profité, je l'ai fait chanter : il aide Zara pour ses cours et moi je tente de lui pardonner sa blague débile et blessante. Il vient donc à la maison, deux fois par semaine, pour l'aider, et les effets s'en ressentent déjà sur les notes de ma meilleure amie. Ce qui est assez étonnant puisqu'ils passent leurs temps à se disputer. Ils se hurlent dessus et s'injurient souvent. Il arrive même que Zara donne des coups de main rageurs dans ses cours, envoyant tout valser, ou que Leo parte énervé en claquant la porte. Leur collaboration forcée est la plus chaotique qui existe. Mais j'aime bien avoir Leo à la maison. J'ai fini par lui pardonner son manque de tact et de subtilité. Il est aussi énervant que moi, en fait. On se ressemble beaucoup. Je ne sais toujours pas comment lui dire qu'il est mon frère. Surtout que Zara m'a fait promettre d'attendre la fin de ses premiers partiels, qui sont dans un mois. Elle sait que, si je lui dis, notre relation risque de changer et qu'il ne voudra peut-être plus l'aider.

Les relations de mon frère continuent de me faire peur. Et ce qu'il trafique aussi. Nous nous sommes disputés parce que j'ai trouvé de la drogue dans la poche de sa veste qu'il avait oubliée dans ma chambre et je lui ai interdit de revenir avec ça chez moi. Puis il y a son pote Ramos qui est venu avec cette fille, cette Cali, le chercher un jour. Et ça m'a moyennement plu qu'ils mettent les pieds devant mon appart. Ils pensent tous que je sors avec Leo, ces cons. Et il y a aussi cette part sombre de lui que je n'aime pas. Un soir, alors que je revenais de dîner avec Sheyenne et Joyce, une amie de sa sororité, je l'ai croisé à quelques rues de l'appartement et il était nerveux. Il avait une bosse étrange dans la veste. Je suis persuadée qu'il avait une arme sur lui, ce qui m'effraie au plus haut point. C'est la raison pour laquelle je n'ai jamais parlé de lui à Austin. Je sais qu'il ne me laisserait plus voir Leo s'il savait tout ça.

Pourtant, plus j'apprends à le connaître, plus je l'apprécie. Il est drôle, du moins quand il n'est pas méchant. Et plus intelligent que je le pensais. Outre le fait qu'il a un super niveau en mathématiques et en science, il a l'oreille musicale et une culture générale assez impressionnante. Il est abonné à des magazines de sciences, d'art et il lit beaucoup de classiques. J'ai par contre remarqué que devant

Ramos et ses autres amis, il change totalement de comportement et dissimule cette culture.

La seule ombre au tableau de ma vie actuelle, c'est mon père. Je suis allée le voir quand j'étais chez Austin un week-end. Il a tenté de me convaincre de changer d'avis, a dit des choses horribles sur Austin sans écouter ce que j'avais à dire et il a été clair et net : il ne l'acceptera plus jamais et tentera par tous les moyens de me sauver de ce qu'il appelle « ma folie ».

Christian est persuadé qu'Austin n'a jamais été celui qu'il prétendait être et qu'il me rendra malheureuse jusqu'à un point de non-retour.

Du coup, je ne suis plus retournée les voir, lui et Lauren. J'ai, moi aussi, été très claire, et s'il ne comprend pas, je ne vois pas quoi faire d'autre. Lauren s'est excusée mille fois, elle se prend la tête avec lui et me dit de ne pas y prêter trop attention et de faire ma vie, mais j'ai l'impression que cette histoire crée de vraies tensions entre elle et papa, alors je lui ai dit de ne pas s'en mêler. C'est entre mon père et moi.

– Il est là ! Et sois gentil, il est très sensible.

Leo tourne la tête quand je désigne du doigt un garçon grand et dégingandé qui trépigne tout seul dans le froid.

– Putain, tu sais les choisir, toi, tes potes, hein ! Tu ne pouvais pas trouver plus moche ?

Je le fusille du regard.

– Bah je t'ai bien choisi, toi, non ?

Dans les dents !

Leo me rend mon regard mauvais et tire sur mon écharpe en laine, m'étranglant presque.

– Connasse.

– Connard !

Je lui arrache son bonnet et m'enfuis avec en riant. On est partis de la maison si vite qu'il n'a pas eu le temps de se coiffer alors qu'il déteste ça. Il essaie de m'attraper, mais je suis plus vive.

– Putain, Lexie !

Il me court après et moi je sprinte vers celui qui nous attend.

– Baile !

Mon ami est arrivé à New York et à la faculté de Columbus depuis une semaine. Je suis si contente de le retrouver.

Il lève la tête à mon appel et un immense sourire éclaire son visage. Je lui saute dessus avant qu'il n'ait le temps de réagir et manque de le faire tomber. Il se rattrape et me serre dans ses bras maigres.

– Lexie.

– Putain. Ça me fait trop plaisir de te voir.

– Moi aussi. C'est bizarre d'être ici.

Il rougit. Et moi je souris. Aujourd'hui est une bonne journée.

– Tu fais chier, putain ! Je te préviens, tu vas rentrer toute seule et je ne porterai pas tes patins de merde !

Leo arrive derrière moi en grognant dans sa barbe et m'arrache son bonnet des mains pour le remettre sur sa tête.

– Baile, je te présente mon... Leo, un ami. Leo, je te présente Baile.

– Salut.

– Hmm...

Ils se serrent la main, mais Leo grogne toujours.

– Ne fais pas attention, il est toujours comme ça, je dis à Baile.

– J'ai la dalle.

Leo commence à se plaindre, comme d'habitude.

– On a dit qu'on mangerait après.

– Oui, mais j'ai la dalle maintenant !

– Eh bien contiens-toi !

Je tire Baile avec moi pour nous entraîner vers un banc.

– Ça fait trop longtemps que je ne suis pas allée à la patinoire, je dis en retirant mes chaussures pour passer les patins.

La patinoire de Wollman est en place dans Central Park jusque mi-avril et c'est génial, car je n'en ai pas fait depuis le début de l'hiver. Aujourd'hui, il fait beau et il n'y a pas trop de monde. Idéal pour patiner.

Je fourre mes bottines noires dans mon sac et passe mes gants. Si je tombe, autant éviter de perdre un doigt sous un patin coupant.

– Moi aussi. Mais c'est cool.

Leo prend son temps pour mettre les siens et allume une cigarette. Je m'éloigne un peu. Respirer sa fumée risque de me donner envie de fumer avec lui. Je suis encore en sevrage.

Baile finit d'attacher ses patins et se lève pour me suivre. Nous payons et grimpons sur l'immense patinoire au milieu des arbres endormis et sans feuilles du Park.

– Alors, ça te plaît d'être à New York ?

– C'est carrément bizarre d'être aux États-Unis. C'est très différent de l'Irlande. Moins vert.

Je glisse doucement sur la glace qui brille sous les rayons de soleil de cette fin de journée.

– Je suis contente que tu sois là. J'ai trop de choses à te faire voir. Tu as vu quoi de New York ?

Baile me raconte son entrée à Columbus, sa chambre en cité U et son camarade de chambre, un geek, fan de jeux en ligne et de romans de science-fiction. Il me parle de ses cours, des amis qu'il s'est déjà faits en une semaine, de son impression d'avoir enfin trouvé sa place parmi les autres…

Leo s'est mis à draguer une fille, une rousse qui patine avec une copine. Je lève les yeux au ciel d'un air dépité quand Baile me le fait remarquer. Décidément, ce mec est une vraie plaie. Nous passons de plus en plus de temps ensemble malgré nos disputes incessantes. Chaque fois qu'on sort, il trouve une fille à draguer. Ça m'énerve !

– Leo !

Il se retourne vivement vers moi. Les deux filles me regardent.

– Quoi ?

– Viens ici !

Il fronce les sourcils et les filles s'éloignent. Il tourne la tête pour les regarder partir et revient vers moi une expression mauvaise sur le visage.

– Putain, mais t'es pas bien dans ta tête ou quoi ? T'as pas vu que je branchais, là ?

– Si, justement. Tu ne peux pas arrêter cinq minutes et te tenir tranquille ?

– Tu fais tout le temps chier, toi, hein !

Il essaye de m'attraper, mais je m'échappe en tirant Baile et en riant. Sauf que je me prends dans un mec et perds l'équilibre.

– Aaaahhhhh !

Avec un énorme bruit sourd et le cœur qui me martèle la poitrine, je m'étale sur les fesses. *Putain, je me suis pété le coccyx !*

Leo s'est arrêté de patiner pour exploser de rire en se tenant le ventre. La douleur fait monter les larmes à mes yeux. Mais je me refuse à pleurer devant lui et à lui faire voir ma faiblesse. J'essaie de ne pas grimacer alors que Baile vient m'aider à me relever.

– Espèce d'enfoiré…

– C'est ça, traite-moi de tous les noms, mais en attendant, c'est pas moi qui me tape la honte…

Je lui fais un doigt d'honneur alors qu'il s'éloigne, en me tournant résolument le dos. Ça sert à quoi, *au fait, d'avoir un frère ?*

Avec Baile, nous prenons des chocolats chauds et des churros chez le marchand ambulant et nous patinons pendant encore une bonne heure, alors que Leo continue de draguer ouvertement différentes filles.

Quand il nous rejoint pour partir, alors qu'on met les chaussures, Baile lui lance, sarcastique :

– Tu as eu des numéros, au moins ? Parce que sinon, ça n'en valait pas la peine.

– Oui, quatre. Bon, on va bouffer, maintenant ? Parce que j'ai vraiment la dalle et je m'en tape de vos conneries !

J'attache ensemble les lacets de mes patins et remets les protège-lames en plastique avant de les lancer à Leo qui les attrape au vol, et de justesse avant qu'ils n'atterrissent sur son front trop fier.

– T'es sérieuse, là ? Je vais devoir porter tes putains de patins de merde ?

– Oui. Et dépêche-toi si tu veux bouffer. N'oublie pas que c'est moi qui paye.

Baile rit et me fait de gros yeux quand Leo nous suit en pestant, mes patins et les siens autour du cou. J'exagère, mais il me fait chier. Alors je l'emmerde un peu.

Nous finissons par aller manger dans un burger alors que le jour décline. Et il n'y a que Baile et moi qui parlons. Leo est bien trop occupé à dévorer comme un vorace son *double cheese*, sa portion de *French Fries* et sa *Pecan Pie*. Il mange sans s'arrêter. Sans même respirer. À la fin, il lâche un rot énorme qui résonne et d'autres clients se tournent vers nous.

– Quoi ? leur lance-t-il avec antipathie.

– Charmant, je murmure.

– Je n'ai jamais dit que j'étais charmant.

– Heureusement, parce que ce n'est certainement pas le cas.

Il prend son gobelet et racle bruyamment le fond de son soda. Je soupire de désespoir. *Ce mec est une vraie calamité.*

Baile et moi avons trop mangé et ne prenons pas de dessert. Mon téléphone vibre dans ma poche. Je le sors. Austin. Sauf que je ne veux pas répondre avec Baile et Leo à côté, parce que s'il les entend… Je le range dans mon sac.

– T'as honte de nous ou quoi ?

Leo me lance un regard mauvais en voyant mon geste.

– De toi ? Honte ? Oui, tout le temps.

Je me mords la lèvre pour ne pas rire et je vois Baile faire pareil.

– Va te faire foutre !

– Toi aussi.

Je crois que personne ne m'a jamais autant insultée. Mais je fais pareil. C'est presque notre moyen de communication. On ne sait pas dire un mot sans se traiter de ci ou de ça…

On décide d'aller se balader dans Manhattan. La brume qui couvre New York à la fin de l'hiver flotte autour de nous et rend le paysage trouble. Il fait doux, cependant.

Au bout d'une heure, Baile finit par rentrer dans sa cité U. Et Leo me raccompagne chez moi.

– Il bouffe rien, ce mec, c'est normal qu'il soit aussi maigre…

– Oh tais-toi, bon sang…

– Moi j'ai trop bien mangé. J'adore leur tarte aux noix de pécan, c'est le seul dessert avec du caramel que je supporte.

Et il parle et parle encore quand on approche de la maison. Parfois, il me fait penser à Zara en version masculine. Il parle trop !

– Elle débauche à quelle heure, Zara ?

Leo regarde sa montre. Il doit être aux alentours de vingt-deux heures.

– J'en sais rien. Qu'est-ce que ça peut te foutre ? Vous ne vous êtes pas disputés, tout à l'heure ?

Leo soupire et arrange son bonnet pour la énième fois. On dirait ces filles obsédées qui passent tout le temps la main dans leurs cheveux bien peignés. Je ne peux m'empêcher de tirer encore dessus et de courir avec.

– Putain, mais qu'est-ce que tu es chiante !

Je ris quand il me rattrape et me l'arrache encore, en me poussant et en me faisant tomber sur les fesses pour la deuxième fois de la journée.

– Aïïïee !

Le béton dur et froid m'écorche les mains quand je tente de me rattraper.

– Merde, excuse-moi…

Leo rit mais tend la main pour m'aider à me relever.

– T'as la manie de toujours te retrouver sur les fesses, aussi…

– Aide-moi à me relever, putain… Tu m'as fait mal, connard…

– Bien fait… Allez bouge ton gros cul…

J'écarquille les yeux. *Il vient de dire que j'ai un gros cul ?*

– Espèce de…

Leo ne me laisse pas finir ma phrase et m'attrape pour me jeter sur son épaule.

– Putain, pose-moi tout de suite !

Il me tient fermement et moi je me débats.

– T'es lourde, la vache ! T'es vraiment trop grosse.

– Rappelle-moi pourquoi je te fréquente, déjà ?

Il finit par me reposer quand je lui donne un coup de genou dans le ventre.

– Je te porte jusque chez toi et tu trouves encore le moyen de te plaindre…

Leo s'avance en tenant des deux mains les patins autour de son cou, en me laissant derrière.

– Hey ! Attends-moi !

Je cours et lui saute dessus, le prenant au dépourvu et manquant de le faire tomber. Mais il joue le jeu et passe ses mains sous mes fesses pour me porter tandis que je m'accroche à son cou, les pieds enroulés autour de ses hanches.

Il me porte sur son dos. Et je finis par poser mon menton sur son épaule. Plus aucun de nous ne parle ni ne rit. Je repense à ma mère, tout à coup. Qu'est-ce qu'elle penserait de nous voir ensemble, comme ça ? Est-ce qu'elle serait heureuse ? Probablement.

– J'ai passé une chouette journée, je murmure à Leo.

Il ne répond pas, mais il hoche la tête. Je ne sais pas si c'est pareil pour lui, mais même si on se dispute tout le temps, je me rends compte que je passe toujours de bons moments avec lui. Du moins quand on n'est que tous les deux.

On est presque arrivés devant l'immeuble de l'appart quand une voix bien familière me hèle.

– Lexie...

Je me retourne vivement, le cœur battant à tout rompre. *Oh non, non, non, non, non...*

Austin sort d'un taxi à quelques pas de là et m'observe, interdit, sur le dos de Leo. Je sais de quoi ça peut avoir l'air. Il ne l'a jamais vu et ne sait même pas que je l'ai retrouvé.

– Austin... Mais...

Je redescends vivement du dos de Leo qui prend plus de temps à me lâcher, son regard allant d'Austin à moi.

– ... qu'est-ce que tu fais là ?

Il porte son éternel jean noir et un col roulé sous sa veste en cuir. Comme d'habitude, il est beau comme un dieu. Ça fait deux semaines qu'on ne s'est pas vus et on ne devait se voir que le week-end prochain. Il avait des choses de prévues, ce week-end-ci.

– Ce serait plutôt à moi de te poser cette putain de question ! Tu fais quoi, là ? Et c'est qui, ça ?

Je voudrais bien m'expliquer, mais pour ça, il faudrait que je dise la vérité à Leo... et il n'est pas prêt à l'entendre comme ça...

–Écoute, ce n'est pas ce que tu crois, je... Je vais t'expliquer si tu...

Austin s'avance en serrant les poings et Leo passe un bras protecteur autour de mes épaules en me tirant vers lui, sans doute pour me protéger des réactions démesurées de mon petit ami. Je m'empourpre. Ce geste à l'effet d'un détonateur sur Austin et je vois ses anciens démons resurgir dans ses yeux.

– Ce n'est pas... C'est...

Son poing atterrit dans la mâchoire de Leo, manquant de près ma propre tête. Je vacille tandis que mon frère tombe à la renverse et qu'Austin se jette sur lui, la rage au ventre.

Je me rattrape au mur qui a amorti ma chute et tends la main pour l'arrêter, mais trop tard. Un craquement sourd me fait comprendre qu'Austin a cassé le nez de Leo, qui n'a même pas eu le temps de se défendre.

– Austin, arrête ! je m'égosille. C'est mon frère !

À SUIVRE...